Blutige Mondscheinsonate

Im Nordosten von Frankreich in einem alten elsässischen Bauernhaus entstehen die spannenden Krimis der gebürtigen Saarländerin Elke Schwab. In der Nähe zur saarländischen Grenze schreibt und lebt sie zusammen mit ihrem Mann samt Pferden, Esel und Katzen. Sie wurde 1964 in Saarbrücken geboren und ist im Saarland aufgewachsen. Nach dem Gymnasium in Saarlouis arbeitete sie über zwanzig Jahre im Saarländischen Sozialministerium, Abteilung Altenpolitik. Schon als Kind schrieb sie über Abenteuer, als Jugendliche natürlich über Romanzen. Später entschied sie sich für Kriminalromane. 2001 brachte sie ihr erstes Buch auf den Markt. Seitdem sind dreizehn Krimis und sechs Kurzgeschichten von ihr veröffentlicht worden. Ihre Krimis sind Polizeiromane in bester »Whodunit«-Tradition. 2013 erhielt sie den Saarländischen Autorenpreis der „HomBuch" in der Kategorie „Krimi". Im selben Jahr folgte der Kulturpreis des Landkreises Saarlouis für literarische Arbeit mit regionalem Bezug.

Bisher erschienen:
- Blutige Mondscheinsonate – Solibro Verlag, 2014
- Urlaub mit Kullmann – Ub-Verlag, 2013
- Eisige Rache – Solibro Verlag, 2013
- Blutige Seilfahrt im Warndt – Conte Verlag, 2012
- Mörderisches Puzzle – Solibro Verlag, 2011
- Galgentod auf dem Teufelsberg – Conte Verlag, 2011
- Das Skelett vom Bliesgau – Conte Verlag, 2010
- Hetzjagd am Grünen See – Conte Verlag, 2009
- Kullmanns letzter Fall – Conte Verlag, 2008
- Tod am Litermont – Conte Verlag, 2008
- Angstfalle – Gmeiner Verlag, 2006
- Grosseinsatz – Gmeiner Verlag, 2005
- Kullmanns letzter Fall – Conte Verlag, 2004

Elke Schwab
BLUTIGE MONDSCHEINSONATE

Ein Baccus-Borg-Krimi

SOLIBRO Verlag Münster

SUBKUTAN
THRILLER DIE UNTER DIE HAUT GEHEN

1. Sprado, Hans-Hermann: *Risse im Ruhm.*
   Münster: Solibro Verlag 1. Aufl. 2005
   ISBN 978-3-932927-26-5 • eISBN 978-3-932927-67-6 (E-Book)

2. Sprado, Hans-Hermann: *Tod auf der Fashion Week*
   Münster: Solibro Verlag 1. Aufl. 2007
   ISBN 978-3-932927-39-3 • eISBN 978-3-932927-68-3 (E-Book)

3. Elke Schwab: *Mörderisches Puzzle*
   Münster: Solibro Verlag 1. Aufl. 2011
   ISBN 978-3-932927-37-9 • eISBN 978-3-932927-64-5 (E-Book)

4. Elke Schwab: *Eisige Rache*
   Münster: Solibro Verlag 1. Aufl. 2013
   ISBN 978-3-932927-54-6 (TB) • eISBN 978-3-932927-72-0 (E-Book)

5. Elke Schwab: *Blutige Mondscheinsonate*
   Münster: Solibro Verlag 1. Aufl. 2014
   ISBN 978-3-932927-85-0 (TB) • eISBN 978-3-932927-86-7 (E-Book)

ISBN 978-3-932927-85-0
1. Auflage 2014 / Originalausgabe
© SOLIBRO® Verlag, Münster 2014
Alle Rechte vorbehalten.

Umschlaggestaltung: *Nils. A. Werner, www.nils-a-werner.de*
Coverfotos: *Vasilchenko Nikita/bigstock.com; Roverto/bigstock.com (Noten)*
Foto des Autors: *Alida Scharf, Köln*
Druck und Bindung: *CPI – Ebner & Spiegel, Ulm*
Printed in Germany

Bestellen Sie unseren **Newsletter** unter www.solibro.de/newsletter.
Infos vom Solibro Verlag gibt es auch bei **Facebook** und **Twitter**.

www.solibro.de   verlegt. gefunden. gelesen.

Prolog

Er war Phönix!

Aus der Asche seines bisherigen Lebens neu erstanden, war er heute ein anderer. Von nun an zählten Stärke, Klugheit und Mut zu seinen Eigenschaften. Und er hatte eine Aufgabe. Ihm oblag es, über Leben und Tod zu bestimmen. Eine Aufgabe, die er sich selbst auferlegt hatte, weil nur er dazu in der Lage war, über die Schicksale derer zu bestimmen, die es verdienten.

Er hielt inne und schaute sich um.

Der Vollmond leuchtete am nachtschwarzen Himmel und tauchte die Erde in ein geheimnisvolles Licht. Leise knirschten die Schottersteine unter seinen Schuhen. Ein schwacher Wind wehte – setzte die Bäume und Sträucher in Bewegung, womit ein leises Rauschen erzeugt wurde – einem Seufzen gleich.

Wie Stalagmiten ragten die Grabsteine aus dem Boden hervor. Finster hoben sie sich vom silbrig-grauen Hintergrund ab.

Es war eine warme Sommernacht. Fledermäuse flatterten dicht an seinem Kopf vorbei – machten dabei knackende Geräusche, die er zum ersten Mal wahrnahm. Sie klangen so lebendig.

Mit langsamen Schritten schlenderte er die schmale, von Gräbern gesäumte Allee entlang und schaute sich um. Nichts sollte diese faszinierende Atmosphäre stören. Dieser Augenblick war nicht zufällig gewählt. Er wusste genau, welche Auswirkung der Vollmond auf seine Wirkungsstätte haben würde. Seine Augen erfassten ein großes, steinernes Kreuz am Scheitelpunkt des Schotterweges. Auf dem Sockel stand eine Widmung an die gefallenen Soldaten aus dem Deutsch-Französischen Krieg 1870/1871 in französischer und lateinischer Sprache.

Er lächelte. Dieser Ort war besser, als er es sich in seiner Fantasie hätte vorstellen können. Er schaute sich um und erkannte, dass der Gedenkstein alles bot, was er für sein perfektes Szenario brauchte, auch wenn der dichte Wuchs der Bäume und Sträucher die Sicht ein wenig versperrte. Aber das schmälerte die Bedeutung seiner Arbeit keineswegs. Im Gegenteil: So hatte er noch den Vorteil der Überraschung auf seiner Seite, weil der Blick erst auf den letzten Metern frei wurde.

Nun galt es nur noch, die richtige Anordnung für sein Arrangement zu finden. Denn er wusste genau, welche immensen Emotionen die Musik hervorrufen konnte, die er beabsichtigte, durch die Finsternis schallen zu lassen. Leise summte er die Töne, die ihm inzwischen in Fleisch und Blut übergegangen waren. Es war die Musik, die er einst für seine Bestimmung gehalten hatte, die ihm jedoch verwehrt geblieben war. Heute hatte er dafür eine andere Verwendung – eine viel bessere. Für diesen besonderen Anlass hatte er das große iPad mitgenommen, weil die Akustik dieses Gerätes deutlich besser war als auf allen anderen Geräten – wenn auch nicht perfekt. Das war der einzige Kritikpunkt an seiner Planung. Nichts, aber auch gar nichts hatte er finden können, was seinen Vorstellungen von guter Klangqualität gerecht geworden wäre. Alle transportablen Geräte neigten dazu, die hohen Töne zu verzerren. Damit zerstörten sie den Musikgenuss – seinen Musikgenuss, den er heute mit einem besonderen Ereignis paaren wollte. Begleiten sollte ihn ein »Nachtstück, voll dunkler Stimmungen« – ein Werk, das nicht nur seine Fantasie zu beflügeln vermochte, sondern auch die Einbildungskräfte seiner Auserwählten!

Es sollte das Letzte sein, was sie in ihrem Leben zu hören bekam: Die Mondscheinsonate!

Er schaltete das Gerät ein – Klaviertöne erklangen.

Diese Musik erzeugte mit ihrer radikalen Formsprache eine hohe emotionale Spannung, die ihn mitriss, ihn gefangen nahm, ihn faszinierte. Die Melodie, die stets wie hinter einem Schleier halb verborgen blieb, nährte seine Entschlossenheit. Ließ seine Fantasie die wildesten Blüten treiben. Ließ ihn sich ausmalen, was nun auf ihn zukommen würde. Ernste Stimmung breitete sich in ihm aus, bedeutete ihm, wie wichtig seine Mission war.

*

Ausgerechnet als der Song »Hangover« von Taio Cruz losschmetterte, kam für Delia Sommer der Moment, das »Nachtwerk« zu verlassen. Aber ihr Date ließ sie alles andere vergessen. Diese Verabredung war so geheimnisvoll und mysteriös – anders als alles, was sie bisher erlebt hatte. Da konnte sie sogar diesen tollen Sound ohne Zögern zurücklassen. Als sie sich dem Ausgang der Discothek näherte, spürte sie eine Hand an der Schulter. Ihre Anspannung war so groß, dass sie erschrocken zusammenzuckte. Doch als sie die Stimme ihrer Freundin Lilli Drombusch hinter sich hörte, musste sie über sich selbst lachen. Sie war so nervös vor diesem heimlichen Rendezvous, als sei es das erste Mal, dass sie sich mit einem Mann traf.

»Gehst du schon?«

Delia nickte und wollte weitergehen, doch Lilli hielt sie zurück.

»Mensch, Delia! Gib mir doch wenigstens einen Hinweis, wo ihr euch trefft!«

»Das würde dir so passen!« Delia schmunzelte. »Dann lauerst du uns am Ende noch auf und verdirbst uns die romantische Nacht.«

»Das traust du mir zu?«

»Nein!« Delia gab schnell nach, als sie sah, dass Lillis hübsches Gesicht ganz traurig wurde. »Es gehört einfach zu unserem Ritual, dass ich nichts verrate. Und daran halte ich mich.«

»Du bist echt gemein! Als deine beste Freundin habe ich doch wohl ein Recht darauf, alles zu erfahren.«

»Keine Sorge! Morgen steht alles auf Facebook. Mit Fotos!« Triumphierend hielt Delia ihr Handy in die Höhe. »Das habe ich schließlich immer dabei.«

»Mir könntest du ruhig vorher schon Bescheid sagen, wie dein geheimnisvolles Date gelaufen ist. Oder gehöre ich schon zu der Masse deiner Freunde?«

Delia nahm Lilli in die Arme und drückte sie zum Abschied

fest an sich. »Nein!«, murmelte sie in ihr Ohr, »du bist die beste und neugierigste Freundin, die ich habe.«

»Vielleicht mache ich mir ja auch Sorgen um dich!«

»Jetzt ist es aber gut! Du bist nicht meine Mutter!«

»Hab' verstanden. Also mache ich mir keine Sorgen und lasse dich einfach ins Ungewisse fahren.«

»Was heißt hier ungewiss? Ich weiß doch, mit wem ich mich treffe.«

»Das wüsste ich auch gern!« Lilli schmollte. »Du kannst mir ruhig sagen, wenn es dieser Gärtner ist. Der Typ ist ja schon an sich ein Abenteuer.«

»Es ist jemand, den du nicht kennst.«

»Wer sagt dir, dass dieser Typ in Ordnung ist?«

»Alles an ihm! Wenn du die Fotos siehst, wirst du mich verstehen.«

Damit ließ Delia ihre Freundin im Eingangsbereich der Disco stehen und trat hinaus in die Sommernacht.

Der Mond stand hell und rund am Himmel. Sie warf einen Blick darauf und war sich sicher, dass ihre Verabredung nicht zufällig heute standfinden sollte. Ein nervöses Kribbeln breitete sich in ihr aus. Sie konnte es kaum noch erwarten, die Überraschung zu erleben, die er ihr versprochen hatte. Nur mit wirklich abenteuerlustigen und mutigen Frauen konnte er etwas anfangen, hatte er zu ihr gesagt. Und genau das war sie. Sie war die Richtige für ihn. Das spürte sie.

Sie steuerte die gelbe Vespa an, die direkt vor dem Eingang abgestellt war und wollte starten. Doch in ihrer Aufregung würgte sie den Motor ab. Erschrocken wartete sie einen Augenblick, bevor sie einen neuen Versuch startete. Auf dem Kickstarter herumzuspringen, kam überhaupt nicht in Frage. Dabei könnte sie in Schweiß ausbrechen, weil sie damit nicht gut zurechtkam. Verschwitzt wollte sie auf keinen Fall ankommen.

Der zweite Versuch gelang. Sie atmete erleichtert durch, setzte ihren Helm auf und fuhr los. Sie bog auf die zu später Stunde wenig befahrene Straße ab und beschleunigte. Das Visier ihres Helms klappte sie hoch und genoss die angenehm kühle Nachtluft auf ihrem Gesicht.

*

Jeden Meter maß Phönix genau ab und arrangierte den Ort in absoluter Perfektion. Es sollte ein Fest der Sinne werden. Nichts durfte stören, nichts diese göttliche Harmonie verzerren, nichts seinen Plan durchkreuzen. Ihre Wahrnehmung sollte getäuscht werden. Sie sollte sich in Sicherheit wiegen – in dem Glauben, eine berauschende Nacht zu erleben, während sie ihrem unausweichlichen Tod entgegenging.

Der Schock des Verstehens würde umso eindrucksvoller sein, würde ihre Verzweiflung, ihre Ohnmacht und ihre Todesangst zu seinem ganz persönlichen Schauerstück machen.

Er rieb sich die Hände. Das war diese Mühe wert.

Im Einklang mit der Musik, die sanft und leise die Stille der Nacht durchdrang, legte er Meter um Meter zurück und dekorierte seinen Festplatz ganz nach seinen Anforderungen, damit der Liebesakt des Todes genau nach seinen Vorstellungen ablaufen konnte.

Er näherte sich dem Zentrum seines Wirkungskreises, dem Ehrenfriedhof. Schon von weitem konnte er die Silhouette des Steinkreuzes sehen. Ein Anblick, der ihn verzauberte. Einen besseren Opfertisch gab es nicht. An dieser Stelle schallte die Musik in einer angenehmen Lautstärke, so dass er sich dazu verleitet fühlte, im Rhythmus der Klaviertöne seine restliche Dekoration anzubringen. Die Champagnerflasche stellte er dekorativ auf dem Betonsockel des Kreuzes ab. Dieser Anblick entlockte ihm erneut ein zufriedenes Lächeln. Anschließend spazierte er langsam zwischen den Gräberreihen hindurch, um sein Werk zu bestaunen. Durch die vielen Kerzen entstand auf dem Ehrenfriedhof ein beklemmendes Zwielicht. Die Schatten der Grabsteine wiegten sich im Takt mit dem Wind, beugten sich über ihn und deckten ihn mit Finsternis zu. Die Schwingen des steinernen Adlers auf einer hohen Grabsäule schienen sich langsam auf ihn zu zuzubewegen. Das leise Rauschen in den Blättern betonte den Surrealismus der Szenerie noch zusätzlich, indem er diese »Insel der Toten« lebendig erscheinen ließ.

Sein Adrenalinspiegel stieg an. Der Zeitpunkt war gekommen. Er wusste, dass es nicht mehr lange dauern konnte, bis sie kam. Bis dahin musste er mental vorbereitet sein – musste ihr in allem, was auf sie zukam, einen Schritt voraus sein. Sie lenken, ohne dass sie es merkte und sie so ihrem Schicksal entgegenführen. Er warf noch einen letzten Blick über den Friedhof und war zufrieden mit dem, was er dort sah.

*

Delia parkte ihre Vespa am vereinbarten Ort, stieg ab und zog den Helm aus. Mit der kleinen Taschenlampe am Handy hatte sie genügend Licht, um sich ihre langen, blonden Haare im Rückspiegel frisieren zu können. Der lästige Helm drückte die Frisur immer platt, was ihr auf die Nerven ging. Aber ohne Helm durfte sie nicht fahren. Und ohne diese Vespa wäre sie verloren. Also nahm sie dieses Übel in Kauf. Anschließend frischte sie ihr Make-up auf. Als sie mit ihrem Outfit zufrieden war, zupfte sie an ihrem Minirock. Sie zog ihn noch ein bisschen höher, damit er sehen konnte, was sie alles zu bieten hatte. Auch das Top verbarg noch viel zu viel. Sie schob ihre Brüste hoch, so dass der Push-up-BH alles besser betonte. Den Netzstoff drapierte sie elegant über das neckische Outfit, als wollte sie damit etwas verhüllen.

So gefiel sie sich. Mit ihren hochhackigen Schuhen ging sie los. Auf dem Asphalt schallten ihre Schritte laut und deutlich. Doch kaum betrat sie unbefestigten Boden, wurden ihre Schritte leiser, dafür aber auch unsicherer. Schwankend und stolpernd setzte sie ihren Weg fort – mit der ständigen Angst, sich einen Absatz abzubrechen.

Doch schnell wurde sie von ihren Sorgen abgelenkt. Kleine Lichter in Reih und Glied fielen ihr ins Auge. Sie durchbrachen die Dunkelheit. Delia stolperte weiter, immer näher darauf zu, bis sie sich sicher war, was sie dort sah. Sie konnte es nicht glauben. Ihr erster Gedanke galt ihrer Freundin: Wenn sie das wüsste ...

»I'm gone live my life«, plärrte es plötzlich in die Stille hinein. Dann folgte ein lauter Bass und der Song »Live my life« von Justin Bieber dröhnte aus ihrem Handy. Hastig drückte sie auf den grünen Knopf und die Musik verstummte. Am anderen Ende der Leitung höre sie Lilli fragen: »Wo bist du jetzt?«

»Mensch Lilli! Hast du mich erschreckt«, schimpfte Delia.

»Sag schon! Was ist los bei dir? Ich platze vor Neugier!«, drängte Lilli weiter.

»Ich bin noch gar nicht angekommen, schon plärrst du mir ins Handy«, schimpfe Delia. »Ich werde das Gerät jetzt abschalten.«

Während sie in das Mobiltelefon schimpfte, stolperte sie weiter auf diese geheimnisvollen Lichter zu.

»Bitte nicht! Wie soll ich dich dann noch erreichen?«

»Gar nicht!«

»Aber ich muss doch wissen, was mit dir los ist! Wo bist du jetzt?«

»Ich bin bald da! Wenn die Verbindung abbricht, kannst du dir denken, dass ich etwas Besseres zu tun habe, als mit dir zu diskutieren.«

»Du bist ja wirklich verdammt scharf auf den Typ! Was hat der nur an sich? So warst du noch nie.«

Doch Delia hörte nicht mehr zu. Vor ihren Augen offenbarte sich eine Lichterreihe, die sie an Halluzinationen glauben ließ. Lediglich der gewöhnliche Maschendrahtzaun, der sie noch davon trennte, machte ihr klar, dass dieses Arrangement echt war. In Kniehöhe sah sie ein großes Loch, durch das sie problemlos hindurchkriechen konnte. Leise Klaviertöne vernahm sie im Hintergrund. Die Melodie war so langsam, als würde etwas Bedrohliches mitschwingen.

Das sah wirklich nach Abenteuer aus. Und gefährlich dazu. Alles, was Delia liebte. Der Reiz des Verbotenen. Sie wusste, wo sie war. Und sie wusste auch, dass hier kein Zutritt war. Und dazu diese rätselhafte Musik. Ihr Herz schlug vor Freude schneller.

»Geil!«, hauchte sie nur in den Hörer.

»Was?«

»Alles! Lilli! Einfach alles!«

»Mensch! Spann mich nicht so auf die Folter. Mach ein Foto und schick es mir zu!«, bat Lilli.

»Das filme ich besser! Sonst würdest du mir niemals glauben«, versprach Delia.

»Ja! Super! Mach das«, jubelte Lilli.

Delia ging in die Hocke und streckte das Handy durch das Loch im Zaun, um mit der Aufnahme zu beginnen.

Plötzlich tauchte eine Hand von der rechten Seite auf, ergriff das kleine Mobiltelefon und verschwand damit in der Dunkelheit.

*

Leise schallten die Töne des ersten Satzes der Mondscheinsonate durch die Nacht. Mit jedem Meter, den Phönix sich vom Ehrenfriedhof entfernte, wurden sie leiser und leiser, zarter, überirdischer. Seine Schritte hinterließen ein gedämpftes Rascheln auf dem vertrockneten Rasen, der bis zum Maschendrahtzaun reichte, durch den sie kommen musste.

Sie! Die Frau, die er für seinen Plan auserwählt hatte.

Die Frau, die nicht nur sein Leben von Grund auf verändern sollte, sondern auch das vieler anderer.

Die Frau, deren Leben hier ein Ende finden würde.

Feierliche Stimmung breitete sich in ihm aus.

Er positionierte sich hinter einer dichten Hecke, von der aus er das Gelände jenseits des Zauns überblicken konnte ohne selbst gesehen zu werden. Von nun an hieß es warten.

Seine Anspannung wuchs. Geduld war nicht seine Stärke. Aber das hätte er mit einkalkulieren müssen. Diese jungen Mädchen waren abenteuerlustig und risikofreudig – alles, was für seinen Plan große Bedeutung hatte. Aber pünktlich waren sie nicht. Warum auch? Welche Verpflichtungen hatten sie? Sie verbrachten mehr Zeit in Discos als in der Schule und genossen ihr Leben auf Kosten der Eltern.

Er schüttelte den Kopf, schüttelte diesen Gedanken ab. Damit erreichte er nur, dass er sich vom Wesentlichen ablenkte, nämlich von dem, was ihm bevorstand. Dafür benötigte er volle Konzentration.

Er schaute über die Kerzenlichter, die er so platziert hatte, dass sie exakt den Weg zum Friedhof beleuchteten. Der schwache Wind rüttelte an den Flammen, sodass sie flackerten und dabei unstete Schatten warfen. Dazu das leise Rauschen in den Bäumen, begleitet durch die sanften Klänge des ersten Satzes der Klaviersonate – damit entwickelte sich sein Szenario zu einem wahren Kunstwerk.

Ein Anblick, der seine Ungeduld in Vorfreude verwandelte.

Plötzlich mischten sich jaulende Töne zwischen die Mondscheinsonate. Erschrocken horchte er auf. Er kannte den Song. Es war der neueste Hit von diesem Kinderstar Justin Bieber. Das verriet ihm, dass seine Verabredung gekommen war. Wer sonst hörte sich diese poppige Musik an?

Abrupt endete der Lärm und eine Frauenstimme ertönte.

Vorsicht lugte er zwischen den Ästen hindurch. Da sah er sie.

Der Rock so kurz, dass er kaum ihren hübschen Hintern verdecken konnte. Das enganliegende Top so knapp, dass es nur dürftig die Brüste verbarg. Darüber ein Netzshirt, das alles noch frivoler aussehen ließ. Die blonden Haare zur wilden Löwenmähne frisiert. Das junge Mädchengesicht stark geschminkt.

Hübsch, leichtsinnig und verdorben. Genau so, wie er sie eingeschätzt hatte. Aber es war kein Zufall, dass er mit ihr das perfekte Mädchen ausgesucht hatte. Schließlich hatte er sich vorbereitet. Und diese schöne Knospe ließ sich auf das Unbekannte ein – ohne zu zögern, ohne nachzufragen – einfach nur aus der Laune heraus, etwas zu erleben.

Er schmunzelte.

Doch das verging ihm schnell, als er hörte, was sie in ihr Handy hinein plapperte.

»Geil!«

Damit wollte sie wohl Begeisterung ausdrücken, da sie sein Arrangement entdeckt hatte. Ihn aber störte dieses Geschwätz. Es könnte seine Vorfreude trüben. Es wurde höchste Zeit, diesen Mund zum Schweigen zu bringen.

»Alles! Lilli! Einfach alles!«, meinte sie jetzt in einem Tonfall, der ihn in seinem Entschluss nur bestärkte.

»Das filme ich besser! Sonst würdest du mir niemals glauben«, sagte sie nun und hielt das Handy durch das Loch im Zaun.
Damit hatte sie den Bogen überspannt. Jetzt war Schluss.
Er streckte seine Hand danach aus und nahm das Gerät an sich.
Vorbei die Gefahr.
Nun gehörte sie ganz ihm.

*

Delia zuckte zusammen und stieß einen leisen Schrei aus. Sie zog die Hand zurück. Das Handy war weg. Schon tauchte es vor der Öffnung im Zaun auf und jemand sagte: »Fang mich!«

»Mensch, hast du mich erschreckt«, stieß sie erleichtert aus, als sie die Stimme erkannte. Schnell schlüpfte sie durch das Loch und sah endlich das ganze Ausmaß seines Arrangements.

»Wow! Ist das alles für mich?«, fragte sie mit einem Leuchten in den Augen.

»Siehst du hier noch jemanden?«, stellte er eine Gegenfrage. Er stand genau im Licht, so dass sie nur seine Silhouette erkennen konnte.

Obwohl sie wusste, dass sie allein waren, schaute sie sich um. Außerhalb der Kerzenreihe lag alles in Finsternis. Niemand zu sehen. Und außer den fernen Klaviertönen nichts zu hören.

»Was ist das für eine Musik?«, fragte sie.

»Erkennst du es nicht?«

»Nein! Mit klassischer Musik kenne ich mich nicht aus.«

»Das ist die Mondscheinsonate von Beethoven.«

»Oh wie romantisch! Die Mondscheinsonate im Mondschein!« Vor Begeisterung warf sie sich ihm an den Hals und umarmte ihn so stürmisch, dass er Mühe hatte, nicht nach hinten zu kippen.

Dann schlenderten sie los, folgten Arm in Arm den Lichtern, bis die ersten Grabsteine in Sicht kamen.

»Wohin entführst du mich?«

»Schau dich um, dann erkennst du es!«, antwortete er, während er die Champagnerflasche öffnete und in die mitgebrachten Gläser einschenkte.

Ihr Blick fiel auf das steinerne Kreuz. Sie las die Inschrift auf dem Sockel laut vor: »À la Mémoire des Soldats francais décédes en 1870-71 ... Erigé par leurs Compatriotes.«

»Weißt du auch, was das heißt?« Er reichte ihr ein Glas mit der prickelnden Flüssigkeit.

»Machen wir hier Französischunterricht oder Französisch?«, fragte sie aufreizend zurück, nahm das Sektglas, das er ihr entgegenhielt und trank viel zu hastig.

Mit einem zufriedenen Lächeln zog er ihr die Kleider aus, während sie sich an seinen Körper schmiegte und seine Berührungen auf ihrer Haut genoss.

Plötzlich steigerte die Musik ihr Tempo. Aus den sanften Tönen wurden energische Klänge, die so gar nicht zu dem passen wollten, was Delia noch vor wenigen Sekunden gehört hatte. Immer lauter und aufdringlicher wurde die Musik, als wollte sie gewaltsam die romantische Stimmung zerstören.

»Was ist mit der Musik los? Eben war sie viel romantischer!«

»Das war der erste Satz«, erklärte er. »Aber was ich will ist keine Romantik, sondern Leidenschaft.«

»Dann sind wir schon zwei!«

Als Delia ganz nackt war, setzte der dritte Satz der Klaviersonate ein. Harte Hammerschläge ertönten, die in wilder Abfolge einen gebrochen Akkord schmetterten. Der abrupte Tempowechsel ließ Delia erschrocken die Augen aufreißen. Doch was sie sah, erregte sie noch mehr. Sein Gesicht drückte eine unbezähmbare Entschlossenheit aus, sie zu erobern. Genau das, was sie wollte. Ungestüm drückte er sie auf die Erde nieder und nahm sie mit einer Geschicklichkeit, die aus einem Balanceakt zwischen Gewalt und Zärtlichkeit bestand. Weder wurde er zu schonungslos, noch zu behutsam – er fand immer den richtigen Dreh, um sie an die Grenzen der Ekstase zu führen. Delia stöhnte unter ihm, gab sich ihm willenlos hin, spürte, wie er sich entzog, um sie mit erneuter Kraft zu erobern. Sie gelangte an einen Höhepunkt, der sie kraftlos zusammensinken ließ. Noch nie hatte sie sich so ausgepowert gefühlt. Sie schloss die Augen und wartete darauf, dass er neben ihr niedersank und sie zärtlich in die Arme nahm.

Doch das geschah nicht.

Verwundert schaute sie auf und erschrak, als sie sah, wie er breitbeinig vor ihr stand. Wieder konnte sie nur seine Umrisse sehen, weil er mit dem Rücken zum Kerzenlicht stand. Hinzu kam, dass die Umrisse begannen, sich zu bewegen. Was war mit ihren Augen?

»War es nicht gut?«, fragte sie fassungslos.

»War?«

»Ist es noch nicht vorbei?« Delia wusste nicht, ob sie wirklich noch mehr wollte. Ihr Körper fühlte sich entkräftet an. Da war kein Funken mehr von Lust zu spüren. Außerdem überkam sie eine lähmende Müdigkeit, als sei ihr der Alkohol zu Kopfe gestiegen. Doch er nahm ihr Zögern nicht wahr, sondern flüsterte in einem Tonfall, der ihr Angst machte: »Mein Part fängt erst an.«

Er beugte sich herab, strich über ihren rechten Arm, bis sie plötzlich einen Schmerz spürte. Sie erschrak, bewegte sich aber nicht, sondern schaute ihm zu, wie seine Aufmerksamkeit sich auf den linken Arm konzentrierte, bis es auch dort schmerzte. Etwas Warmes breitete sich auf beiden Armen aus.

»Was ist das für ein Spiel?«, fragte sie verunsichert. Ihre Stimme lallte schon.

»Ich dachte, du bist zu jedem Abenteuer bereit?«, hakte er leise nach.

Delia war sich nicht mehr so sicher, ob sie beide darunter dasselbe verstanden. Sie fühlte sich benommen und unkonzentriert. Etwas lief hier aus dem Ruder – genauer gesagt, an ihren Armen herunter. Sie wollte nicht wissen, was es war. Allein ihre Vermutung ließ sie schon innerlich erschauern. Eisige Kälte kroch schlagartig durch ihren Körper, der vor wenigen Sekunden noch heiß glühend war.

Dann sah sie es: das Messer! Es war klein, fast unscheinbar. Das Blut, das im Kerzenschein an der Klinge schimmerte, war ihr eigenes. Sie brach in Panik aus.

Sie wollte schreien, doch seine große Hand legte sich über ihren Mund.

»Pssssssss!«, flüsterte er in ihr Ohr.

Verzweifelt versuchte sie sich zu wehren, doch sie schaffte es nicht. Sie spürte nur, wie sie immer kraftloser wurde. Ein letzter Gedanke schoss ihr durch den Kopf: Das ist kein Abenteuer! Das ist eine Falle!

Dann fiel sie in eine erlösende Ohnmacht.

*

Der erste Satz der Mondscheinsonate setzte wieder ein. Aus dem cis-Moll entwickelte sich allmählich eine zarte Melodie, die leise umgeformt wurde, in andere Tonarten entwich, bis sich die Triolen verselbstständigten. Es war die freie Fantasie, die den Schöpfer einst dazu beflügelt hatte – eine vom Geist der Improvisation inspirierte – in ihrer Form nicht festgelegte Gattung! Damit sprach ihm Beethoven aus der Seele, denn ursprünglich lautete der Name dieser Sonate »Sonata quasi una Fantasia« – Sonate wie eine Fantasie. Phönix identifizierte sich nur zu gern mit dieser tiefgründigen Bedeutung. Auch er passte in keine Norm. Er hatte erkannt, dass er nur durch Andersdenken und –handeln weiterkommen konnte. Deshalb war er an diesem denkwürdigen Ort und lauschte den Klängen, die beschaulich und kühl zwischen den Grabstätten hindurch zu seinen Ohren drangen.

Dabei liebkoste er Delias zarte Haut. In ihrer Bewusstlosigkeit gefiel sie ihm ganz besonders, denn ihre Gesichtszüge wirken unschuldig und entspannt. Die Augenlider blieben geschlossen, als er ihren nackten Körper anhob. Sie war federleicht und fiel sanft gegen seinen Oberkörper. Es kostete ihn keine Mühe, mit ihr im Arm auf den Sockel zu klettern, um sie dort in die richtige Position zu bringen.

Ihre Schönheit betörte ihn. Ständig überkam ihn der Drang, sie wieder zu berühren. Die Erinnerung an ihren wilden Sex erregte ihn zu einem unpassenden Moment. Vorsichtig balancierte er sich und den schlafenden Körper der jungen Frau auf dem schmalen Fundament dicht vor dem steinernen Kreuz aus. Jetzt durfte er sich nicht durch dumme Gedanken ablenken lassen.

Sein Blick fiel auf ihr Gesicht, das bleich im Mondschein schimmerte. Ihre Augenlider begannen leicht zu flattern, was bedeutete, dass sie bald wieder aufwachen würde. Also musste er zusehen, dass das genau im richtigen Augenblick geschah.

Rasch begann er mit der Arbeit.

Es dauerte nicht lange, schon sah er den ersten schwachen Lichtstreifen am Horizont.

Der neue Tag erwachte.

Und Delia ebenso.

*

Delia öffnete die Augen.

Sie wusste nicht wo sie war. Auch nicht, wie sie an diesen Ort gelang war, an dem sie sich aufhielt. Sie hob den Kopf und schaute sich um. Ihr Blick war verschwommen, grauer Dunst umgab sie. Sie schüttelte leicht den Kopf, doch damit löste sie nur Schwindel aus. Sofort hielt sie mit der Bewegung inne. Seufzend senkte sie den Kopf wieder auf ihre Schulter.

Ein Geräusch ließ sie aufhorchen.

Sie schaute auf und versuchte etwas zu erkennen. Nach und nach wurden die Bilder klarer. Doch was sie sah, gefiel ihr nicht. Es waren Grabsteine, viele unterschiedliche Grabsteine.

Endlich fiel es ihr wieder ein. Ihr geheimnisvolles Rendezvous! Mit dem Mann ihrer Träume.

Sollte das Teil ihres mysteriösen Spiels sein?

Dann sah sie ihn.

Ihre Blicke trafen sich.

Erschrocken sah sie in seinen Augen einen tiefen Abgrund aufblitzen. Panik breitete sich in ihr aus. Das gehörte nicht zu ihrem Plan. Hier lief etwas verdammt schief. Sie wollte schreien, aber es kam kein Ton heraus. Sie wollte sich zurücklehnen, aber auch das gelang ihr nicht. Sie fühlte sich wie fixiert. Was war geschehen? Sie konnte sich nicht bewegen. Ihre Beine trugen sie nicht mehr. Sie hatte keine Kontrolle mehr über ihren Körper.

Alles fühlte sich an wie in einem ihrer Albträume, beruhigte sie sich schnell. Ja, bestimmt! Sie befand sich mitten in einem Albtraum. Darin kam sie auch nie vom Fleck, egal wie sehr sie sich anstrengte zu laufen. So war es hier auch. Ihre Beine waren taub, ebenso ihre Arme. Diese Taubheit zog höher und höher – sie spürte ihren ganzen Körper nicht mehr. War das der Schlaf, der sie nun übermannte?

Etwas in ihr sträubte sich jedoch, sich in diesen Schlaf sinken zu lassen. Also strengte sie sich an, ihre Augen offen zu halten – selbst das gelang ihr nur unter größter Mühe. Doch was sie sah, ließ sie allmählich daran zweifeln, dass sie träumte. Er stand immer noch vor ihr und beobachtete sie. Warum half er ihr nicht? Warum grinste er so dämonisch? Was war mit ihm geschehen, nachdem sie miteinander geschlafen hatten?

Sie wollte ihn danach fragen, aber sie schaffte es nicht, sich zu überwinden. Alles an ihr war bleischwer. Sie brachte keinen Ton heraus. Ihre Willenskraft gab nach, ihre Augenlider fielen wieder zu.

Nein! Das durfte nicht sein!

Hastig riss sie die Augen wieder auf.

Immer noch stand er reglos vor ihr.

Sie spürte, dass er ein Spiel mit ihr spielte, das jegliche Grenzen überschritt.

Aber nicht mit ihr. Dazu war sie nicht bereit.

Sie wollte sich dagegen wehren, wollte sich vor seinen Augen nicht einfach gehen lassen. Diesen Triumph gönnte sie ihm nicht. Stattdessen wollte sie ihm so viel an den Kopf werfen. Ihm sagen, dass er nichts Besonderes beim Sex war. Dass sie schon Bessere hatte. Ihn verletzen – wie er sie verletzt hatte. Immerhin war sie am Gymnasium heiß begehrt. Viele ihrer Mitschüler zeigten großes Interesse an ihr. Sie hatte noch so viel vor – wollte noch so viel erleben – noch so viel von der Welt sehen.

Doch die Müdigkeit besiegte ihren Stolz.

Unumkehrbar legte sich Schwärze über ihre Augen.

1

Schon früh am Sonntagmorgen herrschten sommerlich warme Temperaturen. Die Sonne schien vom azurblauen Himmel, kein Wölkchen in Sicht. Die angekündigte Rekordtemperatur konnte nichts mehr aufhalten. Eigentlich liebte Susanne Kleber dieses Wetter. Doch heute musste sie arbeiten. In ihrem Job als Reporterin für die einzige saarländische Tageszeitung blieb es ihr nicht erspart, auch die Sonntage zu opfern, wenn etwas Wichtiges auf dem Programm stand. Genau das war heute der Fall.

Kritsch schaute sie auf ihren Nebenmann, Dimitri Wagner. Seit einigen Wochen war er als Kameramann bei ihrer Zeitung beschäftigt und begleitete sie zu allen wichtigen Außenterminen. Anfangs war Susanne skeptisch, doch inzwischen hatte er sie mit seinen pfiffigen Schnappschüssen überzeugt.

Seine Haare zu einem Irokesenschnitt verunstaltet – mit schwarzen Seiten und weißen Spitzen – war er ein echter Hingucker. Mit ihm konnte sie unauffälliges Recherchieren schon mal vergessen. Doch hier waren sie offiziell in ihrer Funktion als Reporterin und ihr Fotograf im Einsatz. Hier war es Susanne egal, wie er aussah. Ansonsten hatte sie immer eine Mütze für Notfälle in der Tasche, mit der sie Dimitri besser tarnen konnte.

Der Parkplatz, der sich immer mehr mit Menschen füllte, war ein Behindertenparkplatz. Vermutlich war er genau deshalb als Treffpunkt für die Touristenführung durch den *Deutsch-Französischen-Garten* (DFG) gewählt worden, weil dort sowieso kein Auto parkte. Bisher hatte Susanne jedenfalls noch nie einen Schwerbehinderten dort parken sehen. Höchstens mal Franzosen, die es mit den Vorschriften nicht so genau nahmen.

Auch heute stand hier kein einziges Auto. Sonst hätten die vielen Menschen nicht mehr auf diesen Platz gepasst. Susanne staunte über das große Interesse an der Führung durch den *Deutsch-Französischen Garten*. Vermutlich hatte das neue Projekt, das hier gebaut werden sollte, diese Neugier geweckt. Der Vergnügungspark *Gullivers Welt*, der die bekanntesten Gebäude der Welt im Miniaturformat ausgestellt hatte, war nach 35 Jahren geschlossen worden. Nun sollten große Veränderungen vorgenommen werden, um mehr Aufmerksamkeit auf den Park zu lenken. Das Versprechen, für deutsche und französische Kinder einen Wasserspielplatz zu bauen, war dabei auf großen Anklang gestoßen. Bei den Saarbrücker Bürgern ebenso wie bei den Politikern.

Ein Räuspern riss Susanne aus ihren Gedanken. Vor dem Eingangstor stand eine Frau, deren leuchtender Rotschopf alle Gäste überragte.

»Passt acht, liebes Publikum«, begann sie mit schriller Stimme zu sprechen. Schlagartig waren alle still und schauten in ihre Richtung. »Mein Name ist Anna Bechtel. Ich bin die Leiterin des Amtes für Grünanlagen der Stadt Saarbrücken und somit auch für den *Deutsch-Französischen Garten* zuständig.«

Susanne arbeitete sich nach vorne, gefolgt von Dimitri, der sie keine Sekunde aus den Augen ließ. Sie könnte etwas sehen, was er nicht vor die Linse bekam. Dieser Gedanke stachelte den Kameramann zu Höchstleistungen an. Als sie in der ersten Reihe ankam, sah sie, dass die Frau, die diese Gruppe anführte, die reinste Bohnenstange war. Lang und dünn stand sie in einen Wickelrock und ein T-Shirt gehüllt, bei dem sich jede Menge Knochen abdrückten. Mit den leuchtend roten Haaren war sie der Inbegriff einer Gruppenführerin. Niemand konnte diese Frau übersehen.

»Wie wir alle wissen, wird der Park *Gullivers Welt* geschlossen. Dem Besitzer haben wir gekündigt und er hat den Park bereits leergeräumt.«

Alle nickten.

»Genau an diese Stelle werden wir einen Wasserspielplatz bauen!«

Applaus ertönte.

Anna Bechtel lachte, verneigte sich leicht und sprach weiter:

»Dafür benötigen wir viel Geld. Das erlangen wir nur durch Fördergelder der EU, wenn wir den *Deutsch-Französischen Garten* als lohnendes Tourismusprojekt verkaufen können.«

Zustimmendes Nicken unter dem Publikum war zu sehen.

»Vor sechzig Jahren, am 22. Januar 1963, wurde die deutsch-französischen Freundschaft durch den Elysee-Vertrag besiegelt. Dieses Jubiläum wurde im letzten Jahr gebührend gefeiert. Doch wir wollen mit unserem Projekt zeigen, dass wir auch über diese obligatorischen Fälligkeitstage hinaus stets dazu bereit sind, mit innovativen Projekten diese länderübergreifende Freundschaft einer stetigen Verbesserung zu unterziehen. Aber das kostet Geld, das die Stadt Saarbrücken nicht hat. Deshalb werden wir regelmäßige Führungen machen, um den Menschen unsere Ziele näherzubringen. Extra dafür haben wir ein Tourismusbüro eröffnet. Das liegt genau am entgegengesetzten Ende des Parks, am Nordeingang. Dort wollen wir nachher den Abschluss machen, damit Sie sich in aller Ruhe umsehen können, welches Informationsmaterial wir dort ausliegen haben. Bei einer Tasse Kaffee vom Kiosk direkt nebenan können Sie sich in aller Ruhe über alles informieren, was die Vergangenheit, die Gegenwart und die Zukunft unseres *Deutsch-Französischen Gartens* betrifft.«

Wieder erntete die große, rothaarige Frau Applaus.

»Nun passt acht, liebe Gäste. Wir wollen mit der heutigen Führung beginnen. Unser Schwerpunkt liegt auf dem Ehrenfriedhof.«

Sie wollte sich gerade umdrehen und losgehen, als sie innehielt und fragte: »Ist jemand von der Presse hier?«

Zusammen mit Dimitri meldete sich Susanne auf die Frage und nannte die Zeitung, für die sie arbeitete.

»Das ist gut!«, honorierte Anna und entblößte dabei viel zu lange Zähne. »Öffentlichkeitsarbeit ist das A und O unseres Tourismuskonzeptes. Dann wollen wir mit der Führung beginnen.«

Sie durchschritt mit den vielen Besuchern im Schlepptau das

Eingangstor und blieb schon gleich an einer hohen Steinmauer stehen.

»Das ist der *Schulze-Kathrin-Bunker*«, erklärte sie, »benannt nach Katharina Weißgerber. Sie hat sich bei der Schlacht auf der Spicherer Höhe am 6. August 1870 inmitten der Kämpfe um verwundete Soldaten beider Nationen gekümmert, ihnen Wasser gereicht und dabei geholfen, die Verwundeten aus den Gefechtslinien zu schaffen. Dieser Einsatz wurde dem preußischen König Wilhelm gemeldet und sie erhielt das Verdienstkreuz für Frauen.« Nickende Köpfe bewiesen ihr, dass alle wussten von wem sie sprach. »Leider gehört dieser Bunker nicht der Stadt Saarbrücken sondern einer Fremdfirma, die ihn uns gerne verkaufen möchte. Aber das Geld können wir uns sparen, denn dieser Bunker funktioniert als Begrenzungsmauer unseres *Deutsch-Französischen-Gartens* – ist also so oder so Bestandteil unseres Gartens. Außerdem kann ihn niemand wegschleppen.«

Die Zuschauer lachten.

Einer fragte: »Wie sieht es in dem Bunker aus?«

»Heute kann man nur noch die vorderen Räume betreten, die als Lagerräume genutzt werden«, antwortete Anna. »Die hinteren sind wegen Einsturzgefahr gesperrt. Aber wie es dort zu Kriegszeiten ausgesehen hat, kann man auf einer Fotoausstellung im Museum bewundern.«

Weiter ging es zu den Rosengärten. Der deutsche Rosengarten lag Frankreich zugewandt, der französische Deutschland – ein Symbol für die Deutsch-Französische Freundschaft, auf die Anna Bechtel mit besonderer Betonung hinwies. Im französischen Rosengarten stand ein Mann, der mit lauter Stimme sprach und dabei wild gestikulierte. Worte wie »France Libre« und »Paul Cézanne«, die besondere Fürsorge benötigten, schallten laut über den Platz.

Anna erklärte den staunenden Gesichtern: »Das ist François Miguel, unser französischer Gärtner! Er unterhält jeden mit seinem Fachwissen über Rosen, ob man nun will oder nicht.«

Sie sahen den Franzosen mit einem Mann sprechen, der Mühe hatte, den hektischen Armbewegungen des Gärtners auszuweichen. Ein Anblick, der die Besucher amüsierte.

»Aber als Gärtner ist er wirklich gut«, fügte Anna an. »Schauen Sie sich mal zum Vergleich den deutschen Rosengarten an. Dafür haben wir bis jetzt noch keinen geeigneten Gärtner finden können.« Tatsächlich! Der deutsche Rosengarten sah vernachlässigt aus.

Um die Aufmerksamkeit wieder auf sich zu lenken, klatschte Anna Bechtel in die Hände und rief: »Passt acht, liebes Publikum. Es geht weiter, wir haben noch viel vor uns. Unser nächstes Ziel ist der Ehrenfriedhof.«

*

Ehrenfriedhof!
Phönix lachte in sich hinein.
Seine Geduld wurde nicht lange auf die Probe gestellt. Er wusste, dass eine Führung durch den Deutsch-Französischen Garten *vom Eingang der Metzer Straße aus immer zu Anfang am Ehrenfriedhof vorbeiführte.*
Das war ihm wichtig, weil er keine Lust hatte, sich lange hier aufzuhalten. Aber das Wissen, dass diese Führung nur wenige Minuten dauern würde, hatte ihn zu diesem Spielchen getrieben, einfach daran teilzunehmen. Teilnehmerlisten wurden keine geführt, das war Grundvoraussetzung für ihn gewesen.
Er schaute in die ahnungslosen Gesichter der Besucher und spürte seinen Adrenalinspiegel ansteigen. Er wusste etwas, was sonst keiner ahnen konnte. Auch genoss er seine Vorfreude darauf, wie sie wohl reagieren würden. Die Neugier dieser Menschen spielte ihm in die Hände. Es würde alle umso härter treffen. Denn sie würden ganz nah herangehen und hinstarren, weil sie zu dieser Führung gegangen waren mit dem Vorsatz, jedes Detail genau zu betrachten.
Genau das war Teil seines Planes!
Er unterdrückte ein Grinsen. Damit könnte er auffallen. Und auffallen war das Letzte, was er sich erlauben durfte.
Die Gruppe ging zielstrebig auf den verheißungsvollen Ort zu.

Er ignorierte das Geplapper von Anna Bechtel, weil es ihn nicht interessierte. Viel mehr suchte er unter den vielen Leuten einen möglichen Gefahrenpunkt – jemanden, der seinen Plan durchkreuzen könnte. Jemanden, der ihn kannte. Jemanden, der besonderes Interesse an ihm zeigte. Aber da war niemand. Egal wie oft er sich die Gesichter ansah – niemand kam ihm bekannt vor, also bestand keine Gefahr für ihn.

Zum Glück.

Sie betraten bereits den unteren Teil des Friedhofs. Der dichte Baumbestand verhinderte die freie Sicht. Es blieb ihnen also nichts anderes übrig, als ganz nah heranzugehen.

Und genau das taten sie in diesem Augenblick.

Sein Puls beschleunigte sich.

*

Sie steuerten einen Wald an, der von außen undurchdringlich wirkte, während Anna Bechtel berichtete: »Dieser Ehrenfriedhof wurde zu Ehren der deutschen und französischen Soldaten des Deutsch-Französischen Krieges in der Schlacht von Spichern im Jahre 1870 errichtet. Viele Tote waren von beiden Seiten zu beklagen. Daher werden Sie auch schnell erkennen, dass Deutsche wie auch Franzosen hier Seite an Seite liegen.«

Man kam den Bäumen immer näher, doch es war immer noch kein einziges Grab zu sehen.

»Dieser Platz wurde nicht zufällig ausgewählt. Bis 1870 hieß das Ehrental *In der Galgendelle*, weil sich dort eine Hinrichtungsstätte für die Bürger aus der Grafschaft Saarbrücken befand.«

»Gruselig«, grummelte Susanne bei diesen Worten. Doch der Anblick, der sich ihr bot, bezeugte nichts von dieser schaurigen Vergangenheit. Sie sah nur Natur.

Erst als sie dicht davor standen, konnten sie Grabsteine zwischen den hohen Zypressen erkennen. Der Boden war übersät mit Efeu. Vereinzelt fielen Sonnenstrahlen auf den Boden und streuten ein diffuses Licht. Auch schienen schlagartig die sommerlichen Temperaturen um einige Grade zu sinken. Das einzige Geräusch, das die Besucher begleitete, war das leise Rauschen des Windes in den Blättern.

Eine Stelle stach durch bunte Blumen in dem eintönigen Grün hervor. Es war das Grab der legendären »Katharina Weißgerber«. Eine Zeitlang verweilten sie dort.

Je weiter sie durch die schmalen Gassen zwischen den Gräbern einhergingen, umso deutlicher gesellte sich ein weiteres Geräusch zu dem Rauschen. Es klang wie ein Summen.

Zunächst nahm es niemand wahr. Alle glaubten, es gehöre hierher. Doch plötzlich hob Anna Bechtel den Kopf und meinte mit erhobenem Zeigefinger: »Passt acht, liebes Publikum! Dieses Brummen gehört nicht hierher.«

Alle konzentrierten sich, bis sie das Geräusch vernahmen.

»Es gibt hier weit und breit keinen Motor«, sprach Anna weiter.

»Vielleicht hat jemand sein Auto abgestellt und den Motor laufen lassen«, spekulierte ein kräftiger Mann mit rotem Gesicht.

Anna nickte resigniert und meinte: »Es wird Zeit, dass wir den Park für die Autofahrer sperren können. Es reicht schon, dass überall auf der Welt Autos fahren.«

Die Besucher stimmten ihr zu.

Sie gingen weiter.

Plötzlich sahen sie, dass kein Auto dieses Summen verursachte.

An einem hohen, steinernen Kreuz flogen schwarze Fliegen in dichten Schwärmen hektisch kleine Kreise, so dass die Sicht auf das Kreuz größtenteils verwehrt blieb. Das Einzige, was ihnen eine Vorahnung von dem gab, was dort sein könnte, war der Geruch.

Plötzlich sprang Dimitri aus der Menge vor. Susanne lief hinter ihm her und wollte ihn zurückhalten, doch ohne Erfolg. Dimitri wedelte wild mit seinen Armen, bis alle deutlich sehen konnten, was sich unter dem Fliegenschwarm verbarg.

Am Kreuz hing eine tote Frau.

Sie war mit Stricken an den äußeren Schenkeln des Kreuzes festgebunden worden, so dass es aussah, als sei sie gekreuzigt worden. Außerdem war sie nackt. So konnte das ganze Ausmaß ihrer Verletzungen gesehen werden. Die Augen waren geschlossen. Die Lippen blau verfärbt. Ihr Körper war übersät mit bräunlich verfärbten Wunden. Ausgetretenes Blut klebte an ihrem Körper. Der Rest hatte sich unter ihr zu einer großen getrockneten Lache auf dem Sockel des Kreuzes gesammelt. Die Haut war großflächig übersät mit roten Flecken, lediglich der Unterleib schimmerte grün.

Susanne, die dicht davor stand, bekam eine Salve von ekelerregendem Gestank in die Nase. Dazu dieser Anblick, schon wurde ihr schwarz vor Augen und sie fiel um.

*

Phönix fühlte sich selbst vom Anblick der Toten überrumpelt. Das übertraf seine Vorstellungen. Gestern noch war sie strahlend schön und heute ...

Bei dem Gedanken, dass er mit dieser Person noch in der letzten Nacht geschlafen hatte, wurde ihm übel. Er spürte, wie ihm Galle hochkam. Während er sich umschaute, sah er, dass es anderen genauso erging – nur aus einem anderen Grund.

Aus den Augenwinkeln beobachtete er, wie die hübsche Journalistin einige Schritte rückwärts stolperte, bevor sie umfiel und genau vor seinen Füßen landete.

Das fehlte noch. Er wollte ihr auf keinen Fall auf die Beine helfen, weil er damit Aufmerksamkeit auf sich zog. Aber wenn er es nicht tat, geschah dasselbe. Diese Situation hatte er nicht vorhersehen können. Ebenso wenig das Chaos, das um ihn herum herrschte. Von allen Seiten strömten Leute herbei. Wie kam es, dass an einem heißen Sommertag so viele Menschen im Deutsch-Französischen Garten *herumliefen? Wäre da ein Besuch im Schwimmbad nicht sinnvoller?*

Er schaute auf die Daliegende und stellte fest, dass sich bereits der Fotograf mit ihr befasste. Also war seine Hilfe nicht nötig.

Unauffällig drehte er sich um und machte sich daran, dieses Spektakel zu verlassen.

Plötzlich rief jemand: »Niemand verlässt den Ehrenfriedhof!«

Das wurde ja immer schöner. Wollte sich dieser Fettwanst als Polizist aufspielen?

Er starrte ihn an und entgegnete würgend: »Wenn ich Ihnen auf die Füße kotzen soll, bitte.«

»Um Gottes Willen! Sie auch noch«, stöhnte der Dicke. »Die Menschen von heute vertragen wirklich nichts mehr.«

Phönix vergrößerte seinen Abstand zum Ehrenfriedhof. Erst als er sich ganz sicher war, dass ihn niemand beobachtete, drehte er sich um und schaute sich das Schauspiel aus der Ferne an.

Sein Schauspiel! Es hatte seine Wirkung nicht verfehlt. Jetzt hieß es für ihn nur noch abzuwarten, bis genau das eintrat, was er sich davon versprach. Dieses Aufgebot an Schaulustigen gab ihm neue Zuversicht.

Es dauerte nicht lange, schon hörte er Polizeisirenen. Das war sein Zeichen, endgültig von diesem Ort zu verschwinden.

*

Susannes Wange schmerzte. Sie spürte Schläge. Entsetzt überlegte sie, ob sie wieder Streit mit ihrem Freund Lukas Baccus hatte. Aber er schlug sie doch nicht.

Platsch, der nächste Hieb.

Oder doch?

Schon wieder ein Schlag, dieses Mal noch fester.

Tatsächlich! Sie konnte es nicht fassen. Ein Beamter bei der Kriminalpolizei, der seine Freundin schlug? Zwar hatten sie in letzter Zeit häufiger Spannungen in ihrer Beziehung, gestand sie sich ein. Doch das ging zu weit.

Sie wollte zum Gegenschlag ausholen, da wurde ihr Arm festgehalten. Jetzt wurde es ihr zu bunt. Wütend öffnete sie die Augen und wollte gerade einen Urschrei ausstoßen! Aber was war das?

Sie lag auf dem Boden und viele fremde Gesichter schauten auf sie herab – nur nicht das von Lukas. Stattdessen war ihr Dimitris Gesicht mit den schwarz-weißen Stoppelhaaren auf dem Kopf am nächsten.

»Was ist passiert? Wo bin ich?«, fragte sie. »Warum liege ich auf dem Boden?« Sie schämte sich insgeheim für ihre bösen Gedanken über ihren Freund.

»Sag nur, du kannst dich nicht erinnern?«, fragte Dimitri zurück und lachte. »Hier geht voll was ab – genau das, was Reporter brauchen und du legst dich schlafen.«

Nun fiel es Susanne wieder ein: die Leiche am Kreuz und der Gestank, der ihr in die Nase gestiegen war. Peinlich berührt von ihrem Schwächeanfall stand sie auf, schüttelte den Schmutz von ihrem Sommerkleid und tat so, als sei nichts passiert.

Die Menschen um sie herum, die eben noch besorgt um sie schienen, eilten alle mit einem Tempo davon, als sei ihre Ohnmacht ansteckend.

Sie zuckte die Schultern und fragte geschäftsmäßig: »Was haben wir?«

»Jede Menge Fotos und eine am Boden liegende ...«

»Ich will Fakten und keine Sticheleien«, fiel ihm Susanne ins Wort.

»Die Polizei ist auf dem Weg«, erklärte Dimitri nun sachlicher. »Das bedeutet, dass die uns bald wegjagen.«

»O. k. Du verschwindest sofort, damit sie deinen Fotoapparat nicht sehen können. Ich warte mal, ob Lukas dabei ist.«

»Du meinst deinen Superhelden?«

»Genau den!« Susanne rollte entnervt die Augen.

»Der hat so rote Haare, dass er wie ein Warnschild in der Sonne herumläuft. Aber so ein Warnschild habe ich nicht gesehen.«

»Das musst du mit einem Idioten-Haarschnitt gerade sagen«, fauchte Susanne.

»Hey! Voll verliebt in unseren Superbullen!« Dimitri kreischte vor Begeisterung. Er sah, wie Susanne zu einem Tritt ausholte. Schleunigst machte er sich davon.

Sie wartete ab, wer von der Abteilung für Tötungsdelikte diesen Fall übernehmen würde. Doch als sie sah, wie die Kriminalkommissarinnen Andrea Peperding und Monika Blech zusammen mit der Tatortgruppe, der Spurensicherung, dem Gerichtsmediziner und der Staatsanwaltschaft anrückten, ahnte sie, dass sie keine Informationen bekommen würde. Mit Andrea Peperding konnte sie nicht sprechen, da ihre Spannungen von Fall zu Fall größer wurden. Und Monika Blech sprach niemals in Gegenwart ihrer Kollegin. Staatsanwalt Helmut Renske wirkte äußerst grießgrämig, während er auf den Tatort zusteuerte. Vermutlich passte es ihm nicht, an einem Sonntag zu einem Fall gerufen zu werden und dazu noch mit diesen beiden Frauen. Also konnte sie in die Redaktion zurückkehren und das aufschreiben, was sie schon wusste. Und das war schon eine ganze Menge.

*

Die Terrasse des Victor's Hotel lachte Helmut Renkse schon von weitem an. Sie lag im Schatten, womit sie eine Flucht aus der heißen Sonne bot. Hinzu kam der knurrende Magen, weil er an diesem Sonntagmorgen noch nicht einmal dazu gekommen war, zu frühstücken. Auf nüchternen Magen ein Mordopfer zu ertragen, war anstrengend. Aber gleichzeitig mit der Polizeibeamtin Andrea Peperding konfrontiert zu werden, gehörte nicht mehr zu seiner Gehaltsklasse. Seine Laune war an diesem sonnigen Sonntag in den Keller gesunken und daran musste er etwas ändern. Sofort war sein Entschluss gefasst. Er steuerte die Terrasse an, auf der zum Glück noch ein Tisch frei war und wählte gleichzeitig Hugo Ehrlings Nummer, um ihn zu einem Kaffee einzuladen. Zufällig wusste er, dass der Kriminalrat ganz in der Nähe wohnte, nämlich »Am Triller«. Also hatte dieser keinen weiten Weg und somit keine Ausrede parat, die Renske akzeptieren würde.

Kaum hatte er sich an dem freien Tisch niedergelassen, kam ein Kellner und fragte ihn, ob er am Sonntagsbrunch teilhaben wolle. Renske lief das Wasser im Mund zusammen. Er wollte noch auf seinen Gast warten, den er telefonisch erreicht hatte.

Zum Glück dauerte es nicht lange, schon stand Hugo Ehrling vor seinem Tisch.

»Kann es sein, dass Sie mit Ihrer Arbeit überfordert sind?«, fragte der Kriminalrat mit sichtlich unterdrücktem Ärger.

Doch Renskes Aussicht auf einen ausgiebigen Brunch ließ jede Anspielung an ihm abperlen. Freundlich meinte er dazu: »Ich lade Sie zu einem Sonntagsbrunch ein und schlage vor, dass uns der neue Fall nicht die Laune verdirbt.«

Ehrling trug trotz der unverhofften Bitte des Staatsanwalts, sich an einem Sonntagmorgen auf der Terrasse des Victor's Hotel im *Deutsch-Französischen Garten* einzufinden, einen makellos sitzenden dreiteiligen Anzug. Das ließ in Renske die Frage reifen, ob der Amtsleiter sogar zuhause in seinem privaten Umfeld diese Garderobe trug. Dass er selbst angemessen gekleidet war, lag daran, dass er an diesem Wochenende Bereitschaftsdienst hatte und sich deshalb hatte vorbereiten können.

Ehrling gab nach, setzte sich an den Tisch und beschloss, Renskes Einladung anzunehmen. Dazu entschieden sie sich neben Kaffee auch für einen Riesling. Sie steuerten das Büfet an, das im Inneren des Hotels auf einem langen Tisch angeordnet war. Das Angebot war vielseitig und reichte von süßen Speisen, Pasteten, Terrinen und gebratenem Roastbeef mit Karotten-Orangen-Creme über Fischvariationen mit Nudelauflauf und Gemüse der Saison bis hin zum Dessertbüffet mit Süßspeisen, bei denen schon der Anblick eine hohe Kalorienanzahl und zusätzlich auch keinen geringen Alkoholanteil verriet. Renske rieb sich über seinen Bauch, der wahrhaftig keine Mastkur benötigte. Doch bei diesem Angebot konnte er nicht widerstehen. Gedanken an Diät verschob er auf später.

Wieder am Tisch angekommen sprach er endlich aus, was ihn beschäftigte: »Ich bitte Sie, die beiden Kommissare Lukas Baccus und Theo Borg wieder in den Außendienst zu schicken.«

Ehrling trank von seinem Kaffee, grinste und meinte: »Also ist diese Einladung nicht ganz so uneigennützig wie es den Anschein haben sollte.«

Dazu erwiderte Renske nichts.

»Zu dieser Maßnahme habe ich mich aus gutem Grund entschlossen. Lukas Baccus und Theo Borg haben es nämlich geschafft, den Fokus des öffentlichen Interesses auf unsere Arbeit zu lenken und somit gleichzeitig auf die Fehler aufmerksam zu machen, die den beiden Kommissaren selbst unterlaufen sind. Dem musste ich öffentlich Einhalt gebieten, um keine personellen Einmischungen des Innenministeriums zu riskieren. Sie wissen genau, welchen Einfluss diese Behörde auf unsere Personalsituation hat.«

»Kann es sein, dass wir dem Innenministerium diese Andrea Peperding verdanken?«, hakte Renske nach.

Ehrlings Schweigen war Antwort genug.

»Was bedeutet das für mich?«

»Dass ich Ihnen nicht den Gefallen tun kann, um den Sie mich bitten. Es sei denn, die Beamtin Peperding macht wieder einen entscheidenden Fehler. Wie wir alle wissen, bewegt sie sich auf dünnem Eis.«

Renske hob sein Weinglas und meinte grinsend: »Auf einen guten alten Spruch!«

Ehrling griff ebenfalls nach seinem Glas und hakte nach: »An welchen Spruch denken Sie?«

»Fehler sind dafür da, dass sie gemacht werden.«

»Sie sind ein Optimist!«

Darauf stießen sie an.

2

Kaum hatten Lukas Baccus und Theo Borg das Großraumbüro des Landespolizeipräsidiums Saarbrücken – wie das LKA nach der erneuten Polizeireform nun hieß – betreten, schlug ihnen große Betriebsamkeit entgegen.

Während Lukas sich verdutzt umschaute, raufte sich Theo seine schwarzen Haare, dass sie zu Berge standen. Die Hektik hatte sich sogar auf die beiden Kanarienvögel Peter und Paul übertragen, denn sie pfiffen, was ihre Schnäbel hergaben.

Lukas steuerte zielstrebig den Vogelkäfig an und fütterte die beiden Piepmätze, wodurch es sofort ruhiger wurde. Dann schaute er sich das Treiben seiner Kollegen an und meinte: »Ich glaube, wir haben was verpasst!«

Theo murmelte: »Sieht echt nach einer heißen Sache aus.«

»Gut erkannt! Ihr seid ja geistige Überflieger!« Mit diesen Worten ging der schwergewichtige Staatsanwalt an ihnen vorbei und warf ihnen die Tageszeitung auf den Tisch. »Und das schon am frühen Montagmorgen.« Er steuerte die Kriminalkommissarinnen Andrea Peperding und Monika Blech an. Seine Miene verriet schlechte Laune, was Lukas und Theo von diesem Mann nicht kannten.

Auf ihrem Schreibtisch sprangen ihnen die Großbuchstaben der Titelseite ins Auge: »Tote Frau auf dem Ehrenfriedhof sorgt für Schieflage in der Kommunalpolitik.« Das Foto zeigte ein steinernes Kreuz, an dem Blut klebte. Darunter die Initialen des Fotografen: »DiWa«. Eine Abkürzung, die Lukas verächtlich schnauben ließ. Er ahnte, wer dahinter steckte.

»Allzeit bereit«, kommentierte Lukas schnell, um sich von seinen Gedanken abzulenken. Dabei hob er die linke Hand. Theo nahm die Zeitung, um auch zu erfahren, was los war.

»Die Zeit der Pfadfinder dürfte für dich vorbei sein!« Staatsanwalt Renske gähnte.

»Bei allem Respekt«, Lukas grinste, »aber was war los?«

»Während ihr euch die hohlen Köpfe volllaufen lassen konntet, mussten wir arbeiten«, schimpfte Andrea.

»Es ist das erste Mal, dass während eurer Bereitschaft mal was passiert. Das wird doch wohl noch zu schaffen sein«, konterte Lukas gereizt.

»Du hältst dich wohl für den *Held der Arbeit* oder was? Dabei besteht eure einzige Leistung darin, Scheiße zu bauen.«

»Das sagt die Richtige«, gab Lukas nicht minder schroff zurück. Die Warnungen seines Kollegen Theo überhörte er beflissen. Andrea schaffte es jedes Mal, ihn auf die Palme zu bringen.

»Anscheinend hast du deine Flamme schon lange nicht mehr gesehen. Ist es wieder aus zwischen euch? Würde mich ja nicht wundern.«

»Das geht dich nichts an.«

»Dann kann sie ja mit diesem Fotografen rummachen – diesem Dimitri!« Andrea grinste böse.

»Besser mit dem als mit dir«, gab Lukas cool zurück, ohne sich anmerken zu lassen, dass ihn diese Bemerkung traf. Warum hatte sich Susanne nicht bei ihm gemeldet? Vor allem, nachdem sie auf einen derart heiklen Fall gestoßen war.

Renske hob die Hand und brummte dazwischen: »Keine Beleidigungen an einem Montagmorgen in aller Frühe.«

Murrend gehorchten die beiden.

Lukas ließ sich an seinem Schreibtisch nieder und begann seinen Rechner hochzufahren.

»Was ist denn mit dir los?«, fragte Theo seinen Kollegen. »So schnell auf Konfrontationskurs – das kann uns doch nur schaden.« »Mag sein«, gab Lukas nach. »Es stinkt mir halt, dass wir seit Ewigkeiten nur Schreibkram machen dürfen, während die anderen die interessantesten Fälle bekommen.«

»Seit wir hier sitzen, war außer diesem Fall nichts Interessantes dabei«, stellte Theo klar. »Aber ich gebe dir Recht. Es ist höchste Zeit, dass wir wieder in den Außendienst dürfen. Was meinst du, wann der Kriminalrat uns endlich wieder lässt?« Damit stellte er die Frage, die beiden auf der Seele brannte.

»Keine Ahnung«, gestand Lukas. »Vielleicht, wenn wir damit aufhören, so gute Berichte abzugeben.«

Als hätten Peter und Paul Lukas' Worte verstanden, pfiffen sie zustimmend dazwischen.

»Dein Ego möchte ich mal haben«, erwiderte Theo und warf den Vögeln einen bösen Blick zu. Dann widmete er sich der Akte, die auf seinem Tisch lag. »Hier ist die Selbstmord-Akte Vanessa Hartmann, die wir abschließen müssen.«

»Mach mal! Ich hole mir zuerst einen Kaffee!«

»Nichts da! Das machen wir zusammen«, protestierte Theo. »Ich bin nicht allein dafür verantwortlich, dass wir in diesem Dilemma stecken.«

»Schon gut! Ich komme ja wieder.« Schon hatte Lukas das lärmende Büro verlassen und steuerte den neuen, großen Kaffeeautomaten im Flur an.

Dort stand jemand davor und wartete darauf, dass sich sein Becher mit dem Gewünschten füllte. Dieser Jemand war genau der, den Lukas jetzt nicht antreffen wollte. Unauffällig versuchte er sich umzudrehen und zu Theo zurückzukehren, doch es war zu spät. Kriminalrat Hugo Ehrling hatte ihn gesehen.

»Es fällt mir wirklich schwer, in Ihrem Fall die richtige Entscheidung zu treffen«, sagte er frostig.

Lukas schaute den Vorgesetzten wortlos an. Was hätte er auch erwidern können? Sollte dieser Luchs sein Streitgespräch mit Andrea tatsächlich gehört haben?

»Ich werde Sie und Ihren Partner Theo Borg noch eine Weile beobachten. Daran sollten Sie immer denken – was ich jedoch bezweifle.«

Lukas schluckte.

»Die Zeit im Büro können Sie dafür nutzen, herauszufinden, wer die Tote ist, die gestern im *Deutsch-Französischen Garten* gefunden wurde. Sie hatte nämlich keine persönlichen Sachen dabei – weder Ausweis, noch Führerschein.«

Daraufhin verschwand er.

Lukas schaute sich in dem langen Flur um und stellte fest,

dass er ganz allein war. Das ließ ihn hoffen, dass niemand dieses unschöne Gespräch belauscht hatte. Ehrlings Worte machten ihm klar, dass er tatsächlich auf seinen Streit mit Andrea angespielt hatte. Ab sofort musste er sich beherrschen, wenn er nicht seinen Job riskieren wollte. Er war gern bei der Kriminalpolizei. Ebenso Theo. Das waren schon zwei wichtige Gründe, einfach mal die Klappe zu halten – egal wie schwer ihm das manchmal fiel.

Mit diesen Gedanken kehrte er zurück ins Großraumbüro, wo die Hektik weiter zugenommen hatte. Inzwischen war auch Dienststellenleiter Allensbacher eingetroffen und nahm mit seiner Körperfülle den meisten Platz in dem Büro ein.

Lukas ließ sich auf seinen Stuhl sinken, als er Theo fragen hörte: »Hast du vergessen, warum du an den Kaffeeautomaten gegangen bist?«

Verdutzt schaute sich Lukas um und stellte erst jetzt fest, dass er tatsächlich keinen Kaffee mitgebracht hatte.

*

Mit schnaufender Stimme sagte Wendalinus Allensbacher: »Der Gerichtsmediziner hat mich angerufen und gefragt, warum noch niemand zur Obduktion bei ihm eingetroffen sei.« Seine zusammengekniffenen Augen auf Andrea Peperding gerichtet fügte er an: »Erklären Sie mir bitte, warum Dr. Stemm mich mit dieser Frage behelligt, wenn Sie genau wissen, dass es Ihre Aufgabe ist, dieser Autopsie beizuwohnen?«

Andrea wurde blass. Mit leiser Stimme antwortete sie: »Es hätte doch sein können, dass ein Kollege diese Aufgabe übernimmt.« Im Augenwinkel nahm sie Lukas' Grinsen wahr.

»Wenn Sie an Baccus oder Borg denken, muss ich Sie enttäuschen. Sie sind für diesen Fall eingeteilt, also übernehmen Sie auch die Gerichtsmedizin.«

Monika sah, welche Mühe es Lukas kostete, sein Lachen zu

unterdrücken. Rasch stellte sie sich hinter Andrea und trieb sie an, schneller zu gehen, damit sie keine Zeit bekam, eine unnötige Bemerkung zu machen. Die Zusammenarbeit mit Andrea war für Monika eine große Herausforderung, weil sie nicht zusammenpassten. Während Monika sich gerne beruflich verbessern würde, trampelte Andrea in jedes Fettnäpfchen, das zu finden war. Leider lautete die Devise bei Partnern: Mit gegangen – mit gehangen. Also konnte sich Monika entscheiden, entweder diese Abteilung zu verlassen oder die Launen ihrer Partnerin zu erdulden. In diesem Augenblick wusste sie noch nicht, welchen Weg sie wählen sollte. Der Fall der toten Frau auf dem Ehrenfriedhof weckte ihre Neugierde und trieb sie an, für Gerechtigkeit zu sorgen. Das war es, was diese Arbeit für sie ausmachte und gleichzeitig ihre Entscheidung erschwerte.

Während der Fahrt nach Homburg zur Gerichtsmedizin sprachen sie kein Wort. Was gäbe es auch zu sagen. Andrea hatte mal wieder etwas verbockt. Warum wurden die Aufgaben nicht auf Monika übertragen? Sie würde Dr. Stemm bestimmt nicht warten lassen. Im Gegenteil! Vermutlich würde sie schon vor ihm in dem gekachelten Raum stehen und auf den Gerichtsmediziner warten. Aber damit wäre der Dienstweg nicht eingehalten, weil Andrea schon länger in dieser Abteilung arbeitete. Monika war immer noch das Küken.

Sie erreichten das Unigelände, passierten das Schrankenhäuschen und steuerten im Schritttempo das Gebäude der Gerichtsmedizin an.

Dr. Stemm erwartete sie schon.

Seine massige Statur ließ den Raum klein wirken. Der Anblick der toten Frau hinter ihm auf dem Stahltisch schnürte Monika die Kehle zu. Die Tote war gewaschen worden, wodurch viele Schnitte über den ganzen Körper verteilt zu erkennen waren. Anstelle des Ypsilon-Schnitts war ein T-Schnitt zu erkennen. Der Gerichtsmediziner hatte mit seiner Arbeit bereits begonnen. Aber das Gesicht war noch unversehrt. Also war er noch nicht bis zum Gehirn vorgedrungen, ein Aspekt der Autopsie, der Monika jedes Mal zusetzte. Aber heute wollte sie standhaft sein.

»Ich sehe, dass Sie bereits erkannt haben, welche delikate Untersuchung ich extra für Sie aufgehoben habe«, erklärte Dr. Stemm mit süffisantem Ton. Seine laute Stimme tat Monika in den Ohren weh – ebenso das, was er sagte.

»Das wäre wirklich nicht nötig gewesen«, meinte sie nur.

Doch Andrea polterte unfreundlich: »Sie haben wohl Spaß daran, sich den Sektionsraum vollkotzen zu lassen.«

»Oh nein, liebe Frau Peperding«, erwiderte Dr. Stemm »Ich habe Spaß daran, Sie mal zum Schweigen zu bringen.«

Andrea öffnete den Mund, um etwas zu entgegnen. Doch als sie sah, wie Dr. Stemm die Stirnhaut entlang des Haaransatzes und den Augenbrauen aufschlitzte und sie ablöste, blieben ihr die Worte im Hals stecken. Danach zog er die Kopfschwarte ab und die Hirnschale kam zum Vorschein. Mit einer laut sirrenden Oszilliersäge öffnete er den Schädel und legte das Innere frei.

Monika besah sich die Röntgenaufnahmen an den Wänden, bis das Geräusch aufhörte. Doch was dann kam, machte es noch schlimmer. Dr. Stemm entfernte gerade das Gehirn und legte es in eine Schale neben dem Seziertisch.

Nun war es um sie geschehen. Sie rannte hinaus. Den Weg zum Klo kannte sie inzwischen. Als sie sich erholt hatte, kehrte sie zurück. Die Leiche sah wieder halbwegs zurechtgemacht aus und Dr. Stemm wusch sich gerade am Becken das Blut von seiner Arbeitsmontur ab. Von Andrea gab es keine Spur.

»Wenn Sie Ihre Freundin suchen ...«, begann Dr. Stemm, doch Monika fiel ihm ins Wort: »Sie ist nicht meine Freundin!«

»Auch gut!« Dr. Stemm warf Monika ein verschmitztes Grinsen zu. »Das Gehirn zeigt keine Auffälligkeiten, was bei einer jungen, gesunden Frau auch nicht zu erwarten war. Das Zahnschema der Toten habe ich bereits an verschiedene Zahnärzte geschickt. Weiterhin wurden die Fingerabdrücke abgeglichen, aber bisher ohne Ergebnis. Oder wissen Sie inzwischen, wer diese Frau ist?«

»Nein! Baccus und Borg sollen das herausfinden.«

»Die beiden habe ich schon vermisst!« Dr. Stemm stieß sein lautes Lachen aus.

»Können Sie uns denn etwas über die Todesursache und den Todeszeitpunkt sagen?«, drängte Monika.

»Oh ja! Diese junge Frau ist an einem Volumenmangelschock durch Verbluten gestorben. Der Todeszeitpunkt liegt in der Nacht von Samstag auf Sonntag – da habe ich eine Zeit zwischen ein und drei Uhr errechnet.«

»Kein Sexualdelikt?«

»Sie hatte kurz vor ihrem Tod Geschlechtsverkehr, aber ob es einvernehmlich war oder nicht, kann ich schlecht sagen. Manche sexuellen Übergriffe heben sich durch die Spuren in der Vagina nicht signifikant von einvernehmlichem Sex ab. Ich würde aber in diesem Fall eher dazu tendieren zu sagen, dass wir es nicht mit Vergewaltigung zu tun haben.«

»Gibt es DNA-Spuren?«

»Ich konnte etwas herausfiltern, was ich ins Labor geschickt habe. Aber ob es für eine Typisierung reicht, weiß ich nicht.« Dr. Stemm rümpfte die Nase.

»Gibt es Anzeichen von äußerer Gewalt, die erklären würde, warum sie sich so oft von einem Messer traktieren lässt?«, löcherte Monika den großen Mann weiter mit Fragen.

»Nein!«

»Oder Alkohol?«

»Ihr Alkoholspiegel im Blut beträgt 0,7 Promille. Das reicht nicht, um betäubt zu sein.«

»Und stärkere Drogen?«

»Sollte sie betäubt gewesen sein, müssen wir den toxikologischen Befund abwarten.«

»Ist denn kein Einstich einer Nadel zu sehen?«, bohrte Monika weiter.

»Die Verabreichung muss nicht zwangsläufig durch eine Injektion geschehen«, erklärte Dr. Stemm und lachte. »Sie sind verdammt gut. Sie stellen die richtigen Fragen. Sie gefallen mir.«

Monika spürte, wie sie errötete.

»Aber, wenn es so wäre, könnte der Einstich unter einer Schnittwunde liegen. Davon hat sie weiß Gott genug.«

»Wie viel?«

»Vierundzwanzig.«

Monika schnappte nach Luft.

»Trotzdem nehme ich meine Lupe und wir beide untersuchen gemeinsam den Körper nach einem solchen Merkmal.«

»Muss ich das wirklich tun? Ich kenne mich doch gar nicht aus.« Monika zauderte.

»Vier Augen sehen mehr als zwei.«

Mühsam überwand sich Monika und schaute durch das starke Vergrößerungsglas. Plötzlich ging die Tür auf und eine harte Stimme sagte: »Wie einträchtig! Habt ihr zueinander gefunden?«

Es war Andrea, die ihre Häme nicht unterdrücken konnte.

Monika war so erschrocken, dass sie einen Schrei ausstieß. Doch der Gerichtsmediziner lachte nur und meinte: »Kein Grund zur Eifersucht! Ich bin glücklich verheiratet.«

*

Leise schallten seine Schritte in den breiten, dunklen Fluren des Rathauses. Das alte Gemäuer schloss die Hitze aus, so dass angenehme Temperaturen herrschten.

Gustav Hartmann kannte diesen Weg wie im Schlaf, so oft war er ihn schon zum Büro des Baudezernenten gegangen. Er schaute auf den Boden, als ob dort bereits unverkennbare Spuren von ihm zu sehen waren. Aber nichts dergleichen. So spurlos wie seine Wege in Dr. Briegels Büro, so spurlos waren bisher auch alle seine Bemühungen, den Auftrag für den Wasserspielplatz im *Deutsch-Französischen Garten* zu bekommen.

Doch die Situation hatte sich nun geändert.

Der Bezirksgärtnermeister Manfred Ruffing hatte ihn an

diesem Morgen angerufen und darüber unterrichtet, dass auf dem Ehrenfriedhof ein Mord geschehen sei. Alles sei dort voller Polizei und Presse. Diese Tatsache sollte sämtliche Pläne der Stadt, den *Deutsch-Französischen Garten* zu einem Tourismusprojekt zu machen, über den Haufen werfen. Gustav war froh über diese Information. So sah er endlich wieder eine Chance, an diesen Auftrag heranzukommen.

Dafür war er auch bereit, mit seinem Preis noch weiter runterzugehen. Egal wie hart er daran nagen würde – für ihn galt als Erstes, die Firma zu retten.

Er durchschritt die letzte Glastür. Jetzt waren es nur noch wenige Meter, bis er vor der Tür stand, hinter der das Büro des Baudezernenten lag. Er hatte Mühe, die Hand zu heben und anzuklopfen. Sie fühlte sich bleischwer an bei dem Gedanken, dass er wie ein Schnorrer das Zimmer betreten wollte. Die Angst, von Briegel eine Abfuhr bekommen, lähmte ihn. Dabei hieß es doch immer, man sollte positiv denken, nur so käme man an sein Ziel. Also gab er sich einen Ruck, klopfte an und betrat das Zimmer, ohne eine Aufforderung abzuwarten.

Dr. Gerhard Briegel saß hinter seinem pompösen Schreibtisch und schaute überrascht auf. Vermutlich kannte er diese Dreistigkeit nicht. Hartmann hoffte, damit nicht zu weit gegangen zu sein.

Doch als der seinen Besucher erkannte, stieß er die angehaltene Luft aus und fragte: »Was treibt Sie noch hierher?«

»Die neue Situation im DFG!«

»Was sollte sich an der Situation geändert haben?«, fragte Briegel schroff. Er bot Hartmann nicht an, sich zu setzen.

Er tat es trotzdem, weil er sich auf seinen Beinen viel zu wackelig fühlte.

»Natürlich hat sich alles verändert«, widersprach er. »Wie es aussieht, werden Ihnen durch diesen unangenehmen Todesfall – der zudem noch ein Mordfall ist – die Fördergelder gekürzt. Ich bin bereit, mit meinem Preis noch ein wenig runterzugehen.«

»Für den Bau dieses Spielplatzes ist die Gartenbaufirma Ruppert verpflichtet«, stellte Briegel klar. »Daran ändert auch dieser Leichenfund nichts. Wir werden weiterhin ungebrochen an der Förderung unseres Projektes arbeiten, bis diese Sache ausgestanden ist. Spätestens dann bekommen wir das Geld und können mit dem Bau beginnen.«

»Mit meinem Angebot können Sie jetzt schon damit beginnen und somit das Ansehen des DFG in kürzester Zeit retten.« Es war der berühmte Griff nach dem Strohhalm, das spürte Hartmann. Doch er griff danach – in der Hoffnung, an diesen Auftrag heranzukommen. »Hinzu kommt, dass ich in meiner Firma deutsche und französische Mitarbeiter beschäftigt habe, was dem Europäischen Grundgedanken der internationalen Verbindungen doch nur entgegenkommt. Damit können Sie ganz neue Argumente vorbringen, die Ihrem Image, das Saarland als Vorzeigemodell für innereuropäische Freundschaften verschiedener Nationen zu präsentieren, nur Pluspunkte einbringen können.«

»Wissen Sie was?« Mit diesen Worten stand Briegel plötzlich auf, was eindeutig ein Rausschmiss war. Hartmann spürte seine Hoffnung schwinden. Doch plötzlich fügte der Baudezernent an: »Das ist wirklich ein interessanter Gedanke. Ihre Betriebsinterna waren mir bisher nicht bekannt. Wir überdenken das Ganze noch mal. Ich melde mich bei Ihnen, wenn ich mich dazu entschließen sollte, Ihr Angebot anzunehmen.«

Das klang nach weniger als nichts, dachte sich Hartmann resigniert, stand auf und reichte Dr. Briegel die Hand zum Abschied.

Die Tür öffnete sich ohne anzuklopfen. Herein trat eine junge Frau in aufreizender Kleidung und mit leuchtend roten Haaren.

»Isabelle! Kannst du nicht anklopfen?«, tadelte Dr. Briegel.

»Ich bin deine Tochter, also kann ich reinkommen wann und wie ich will«, begehrte die junge Frau trotzig auf.

Hartmann spürte einen schmerzlichen Stich in der Herzgegend. Dieses junge Ding erinnerte ihn an seine eigene Tochter. Mit einem Nicken eilte er aus dem Büro.

*

Lukas schaute sich die Tatortfotos an und konnte es immer weniger fassen, dass Susanne ihn nach diesem Erlebnis nicht angerufen hatte. Sie hatten weder Streit noch sonstige Missstimmung, was bei ihnen leider häufiger vorkam, als ihm selbst lieb war. Von ihrem Auftrag, über die Entwicklung im *Deutsch-Französischen Garten* zu berichten, hatte er gewusst. Aber mehr auch nicht. Diese Arbeit hatte ihn einfach nicht interessiert, weil der größte Teil der Grünanlage aus Blumenarrangements bestand. Was kümmerten ihn Pflanzen? Auch der geplante Bau eines Kinderspielplatzes gehörte nicht zu den Themen, die er mit Susanne besprechen wollte. Am Ende käme sie noch auf den Gedanken, sich ein Kind von ihm zu wünschen. Diese Probleme hatte er mit seiner geschiedenen Frau erlebt und legte keinen großen Wert darauf, mit Susanne eine Wiederholung zu erfahren.

Aber jetzt sah alles anders aus.

Wie hätte er ahnen können, dass Susannes erster Auftrag im *Deutsch-Französischen-Garten* mit einem Mordfall begann. Die tote Frau sah übel zugerichtet aus – so als hätte sich der Täter Zeit mit ihr gelassen. Das war kein gewöhnlicher Fall! Das spürte Lukas. Da steckte mehr dahinter. Umso schlimmer, dass Andrea Peperding und Monika Blech damit betraut waren. Den beiden traute er bestimmt nicht zu, diesen Mord aufklären zu können. Aber er hatte keine andere Wahl, als zuzusehen! Er musste zusammen mit seinem Freund und Kollegen Theo seinen Innendienst solange absitzen, wie es der Kriminalrat für sie vorgesehen hatte.

Er hörte ein Räuspern.

Erschrocken schaute er auf und fühlte sich ertappt, als hätte er seine Gedanken laut ausgesprochen.

Er sah in Theos ungeduldiges Gesicht, der brummend meinte: »Wir sollen herausfinden, wer die Tote ist. Das findest du nicht heraus, indem du die Tatortfotos anstarrst!«

Lukas nickte, legte schnell die Fotos zur Seite und schaute seinen Kollegen an.

»Ich habe die Vermisstendateien durchgesehen«, erklärte Theo. »Dort gibt es viele vermisste Frauen, aber nichts, was auf unser Opfer passt.«

»Was ist, wenn sie nicht vermisst gemeldet wurde?«

»Dann finde ich ihre Identität über diese Suche nicht raus«, entgegnete Theo mürrisch. »Schlag du doch was Besseres vor.«

»Ich gehe in die Abteilung der KTU und schaue die Sachen durch, die bei der Leiche gefunden wurden«, bot sich Lukas an. »Vielleicht gibt es dort einen Hinweis.«

»Es gab bei der Leiche keine persönlichen Sachen, die Markus Schaller hätte untersuchen können«, hielt Theo dagegen.

»Wie das?« Lukas staunte.

»Das Opfer war nackt und von Klamotten oder ähnlichem gab es keine Spur!«

Lukas ließ sich mit einem Seufzer wieder auf den Stuhl zurücksinken. Sein Anfall von Arbeitseifer war wieder erlahmt.

»Dann bleibt mir nur noch, nach Ausreißerinnen zu suchen. Oder vielleicht gehörte sie zu den Frauen, die auf der Straße leben.«

»O. k., wenn wir sie dann immer noch nicht finden, weiß ich auch nicht mehr weiter.«

Lukas begann zu tippen und wartete darauf, dass sich auf seinem Bildschirm etwas tat, als die Tür zum Großraumbüro geöffnet wurde. Dieter Marx von der Drogenabteilung kam herein. Sein Gesicht wirkte zerfurcht. Seine schwarzen Haare waren mit grauen Strähnen durchzogen, was Lukas noch nie an ihm aufgefallen war. Überhaupt sah er an diesem Tag alt aus.

»Sag nur, du hast herausgefunden, wer sie ist?«, fragte er den Kollegen. Dieter Marx fiel durch seinen religiösen Wahn auf, mit dem er jeden in die Flucht schlagen konnte. Allen Kollegen der Kriminalpolizei war es ein Rätsel, warum er nicht längst dahin befördert worden war, wo er hingehörte – nämlich in ein Kloster. Doch die Hausspitze hatte beschlossen, in diesem Mann eine starke Stütze für die Drogenabteilung zu sehen, also blieb Marx und predigte unablässig weiter.

»Barmherzig und gnädig ist der Herr ...«, schwadronierte der große Mann sofort los.

Plötzlich tauchte eine junge Frau mit weit aufgerissenen Augen hinter ihm auf. Sie starrte den Polizeibeamten an, als sei er der Leibhaftige.

»Keine Sorge«, beruhigte Lukas. »Das ist nur unser Hausgeistlicher. Der tut nichts.«

Theo unterdrückte ein Lachen und fragte: »Wer sind Sie?«

»Ich heiße Lilli Drombusch.«

»Und warum sind Sie hier?«, fragte Theo weiter. Lukas merkte ihm an, dass er seine Ungeduld nur schwer zügeln konnte, weil Marx noch nicht fertig war mit seinem Psalm: »... geduldig und von großer Güte!«

»Ich habe in der Zeitung gelesen, dass eine Frau im *Deutsch-Französischen Garten* tot aufgefunden wurde.«

»Sie wissen, wer die Tote ist?« Theos Augen bekamen ein Leuchten.

Dieter Marx ging ohne ein weiteres Wort davon.

Lukas und Theo schauten dem Kollegen ganz erstaunt hinterher. So hatten sie ihn noch nie erlebt, dass er ohne ein weiteres Bibelzitat den Raum verließ.

Die Worte »Ich befürchte, dass ich weiß, wer sie ist« von der jungen Besucherin lenkten ihre Aufmerksamkeit wieder auf Lilli Drombusch.

»Dann klären Sie uns auf und wir können Ihren Verdacht entweder bestätigen oder dementieren«, bat Theo schnell, damit sie seine Zerstreutheit nicht bemerkte. »Am besten setzen Sie sich und beruhigen sich ein wenig.«

Lilli ließ sich unsicher auf dem angebotenen Stuhl nieder, setzte mehrere Mal an, bis sie endlich laut sagte: »Ich habe

Angst, dass die Tote meine Freundin Delia Sommer ist.«

Zögerlich berichtete sie von Delias geheimnisvoller Verabredung am Samstagabend, was Theo dazu veranlasste zu fragen: »Warum melden Sie sich erst heute bei uns?«

Lilli brach in Tränen aus.

Lukas strafte seinen Kollegen mit einem bösen Blick, zog ein Taschentuch aus einer Schreibtischschublade und reichte es der jungen Frau. Sie schnäuzte sich leise, straffte die Schultern und sprach weiter, ohne die beiden Männer dabei anzusehen: »Ich war total neugierig darauf, mit wem Delia sich traf und vor allem, wo. Aber sie wollte nichts verraten. Sie prahlte immer von Abenteuer und Risiko, was ihrem Date erst den richtigen Kick verschaffte. Damit hat sie mir die Nase richtig lang gemacht. Umso neugieriger wurde ich. Doch sie wollte erst hinterher damit herausrücken, indem sie alles auf Facebook postet. Ich war eingeschnappt und wollte sie überreden, mir doch schon vorher Bescheid zu geben. Aber das hat sie nicht gemacht. Dann fand ich am Sonntagmorgen ein offizielles Posting von ihr.«

Wie von der Tarantel gestochen schnellte Lukas vor seinen PC und rief das soziale Netzwerk Facebook auf. »Sagen Sie mir bitte Ihre Einlogg-Daten!«

Zuerst wollte sich Lilli sträuben, doch dann gab sie nach. Sie diktierte Lukas ihre Daten, dem sich daraufhin ein Bildschirm voller lachender Gesichter und lustiger Karikaturen präsentierte.

Mit nur wenigen Klicks, die Lilli selbst übernahm, konnte sie den Text aufrufen, den ihre Freundin auf diesem Netzwerk online gestellt hatte. Auf dem Bildschirm waren viele Kerzen auf dem Boden zu sehen, die einen Weg zu beleuchten schienen. Darunter stand: »Voll geil! Absolut abartig und anders! Wenn ihr wüsstet ...«

Lukas sah das Datum. Diese Nachricht war am Sonntag um vier Uhr in der Frühe gepostet worden.

Er schaute auf Theo, der nur mit den Schultern zucken konnte.

3

Susanne Kleber fühlte sich an diesem Morgen wie gerädert. Als hätte sie Alkohol im Übermaß getrunken. Gnadenlos warf sie der Wecker aus den gemütlichen Federn. Am liebsten hätte sie ihn aus dem Fenster geworfen. Aber dafür war er zu teuer. Das Gerät hatte einen großen LCD-Bildschirm, dem sie alle wichtigen Daten schon gleich in aller Frühe entnehmen konnte, wie z. B. die Wetterprognose, dazu die aktuellen Temperaturen und die Regenwahrscheinlichkeit. Ganz nebenbei gab es noch das Radio, das gerade laut trällernd »My heart keeps a beat« spielte, was in ihren Ohren schmerzte.

Die Temperaturen waren schon wieder viel zu hoch, stellte sie mürrisch fest. Regenwahrscheinlichkeit null Prozent. Immerhin. Müde kroch sie aus dem Bett und stellte sich unter die Dusche. Das warme herabprasselnde Wasser weckte ihre Erinnerungen an den vergangenen Tag – der schreckliche Anblick der Leiche tauchte vor ihrem inneren Auge wieder auf. Darauf hätte sie verzichten können, denn schlagartig wurde ihr schon wieder schlecht. Hastig verließ sie die Dusche und suchte die Toilette auf, weil sie sich übergeben musste.

Ein Frühstück kam deshalb nicht in Frage. Stattdessen trank sie reichlich Kaffee, damit sie sich wach und einsatzbereit fühlte. Sie wusste noch nicht, welche Aufgaben für diesen Tag anstanden. Aber sie wollte auf alles gefasst sein.

Plötzlich klingelte das Telefon.

In der Hoffnung, Lukas würde endlich bei ihr anrufen, hob sie erwartungsvoll ab. Doch die Stimme am anderen Ende der Leitung ließ ihre Euphorie schnell verschwinden. Es war die Leiterin des Amtes für Grünanlagen, Anna Bechtel. Sie bat Susanne in ihr Büro zu kommen.

Das war seltsam. Susanne fragte nicht viel, weil sie ahnte, dass diese Frau ihr vorab nichts sagen würde. Anna Bechtel benahm sich so despotisch, als sei es ihr Verdienst, dass Susanne den Auftrag bekommen hatte, exklusiv über den *Deutsch-Französischen-Garten* zu berichten. Dabei hatte Susanne diesen Auftrag sich selbst zu verdanken, weil sie sich hartnäckig bei ihrem Chef durchgesetzt hatte.

Mürrisch trank sie den letzten Rest Kaffee und verließ ihre Saarbrücker Wohnung am Landwehrplatz. Zum Glück lag das Amt für Grünanlagen, Forsten und Landwirtschaft ganz in der Nähe, in der Nassauerstraße. So konnte sie den Weg zu Fuß zurücklegen. Vielleicht half ihr das, den Kopf frei zu bekommen.

Zwischen den Häusern lag die Straße im Schatten. Dort waren die Temperaturen auszuhalten. Während Susanne mit schnellen Schritten ihr Ziel ansteuerte, zog sie das Handy aus der Handtasche und schaute nach, ob Lukas ihr vielleicht eine SMS geschickt hatte. Aber nichts. Frustriert steckte sie das Gerät wieder weg.

Das Gebäude, in dem das Amt für Grünanlagen untergebracht war, tauchte schon nach wenigen Minuten vor ihr auf. Sie trat durch den Haupteingang und gelangte sofort in eine angenehme Kühle.

Anna Bechtels Büro lag im ersten Stock. Susanne entschied sich für den Fahrstuhl, weil sie keine Lust hatte, sich über die Treppe nach oben zu bemühen. Als sie sich dem Zimmer näherte, hörte sie bereits die schrille Stimme der Leiterin für Grünanlagen durch den gesamten Flur schallen. Sie hatte ihre Tür offenstehen. So konnte jeder hören, dass sie telefonierte. Wenn Susanne noch eine Weile abwarten würde, wüsste sich auch mit wem. Aber das tat sie nicht, sondern stellte sich demonstrativ in den Türrahmen. Abrupt brach Anna ihr Telefonat ab und bat Susanne einzutreten.

»Da sind Sie ja!«, lautete die Begrüßung.

Susanne nickte nur und beherrschte sich. Es fiel ihr schwerer, mit dieser Frau zusammenzuarbeiten, als sie erwartet hatte. Dabei war ihr der Auftrag wichtig. »Ich habe von Ihnen erwartet«, begann Anna Bechtel ohne Small Talk, »dass Sie diese scheußliche Begegnung von gestern Morgen nicht an die große

Glocke hängen.«

Susanne stutzte.

»Und was sehe ich heute Morgen in der Zeitung?« Sie knallte die Tageszeitung so auf den Tisch, dass Susanne ihren eigenen Artikel sofort erkennen konnte. Das Foto dazu war geradezu genial. Dimitri hatte die schockierende Stimmung perfekt eingefangen, ohne die Leiche abzubilden. Susanne konnte nicht umhin, ihm Lob zu zollen. Doch dafür war jetzt nicht der richtige Zeitpunkt, denn Anna erwartete mit Sicherheit etwas anderes von ihr. Also schwieg sie und schaute die rothaarige, große Frau an, die daraufhin sofort weitersprach: »Der *Deutsch-Französische-Garten* startet ein sehr kostspieliges Projekt, das wir nur durch Subventionen der EU finanzieren können. Da ist ein Mordschauplatz nicht die richtige Werbung für uns. Wir müssen zusehen, dass wir dieses schreckliche Ereignis so schnell wie möglich hinter uns lassen können. Das geht aber nicht, indem wir es selbst in den Medien breittreten.«

»Wir können aber nicht so tun, als wäre nichts passiert«, widersprach Susanne.

»Passen Sie Acht, meine Liebe! Ich weiß, dass Sie mit diesem Kriminalpolizisten liiert sind«, sprach Anna hastig weiter. »Das nützt Ihnen hier und jetzt aber gar nichts. Sie dürfen das Wissen, das Sie von Ihrem Lebensgefährten bekommen haben, auf keinen Fall verwenden. Hier geht es um viel Geld. Also konzentrieren wir uns auf den touristischen Wert des *Deutsch-Französischen Gartens* und auf nichts anderes. Haben wir uns verstanden?«

Susanne hatte Mühe, diese Frau nicht anzuschreien. Die Anspielungen auf ihre Beziehung zu einem Polizisten waren schon beleidigend. Aber ihre Vorwürfe, Lukas würde Interna ausplaudern, waren böse Unterstellungen. Mit unterdrückter Wut sagte sie: »Erstens spricht der Herr Kommissar nicht über interne Polizeiangelegenheiten, weil er das gar nicht darf. Zweitens habe ich durchaus verstanden, dass es hier um den Garten und nicht um den Mord geht. Nur wäre es ein Fehler gewesen, diesen Bericht nicht zu schreiben. Dass diese Leiche gefunden wurde, war ohnehin bekannt. So zu tun, als sei nichts passiert, hätte uns höchstens lächerlich gemacht.«

Anna Bechtels Gesicht funkelte nun mit ihren roten Haaren um die Wette, als sie erwiderte: »Ihre philosophischen Weisheiten sind hier nicht gefragt. Entweder Sie schreiben das, wofür Sie von mir engagiert wurden, oder ich setze mich mit Ihrer Zeitung in Verbindung, damit die mir eine andere Reporterin schicken.«

Dann winkte sie Susanne hinaus.

*

Lukas kehrte mit zwei Kaffeebechern vom Automaten zurück und meinte beschwingt: »Auch wenn man uns an den Schreibtisch fesselt, bekommen wir mehr heraus als die anderen. Immerhin wissen wir bereits, wer die Tote ist.«

Theo lachte freudlos, während er die persönlichen Daten des Opfers heraussuchte und meinte: »Sogar ich sehe jetzt einen Vorteil in unserem Exil. So kommen wir drumherum, den Eltern Bescheid sagen zu müssen, dass ihre 17jährige Tochter tot ist.«

»Siehst du!« Lukas' Augen leuchteten. »Nichts ist so schlimm wie es aussieht.«

»Außer dir natürlich!«

»Seit wann gefalle ich dir nicht mehr?«

Die Tür zum Großraumbüro ging auf und unterbrach das Geplänkel zwischen den beiden. Hereinspaziert kam der Kollege der Bereitschaft, der über eins neunzig maß und sich ducken musste, um nicht mit dem Kopf an den Türrahmen zu stoßen, Karl Groß.

»Karl der Große«, rief Lukas seinen Spitznamen, den sich Karl gern gefallen ließ. »Was treibt dich in unsere bescheidene Hütte?«

»Meine charmante Begleiterin.«

Der große Mann drehte sich um und hinter ihm kam eine

junge, schwarzhaarige Frau zum Vorschein, die neben Karl klein wirkte. Doch als Lukas und Theo aufstanden, um sie zu begrüßen, stellten sie schnell fest, dass sie alles andere als klein war. Im Gegenteil – fast so groß wie die beiden Männer maß sie. Ihre schwarzen Haare reichten bis zum Kinn und rahmten ein blasses, ebenmäßiges Gesicht ein. Dunkle, hellwache Augen schauten sie an. Ihre Lippen verzogen sich zu einem Lächeln, was ein wenig hochmütig wirkte. Dagegen strafte sie ihre Stimme Lügen, die sanft und unsicher verlauten ließ: »Jasmin Hafner! Ich bin Kommissaranwärterin.«

Lukas und Theo nannten ihre Namen, was die junge Frau mit einem Grinsen quittierte. Dadurch wirkten ihre Gesichtszüge wesentlich entspannter – ja sogar sympathisch. Mit festerer Stimme sagte sie dazu: »Von Ihnen habe ich schon einiges gehört.«

»Hoffentlich nur Gutes«, hakte Theo nach.

»Aber nur!«

Nun wirkte ihr Lachen sogar frech. Lukas gefiel diese Frau immer besser. Wie er dem Grinsen seines Freundes ansah, erging es Theo genauso.

»Jasmin begleitet mich schon seit gestern im Fall der ermordeten Frau im *Deutsch-Französischen Garten*«, erklärte Karl.

»Dann sind Sie gleich voll eingestiegen«, merkte Theo an.

»Kann man so sagen.«

Wie gebannt starrten Lukas und Theo der Kommissaranwärterin hinterher, wie sie zusammen mit Karl das Büro wieder verließ.

»Scheiße Mann! Sieht die gut aus«, stöhnte Lukas, als die Tür hinten den beiden zugefallen war.

»Du sollst deine Augen auf Susanne richten«, schimpfte Theo. »Die sieht auch gut aus.«

»Hast ja Recht«, lenkte Lukas ein und schnappte sein Handy. »Ich rufe sie gleich mal an. Es hat mich sowieso gewundert, dass sie nach der gestrigen Sache im DFG nicht bei mir vorbeigekommen ist.«

»Vielleicht stört sie sich daran, dass ich zurzeit bei dir wohne.« Theo schaute Lukas schuldbewusst an und fügte hinzu: »Das soll wirklich nur eine vorübergehende Sache sein. Ich bin auf der Suche nach einer anderen Wohnung, ehrlich.«

»Ein halbes Jahr ...«, Lukas grübelte, »... ist das wirklich vorübergehend?«

Peter und Paul begannen munter zu zwitschern, als hätten sie dazu eine eigene Meinung.

»Da hörst du es«, reagierte Theo sofort mit einem schelmischen Grinsen. »Die beiden sehen das genauso! Was ist schon ein halbes Jahr?«

»Drei gegen einen – da bin ich überstimmt!«, gab Lukas nach, während das Freizeichen seines Handys ertönte.

Als Susanne sich meldete, entfernte er sich von Theo, um ungestört mit ihr reden zu können.

*

Staatsanwalt Renske stürmte in das Großraumbüro, setzte sich auf Lukas' Platz, der gerade frei geworden war, und stieß die angehaltene Luft aus. Theo schaute überrascht auf den Mann in seinem eng sitzenden Anzug und wartete ab, ob er selbst sagen würde, was ihn beschäftigte. Das dauerte zum Glück nicht lange, denn Renskes Körperhaltung verriet Ungeduld.

»Ich arbeite ja normalerweise gern. Aber nicht mit diesen Hyänen.«

Theo grinste und fragte: »Meinst du Andrea und Monika?«

»Hauptsächlich Andrea Peperding. Sie hat wohl noch nicht begriffen, welche Rolle die Staatsanwaltschaft in einem solchen Verfahren spielt.«

»Dann erklär' ihr das doch mal!«

»Vergeblich! Was die nicht wissen will, lässt sie auch nicht in ihren Schädel rein.«

Nun lachte Theo laut.

»Es wird höchste Zeit, dass ihr wieder normalen Dienst schieben dürft.«

»Das sehe ich genauso«, sagte Lukas, der sich von hinten den beiden genähert hatte. »Aber unsere Büroarbeit ist so perfekt, dass Ehrling uns nicht mehr gehen lassen will.«

»Du hast wohl Susanne erreicht, so, wie du dreinschaust«, meinte Theo.

»Ja, habe ich!« Lukas grinste selbstzufrieden.

»Und? Was gibt es Neues?«

»Wir haben festgestellt, dass wir im selben Boot sitzen. Sie darf nicht über den Fall schreiben, in dem wir nicht ermitteln dürfen.«

»Warum sollte sie nicht darüber schreiben dürfen?« Theo stutzte. »Der Artikel von heute Morgen ist doch von ihr.«

»Deshalb hatte sie gerade eine Auseinandersetzung mit der Chefin vom Amt für Grünanlagen. Sie verlangt von Susanne, nur noch über den *Deutsch-Französischen Garten* zu schreiben, sonst bekommt eine andere Reporterin den Auftrag. Sie will den Job nicht aufs Spiel setzen, nur um ihren Kopf durchzusetzen.«

»Schade! Sie hätte für uns recherchieren können, solange wir nicht raus dürfen«, stellte Theo fest.

»Es wird Zeit, dass Hugo Ehrling das Einsehen hat und euch wieder die Arbeit vor Ort machen lässt«, schaltete sich Renske ein. »Eine Verschwendung ist das, euch die Schreibtischarbeit machen zu lassen. Das können diese Hyänen auch.«

»Warum bist du so aufgebracht?«, erinnerte Theo wieder an das anfängliche Thema des Staatsanwalts. »Die Ermittlungen haben doch erst angefangen. So viel kann noch nicht passiert sein.«

»Andrea und Monika sind heute Morgen zum Gerichtsmediziner gefahren. Aber bis jetzt habe ich noch kein Sterbenswort von ihnen gehört. Ich brauche Informationen über die Todesursache und die näheren Umstände, um das Ermittlungsverfahren einleiten zu können. Aber die Damen sind sich dessen wohl nicht bewusst.«

Stille trat ein. Nur das Picken der beiden Vögel Peter und

Paul war zu hören. Ein beruhigendes Geräusch, wie Lukas in letzter Zeit immer wieder feststellte.

»Dann schlage ich dir vor, du ziehst dir einen Kaffee aus dem Automaten und wartest, bis die Damen hier eintrudeln«, schlug Lukas vor. »In der Zwischenzeit können wir dir nämlich sagen, wer die Tote ist.«

Der Staatsanwalt folgte Lukas' Vorschlag, kehrte mit einer Tasse dampfendem Kaffee zurück und ließ sich auf dem Besucherstuhl nieder. An den Unterlagen auf dem Tisch sah er, welche Ergebnisse Theo und Lukas bereits über das Opfer zusammengetragen hatten.

Plötzlich schepperte es laut.

Sie brauchten nicht aufzusehen, denn sie wussten auch so, wer das Großraumbüro betrat. Die beiden Kriminalbeamtinnen. Wortlos passierten sie die drei Männer und steuerten ihre eigenen Tische an.

»Hätten die Damen wohl die Ehre, mir mitzuteilen, was der Gerichtsmediziner festgestellt hat?«, fragte Renske süffisant.

»Also, vermutlich ist dieser Fall schon heute aufgeklärt«, stieß Andrea den angehaltenen Atem aus. »Das ist nämlich eine glasklare Sache.«

Dafür erntete sie nur erstaunte Gesichter. Auch Monika schaute ratlos drein.

»Damit ist meine Frage nicht beantwortet«, stellte Renske klar.

»Laut Dr. Stemm hatte das Opfer einvernehmlichen Geschlechtsverkehr, bevor es mit etlichen Messerstichen verletzt wurde«, erklärte Andrea. »Das deutet auf große Wut hin. Also eine Beziehungstat.«

»Seit wann bist du unter die Psychologen gegangen?«, konterte Lukas. Doch Renske hielt ihn zurück und meinte: »Was hat Dr. Stemm über das Zurschaustellen der Toten gesagt?«

»Das geschah ohne Gegenwehr, also war das Opfer schon bewusstlos.«

»Nicht tot?«

»Definitiv nicht. Das kann er an den Fesselungsspuren an Hand- und Fußgelenken erkennen.«

»Das ist niemals eine Beziehungstat!«, stellte Renske klar. »Das ist vielmehr ein Ritualmord.«

»Ach was«, wehrte Andrea ab. »Das ist ein Teil seiner Wut.«

»Und das aufwändige Arrangement am Tatort?«, hakte Lukas nach. »Das sieht für mich nach einer geplanten Tat aus.«

»Das sollte wohl ein besonderes Ereignis werden. Doch dann ist etwas aus dem Ruder gelaufen und er hat die Nerven verloren.«

»Gibt es DNA-Spuren?«

»Ja! Das Material ist im Labor!«

Renske schaute sich suchend um, bevor er fragte: »Wo ist eigentlich Frau Dr. Tenner? Sie kann uns bestimmt mehr über die näheren Umstände sagen.«

»Wir brauchen hier keine Kriminalpsychologin«, erklärte Andrea hartnäckig. »Der Fall liegt klar auf der Hand.«

»Silvia ist übrigens in Quantico«, funkte Theo dazwischen.

»Wo?«, hakte Renske erschrocken nach.

»In der Akademie für Fallanalytiker des FBI in Quantico!«

»Das fehlte noch.« Renske stöhnte.

»Warum?«, fragte Theo. »Dort bekommt sie die beste Ausbildung der Welt. Außerdem ist ihr Lehrgang bald vorbei, dann ist sie wieder für uns im Einsatz.«

Renske wandte sich erneut an Andrea und Monika mit der Frage: »Wie genau lautet die Todesursache unseres Opfers?«

»Sie ist durch eine Vielzahl von Messerstichen verblutet«, antwortete nun Monika.

»Kein tödlicher Messerstich darunter?«

»Nein!«

»Abwehrverletzungen?«

»Keine offensichtlichen, weshalb Dr. Stemm noch weitere Untersuchungen an der Leiche durchführen muss.«

»Wie soll das möglich sein, dass die Abwehrverletzungen nicht sichtbar sind?«

»Er sucht nach einer Stichwunde durch eine Injektionsnadel unter den vielen Schnittwunden. Sie könnte betäubt gewesen sein.«

»Und der Todeszeitpunkt?«

»Zwischen ein und drei Uhr in der Nacht!«

»Bingo!«, rief Lukas. »Das Posting bei Facebook wurde um vier Uhr am Sonntagmorgen eingestellt. Also hat sich der Täter nach der Tat an Delias Computer zu schaffen gemacht.«

»Blödsinn! Dafür reicht es, Delias Daten zum Einloggen zu wissen«, hielt Theo dagegen. »Die muss er gewusst haben.«

»Das bestätigt meine Theorie«, erinnerte Andrea wieder an ihre Behauptung. »Es ist eine Beziehungstat. Denn wem sonst gibt sie solche vertraulichen Daten. Also findet heraus, mit wem das Opfer liiert war! Wir suchen diese Personen auf und befragen sie.«

»Und was machst du in der Zwischenzeit?«, fragte Lukas grimmig. »Drehst die Stoppeln auf deinem Kopf zu Locken?«

»Idiot! Monika und ich suchen die Liste der Angestellten im *Deutsch-Französischen Garten* heraus. Vielleicht hat sich ja dort diese Beziehung entwickelt. Der Ort des Geschehens könnte nämlich ein Hinweis darauf sein, dass der Freund des Opfers mit dieser Grünanlage in Verbindung steht. Wer sonst kommt auf die Idee, nachts auf einem Ehrenfriedhof ein Stell-Dich-Ein abzuhalten?«

*

»Oh, ma Belle! Ma *Chartreuse de Parme*, du schöne und wohlduftende Rose«, seufzte François Miguel, während er die kräftige, malvenfarbige Rosenblüte zärtlich in beide Hände nahm, darüber strich und jedes bräunlich angehauchte Blatt vorsichtig entfernte, bevor er sich von ihrer Perfektion überzeugen konnte. Dann ging er weiter zur nächsten, der *Rose des quatre vents*, deren kräftiges Dunkelrot in dem hellen Sonnenlicht hervorstach, liebkoste sie, überzeugte sich davon, dass nichts ihre Schönheit trügen konnte, und stöhnte: »Grand Maleur! Was soll nur aus uns werden?« François Miguel war für den französischen Rosengarten im *Deutsch-Französischen Garten* zuständig und liebte seine Arbeit ebenso wie seine Geschöpfe – wie er seine Rosen gerne nannte. Schon seit vielen Jahren arbeitete er dort und genoss täglich aufs Neue den Duft seiner Pflanzen, ließ alle anderen Gärtner gern an seinem Glück teilhaben, ob sie das wollten oder nicht. Doch an diesem Morgen führte er Selbstgespräche. Er hatte noch keinen einzigen Kollegen zu sehen bekommen. Das Ereignis des Vortages hatte Spuren in der Grünanlage hinterlassen. Die einzigen Menschen, die sich dorthin wagten, eroberten die Stelle, an der die tote Frau gefunden worden war. Morbide Neugier trieb sie an. Niemand hatte mehr einen Sinn für die Schönheit der Rosen, die er mit Liebe und Herzblut züchtete, hegte und pflegte.

»Diese dummen Menschen laufen hinter einer grande catastrophe her, anstatt sich an eurer Schönheit zu erfreuen«, jammerte er. »Was soll nur aus dem Park werden? Und aus mir? Und aus euch, mes chéris? Eine solche Tat hinterlässt ihre Spuren für immer.«

Während er zur nächsten Rose weiterging, erblickte er ein bekanntes Gesicht in der Menge: den Gärtner Bernd Scholz. Wie immer sah er wie ein Leistungssportler aus, trug ein enges, figurbetontes T-Shirt und seine schwarzen Haare streng nach hinten gestylt. François schaute an sich selbst herunter und stellte fest, dass er in seinem grünen Kittel unverwechselbar als Gärtner zu erkennen war. Eine gute Figur machte er darin bestimmt nicht. Dafür konnte er sich damit rühmen, niemals in seinem Leben etwas Strafbares getan zu haben. Bernd Scholz hingegen war nicht nur vorbestraft wegen Vergewaltigung. Nein, er war nur deshalb auf freiem Fuß, weil der Europäische Gerichtshof für Menschenrechte in Straßburg die nachträgliche Sicherungsverwahrung für Straftäter als verfassungswidrig ansah. Sonst säße dieser Schönling weiter hinter Gitter und könnte niemanden ärgern.

»Na! Alter *Wackes*! Redest du wieder mit deinen Rosen?«, grüßte Bernd unhöflich wie immer. Er war für den deutschen Rosengarten zuständig, was er mit wenig Fachkenntnis betrieb, dafür mit großer Herzlosigkeit.

»Na, du Bandit«, konterte François. »Haben Sie dich noch nicht eingesperrt?«

Endlich war der Moment gekommen, ihm dessen unrühmliche Vergangenheit aufs Brot zu schmieren. Zu lange schon ertrug er die Beleidigungen dieses Menschen. Das gute Aussehen und die Chancen bei den Frauen machten Bernd übermütig und überheblich. Das gefiel François nicht – zumal die Zeiten, in denen er ein echter Beau war, lange zurücklagen und er heute nicht mehr mithalten konnte.

»Hey! Was sollen diese Unterstellungen?«, trumpfte der kräftige Mann sofort auf und stellte sich ganz dicht vor den kleinen Franzosen. »Du bist doch neidisch, weil ich jede Frau haben kann, während du nur zusiehst.«

»Vor dir ist kein Rock sicher«, empörte sich François. »Hast du auch die Kleine vernascht, die auf dem Ehrenfriedhof gefunden wurde?«

»Woher soll ich das wissen? Ich weiß nicht mal den Namen der Toten.«

»Dann nimm dich lieber in Acht! Bei deinem Verschleiß!«

»Dazu habe ich keinen Grund! Ich habe eine Strafe für etwas abgesessen, was ich nicht getan habe. Ich bin unschuldig!«

»Ich weiß, was ich weiß«, beharrte François stur.

»Lass deine Unterstellungen!«, warnte Bernd nun. »Keiner weiß, was du alles auf dem Kerbholz hast – in deinem Lothringen. Hinter der Grenze kannst du dich ja gut verstecken. Da kann keiner von uns hinschauen!«

»D' accord!«, stimmte François nun doch lieber zu, bevor dieser Mann richtig wütend wurde. Bernd wirkte nicht zimperlich auf ihn, weshalb er sich inzwischen ärgerte, überhaupt den Mund aufgemacht zu haben.

Zu seiner Erleichterung drehte sich Bernd um und ging davon. François schaute hinterher, wie er den Bauhof ansteuerte. Dort waren Arbeitskleidung und Geräte für die Gärtner gelagert. Es sah so aus, als wollte er heute arbeiten. War das nun ein Zeichen seiner Schuld oder Unschuld?

Er schüttelte den Gedanken ab und widmete sich wieder seinen Rosen. *La Parisienne* mit ihren gelb-rosa flammenden Blütenblättern reckte sich ihm gerade entgegen.

*

Nach einem langweiligen und zähen Arbeitstag war Susannes Auto auf dem Parkplatz vor Lukas' Wohnung eine wahre Augenweide. Sie war wieder zu ihm zurückgekommen, dachte er und schwor sich, nicht mehr mit ihr zu streiten. Er liebte Susanne, das war ihm in den letzten Tagen klar geworden. Sein Herz schlug plötzlich höher und sein Magen rebellierte, als seien dort tausend Ameisen ausgebrochen – er fühlte sich wie ein verliebter Teenager. Was für ein schönes Gefühl!

Theo räusperte sich auf dem Beifahrersitz und meinte: »Leihst du mir deinen Wagen?«

»Warum?«, fragte Lukas verwirrt. Er hatte seinen Kollegen für einen Moment vergessen.

»Ich will mir ein Auto anschauen. Es wird nämlich höchste Zeit, dass ich mir wieder ein neues kaufe, seit mein schöner Toyota im Autohimmel ist.«

»O. k.«, war alles, was Lukas dazu sagte.

Misstrauisch beäugte Theo seinen Freund, von dem er eine Moralpredigt erwartet hätte, wie er mit dem guten Oldtimer umzugehen habe. Doch Lukas war mit seinen Gedanken bei Susanne. Wortlos trennten sie sich auf dem Parkplatz.

Lukas eilte ins Treppenhaus, nahm zwei Stufen auf einmal und eroberte im Sturm seine Wohnung. Dort saß Susanne. Sie hatte sich am Küchentisch mit ihrem Laptop niedergelassen und schrieb fleißig. Sein schwungvolles Eintreten ließ sie erschrocken umschauen. Doch sofort zeichnete sich auf ihrem

Gesicht ein Lächeln. Lukas ging auf sie zu, nahm sie in die Arme und küsste sie, bevor sie ein Wort sagen konnte.

»So stürmisch? Was ist passiert?«, fragte sie lachend.

»Ich habe dich vermisst!«

Wieder fielen sie sich in die Arme.

Mit einem schmerzhaften Plumps landeten sie auf dem Küchenboden. Das veranlasste die beiden, das bequeme Bett zu erobern. Auf dem Weg ins Schlafzimmer ließen sie nach und nach ihre Kleidungsstücke fallen, bis sie nackt in die Kissen sanken und sich liebten.

»So könntest du öfter nach Hause kommen«, seufzte Susanne und kuschelte sich in Lukas Arme. Sie schmiegten ihre verschwitzten Körper dicht aneinander und starrten durch das geöffnete Fenster, durch das sie sehen konnten, wie sich graue Wolken zusammenbrauten. Wind drang ins Schlafzimmer und kühlte ihre feuchte Haut.

»Solange mein Job so langweilig ist und ich energiegeladen nachhause komme, jederzeit.« Lukas grinste.

»Mit geht es auch nicht besser! Ich schreibe jetzt einen Bericht über den Heidegarten – ehemals Sonnenheide! Der Garten ist neu angelegt worden und soll jetzt als touristische Attraktion herhalten. Am Donnerstag findet die nächste Führung statt und ich habe die Aufgabe, mit meinem Artikel viele Besucher anzulocken«, erklärte Susanne.

»Was gefällt dir daran nicht?«

»Dass ich zur Nebenrolle degradiert worden bin«, antwortete Susanne. »Andere Zeitungen berichten über den Mord und ich darf über den ständigen wegfaulenden Heidekrautbestand im *Deutsch-Französischen Garten* berichten.«

»So viele andere Zeitungen haben wir im Saarland doch gar nicht! Außerdem ist der Mord vielleicht schon morgen aufgeklärt«, beruhigte Lukas. »Unsere Super-Kommissarinnen sind der Meinung, es sei eine Beziehungstat. Wir haben jetzt den ganzen Freundeskreis des Opfers ermittelt und ihnen die Namen gegeben. Morgen wollen sie mit den Befragungen beginnen. Sie glauben, dass der Täter einer von ihnen ist und umkippt.«

»Und was glaubst du?«

»Dass Andrea Recht haben könnte. Wenn sie die Befragung durchführt, kippt jeder aus den Latschen!«

*

Das Gewitter kam genauso plötzlich wie Indras Einfall, zur nächtlichen Stunde ihre Tante aufzusuchen. Sie fühlte sich nicht wohl in der Bleibe, die sie aufgetrieben hatte. Dort musste sie sich mit Dingen abfinden, die sie anekelten. Aber sie hatte keine Wahl, oder sie war schnell wieder draußen. Dabei war das das geringste Übel. Denn sie hatte noch viel mehr vermasselt. Sie war wieder rückfällig geworden – hatte sich von dem Geld, das sie von ihrer Tante bekommen hatte, um sich endlich ein neues Leben einzurichten, doch tatsächlich wieder einen Schuss gesetzt. Jetzt war sie pleite, abhängig und verzweifelt. Schlimmer hätte es nicht kommen können.

Am Wohnhaus »Am Staden« angekommen, klingelte Sie an der Haustür. Doch es ertönte kein Summer. Indra Meege schaute auf ihre Armbanduhr. Es war kurz vor zwölf – noch keine Zeit zu schlafen. Also klingelte sie noch mal.

Immer noch nichts. Nun griff sie auf ihren altbewährten Trick zurück und betätigte sämtliche Klingeln an dem kleinen Schild. Zum Glück wohnten mehrere Mieter in dieser feudalen Villa. Es dauerte keine zwei Sekunden, schon ging der Türsummer und Indra trat in den Hausflur. Es fühlte sich gut an, nicht mehr im Regen zu stehen. Doch zu ihrem Leidwesen wohnte Tante Anna im dritten Stock und einen Aufzug gab es in diesem alten Haus nicht. Also musste sie die ganzen Stufen hinaufsteigen, was ihr schwerfiel. Nach mehreren Verschnaufpausen kam sie endlich oben an und klingelte an der Wohnungstür.

Zuerst hörte sie das Gemurmel ihrer Tante, das nicht gerade hocherfreut klang. Dann endlich ging die Tür einen Spalt weit auf und ein roter Haarschopf kam zum Vorschein. Indra stieß dagegen, um sie weiter zu öffnen. Auch wenn sie sehr schlank war, so passte sie nicht durch.

»Dachte ich es mir doch«, stieß Anna Bechtel unfreundlich aus. »Versuch es gar nicht erst. So kommst du nicht in meine Wohnung.« Demonstrativ stellte sie sich in die Tür, dass Indra keine Chance hatte, an ihr vorbeizukommen.

»Was soll das? Es regnet in Strömen und ich habe keine Bleibe.«

»Du bist rückfällig geworden«, stellte Anna klar.

»Das stimmt doch gar nicht«, log Indra.

»Lüg mich nicht an!« Annas Gesicht färbte sich rot vor Zorn. »Du wirst es nicht glauben, aber ich sehe dir an, dass du high bist. Du hast mein Geld für neuen Stoff genommen. Du bist unverbesserlich. Verschwinde aus meinem Leben. Du bist mir zu peinlich.«

»Ach was! Es war nur einmal«, schwor Indra. »Das war so scheiße, dass ich es nie wieder machen werde.«

»Wenn ich deine Fäkal-Sprache höre, weiß ich, wie tief du gesunken bist! Komm erst wieder, wenn du deine nächste Entziehungskur gemacht hast – aber auch nur dann, wenn sie erfolgreich war.«

Ein Knall – die Tür schlug direkt vor Indras Nase zu.

Es dauerte einige Sekunden, bis Indra begriff, was gerade passiert war. Trotzdem klingelte sie wieder an der Tür. So einfach wollte sie sich nicht geschlagen geben. Ohne Geld und ohne Aussichten wie es weitergehen sollte, konnte es schon mal passieren, dass sie jeden Stolz aufgab.

Aber es tat sich nichts mehr. Anna konnte eisern sein.

Enttäuscht stieg sie die Treppenstufen wieder hinunter. Von ganz unten hörte sie Geräusche. Hoffnung keimte in ihr auf, dass dort vielleicht jemand war, der sie in seine Wohnung mitnehmen könnte. Doch dann schlug die Haustür zu. Das klang eher danach, als hätte jemand das Haus verlassen.

Im Erdgeschoss angekommen öffnete sie die Eingangstür.

Sofort peitschte ihr der Regen ins Gesicht. Starke Windböen rissen ihr die Tür aus der Hand und drückten die Wassermassen hindurch. Innerhalb von Sekunden war sie pitschnass.

Nun war es ohnehin egal. Sie trat hinaus und steuerte die Innenstadt an.

Erstaunt hielt sie inne. Hörte sie Klaviertöne? Sie schaute sich um, konnte aber außer Dunkelheit und Regen nichts erkennen. Also setzte sie ihren Weg rasch fort. Vermutlich litt sie an Halluzinationen.

*

Leise plätscherten die Klaviertöne gegen den Regen an. Die dramatischen Klänge aus gedämpften Tönen des ersten Satzes, die sich zu einer gewaltigen Klangwelt des Schlussteils aufputschten, vermittelten Todesgedanken, Verzweiflung und Kampf.

Phönix gefiel diese neuartige Analyse seiner inspirierenden Mondscheinsonate. Bei diesem Wetter und unter diesen Umständen die vertrauten Klänge zu hören, vermittelte ihm das Gefühl, von einer Woge der Traurigkeit mitgerissen zu werden..

Er stand unter dem kleinen Vordach eines Mietshauses, das ihn allerdings kaum vor diesen Wassermassen schützen konnte, die vom Himmel fielen. Seine Regenkleidung dagegen erwies gute Dienste. Er schaute an sich herunter und sah nichts. Auch das war gut. Denn die schwarze Farbe seiner Jacke war die beste Tarnung für eine Observierung. Sollte sie das Haus verlassen, würde sie ihn nicht sehen können.

Es war wichtig, ihre nächsten Schritte zu erfahren. Er musste wissen, ob sie seine Botschaft im Deutsch-Französischen Garten *verstanden hatte. Das war zu wichtig für ihn und für sein weiteres Vorgehen.*

Lange stand er schon dort und nichts passierte. Geduld war nicht seine Stärke und umso schwermütiger wurden seine Gedanken. Sollte sein Plan ...

Plötzlich wurde sein Ausharren belohnt.

Vor der Haustür tauchte eine junge Frau auf. Durchnässt und auffallend schön. Sie betätigte eine der Klingeln in der langen Reihe.

Phönix erkannte, wen diese fremde Schönheit aufsuchen wollte. Die

Frau, die er observierte. Das war wie ein Geschenk des Himmels. Anna Bechtel, die Leiterin des Amtes für Grünanlagen hegte wohl Geheimnisse. Bei all seinen Recherchen über diese Frau war ihm niemand begegnet, der dieser Besucherin ähnlich gesehen hätte.

Doch der Besuch schien nicht angekündigt zu sein. Wie wild drückte die junge Frau alle Klingelknöpfe, bis endlich jemand den Summer betätigte.

Bevor die Tür zufallen konnte, schlüpfte er hinein. Vom Erdgeschoss aus bekam er die Bestätigung, dass diese hellenische Schönheit im dritten Stock an Anna Bechtels Tür klingelte. Er lauschte. Doch leider konnte er kein Wort verstehen. Die Geräusche des Gewitters übertönten alles. Auch blieb ihm keine Zeit, länger im Korridor zu verharren: Die Schönheit kehrte wieder zurück.

Schnell verließ er das Haus und suchte sein Versteck auf. Er schaute ihr nach, wie sie durchnässt und mit unsicheren Schritten durch den Regen davonging. Sie wirkte verloren – so verloren, dass ihm sofort seine Mondscheinsonate in den Sinn kam. Genau das brauchte er jetzt – Klänge, die diese traurige Stimmung einfangen konnten. Also setzte er wieder die Hörer seines MP3-Players auf, lauschte seiner Lieblingsmusik in voller Lautstärke und ließ seinen nächsten Plan reifen.

4

Als Lukas das Büro betrat, staunte er, seinen Kollegen am Schreibtisch vorzufinden.

»Hast du heute Nacht im Büro geschlafen?«, fragte er.

»Ja«, murmelte Theo, dessen Gesicht unter dem dichten schwarzen Haar ziemlich verknautscht aussah.

»Hoffentlich mit einer heißen Braut.« Lukas grinste.

»Nein! Mit Peter und Paul«, grummelte Theo.

»Naja! In deinem Alter muss man nehmen, was man kriegen kann«, feixte Lukas, womit es ihm gelang, dass Theo endlich wach wurde.

»Ich schlage vor, endlich die Selbstmord-Akte von Vanessa Hartmann abzuschließen«, lenkte Theo mürrisch vom Thema ab.

»Was gibt es an einer Selbstmord-Akte abzuschließen?«, fragte Lukas. »Wenn es ein Selbstmord war, ist der Fall doch abgeschlossen.«

»Hier sind Fragen aufgekommen, weil der Vater der jungen Frau den Suizid nicht hinnehmen wollte«, erklärte Theo.

»Das ändert aber nichts an der Sachlage! Oder?«

»Nein!«

Theo legte die Akte zur Seite und zog eine neue hervor.

»Hier haben wir einen Autounfall mit Todesfolge und Fahrerflucht.«

Lukas horchte auf.

»Der Flüchtige heißt Jonathan Gerber und hat sich einen Tag später gestellt. Jetzt läuft eine Anklage gegen ihn, es sei versuchter Mord gewesen.«

»Und, ist dem so?«

Theo schüttelte den Kopf. »Nichts deutet darauf hin! Der Angehörige des Opfers will wohl Geld rausschlagen. Aber Jonathan Gerber hat das Opfer überhaupt nicht gekannt. Wie kann dann Vorsatz möglich sein?«

»Ich habe hier noch was ganz Besonderes«, brummte Lukas. »Ein Fall von häuslicher Gewalt. Zuerst zeigt die Frau ihren Mann an, um dann die Anzeige wieder zurückzunehmen und kurz danach im Krankenhaus zu landen. Aline Marquart heißt sie und hängt an Schläuchen.«

Theo rieb sich durch das Gesicht, sagte aber nichts dazu.

Die Tür ging auf, Andrea Peperding stürmte herein und berichtete: »Wir haben eine heiße Spur!«

»Wir?«, fragten Lukas und Theo wie aus einem Mund.

»Monika und ich, natürlich!«

»Wo ist Monika?«

»Sie fährt den Wagen vor.«

»*Harry, hol schon mal den Wagen*«, äffte Lukas, wofür er einen bösen Blick von Andrea erntete.

»So was nennt man Teamwork, aber davon versteht ihr sowieso nichts!«

»Ich verneige mich ehrfürchtig vor dir.«

Andrea reagierte nicht darauf. In Eile nahm sie die Unterlagen von ihrem Schreibtisch und rief im Vorbeigehen: »Der Mörder ist immer der Gärtner!«

»Du hast heute die Weisheit gefrühstückt«, kam es von Theo. »Solche Geistesblitze am frühen Morgen grenzen schon an Geniestreiche.«

»Es ist wirklich so«, erklärte Andrea. »Bernd Scholz arbeitet als Gärtner im *Deutsch-Französischen Garten*. Er ist vorbestraft wegen Vergewaltigung mit Todesfolge durch Verbluten ...«

Nun schauten alle erschrocken auf. Die Ähnlichkeit zu dem neuen Todesfall war nicht zu übersehen.

»... hatte bereits in der Sicherungsverwahrung gesessen und kam nur auf freien Fuß, weil der Europäische Gerichtshof für Menschenrechte die nachträglich angeordnete Sicherungsverwahrung für verfassungswidrig erklärt hat.«

»Jetzt wird es wirklich interessant!«, gab Lukas zu. »Den Mann solltest du hierher bringen und nicht auf diesem freien Gelände befragen.«

»Was glaubst du, was ich vorhabe?«, fragte Andrea und fügte an: »Ruft mich an, wenn es aus dem Labor neue Ergebnisse gibt.«

»Auf was wartest du speziell?«

»Auf das DNA-Ergebnis! Wenn Bernd Scholz' DNA an der Leiche ist, erfahren die es sofort, weil er registriert ist.«

»Geht klar!«

Die Tür schlug hinter ihr zu und wieder kehrte Ruhe ein.

»Sollte Andrea es wirklich schaffen, diesen grausamen Mord innerhalb so kurzer Zeit aufzuklären?«, fragte Lukas.

»Das sieht für mich nach einem Schnellschuss aus«, meinte Theo. »Wir haben noch nicht den ganzen Hintergrund von Delia Sommers Leben durchleuchtet. Wer weiß, ob sich da nicht noch ganz andere Abgründe auftun.«

»Bei einer Siebzehnjährigen?«, hielt Lukas zweifelnd dagegen.

*

Ein Poltern ertönte, gefolgt von schweren Schritten und einer donnernden Stimme, die ein »Habe ich euch erwischt!«, ausstieß.

Erschrocken schauten Lukas und Theo von ihren Bildschirmen auf und sahen den Gerichtsmediziner Dr. Stemm ihre Schreibtische ansteuern.

»Hinter euren Computern verkriecht ihr euch und überlasst den Damen die Besuche bei der Rechtsmedizin«, sprach er weiter.

»Wir überlassen niemandem irgendetwas«, brummte Lukas. »Trotzdem habe ich deine Leichenfledderei bis jetzt in keinster Weise vermisst.«

Dr. Stemm grinste schief, zog sich einen Stuhl heran und packte einige Papiere aus seiner Aktentasche.

»Was tust du hier?«, fragte Theo. »Müsstest du nicht deiner Leidenschaft frönen und wieder einen Toten zerschneiden?«

»Später, später, Jungs! Macht euch keine Sorgen, die Toten

kommen bei mir nicht zu kurz.« Dr. Stemm stieß sein lautes Lachen aus. »Doch heute Morgen muss ich wieder einmal in einem Prozess aussagen. Da habe ich die ersten Laborergebnisse mitgebracht.«

»Sind die Ergebnisse so interessant oder war deine Sehnsucht nach uns so groß, dass du schon in aller Herrgottsfrühe hier vorbeischneist?«

»Beides!« Wieder lachte Dr. Stemm. »Aber ich muss zugeben, dass die Kommissarin Monika Blech sehr aufgeweckt ist. Sie sieht mehr als ihr.«

»Danke für die Blumen!« Theo rümpfte die Nase. »Bleiben wir lieber beim Thema. Welche Ergebnisse gibt es denn?«

»Wo sind die beiden Damen?«, stellte Dr. Stemm statt einer Antwort eine Gegenfrage. »Sie sind es, die diese Informationen brauchen.«

»Sie holen einen Verdächtigen ab«, erklärte Theo mürrisch. »Deshalb kannst du die Ergebnisse auch uns geben. Wir halten nichts zurück, was für die Ermittlungen wichtig ist.«

»Schon gut, schon gut! Also! Zunächst einmal konnte ich herausfinden, warum das Opfer sich nicht gewehrt hat. Die junge Frau hatte Zopiclon im Blut.«

»Zopiclon?«, fragten Theo und Lukas wie aus einem Mund.

»Das ist ein Schlafmittel! Es hat ähnliche Eigenschaften wie Benzodiazepine, weshalb es nur sporadisch als solches eingenommen werden soll, weil man davon abhängig werden kann.«

»Das ist aber nicht gerade üblich, um einen Menschen lahmzulegen, oder?«, vergewisserte sich Theo.

»Stimmt! Vielmehr ist zu vermuten, dass der Täter es deshalb verwendet hat, weil leicht an das Zeug heranzukommen ist. Es fällt nämlich nicht unter das Betäubungsmittelgesetz.«

»Ist aber genauso wirkungsvoll!«

»Nicht ganz«, meinte Dr. Stemm kopfschüttelnd. »Das Opfer war sehr unbedarft, was Tabletten betrifft – das konnte ich anhand ihrer sonstigen Blutwerte und der Untersuchung der Organe und des Gehirns feststellen. Sie gehörte nicht zu der Sorte, die sich ständig k. o. säuft, denn diese Folgen sieht man viel zu schnell. Dessen sind sich die Leute nur nicht bewusst.«

»Konnte der Täter das wissen?«

»Wenn es ihr Hausarzt war, dann ja!« Dr. Stemm stieß sein bedrohliches Lachen aus. »Oder sind eure beiden Kolleginnen gerade dabei, den Hausarzt zu befragen?«

»Nein!« Theo schüttelte den Kopf, weil ihm das Lachen in den Ohren schmerzte. »Unser Verdächtiger ist ein vorbestrafter Sexualtäter. Das erinnert mich schon gleich daran, was ich noch als nächstes fragen wollte: Ist die DNA-Analyse schon fertig?«

»Noch nicht. Aber die Kollegen vom Labor rufen euch sofort an, sobald sie das Ergebnis haben. Sollte es euer Verdächtiger sein, ist der Fall schnell gelöst.«

Der Gerichtsmediziner verabschiedete sich und verließ das Großraumbüro.

*

Monika hatte das Steuer des Dienstwagens übernommen, damit Andrea auf dem Beifahrersitz ihre Telefonate führen konnte. Dass es keine dienstlichen Gespräche waren, erkannte sie sofort. Doch sie sagte lieber nichts. Die Streitereien zwischen ihnen machten Monika immer mehr zu schaffen. Ihre Gedanken gingen bereits soweit, sich versetzen zu lassen.

Das würde zwar für Andrea einen rasanten Karriereknick bedeuten, das war Monika klar. Denn ohne sie trat Andrea in jedes Fettnäpfchen, das jemals erfunden worden war. Vermutlich würde es bis zur Suspendierung nicht lange dauern. Wollte Monika das wirklich? Sie wusste es nicht. Deshalb zögerte sie immer noch mit ihrer Entscheidung, diese Abteilung zu verlassen.

Die Polizeiarbeit wollte sie auf keinen Fall aufgeben. Ihr lag ganz besonders das Spezialgebiet der Ballistik am Herzen. Dort könnte sie bestimmt viel dazulernen und ebenfalls wesentlich dazu beitragen, Fälle aufzuklären. Doch das waren alles Träume. Wer wusste schon, welche Voraussetzungen für diese Tätigkeiten gestellt wurden. Die Weiterbildung für diesen Beruf würde sie gern in Kauf nehmen. Doch das waren alles nur Hirngespinste. Noch galt für sie, an Andreas Seite auszuhalten und abzuwarten. Ihr lag es nicht, schnelle Entscheidungen zu treffen, wofür sie sich selbst ohrfeigen könnte. Die Angst, der neuen Herausforderung nicht gewachsen zu sein, siegte über ihren Entschluss.

Andrea hatte das Gespräch beendet. Das merkte Monika daran, dass sie sofort ihren Ton änderte, als sie wieder sprach: »Für dich würde ein Traktor reichen, so lahmarschig fährst du.«

»Dann fahr du das nächste Mal und führe deine Privatgespräche in deiner Freizeit.«

Zu Monikas Überraschung kam kein Kontra. Sie setzten den Rest ihrer Fahrt über die stark befahrene Metzer Straße stillschweigend fort, bis sie an das Eingangstor zum *Deutsch-Französischen Garten* gelangten.

»Wir müssen zuerst mit dem Chef der Gärtner sprechen«, bestimmte Monika.

»Warum? Damit der Typ uns in aller Seelenruhe entkommen kann?«

»Nein! Damit er den Gärtner in sein Büro ruft. Wenn die Polizei bei einem Vorbestraften auftaucht, kurz nachdem ein Verbrechen geschehen ist, könnte er abhauen.«

»Du siehst eindeutig zu viel *Tatort*.« Andrea lachte und stieg aus.

Monika hatte Mühe ihr zu folgen, so schnell steuerte sie auf die Rosengärten.

»Kannst du nicht einmal einen Rat von mir befolgen?«, rief sie wütend hinterher.

»Wenn er was taugt«, kam es hochnäsig von Andrea zurück.

Ein älterer, kleiner Mann in grünem Overall hielt mit seiner Arbeit inne und schaute den beiden Kommissarinnen entgegen. Als Andrea ohne ihr Tempo zu verringern an ihm vorbeiging, fragte er überrascht: »Oh, Mesdammes! Kann ich Ihnen helfen,

S'il vous plaîtes?«

Monika hielt bei ihm an und zeigte ihm ihren Ausweis, bevor sie sagte:

»Wir suchen Bernd Scholz. Ist er zufällig hier?«

»Mais oui! Zufällig ist der deutsche Rosengarten sein Arbeitsplatz.«

»Und wo finden wir ihn?«, fragte Monika ungeduldig. »An seinem Arbeitsplatz offensichtlich nicht, denn sonst hätte ich ihn schon gesehen.«

»Bestimmt im Betriebshof, wo unsere Arbeitsgeräte liegen, Mademoiselle.«

Monika bedankte sich und schaute sich suchend nach Andrea um.

Gerade noch konnte sie sehen, wie die Kollegin durch das Tor in genau diesem Hof verschwand. Sie musste sich beeilen, bevor Andrea dort mehr Unheil anrichtete als nötig. Sie trabte los. Doch kaum hatte sie das Tor passiert, spürte sie einen heftigen Schlag ins Gesicht. Sie stürzte rücklings zu Boden, landete auf ihrem Steißbein, so dass ein heftiger Schmerz ihre Atmung beeinträchtigte. Trotz der desolaten Situation konnte sie erkennen, dass Andrea in den Armen eines jungen Mannes war und sich vehement gegen ihn wehrte. Aber gegen den Kraftprotz hatte die Kollegin keine Chance. Auch das erkannte sie und beobachtete, wie sie hinter Bäumen und Sträuchern aus ihrem Sichtfeld verschwanden.

Nach einigen Sekunden konnte Monika endlich wieder atmen. Hastig schnappte sie nach Luft und schnaufte, bis sie sich wieder handlungsfähig fühlte. Ein großer, kräftiger Mann, der Monika an den Gerichtsmediziner Dr. Stemm erinnerte, half ihr auf die Beine und stellte sich als Hilger Scharf, dem Obergärtner vor. Doch Monika hörte kaum hin, sondern fragte: »Was ist dort gerade passiert?«

»Ich weiß es nicht«, gab der Mann zu. »Die Frau mit den kurzen Haaren ist auf unseren Gärtner losgegangen, als suche sie Streit. Da hat Bernd sie gepackt und verschleppt.«

*

Wieder betrat Lilli Drombusch das Großraumbüro der Kriminalpolizei so zögerlich, als befürchtete sie hinter jedem Schreibtisch ein gefährliches Monster.

»Danke, dass Sie gekommen sind«, rief Theo, eilte ihr entgegen und führte sie zum Schreibtisch, damit es nicht ewig dauerte, bis sie mit ihren Fragen beginnen konnten.

»Warum bin ich hier?«, fragte die junge Frau, während ihre Augen nervös hin und her huschten.

»Es geht um Ihre Freundin Delia Sommer«, antwortete Lukas. »Wir haben uns über sie informiert, aber da gibt es nichts, was uns einen Hinweis auf ihren Mörder geben könnte. Deshalb müssen wir Ihnen noch einige Fragen stellen. Da sie Ihre beste Freundin war, nehmen wir an, dass Sie uns weiterhelfen können.«

Wieder brach Lilli in Tränen aus. Ihre dünnen, braunen Haare fielen über ihr Gesicht, so dass Lukas und Theo nur noch einen Vorhang sehen konnten.

Geduldig warteten sie ab, bis sich Lilli wieder beruhigt hatte. Sie schob die Haare zur Seite, schnäuzte sich in das Taschentuch, das Lukas ihr reichte und meinte dann: »Entschuldigung. Was wollen Sie wissen?«

Lukas zeigte ihr ein Foto von Bernd Scholz und fragte sie: »Ist das der Mann, mit dem sich Delia in der Nacht treffen wollte?«

Eine Weile schaute Lilli auf das Foto, bis sie sagte: »Ich kenne diesen Mann.«

Lukas und Theo wurden sofort hellhörig.

»Mit ihm hatte sie mal was, das weiß ich«, sprach Lilli weiter, ohne die Reaktionen der beiden Kommissare zu bemerken. »Der Typ steht voll auf Aggro!«

»Auf was?«, fragten Lukas und Theo wie aus einem Mund.

Nun lächelte Lilli sogar, was ihr Gesicht hübsch aussehen ließ. Doch sie klärte die beiden Kommissare nicht weiter auf, sondern meinte: »Ich erinnere mich, dass sie über diesen Typ gesagt hat, er würde ihr Angst machen.«

»Was soll das heißen?«

»Delia hat mal was von einem Ex-Knacki erzählt. Ist das der Mann?«

Lukas nickte.

»Das hat sie abgeschreckt.«

»Sagten Sie nicht selbst bei Ihrem ersten Besuch bei uns, dass Delia auf der Suche nach dem Abenteuer und dem Risiko war, was ihrem Date erst den richtigen Kick verschafft?«, hakte Theo nach.

Lilli wurde leichenblass.

»Oh, Shit!«, stöhnte sie. »Also hat sie sich doch auf ihn eingelassen?«

»Das wissen wir nicht«, bremste Lukas schnell.

Doch jetzt war Lillis Fassung dahin. »Deshalb diese Heimlichtuerei. Sie konnte sich denken, dass ich ihr das mit allen Mitteln ausreden würde.«

»Wir wissen noch nicht, wer Ihrer Freundin das angetan hat«, versuchte es dieses Mal Theo.

Doch Lilli hörte nichts mehr. Ohne weitere Worte stand sie auf und verließ das Büro.

Achselzuckend schauten Lukas und Theo ihr hinterher.

*

Monika rannte an den Hecken vorbei auf die große Parkanlage. Dort sah sie nur das saftige Grün der Wiesen, grellbunte Farben der Blumen, eine Bimmelbahn, die über Gleise tuckerte und Kabinen einer Seilbahn, die über das Gelände hinweg schwebten. Aber keine Spur von Andrea und Bernd. Das Gebäude, das den Betriebshof zu ihrer Rechten flankierte war das Gasthaus »Ehrental«. Doch zu dieser frühen Stunde sah es verwaist aus. Versetzt dahinter lag das Deutsch-Französische Café umgeben von Bäumen und Sträuchern. Aber auch dort konnte sie niemanden entdecken. Denn, wie sie Andrea kannte, würde sie sich wehren und somit auf sich aufmerksam machen.

Die Menschen, die zu dieser Zeit im Park waren, versammelten sich scharenweise am Ehrenfriedhof. Alle wandten Monika den Rücken zu.

Der Obergärtner stellte sich hinter sie und brummte: »Die brauchen Sie gar nicht erst zu fragen. Seit dem schrecklichen Mord stehen hier nur noch Gaffer herum und wollen sehen, wo die tote Frau gefunden wurde. Mehr interessiert die nicht.«

Monika reagierte nicht darauf, weil sie glaubte, auf der anderen Seite eine Bewegung ausgemacht zu haben. Sie rannte los, passierte die Bergstation der Seilbahn, die zu dieser Uhrzeit noch stillstand und schaute sich um. Nichts! Hatte sie sich getäuscht? Entmutigt steuerte sie den Ehrenfriedhof an, dessen Grabsteine so dicht zugewachsen waren, dass sie kaum zu erkennen waren. Das wäre ein geeigneter Platz, um sich zu verstecken. Kehrte der Täter an den Tatort zurück? Sie erschauerte.

Die vielen Menschen sammelten sich tatsächlich nur um das Kreuz, an dem die Leiche gefunden worden war und diskutierten. Sie nahmen nichts von dem war, was um sie herum geschah. Der restliche Friedhof lag verwaist da. Trotzdem zweifelte Monika. Würden sie tatsächlich nicht bemerken, wenn eine Frau gegen ihren Willen an den Gräbern vorbeigezerrt wurde? Auf der gegenüberliegenden Seite verließ sie den schattigen Platz wieder.

Da sah sie sie.

»Bleiben Sie stehen, Herr Scholz!«, rief Monika. »Lassen Sie die Polizeibeamtin los, sonst handeln Sie sich nur unnötige Schwierigkeiten ein.«

Bernd schaute tatsächlich zurück.

Monikas Herz machen einen Sprung. Hoffentlich war er einsichtig und ließ Andrea frei.

Aber das tat er nicht. In der nächsten Sekunde verschwand er mit Andrea im Schlepptau aus ihrem Blickfeld. Monika sprintete los, umrundete die hohe Zypresse, bis sie wieder einen Blick auf die beiden erhaschte. Sie standen dicht an dem Lokal D'Alsace, das ebenfalls hinter Bäumen und Sträuchern versteckt lag.

Warum wehrte sich Andrea nicht? Diese Frage rumorte in ihr. Sonst war die Kollegin doch nicht klein zu kriegen.

Doch da sah sie es: Bernd Scholz hielt eine Waffe auf Andrea gerichtet. Ihr wurde schlecht. Was sollte sie nun tun? Nervös wollte sie alles durchgehen, was sie in der Polizeischule über solche Situationen gelernt hatte. Doch ihr Kopf war leer. Sie drehte sich um und erschrak zu Tode, als sie Hilger Scharf, den Obergärtner ganz dicht hinter sich stehen sah. Sie hatte nicht bemerkt, wie er ihr gefolgt war.

»Was tut er dort?«, fragte sie ihn mit zitternder Stimme und zeigte auf das Restaurant D'Alsace.

»Wer? Wo?«, kam es statt einer Antwort zurück.

Sie schaute sich wieder um. Die beiden waren verschwunden. Wie war das möglich?

Schnell steuerte sie das Restaurant an und wollte die Eingangstür öffnen, aber sie war verschlossen. Verzweifelt suchte sie die nähere Umgebung ab – doch außer dichtem, undurchdringlichem Gestrüpp fand sie nichts. Die beiden waren wie vom Erdboden verschluckt.

Hilger Scharf hatte es sich offensichtlich anders überlegt. Mit dem Handy am Ohr und wild gestikulierend beim Sprechen, sah sie ihn zum Bauhof zurückgehen.

*

Karl der Große betrat in Begleitung der Kommissaranwärterin Jasmin Hafner das Büro. Die beiden steuerten Lukas und Theos Schreibtische an. Während sich Jasmin elegant auf Theos angebotenem Stuhl niederließ, blieb Karl in voller Größe stehen und berichtete: »Wir haben Delias Vespa gefunden. Sie stand versteckt am Ende der Sackgasse Am Gottwill. Also eindeutig so, dass sie nicht so schnell gefunden werden konnte.«

»Das ist ihr auch gelungen«, stellte Lukas fest, während er Jasmin beobachtete, die stumm auf Theos Stuhl saß und mit ihren schwarzen Haaren spielte – eine Geste, die Lukas verwirrte. Wie er aus seinen Augenwinkeln erkennen konnte, erging es Theo nicht anders.

»Dadurch sind wir bei unserer Suche auf ein großes Loch im Zaun gestoßen, durch das sie in den Deutsch-Französischen-Garten gelangen konnte«, sprach Karl weiter. »Ein Loch, das durch Wildschweine vermutlich in den Zaun gerissen wurde – das müssen wir noch genauer untersuchen. An dieser Stelle konnten wir Reste von Kerzenwachs konzentriert auf dem Boden finden. Das belegen die Fotos die ihr bei Facebook gesehen habt.«

Karl hielt inne und schaute auf Lukas und Theo. Das Schweigen der beiden sonst so gesprächigen Männer machte ihn stutzig. Da sah er auch schon, was sie mehr beschäftigte als seine Ergebnisse. Beide starrten wie gebannt auf Jasmin. Demonstrativ hustete er.

Erschrocken fuhren die Kommissare auf und schauten den großen Mann an.

»Habt ihr mir überhaupt zugehört?«

»Klar!« »Aber sicher!«, bestätigten sie wie aus einem Mund.

»Dann wiederholt doch bitte mal, was ich gerade gesagt habe.«

»Äh, Wildschweine ...«, setzte Lukas an. »... die Kerzenwachs bei Facebook ... äh ... aufgerissen haben«, stammelte Theo.

Jasmin lachte lauthals los. Ihr Gesicht überzog eine leichte Röte, die sie noch anmutiger aussehen ließ.

»Wenn ich was von Aufreißen sage, hört ihr mir wohl eher zu«, erkannte Karl mürrisch.

Schuldbewusst schauten Lukas und Theo drein, als Karls Handy plötzlich den Radetzky-Marsch losdudelte. Die Umstehenden lachten über die militärische Musik, nur Karl nicht. Seine Gesichtsfarbe wurde schlagartig kalkweiß.

Nun verstummten auch Jasmin, Lukas und Theo. Gespannt lauschten sie Karl, der nur »mhh«, »ja«, »sofort« in das Mobiltelefon nuschelte, bevor er auflegte.

»Was ist los?«, fragte Lukas.

»Das war das Führungs- und Lagezentrum«, antwortete Karl. »Monika hat durchgegeben, dass unsere Kollegin Andrea in der Klemme steckt!«

»Das tut sie öfter.«

Theo warf Lukas einen warnenden Blick zu, doch es war heraus.

»Zum Glück seid ihr nicht im Außendienst«, kommentierte Karl diese Bemerkung. »Ich werde rausfahren und den Einsatz leiten. Verständigt ihr bitte den Amtsleiter und den Dienststellenleiter, denn es müssen Suchtrupps der einzelnen Dienststellen zusammengestellt werden, weil nicht klar ist, wo Bernd Scholz mit Andrea hingegangen ist. Weiterhin sollen sich das Sondereinsatzkommando und die Verhandlungsgruppe im DFG bereit halten!«

»Was ist denn passiert?«, fragte Theo.

»Andrea wollte den Verdächtigen Bernd Scholz befragen, doch der ist sofort durchgedreht, hat Andrea entwaffnet und sie als Geisel genommen.«

»Wo war Monika in der Zeit?«

»Sie war dicht hinter der Kollegin, doch Scholz hat sie umgerannt und floh, bevor Monika eingreifen konnte.«

»Dann hat Andrea mit ihrem Verdacht wohl richtig gelegen«, erkannte Lukas und schüttelte verständnislos den Kopf. »Selbst wenn sie was richtig macht, baut sie noch Schei...«

»Treffpunkt ist der Bauhof im *Deutsch-Französischen Garten*«, funkte Karl dazwischen. »Kriminalrat Ehrling soll den Hubschrauber mit Wärmebildkamera von den Kollegen aus der Pfalz anfordern!«

Mit großen Schritten rauschte Karl Groß davon. Jasmin hatte Mühe, bei dem Tempo mitzuhalten.

*

Andreas Herz schlug wie wild.

Dieser Riesenkerl hatte sie mit einer Schnelligkeit, die sie ihm niemals zugetraut hätte, überrumpelt und entwaffnet. Nun war ihr genau das passiert, was sie bei anderen Polizisten immer belächelt hatte. Ihr Verdächtiger hatte sie mit ihrer eigenen Pistole in seiner Gewalt.

Sie sah die vielen Menschen, die am Fundort der toten Frau standen, doch niemand drehte sich zu ihr um. Nur eine kleine Bewegung könnte ihre Befreiung bedeuten. Doch nichts dergleichen geschah.

»Ein Ton und du bekommst eine Ladung Blei in deinen fetten Leib«, drohte Bernd. Die Waffe hielt er ihr so an die Hüfte, dass es von außen kaum zu sehen war.

Sie spürte eine Willenlosigkeit, wie sie es an sich selbst noch nicht erlebt hatte. Nichts regte sich in ihr, um sich gegen ihn zu wehren, nichts drängte über ihre Lippen, um ihn zu beleidigen oder mit etwas zu konfrontieren. Dabei hatte sie doch eine Ausbildung gemacht, wie man sich in solchen Situationen zu verhalten hatte. Aber in ihrem Kopf war nur wirres Zeug. Sie trottete wie ein Schaf neben dem bewaffneten Straftäter her, der wegen Vergewaltigung und Mord eines Mädchens bereits gesessen hatte und nun im Verdacht stand, auch für die Tat im DFG verantwortlich zu sein. Andrea wurde mit jeder Sekunde deutlicher, in welcher Situation sie sich befand.

Plötzlich hörte sie eine bekannte Stimme hinter sich. Monika, ihre Kollegin rief: »Bleiben Sie stehen, Herr Scholz! Lassen Sie die Polizeibeamtin los, sonst handeln Sie sich nur unnötige Schwierigkeiten ein.«

Bernd riss sie herum und schaute in die Richtung, aus der dieser Ruf gekommen war. Andreas Herz schlug ihr bis zum Hals. Wie schön, ihre Kollegin so besorgt zu sehen. So sehr hatte sie sich noch nie über Monikas Anblick gefreut. Doch Bernd zerrte sie wieder in die entgegengesetzte Richtung. Vor Andreas Augen waren nur dichte Hecken zu sehen. Was hatte das zu bedeuten? Wollte er etwa dort hinein?

Er wollte.

Sie schrie, weil ihr Dornen und stacheliges Gestrüpp die

Haut im Gesicht aufrissen. Doch es kam kein Ton heraus. Bernd hielt ihr den Mund zu. »Weiter, du Schlampe!«, drängte er und schob sie wie ein Schutzschild voraus, damit sie ihm den Weg durch die Hecken freimachte. Die Schmerzen waren unerträglich. Dornen rissen an ihren Kleidern, bohrten sich in ihre Haut an den Armen und im Gesicht und am Oberkörper. Aber Bernd beachtete nichts davon. Gnadenlos schob er sie weiter durch diese unwegsame Vegetation. Es folgte eine bemooste, rissige Steinwand. Andrea befürchtete, er würde sie dagegen schlagen, doch plötzlich gab der Boden unter ihren Füßen nach.

Sie stürzte und stürzte und glaubte, nie mehr Halt in ihrem Leben zu finden.

Dann wurde alles schwarz.

*

Hugo Ehrling und Wendalinus Allensbacher hatten mit ihrer Präsenz im Großraumbüro die Luft elektrisch geladen. Sogar Peter und Paul blieben stumm, weil sie die Spannung im Raum spürten. Lukas und Theo dagegen fühlten sich wie Sekretärinnen, die den Vorgesetzten die Telefonate durchstellten.

»Fehlt noch, dass Allensbacher uns sagt, wie er den Kaffee haben will«, grummelte Lukas, während er wieder einmal den Hörer vom klingelnden Telefon nahm und das Gespräch weiterleitete. Er glaubte schon, taube Ohren zu haben, so viel hatte er in den letzten Minuten am Telefon herumdiskutieren müssen, um alles für Andreas Befreiungsaktion in die Wege zu leiten. Die Tatsache, dass eine Polizeikollegin in der Gewalt eines entlassenen Vergewaltigers und zusätzlich mutmaßlichen Täters war, brachte alle Gemüter zum Kochen. Es störte ihn gewaltig, diesen Einsatz nur vom Büro aus koordinieren zu dürfen, während alle anderen vor Ort waren. Theo sah auch nicht besser aus. Seine schwarzen Haare standen in alle Richtungen ab, ein untrügliches Zeichen dafür, dass er mit seinen Nerven am Ende war.

»Scheiße, man«, nörgelte Lukas. »So ein Stress, nur weil Andrea mal wieder Mist gebaut hat.«

»Jetzt mal langsam«, bremste Theo. »Sie ist eine Kollegin und wir müssen ein Team sein.«

»Sind wir doch! Wir tun alles für sie«, rechtfertigte sich Lukas. »Oder wie nennst du das, was wir hier gerade machen?«

»Telefondienst – was für uns Folterqualen gleichkommt.«

»Eben!« Lukas nickte zustimmend. »Jetzt stell dir mal vor, Andrea liegt zum ersten Mal in ihrem Leben mit ihrem Verdacht richtig und Bernd Scholz tötet sie.«

»Das stelle ich mir lieber nicht vor.«

»Dann wird Andrea zur Märtyrerin und wird gefeiert«, sprach Lukas unbeirrt weiter. »Die ganze Scheiße, die sie in all den Jahren davor gelabert und sich geleistet hat, ist dann plötzlich vergessen, während wir uns unsere Hintern weiter im Büro plattsitzen und vergeblich auf die Beförderung hoffen.«

»Jetzt mal doch nicht den Teufel an die Wand«, schimpfte Theo. »Noch ist sie nicht tot.«

»Woher willst du das wissen?«

Diese Frage konnte Theo tatsächlich nicht beantworten. Verdutzt schaute er seinen Kollegen an.

Das Klingeln des Telefons setzte sich unbeirrt fort. Lukas hatte versucht, es für einen kurzen Moment zu ignorieren, doch das gelang ihm nicht, denn jetzt schien es ihm, als wollte es sich in sein Hirn bohren. Hastig hob er ab und bellte seinen Namen hinein. Doch was er jetzt zu hören bekam, ließ seine Alarmglocken klingeln. Wortlos legte er auf. Theo blickte ihn an, weil er sofort bemerkte, dass etwas nicht in Ordnung war. »Was ist?«

»Das war das Labor«, erklärte Lukas. »Das DNA-Ergebnis ist da.«

*

Karl hatte große Mühe, zusammen mit seiner Begleiterin Jasmin den *Deutsch-Französischen Garten* betreten zu können. Die

Menschen, die verärgert den Park verließen, sahen sich nicht genötigt, ihnen Platz zu machen. Hinter der Menge standen die Kollegen der Bereitschaftspolizei, deren Aufgabe es war, den gesamten Park von Besuchern und Mitarbeitern der Gartenanlage frei zu räumen, damit niemand in Gefahr geriet.

Als sie endlich das Tor passiert hatten, erblickten sie eine farbenprächtige Landschaft, wie sie schöner nicht sein konnte. Der französische Rosengarten fiel mit einer Rosenvielfalt sofort ins Auge. Neben exakt angeordneten Rosenrabatten stachen üppig rankende Pflanzen hervor, die sich dem blauen Himmel entgegenreckten. Der deutsche Rosengarten wirkte dagegen nüchterner, als sei den Gärtnern auf dieser Seite die Fantasie ausgegangen. Dafür entschädigte das dahinter liegende saftige Grün der großen Wiesenflächen, die eingerahmt waren von schattenspendenden Bäumen und Sträuchern. Dieser Anblick verriet nichts darüber, dass sich eine Polizeibeamtin genau in diesem Park gerade in größter Gefahr befand. Jasmin hatte auf der Fahrt hierher im Auto einige Fakten über den Verdächtigen Bernd Scholz vorgelesen. Seine Tat vor zwanzig Jahren war äußerst brutal gewesen. Das Mädchen war an den Folgen der Vergewaltigung gestorben – Bernd Scholz hatte sie verblutend liegenlassen. Diese Tatsache wirkte beängstigend, da die neue Tat, derer Scholz bezichtigt wurde, auffallende Parallelen aufwies. Das Opfer war ebenfalls verblutet. Und nun hatte er Andrea in seiner Gewalt, eine Beamtin, die das Talent besaß, immer im richtigen Moment das Falsche zu sagen. Er eilte auf den Bauhof zu, wo Monika Blech auf ihn wartete. Der Anblick der Kollegin ließ ich erschrocken zusammenzucken. Ihr sonst so rundliches Gesicht war kreidebleich und eingefallen. Ihre Augen wirkten wie schwarze Höhlen.

»Gibt es Neuigkeiten?«, fragte der Hüne atemlos.

»Nein!« Monika schüttelte den Kopf. »Wir sprechen gerade mit dem Obergärtner Hilger Scharf. Er kennt sich hier gut aus. Er sagt, es gibt mehrere Möglichkeiten, wohin Scholz mit Andrea verschwunden sein könnte. Deshalb sollten wir an mehreren Stellen gleichzeitig suchen.«

Er schaute sich um und staunte nicht schlecht, als er mehrere Reporter von verschiedenen Zeitungen zwischen den Bäumen entdeckte. Deutlich erkannte Karl einen jungen Mann der BILD-Saarland und eine Frau des Pfälzischen Merkur.

»Wer hat die denn reingelassen?«

Auf seine Frage bekam er nur ahnungslose Gesichter zu sehen. Monika warf einen argwöhnischen Blick auf den Obergärtner, doch der war gerade damit beschäftigt, der Neuen, Jasmin Hafner, den Plan des DFG zu erklären.

Sie wusste nicht, ob sie etwas sagen sollte, weil es nur ein Gefühl war. Denn das Verhalten dieses Mannes gefiel ihr ganz und gar nicht. Aber sie beschloss den Mund zu halten. Hier hatten Karl Groß und das SEK das Sagen. Da wollte sie nichts tun, um diesen Einsatz zu verkomplizieren.

Plötzlich hörten sie das Motorengeräusch eines Hubschraubers näherkommen.

»Unsere Luftunterstützung«, erklärte Karl. »Das SEK ist auch auf dem Weg hierher – mit einem Verhandlungsführer. Ebenso eine Suchmannschaft. Sie wird gerade zusammengestellt.«

»Klingt beruhigend«, gab Monika zu.

»Das Erste, was wir jetzt tun werden, ist, diese Schnüffelnasen hier zu vertreiben. Ich will keine schlechte Presse über unsere Arbeit.«

Zwei Polizeibeamte der Bereitschaftspolizei steuerten die Reporter an. Doch plötzlich war nichts mehr von ihnen zu sehen, als hätten sie sich in Luft aufgelöst. Nach einer Weile kehrten die Beamten ergebnislos zurück. Karl meinte: »Dann können wir es nicht ändern. Wir müssen uns jetzt auf Andrea konzentrieren.« An Monika gewandt fragte er: »Wohin hast du die beiden verschwinden sehen?«

Doch Monika kam nicht dazu zu antworten, schon übernahm Hilger Scharf das Wort: »Die Richtung, in die die beiden verschwunden sind, deutet darauf hin, dass sich Bernd mit der Polizistin in unserer Abfalldeponie verschanzt hat. Dorthin verirrt sich keiner, weil fast niemand von diesem Platz etwas weiß. Ich zeige Ihnen den Weg.«

»Sie zeigen uns zuerst mal gar nichts«, bestimmte Karl erbost. »Es ist viel zu gefährlich für einen Zivilisten, sich an dieser Suchaktion zu beteiligen.«

»Ohne mich werden Sie die beiden aber nicht finden«, beharrte der Obergärtner und stellte sich breitbeinig vor den großen Bereitschaftspolizisten. Beide waren gleich groß, weshalb sie sich auf Augenhöhe anstarrten.

»Doch! Indem Sie uns auf der Karte zeigen, wo diese Orte liegen.« Karls Tonfall ließ den Obergärtner aufhorchen. Er überlegte, ob er noch einen weiteren Überzeugungsversuch starten sollte, überlegte es sich aber anders, was seinem eingeschnappten Gesichtsausdruck zu entnehmen war.

»O. k., ich gehe die Karte holen«, murrte er und verschwand im Hof.

Karls Handy ratterte den Radetzky-Marsch in seiner Hosentasche.

Die Kollegen schauten ihn alle fragend an, was er mit einem hastigen: »Ja, ja! Ich stelle sofort um auf Vibration« kommentierte, bevor er das Gespräch annahm.

Es war ein kurzes Telefonat, das Karls Gesichtsausdruck noch verzweifelter aussehen ließ.

Er legte auf und sagte: »Das DNA-Ergebnis ist da!«

»Und?«

»Der Gesuchte ist tatsächlich Bernd Scholz!«

5

Ratlos schlenderte Susanne über den betonierten Weg im Heidegarten, der leicht ansteigend verlief und dessen Heidekraut unter den braunen, kahlen Stängeln nur zu erahnen war. Die Themengärten des DFG bildeten eigene Einheiten in der weitläufigen Parklandschaft und sollten somit dem Tourismus dienlich sein. Doch was konnte sie über diesen misslungenen Themengarten schreiben?

»Ein Anblick wie ein blühender Farbteppich, der seinen ganz speziellen Charme durch die hohen Staudengräser, Ginster und Wacholder erhält, womit er dem Anwesen das ganze Jahr über eine besondere Tiefe verleiht.«

Sie könnte würgen über ihren Auftrag. So etwas Banales war ihr noch nie passiert. Das sollte eine Chance für sie sein?
»Hey! Lass den Kopf nicht hängen, nur weil hier die Heide vor sich hin fault«, versuchte Dimitri sie aufzumuntern.
Tatsächlich musste sie über seine Direktheit lachen.
»Dann sag du mir, wie ich diesen Garten beschreiben soll, so dass er hunderte von Neugierigen anlockt?«
»Leg eine Leiche rein!«, schlug Dimitri vor. »Schau dir nur den Ehrenfriedhof an. So viel Publikum hat es dort in den letzten 50 Jahren nicht gegeben.«
Sie drehten sich um und sahen bestätigt, was Dimitri meinte. Dort scharten sich die Menschen um den Leichenfundort. Susanne schüttelte über die Pietätlosigkeit den Kopf. Plötzlich änderte sich das Bild vor ihren Augen. Unruhe entstand in der Menge. Von ihrem Standpunkt aus konnten sie viele uniformierte Polizeibeamte sehen, die die Menschen bis zum Ausgang vor sich hertrieben.
»Da ist tatsächlich wieder etwas los«, stellte Dimitri fest. Seine Augen begannen zu leuchten.
»Was willst du tun?«, fragte Susanne.

»Ich verstecke mich, damit die Bullen mich nicht rausschmeißen können.«

Susanne folgte dem Fotografen. Geduckt liefen sie in die dichten Hecken, die oberhalb des Heidegartens wucherten und bis zum Deutsch-Französischen Café reichten. Von dort aus hatten sie eine gute Übersicht über das Gelände.

»Hoffentlich bereue ich nicht, was ich hier tue«, murmelte Susanne.

»Wohl kaum. Du hast doch selbst gesagt, dass dir der Job viel zu langweilig ist.«

»Ja! Aber es ist der einzige Job, den ich zurzeit habe.«

»Abwarten. Wenn wir einen guten Bericht über die Ereignisse hier bringen, reißen sich die Zeitungen um uns«, ließ Dimitri verlauten, was Susanne nur mit einem milden Lächeln quittieren konnte. Schon sahen sie einen großen Mann und eine Frau auf den Bauhof zusteuern.

»Wer ist das?«

»Ich glaube, das ist Karl Groß von der Bereitschaftspolizei«, antwortete Susanne. »Die Frau kenne ich nicht.«

Nur wenige Minuten später erfüllte das Motorengeräusch eines Hubschraubers die Luft.

»Mein Gott! Hier geht richtig die Post ab«, jauchzte Dimitri. »Das ist genau das Richtige für uns.«

Das Klick, Klick, Klick der Kamera begleitete seine Worte.

»In dem Hubschrauber ist mit Sicherheit eine Wärmebildkamera, womit die Polizei Menschen aufspüren kann, die sich hier verstecken«, erklärte Susanne, die sich mühsam durch das Gestrüpp kämpfte.

»Ich weiß, dass dein Lover Bulle ist. Musst nicht mit deinem Fachwissen angeben«, gab Dimitri schnippisch zurück.

»Idiot!«, fauchte Susanne. »Damit will ich sagen, dass sie uns auch aufspüren können, wenn wir hierbleiben. Die Hecken schützen uns nicht vor diesem Suchgerät.«

»Dann suchen wir uns einen besseren Platz.«

*

Motorengeräusche drangen an ihr Ohr.

Andrea öffnete die Augen – zumindest glaubte sie, dass sie das tat, denn es änderte sich nichts. Alles blieb rabenschwarz.

Sie spürte Panik aufkommen, begann zu hyperventilieren. Doch plötzlich legte sich ihr eine Hand über den Mund.

»Spiel hier bloß keine Spielchen, Bullenschlampe«, hörte sie eine Stimme bedrohlich nah. »Von euch habe ich schon lange die Schnauze voll.«

Andrea spürte, dass ihr die abgeschnürte Luft gut tat. Eine seltsame Reaktion, aber ihr blieb keine Zeit sich zu wundern. Sie sah direkt in einen grellen Lichtstrahl, der in ihren Augen schmerzte. »Du siehst so scheiße aus mit deinem rasanten Kurzhaarschnitt und deinem fetten Leib«, fauchte er, »dass ich mich schon wundere, warum ich so eine Kröte am Leben lasse.« Andrea spürte einen schmerzhaften Schlag in den Unterleib, während er weitersprach: »Aber als Ass im Ärmel kannst du mir vielleicht noch nützlich sein. Also weiter. Hier können wir nicht ewig bleiben.« Er zerrte sie auf ihre Füße und zog sie hinter sich her.

Andrea hatte Mühe auf den Beinen zu bleiben. Blindlings folgte sie diesem Mann, wobei ihre ganze Aufmerksamkeit ihrem Gleichgewicht galt. Sie wollte nicht stürzen, weil sie nicht wusste, auf was sie landete. Seit er sie geblendet hatte bewegten sich vor ihren Augen bunte Sterne und Kreise. Ihre Beine zitterten.

»Hey! Für einen Bullen bist du verdammt unsportlich«, brüllte Bernd Scholz direkt in ihr Ohr und zerrte unsanft an ihrem Arm.

Strauchelnd konnte sich Andrea wieder fangen. Mit letzter Kraft tat sie alles, um diesem grässlichen Kerl im gleichen Tempo folgen zu können. Es war ihre Angst, die sie willenlos machte. Wer wusste schon, zu was dieser Verbrecher fähig war, wenn sie ihn richtig wütend machte? Das Wissen, für welches Verbrechen er verurteilt worden war, brachte sie außer sich. Wer könnte ihn in diesem finsteren Versteck aufhalten ...

*

Karl bekam Funkverbindung mit dem Hubschrauberpiloten. Nach einigen knackenden Geräuschen meldete sich eine Stimme mit den Worten: »Ich sehe Bewegungen im Park.«

»Wo?« Karls Adrenalinspiegel stieg sofort in die Höhe.

»Am Ehrenfriedhof!«

Der Leiter des SEK gab seinen Leuten lautlose Anweisungen, schon schwärmten sie aus.

Alle starrten den schwarz gekleideten Beamten hinterher. Hoffnung, die Kollegin in so kurzer Zeit befreien zu können, keimte auf. Doch leider kam auch genauso schnell die Entwarnung, dass es sich hier nur um einen Fehlalarm handelte. Zwei Reporter waren durch die Wärmbildkamera gesichtet worden.

Karl gab dem Piloten das Ergebnis ihrer Suche durch, was derjenige durch lautes Grummeln erwiderte. Nachdem es wieder leiser auf dem Funkgerät geworden war, gab er dem Piloten die Koordinaten des angeblichen Abfallgeländes, das er als nächstes absuchen sollte.

Doch ohne Ergebnis.

Verwirrt schaute der Obergärtner drein und fragte: »Wie zuverlässig sind diese Wärmesuchgeräte? Hier herrschen jetzt schon achtundzwanzig Grad. Das könnte dieses Gerät irritieren.«

»Sie sollten doch gerade gesehen habe, wie sicher diese Geräte sind«, gab Karl unfreundlich zurück. »Eine Wärmebildkamera ist in der Lage, Temperaturunterschiede in der Umgebung von bis zu 0,05 °C zu unterscheiden.«

Monika wunderte sich über den Tonfall ihres Kollegen. Sie kannte Karl immer nur freundlich und gelassen. Sollte er ähnlich über diesen Obergärtner denken wie sie? »Wir fliegen den gesamten Deutsch-Französischen Garten ab«, ertönte die Stimme durch das Funkgerät. Die Verbindung brach ab und der Hubschrauber zog eine große Schleife am Himmel.

»Gut! Dann brauchen wir uns nicht durch dieses Areal durchzuschlagen«, erkannte Karl mit wenig Zuversicht in der Stimme. »Gibt es weitere Plätze, die sich gut zum Verstecken eignen?«

»Ja! Es gibt einen Bunker zwischen dem Deutsch-Französischen Café und dem Heidegarten. Der dient als Lagerraum«, antwortete Hilger Scharf nach einigem Zögern. »Wenn sie sich dort verschanzen, würde die Wärmebildkamera nicht reagieren.«

»Zeigen Sie mir den Bunker!«

»Wie?« Hilger Scharf schaute Karl fragend an. »Vorhin durfte ich mich nicht bewegen, weil es für Zivilisten zu gefährlich ist.«

»Der Hubschrauber hat uns Entwarnung gegeben«, erklärte Karl. »Also wissen wir zumindest, wo der Geiselnehmer nicht ist. Dort können wir uns gefahrlos bewegen.«

Der Obergärtner grinste, womit er signalisierte, dass er Karl nicht glaubte. Trotzdem begleitete er die Polizeibeamten. Sie steuerten einen bewaldeten Hügel an, unter dessen langen Ästen und Ranken ein Steingebilde zu erkennen war. Unter einem Baldachin aus dichtem Laub sahen sie eine Tür. Die Absperrung war mehr als dürftig, sie bestand nur aus einem schmalen Balken, der unter den Türgriff eingeklemmt war. Doch der hing jetzt schief.

»Da ist jemand drin!«, stellte Karl atemlos fest.

*

»Ich höre den Hubschrauber bis hierher«, murmelte Lukas, »während wir hier Sekretärin spielen.«

»Die spielen wir nicht, die sind wir«, hielt Theo mürrisch dagegen, während er am Telefon eine Weiterleitung zum Kriminalrat schaltete. »Aber es heißt, in erster Linie alles zu tun, um einer Kollegin aus der Klemme zu helfen. Das geht vor.«

Lukas nickte und versuchte nicht daran zu denken, wie schön es wäre, wenn Andrea aus dieser Abteilung verschwinden würde. Er schämte sich für den Gedanken, trotzdem drängte er sich immer wieder auf. Es könnte aber auch sein, dass Andrea diesen Anschlag gut überstand und von sich aus eine Versetzung beantragte. In den Innendienst zum Beispiel. Am besten ins Archiv, weil dort sonst niemand arbeitete. Dort könnte sie keinen Kollegen nerven.

Doch jetzt war sein Einsatz vom Schreibtisch aus gefragt und er durfte sich nicht von solchen Gedanken ablenken lassen. Zumal gerade Staatsanwalt Renske das Büro betrat und rief: »Meine Güte! Wie konnte das passieren? Sie sollte diesen Mann doch nur zur Befragung herbitten.«

Renske ließ sich auf dem freien Stuhl vor dem Schreibtisch nieder und zerrte an seiner Krawatte. Es war das erste Mal, dass Theo und Lukas ihn so sahen. Bisher hatte sein Anzug immer tadellos gesessen, egal welche Temperaturen gerade herrschten. Nahm ihn Andreas Entführung so sehr mit?

»Was ist los mit dir?«, fragte Lukas.

»Ich kenne die Akte von Bernd Scholz«, erklärte Renske schnaufend.

»Wir auch!«

»Nein!«

Lukas und Theo schauten sich erstaunt an.

»Es wurde auf dem Oberverwaltungsgericht des Saarlandes entschieden, ob Bernd Scholz nach seiner Entlassung aus der Sicherheitsverwahrung von der Polizei überwacht werden soll oder nicht«, sprach Renske ungeachtet der Reaktionen der beiden Kommissare weiter. »Wir standen nämlich vor der Frage, ob Bernd Scholz ein Wiederholungstäter sein könnte.«

»Und?«

»Ich habe zwar für eine Observierung plädiert … Doch jetzt habe ich das Gefühl, dass ich mich mehr hätte dafür einsetzen müssen. Ich habe mir das Zepter in dieser Entscheidung aus der Hand nehmen lassen, weil ich selbst unentschlossen war.«

»Warum warst du unentschlossen?«, hakte Lukas nach. »So kennen wir dich nicht.«

»Bernd Scholz hat immer seine Unschuld beteuert – sogar noch nach 20 Jahren. In all diesen Jahren ist er nie auffällig geworden. Das hat mich aus dem Konzept gebracht. Auch als er in die Freiheit entlassen wurde, hat er wieder auf seiner Unschuld bestanden. Nichts an ihm gab mir das Gefühl, dass dieser Mann gefährlich sein könnte. Deshalb habe ich mich nicht genug dafür eingesetzt, dass er überwacht wird.«

»Willst du dir selbst die Schuld an dieser Entführung geben?«, hakte Lukas nach. »Das kannst du dir sparen. Andrea lockt jeden aus der Reserve – sogar den größten Philanthrop auf dieser Erde.«

»Ich wünschte, ich könne es mir so einfach machen.«

*

Kaum hatten sie angehalten, stieß der Entführer Andrea auf den Boden. Der war kalt und nass. Sofort begann Andrea zu frieren. Doch das war nicht alles. Sie spürte, wie er sich zu ihr hinab beugte. Ihr Herz schlug wie wild. Sie war an den Händen gefesselt, konnte sich also nur mit den Füßen wehren. Und das tat sie auch. Die Panik, er wollte sie vergewaltigen, machte sie kopflos. Sofort schlug sie mit dem rechten Fuß aus. Doch der Schmerz, der ihr durchs Schienbein fuhr, ließ sie alles vergessen. Mit einem Aufschrei ließ sie das Bein sinken. Obwohl sich in ihrem Kopf alles vernebelt anfühlte, hörte sie die Stimme ihres Entführers ganz nah an ihrem Ohr flüstern: »Das kommt davon, wenn man unüberlegt handelt. Jetzt tut dir das Bein erst mal richtig weh und ich werde deine Füße zusammenbinden. Glaub aber bloß nicht, dass du dich deshalb nicht mehr vom Fleck bewegen musst. Wenn es sein muss, ziehe ich dich einfach hinter mir her.«

Andrea wollte heulen, doch es kamen keine Tränen. Nur einige Seufzer stieß sie aus, die es ihr ermöglichten, wieder zu atmen. Scholz' Androhung nahm sie nur am Rande wahr, so sehr schmerzte ihr Bein, so hoffnungslos fühlte sie sich, so hilflos und schwach. Nie hätte sie gedacht, selbst einmal so zu empfinden. Immer hatte sie geglaubt, darüber stehen zu können. Die Erkenntnis, so schwach zu sein, gab ihr den Rest. Sie spürte, wie ihr letzter Funke an Lebenswillen zu erlöschen drohte. Langsam ließ sie ihren Oberkörper auf den nassen Boden sinken und hoffte, nichts mehr hören, nichts mehr sehen und nichts mehr empfinden zu müssen.

*

Die Einsatzkräfte des SEK wandten sich an Obergärtner Hilger Scharf, der ihnen den genauen Plan dieses Bunkers erklären sollte. Zu ihrer Enttäuschung war er nicht darüber informiert. »Der Einzige, der über diesen Bunker Bescheid weiß, ist Baudezernent Dr. Gerhard Briegel, der für die Baumaßnahmen im *Deutsch-Französischen Garten* zuständig ist.«

»Dann muss er kommen«, bestimmt Kar. »Rufen Sie ihn an und geben Sie ihn mir!«

Hilger Scharf betätige sein Handy.

Jasmin Hafner und Monika Blech konnten nur zuschauen, weil sie für diesen Einsatz außen vor bleiben mussten. Während Karl auf die Telefonverbindung wartete, Fotos von Andrea Peperding und Bernd Scholz an die SEK-Beamten weiterreichte, kaute Monika nervös an ihren Fingernägeln, die inzwischen schon bluteten. Sie kannte die neue Kollegin nicht, weshalb sie keinen Sinn darin sah, mit ihr über ihre Sorgen zu sprechen. Auch empfand sie es als unpassend, ausgerechnet jetzt eine neue Mitarbeiterin anzuschleppen. Wenigstens in dieser Notsituation hätte Ehrling das Einsehen haben und Lukas und Theo an Ort und Stelle hinausschicken sollen. Aber der Amtsleiter war ein sturer Hund. Das ärgerte Monika nicht nur, das schürte noch mehr ihre Angst um Andrea. Niemand wusste besser, wie sich Andrea von einem Schlamassel in den nächsten reiten konnte. Das konnte wichtig für die Verhandlungen sein. Das könnte sogar wichtig für die Befreiungsaktion werden, denn sogar für diesen entscheidenden Moment befürchtete Monika, dass Andrea mit ihrem Mundwerk alles vermasseln würde.

Doch so musste sie abwarten, ebenso wie Karl, der immer noch auf die Verbindung wartete. Bei diesen Gedanken blieb ihr gar nichts anderes übrig, als an den Fingernägeln zu kauen. Das Blut, das schon an ihren Fingern herunterlief, sah sie nicht.

Plötzlich spürte sie eine Hand an ihrer Hand.

Erschrocken schaute sie hoch und erblickte direkt das Gesicht der neuen Beamtin Jasmin Hafner.

»Damit machen Sie es nicht besser – im Gegenteil: Sie tun sich nur selbst weh«, sagte sie mit sanfter Stimme und einem Gesichtsausdruck, der Monika tatsächlich innehalten ließ.

»Karl weiß was er tut«, sprach Jasmin weiter. »Einen besseren Mann als ihn kann ich mir in einer solchen Situation nicht vorstellen.«

»Wie lange kennen Sie Karl schon?«, fragte Monika verdutzt. Wie hübsch diese Frau war, war ihr bisher noch nicht aufgefallen.

»Ich bin seit einem halben Jahr als Kommissaranwärterin hier beschäftigt und vor wenigen Wochen Karl Groß zugeteilt worden«, antwortete Jasmin. »Die Arbeit mit ihm macht mir Spaß, weil er wirklich gut ist.«

»Ich lasse Sie abholen, verdammt noch mal. Ihnen passiert schon nichts«, schrie Karl in sein Handy.

Erschrocken schauten Jasmin und Monika auf. Das Gesicht des großen Mannes war gerötet. Er hatte die Mütze abgenommen und zerwühlte nervös seine dunklen Haare.

»Wollen Sie wirklich riskieren, dass wir aufgrund mangelhafter Informationen einen Rettungseinsatz versieben?«, brüllte Karl weiter.

Dann klang er wieder ruhiger: »Also haben wir es hier mit einem Bunker der Westwall-Linie zu tun? Aha ... ja ... hmm ... also ein Regelbautyp 10 a der Limes-Reihe. Was heißt das für uns?«

Karl grummelte: »Er hat keinen Notausgang. Gut. Schicken Sie uns die Pläne über Handy zu!«

Es dauerte nicht lange, schon piepste es in Karls Hand. Die erwünschten Pläne waren eingegangen.

Nun besprachen sie ihre Vorgehensweise. Anschließend gesellte sich Karl zu Monika und Jasmin und meinte: »Ab jetzt übernimmt der Einsatzleiter des SEK. Uns bleibt nur noch Daumen drücken!«

Die Spannung stieg an. Ebenso die Temperaturen. Monika schwitzte und fühlte sich muffig und schlecht. Ständig kreisten die Gedanken in ihrem Kopf, warum sie nicht schneller reagiert hatte. Als Andrea losgeschossen war, hätte sie im gleichen Tempo mithalten müssen. Sie hätte es wissen müssen … Sie hätte …

Wieder spürte sie eine Hand auf ihrer Hand. Erschrocken schaute sie an sich herunter und stellte fest, dass sie tatsächlich wieder an ihren zerbissenen Fingernägeln knabberte.

»Vorwürfe bringen hier niemanden weiter«, sprach Jasmin salbungsvoll. »Ich bin darüber informiert, wie Andrea Peperding tickt. Dass sie jetzt in dieser Situation gelandet ist, hat absolut nichts mit Ihnen zu tun.«

Monika spürte Sympathie für diese junge Kollegin. Ihre Worte taten ihr gut. Sie mühte sich ein Lächeln ab, das vermutlich nur zu einer Grimasse reichte, als plötzlich laute Stimmen aus dem Bunker zu hören waren.

Aber niemand war zu sehen.

Die Spannung stieg an.

Karl, Jasmin und Monika starrten gebannt auf den Ausgang des Bunkers. Nichts geschah. Nur die Stimmen wurden immer lauter. Aus Befehlen wurden Schreie. Was geschah dort? Auf einmal mischte sich einen Frauenstimme darunter. Verdutzt fragte Monika: »Sind auch Frauen in der Einsatzgruppe?«

»Natürlich!«, antwortete Karl, der ebenfalls verwirrt aussah.

Dann näherten sich die Geräusche dem Eingang.

Karl achtete darauf, dass Monika an ihrem Platz stehen blieb, weil er keine unvorhergesehenen Unfälle riskieren wollte. Schon stürmten mehrere Männer und eine Frau aus dem Bunker.

Monika traute ihren Augen nicht, als sie die Frau erkannte. Das war nicht Andrea, auf die sie verzweifelt gehofft hatte. Nein! Vor ihr stand Susanne Kleber, Lukas' Freundin.

*

Lukas staunte nicht schlecht, als er seine Freundin Susanne und Dimitri Weber, den Fotografen, ins Büro kommen sah. Sie waren jedoch nicht allein. Ein Polizeibeamter begleitete die beiden und meinte zu Lukas: »Die beiden haben unseren Einsatz behindert.«

»Wie geht das?«, fragte Lukas begriffsstutzig.

»Das können Sie sich ja von ihnen selbst erzählen lassen. Jedenfalls muss das mit ins Protokoll und Karl Groß lässt ausrichten, dass das Ihre Arbeit sei.«

Damit verschwand der Kollege wieder.

Wortlos setzte sich Susanne auf den freien Stuhl vor Lukas' Schreibtisch, während Dimitri fotografierte wie ein Wilder.

»Hallo! Hör sofort damit auf!«, brüllte Lukas.

Dimitri hielt inne und meinte mit einem frechen Grinsen: »Du bist also der Bulle, von dem Susanne immer schwärmt! Ich habe mir dich größer vorgestellt.«

»Und ich habe mir dich schlanker vorgestellt«, konterte Lukas, woraufhin Dimitris Grinsen aus dem Gesicht verschwand. »Außerdem wüsste ich nicht, dass wir beim ›Du‹ sind!«

»Du hast damit angefangen!« Dimitris Grinsen kehrte zurück. Der zweifarbige Hahnenkamm auf seinem Kopf wackelte mit jeder Bewegung, die er machte. Lukas spürte sofort, dass er diesen Kerl nicht mochte.

Da streckte er ihm doch tatsächlich die Hand hin mit den Worten: »Ich bin Dimitri Wagner, der neue Fotograf für die Saarbrücker Zeitung.«

»Das habe ich mir gedacht – wirst es nicht glauben«, grummelte Lukas ohne ihm die Hand zu schütteln.

Theo, der bis jetzt schweigend an seinem Schreibtisch gesessen hatte, räusperte sich und meinte: »Ich bin Theo Borg, für den Fall, dass jemand hier bemerkt, dass noch jemand in der Runde ist.«

Wieder lachte Dimitri, doch dieses Mal stieß Susanne ihn in die Seite und murrte: »Hör auf so dämlich zu lachen. Du hast uns in diese Scheiße geritten.«

»Ach ja, dann erzählt doch mal, was ihr euch geleistet habt«, kam Lukas endlich auf den Grund der Anwesenheit der beiden zu sprechen.

Susanne lehnte sich über den Schreibtisch, dass sie Lukas ganz nahe kam. Dabei gewährte sie ihm einen tiefen Blick in ihr Dekolleté, was Lukas' Puls beschleunigte. Nur mit Mühe konnte er sich darauf konzentrieren, als sie sagte: »Kannst du bitte dafür sorgen, dass meine Zeitung nichts von unserer Aktion erfährt? Sonst bin ich meinen Job los.«

Lukas schaute ihr in die Augen und gurrte: »Was bekomme ich dafür?«

Susanne lächelte verführerisch, ein Lächeln, das Lukas signalisierte, dass er bekam, was er wollte.

*

Andrea spürte eine Kälte, die durch und durch ging. Dabei war es Sommer – draußen – unter freiem Himmel. Ihre Zähne klapperten laut, sie konnte es nicht verhindern. Sie wollte die Beine anziehen, in der Hoffnung, sich damit selbst wärmen zu können. Doch das gelang ihr nicht. Ein Ruck ging durch ihren Körper.

»Halt still, verdammtes Weib!«, herrschte Bernd sie an.

Dann spürte sie, wie er ihre Füße zusammenband.

Andreas Hoffnungslosigkeit wuchs. Wie ein verschnürtes Paket fühlte sie sich. Dazu noch durchnässt von dem bracken Wasser auf dem kalten Boden.

»Diesen Bunker hier kennt keiner«, hörte sie Bernd sagen.

»Ich werde mir jetzt einen geschützten Ausgang suchen und mich vom Acker machen. Du bleibst schön hier.«

»Willst du mich hier sterben lassen?«, kreischte Andrea mit Panik in der Stimme.

»Nee, Alte! Ich habe in meinem ganzen Leben noch niemanden getötet und fange auch jetzt nicht damit an«, antwortete Bernd.

Andrea hörte ihn ganz dicht an ihrem Ohr. Sogar seinen Atem konnte sie spüren, was zu ihrer inneren Kälte noch eine Gänsehaut verursachte.

Dann hörte sie seine Schritte, wie sie leiser und leiser wurden, bis nichts mehr übrig blieb als Totenstille.

*

»Noch ein Reporter hier im DFG und ich laufe Amok«, knurrte Karl.

»Warte damit lieber noch ein bisschen«, tröstete Jasmin und zeigte auf einen großen hageren Mann, der unbeholfen über die große Wiese auf die Polizeibeamten zu stakste. Schon von weitem hörten sie ihn schimpfen: »Wofür werden Sie bezahlt, wenn Sie einen lebensgefährlichen Einsatz nicht ohne unbescholtene Bürger durchführen können?«

»Das ist Dr. Gerhard Briegel«, erklärte der Obergärtner Hilger Scharf. »Der Leiter des Baudezernats der Stadt Saarbrücken.«

»Das habe ich mir gedacht!«

Karl hatte Mühe, diesem Mann höflich zu begegnen. Aber er schluckte seinen Unmut herunter. Es ging um das Leben einer Kollegin. Nur dieser Mensch war in der Lage, genaue Angaben über die begehbaren Bunker in diesem Park zu machen.

Unwirsch erklärte Dr. Briegel: »Wie ich schon am Telefon sagte, gibt es hier im DFG nur diesen einen begehbaren Bunker, der als Lagerraum genutzt wird.«

»Der Hubschrauber meldet uns keinerlei Bewegungen in

dem Park. Sämtliche Ausgänge sind überwacht. Also muss sich der Entführer noch hier aufhalten«, erklärte Karl mit Engelsgeduld.

»Sie wissen ja gar nicht, wie viele geheime Ausgänge hier existieren«, hielt Dr. Briegel dagegen. »Das wissen sogar wir vom Baudezernat nicht. Wie können Sie also so sicher sein, dass sich dieser Verbrecher immer noch im DFG aufhält?«

»Weil wir sogar Patrouillen rund um den DFG haben! Würden Sie jetzt bitte auf die Karte schauen!« Karl hielt ihm einen genauen Plan des *Deutsch-Französischen Gartens* entgegen.

Dr. Briegel rümpfte die Nase, womit er sein kantiges Gesicht in die Länge zog, rückte seine Brille auf der Nase richtig und warf endlich einen Blick auf die Karte.

»Also«, fing er an und ließ seinen Finger über den Fleck wandern, wo das Restaurant D'Alsace eingezeichnet war. »Hier ist der größte Bunker des DFG. Es ist ein Regelbautyp 107a, 12,90 mal 13,60 m groß, mit zwei Kampfräumen und weiteren sieben Räumen, wie Beobachtungsraum, Munitionsraum, Bereitschaftsraum mit zwölf Betten, Vorratsraum, Flankierungsanlage und einem 9,60 m langen Flur. Dieser Bunker hatte ursprünglich mehrere Ein- und Ausgänge. Inwieweit er heute noch begehbar ist, weiß ich nicht. Es sind mehrere Versuche unternommen worden, ihn zu sprengen. Aber das Mauerwerk von zwei Metern Wandstärke war nicht so leicht zu vernichten.«

Monika hob die Hand und sagte: »Ich habe die beiden dort zuletzt gesehen.«

»Warum sagst du das jetzt erst?«, fragte Karl wütend.

»Weil ich nichts von einem Bunker wusste«, wehrte sich Monika mit gerötetem Gesicht. »Ich wollte in das Restaurant gehen und nach ihnen suchen. Aber es war verschlossen. Da dachte ich, dass Bernd mit Andrea im Schlepptau weitergegangen ist.«

»Schon gut«, beruhigte sich Karl wieder. »Wir wussten alle nicht, dass es in diesem Park Bunker gibt, die noch begehbar sind. Deshalb mache ich dir keinen Vorwurf.«

»Es gibt hier immer noch 18 Bunker«, funkte Dr. Briegel dazwischen. »Das sollten Sie eigentlich wissen, denn es ist kein Geheimnis.«

»18!«, wiederholte Karl erschrocken.

»Keine Sorge!«, beschwichtigte Dr. Briegel sofort wieder. »Außer diesen beiden und dem Bunker unterhalb der Waldbühne ...«

»Waldbühne?«

» ... ja! Dort ist ebenfalls ein Bunker, der jahrelang als Umkleide für die Schausteller genutzt wurde.«

»O. k., Sie zeigen mir jetzt, wo der dritte Bunker liegt und geben mir davon Planskizzen, dann dürfen Sie den Park wieder verlassen.«

»Der dritte Bunker ist schon seit Jahren verschlossen, dort kommt niemand mehr rein.«

»Wer hat den Schlüssel?«

»Die Stadt!«

»Trotzdem schicken wir eine Truppe dorthin.«

Karl schickte eine Sondereinsatztruppe zur Waldbühne, die sich hinter einem hohen Abgrenzungswall in Höhe des Deutschmühlenweihers befand. Er selbst folgte den Beamten, die sich dem Bunker hinter dem Restaurant D'Alsace näherten.

In diesem Augenblick war er das erste Mal froh, eine schusssichere Weste zu tragen, denn damit konnte er sich problemlos durch das dichte Gestrüpp vorarbeiten, ohne verletzt zu werden.

Monika und Jasmin folgten ihm.

Sie passierten den Eingang des Restaurants, stiegen mehrere baufällige Treppen hinauf und hinab, bis sie in einer Mulde landeten, die von außen nicht zu sehen war.

»Jetzt ahne ich, wohin die beiden verschwunden sein könnten«, stöhnte Monika.

Die SEK-Beamten suchten die bemoosten Wände ab, bis einer von ihnen plötzlich im Mauerwerk verschwand. Sofort machte sich große Aufregung breit. Über Funk erhielt der Einsatzleiter die Mitteilung, dass der Bunker unterhalb der Waldbühne nicht begehbar und auch in letzter Zeit nicht geöffnet worden war. Er forderte sie auf, zurückzukehren und nach weiteren Eingängen an diesem Bunker zu suchen.

Der verschollene SEK-Beamte kehrte wieder ans Tageslicht zurück und signalisierte, dass sie mit ihrem Einsatz beginnen konnten.

*

Andrea schloss mit ihrem Leben ab. Gefesselt lag sie da und spürte nichts als Kälte. Die Dunkelheit war so undurchdringlich, dass sie nicht das Geringste erkennen konnte. Dafür hören. Aber was sie hörte, wollte sie nicht hören. Es waren kleine Füßchen, die durch das Wasser patschten, begleitet von fiependen Geräuschen. Sie ahnte, dass die Ratten im Begriff waren, sich ihr Mittagessen zu sichern. Sie musste kotzen. Zum Glück hatte der Entführer ihren Knebel entfernt. Mühsam hob sie ihren Kopf an, damit sie nicht daran erstickte, doch es blieb ihr keine Zeit mehr. Es schoss ihr unkontrolliert aus dem Mund.

Sie sah ein Licht auf sich zukommen. Halluzinierte sie und sah das weiße Licht am Ende des Tunnels?

Nein. Tatsächlich! Jemand näherte sich ihr. Aber wer sollte das sein, außer Bernd Scholz? Nur er kannte diese Höhle – oder besser gesagt Hölle. Mutlos ließ Andrea ihren Kopf wieder auf den Boden sinken.

»Scheiße, Mann!«, zischte Bernd. »Wir müssen hier weg!«

Bernd schnitt ihr die Fesseln an den Füßen durch und zerrte sie auf die Beine. Andrea konnte kaum stehen, so schwach fühlte sie sich.

»Lass mich zurück!«, wimmerte sie. »Dann kommst du schneller vom Fleck.«

»Das würde dir so passen! Dann können die mich abknallen und alle halten mich zum zweiten Mal für einen Vergewaltiger und Mörder.«

Kaum stand Andrea auf den Beinen, spürte sie die Waffe im

Nacken. »Du strengst dich jetzt an, oder ich nehme dich mit in den Tod, wenn es drauf ankommt.«

Urplötzlich konnte Andrea sich bewegen. Mit zitternden Knien folgte sie Bernd, der sie blindlings in die Schwärze hineinzerrte. Die einzige Orientierung, die ihr blieb, waren die Geräusche. Es schallte und raschelte, als befänden sie sich in einem engen Raum. Hoffentlich würde die Luft reichen, dachte sie, als sie plötzlich ein weiteres Geräusch vernahm, das fremdartig war.

Dann geschah alles ganz schnell! Von allen Seiten wurde starkes Licht eingeschaltet und direkt auf Andrea und ihren Entführer gerichtet. Eine Stimme ertönte: »Hier spricht die Polizei! Lassen Sie die Polizistin frei.« Nach einigem Zögern, fügte die Stimme an: »Alle Ausgänge sind gesperrt. Sie können nicht entkommen. Also machen Sie es nicht noch schlimmer! Lassen Sie die Waffe fallen und ergeben Sie sich!«

Andrea spürte, wie der Druck an ihrem Arm nachließ. Auch merkte sie, wie der Pistolenlauf ihrer eigenen Sig Sauer sich von ihrem Nacken löste. In diesem Augenblick durchströmte sie eine riesengroße Erleichterung. Die Waffe fiel zu Boden, gleichzeitig wurde sie von einer schwarzen Gestalt weggerissen und aus dem Tunnel geführt. Draußen, im grellen Sonnenlicht wartete Monika auf sie. Noch nie war Andrea so froh, ihre Kollegin zu sehen. Erleichtert fiel sie ihr in die Arme.

*

Lukas hatte sich dazu entschlossen, die Nacht in Susannes Wohnung zu verbringen, damit Theo die beiden nicht stören konnte. Es gefiel ihm bei ihr, denn sie wohnte am Rand des Nauwieser Viertels, dem Stadtteil, den Lukas vor vielen Jahren mal verunsichert hatte. Dort kamen in ihm so etwas wie Heimatgefühle hoch, was er vorher nicht gekannt hatte. Aber das war nicht der einzige Grund, warum er bei ihr übernachten wollte. Susannes Versprechen hatte ihn fahrig gemacht, er hatte an fast nichts anderes denken können. Schmunzelnd betrat er das Büro. Dort sah er Theo bereits am Schreibtisch sitzen und die Vögel füttern.

»Wie das?«, staunte Lukas. »Was machst du schon so früh hier?«

»Deine Vögel versorgen«, kam es knurrend zurück.

»Das sind unsere Vögel«, stellte Lukas klar. »Also kannst du sie ruhig auch mal füttern.«

Lukas wollte gerade seine Mappe lässig auf den Schreibtisch knallen, als er die Zeitung dort liegen sah. Auf der Titelseite prangten die Buchstaben: »*»Mondschein-Mörder‹ vom Saarbrücker Ehrenfriedhof gefasst*!«

»Wow! Das klingt ja wie in einem Gruselschocker«, stellte Lukas erschrocken fest.

»Den Rest des Textes solltest du dir sparen, wenn du dir deine gute Laune nicht versauen willst«, kam es nun noch mürrischer von Theo.

»So schlimm?«

»Schlimmer! Andrea wird als Heldin tituliert, die im Alleingang den Fall gelöst hat.«

Nun warf Lukas seine Mappe auf die Zeitung, damit er den Artikel nicht mehr sehen konnte.

»Na, ihr Schnarchnasen«, ertönte es plötzlich hinter seinem Rücken.

Lukas drehte sich um und staunte nicht schlecht, Andrea nach diesem Einsatz diensteifrig im Büro anzutreffen. Sie kam gerade aus Allensbachers Zimmer und wirkte sehr selbstzufrieden. Lukas wollte etwas entgegnen, als er Theos Ellenbogen in seiner Seite spürte. Also sagte er lieber nichts.

In ihrem Gesicht prangte ein Hämatom unter dem rechten Auge, das bis zum Ohr reichte. Beide Unterarme waren verbunden, was sie gern zur Schau trug. Auch unter ihrer weiten Hose lugten Verbände an ihren Sprunggelenken hervor. Sonst sah sie aus wie immer – keine Anzeichen dafür, dass sie auch nur einen minimalen Schrecken davongetragen hätte.

»Wie geht es eigentlich Bernd Scholz?«, fragte Lukas nun

doch. »Hat der arme Kerl deine Entführung inzwischen verkraftet oder muss er wegen Posttraumatischer Belastungsstörung in psychiatrische Behandlung?«

Theo unterdrückte ein Lachen.

»Der Verbrecher wird heute dem Haftrichter vorgeführt und kommt genau dahin, wo er hingehört!« Andrea wollte das Großraumbüro verlassen, doch sie überlegte es sich anders, drehte sich um und fügte noch an: »Ich gehe jetzt zur Pressekonferenz. Amtsleiter Ehrling hat auf meiner Anwesenheit bestanden.«

6

»Höre auf zu sein, wer du einmal warst. Erwache zu dem, was du bist«, lautete sein Mantra.

Er war kein Mythos! Er war Phönix, das »Sinnbild des sich durch den Tod erneuernden Lebens«. Seine Stärke bestand darin, sich durch die Sonne verbrennen zu lassen, um mit neuer Kraft wieder zu entstehen. Nur Phönix besaß die Fähigkeit, sich zu regenerieren, wenn Feinde ihn verwundet hatten. Phönix war das Symbol der Unsterblichkeit – im Christentum galt er auch als Sinnbild für Auferstehung.

Und genau jetzt war seine Zeit gekommen.

Die Berichte in der Zeitung verwundeten ihn in seinem tiefsten Innern. Er spürte, wie sein Lebenswille erlosch. Nun brauchte er die Glut der Sonne, um wieder zu neuer Kraft zurückzufinden.

Die Klänge der Mondscheinsonate begleiteten ihn auf seinem schwierigen Weg. Der erste Satz schwang voller Schmerz, Verlust und Dunkelheit, alles, was ihn bewegte und leitete. Der zweite Satz – der Übergang zwischen zwei Abgründen – ließ ihn auf einen von der Sonne erhitzten Stein niedersinken, weil er dessen Kräfte benötigte. Er löste sich von der alten Hülle, warf alle Trümmer von sich ab, die ihn belasten konnten und stieg in eine neue Gestalt, die ihm neue Kraft und Mut und Entschlossenheit verlieh.

Was nun im dritten Satz der Klaviersonate auf ihn zusteuerte, war wie eine Naturgewalt. Das Finale Presto agitato kam in einem stürmischen Tempo auf ihn zu, überrollte ihn und ließ ihn als aufstrebenden Phönix zu neuem Bewusstsein kommen. Die Musik endete und mit ihr sein innerer Aufruhr. Ungeahnte Energie breitete sich in ihm aus. Der Zeitpunkt war gekommen, seine neugewonnene Überzeugung in Taten umzusetzen. Niemand hatte verstanden. Niemand hatte auch nur den Hauch einer Vorstellung, was hier geschah.

Durch neue Taten wollte er das ändern.

*

Dieter Ruppert warf noch einen letzten Blick in den Rückspiegel seines Autos, um sich davon zu überzeugen, dass seine Haare richtig lagen. Sein Gesicht war breit und seine Augen zu Schlitzen verengt. Dazu kamen hohe Wangenknochen. Sobald er seine Haare streng nach hinten gekämmt hatte, wurden diese Attribute besonders betont. Das stimmte ihn zufrieden. So fühlte er sich souverän und überlegen gegenüber anderen, was ihm gerade für das bevorstehende Gespräch wichtig war. Der Obergärtner des *Deutsch-Französischen Gartens* hatte ihn an diesem Morgen in aller Eile zu sich bestellt, weil er wichtige Informationen über das Bauprojekt besäße. Dabei war Ruppert der Auftrag sicher. Was also konnte der Obergärtner wissen?

Eigentlich interessierte es ihn nicht. Er hatte andere Probleme, nämlich dafür zu sorgen, dass *Gullivers Welt* endlich für den Bau freigegeben wurde. Es drängte ihn, mit seinem Projekt zu beginnen. Seine Pläne waren bereits in seinem Kopf so präsent, dass er jeden Winkel des neuen Wasserspielplatzes schon detailgenau vor seinem inneren Auge sehen konnte.

Was konnte dieser Wichtigtuer wissen, was für ihn, den Bauunternehmer Ruppert von Bedeutung war?

Er rümpfte die Nase.

Trotzdem war er in aller Frühe zum DFG gefahren, stieg nun aus seinem Lexus SUV und machte sich auf den Weg zum Bauhof. Der Garten lag still da. Noch keine Besucher oder Neugierige, die sich den Leichenfundort anschauen wollten. Das Tor zum Bauhof war offen. Die Fahrzeuge für die Gärtner standen schon bereit.

Ruppert ging hinein und suchte das Büro auf.

Die Inneneinrichtung war spartanisch. Kein Ort für Ruppert, sich wohl zu fühlen. Er bestand immer darauf, dass seine Arbeitsstätten einen gewissen Komfort mit sich brachten. Immerhin wollte er etwas leisten, was ihm unter solchen Bedingungen nicht gelingen würde.

Das Büro des Obergärtners lag am Ende des schmalen Flurs. Die Tür hatte sich bereits geöffnet und Hilger Scharf erwartete seinen Besucher. Er trug noch seine zivile Kleidung, eine graue Anzughose und darüber ein helles, kariertes Hemd. Sie begrüßten sich im Flur wie Fremde. Hilger Scharf überragte Ruppert um einen halben Kopf. Das optimierte nicht gerade seine Verhandlungsposition. Als die Bürotür hinter ihnen geschlossen war, veränderte sich das Verhalten des Obergärtners von freundlich jovial in aufgesetzt distanziert. Das konnte er haben, dachte sich Ruppert. Denn kaum hatte sich Hilger Scharf an seinen Schreibtisch gesetzt, veränderten sich die Größenverhältnisse. Zufrieden ließ sich Ruppert ihm gegenüber nieder und wartete wortlos ab.

Hilger Scharf schnappte die Zeitung vom Tisch und hielt sie Ruppert vor die Nase.

Ein Foto von einem Hubschrauber war zu sehen. Weiterhin Fotos von schwarz gekleideten SEK-Beamten. Ruppert glaubte zuerst, dass der Obergärtner ihn in einen Actionfilm einladen wollte. Erst beim zweiten Hinsehen erkannte er die Umgebung. Das war der *Deutsch-Französische Garten*. Darunter standen die Initialen WM – womit Ruppert nichts anfangen konnte.

Doch die Überschrift des Artikels ließ ihn nach Luft schnappen:

»Spektakuläre Festnahme des Mondscheinmörders im Deutsch-Französischen Garten!«

Hastig ergriff er die Zeitung und las auch den restlichen Artikel:

»Heute muss man nicht mehr ins Kino gehen, um Spannung zu erleben. Nein! James Bond kursiert hier im Saarland – in der Parkanlage, die für alle Touristen eine Oase der Erholung mitten in der Stadt sein soll. Wenn die Stadt Saarbrücken darunter Hubschraubereinsätze und Sondereinsatzkommandos mit bewaffneten Polizeibeamten meint, dann liegt sie richtig. Denn der Erfolg gibt dem Einsatz Recht. Der gefährliche ›Mondscheinmörder‹ konnte bei dieser Aktion unschädlich gemacht werden. Er wollte sich seiner Festnahme entziehen und hatte eine Polizeibeamtin als Geisel genom-

men. Das hatte diesen Einsatz erst nötig gemacht. Fazit: Die Polizei, dein Freund und Helfer! Sie scheuen weder Kamera noch Publicity, wenn es darum geht, das Leben ihrer eigenen Leute zu retten.«

Überrascht über die Formulierungen dieses Artikels schaute Ruppert auf das Logo. Es war die Zeitung BILD-Saarland. Nun war ihm einiges klar. Er hatte ein Abo der Saarbrücker Zeitung. Darin war nur ein Artikel über die Schönheit der Blumen veröffentlicht worden. Er spürte, wie sich Groll in ihm anstaute. Er fühlte sich verarscht.

»Wissen Sie jetzt, warum ich Sie hierherbestelle?«, fragte Hilger Scharf mit einem zufriedenen Grinsen.

»Eigentlich nicht!« Ruppert blieb skeptisch.

»Weil das Ihre einmalige Chance ist, dieses Bauprojekt zu bekommen.«

»Der Auftrag ist mir sicher«, hielt Ruppert dagegen.

»Eben nicht!«

Ruppert starrte den großen, kräftigen Mann überrascht an. Das wohlgefällige Grinsen in Hilger Scharfs Gesicht konnte er nicht einordnen. Er störte sich an dem Chefgebaren dieses Mannes. Seit der Bezirksgärtnermeister nicht mehr zur Arbeit erschienen war, spielte sich Hilger Scharf auf, als säße er schon auf dessen Posten. Blieb nur zu hoffen, dass sich Manfred Ruffing von seinen Unfallfolgen wieder erholte. Doch bis dahin musste er sich mit diesem Mann arrangieren. Also machte er gute Miene zum bösen Spiel und stellte genau die Frage, die Hilger Scharf vermutlich erwartete: »Sie glauben also, dass es noch jemanden gibt, der für das Bauprojekt in Frage kommt?«

Scharf nickte nur.

»Wer ist es?«

»Das darf ich nicht sagen.«

Damit brachte er Ruppert schon wieder auf die Palme. Wütend sprang er vom Stuhl und schrie: »Dafür bestellen Sie mich hierher? Um mich an der Nase herumzuführen? Das erlauben Sie sich nicht noch mal.«

Doch der Obergärtner bewahrte eine Ruhe, die Ruppert verunsicherte. Er hielt in seiner Schimpftirade inne, starrte sein Gegenüber an und glaubte, darin einen Triumph zu sehen.

»Ich will Ihnen nur helfen.« Hilger Scharfs Stimme wurde immer leiser. Ruppert musste sich ihm nähern, um ihn überhaupt zu verstehen. »Ich weiß nämlich, dass Sie ein fähiger Mann sind, der aus diesem Dschungel wieder das *Tal der Jugend* – wie dieser Garten früher mal genannt wurde – machen kann. Das ist auch für mich wichtig, weil ich der zuständige Gärtner dafür sein werde.«

Als Ruppert nichts dazu sagte, fügte er an: »Und glauben Sie mir: Ich will nicht mit jedem arbeiten.«

»Was wollen Sie von mir?«

»Eine anständige Provision.« Hilger Scharf grinste. Seine weißen Zähne leuchteten in dem gebräunten Gesicht hell auf. Seine grauen Haare kräuselten sich wie ein Lorbeerkranz um seine Halbglatze.

Ruppert atmete tief durch und entgegnete: »Das ist es also. Sie wollen mein Geld. Bis es soweit kommt, muss aber mehr von Ihnen kommen als heiße Luft.«

Hilger Scharf erhob sich von seinem Stuhl, reckte sich in voller Größe und schaute auf sein Gegenüber herab.

Ruppert mochte es nicht, wenn er kleiner war als seine Verhandlungspartner. Er rümpfte die Nase. Hinzu kam, dass dieser Mann nur ein Gärtner war, der ihn hier mit trivialen Mitteln einzuschüchtern versuchte. Aber es war nicht von der Hand zu weisen, dass Ruppert ein wenig von seiner selbstsicheren Fassung verloren hatte.

Je mehr er an Fassung verlor, umso sicherer fühlte sich der Gärtner, der ihm entgegenschleuderte: »Machen Sie sich darum mal keine Sorgen.«

*

Die Sonne brannte auf die bunten Blüten der Rosen und ließ François' Herz höher schlagen. Trockene und warme Luft war genau das Richtige für seine Lieblinge. Nur musste er genau darauf achten, dass die Blätter von der Sonne nicht vertrockneten und braun wurden. Deshalb pflegte er sie stündlich, um ihren wundervollen Glanz zu erhalten. Die Freude an ihrer Schönheit ließ ihn alles um sich herum vergessen.

Doch plötzlich verdunkelte ein Schatten seine Sicht auf die wunderschöne »Rose du Petit Prince«, deren zarte Lavendelfarbe eine ganz besondere Fürsorge benötigte, um ihre fast zerbrechliche Schönheit zu erhalten. Erbost schaute er auf und blickte in das Gesicht des Obergärtners. Neben ihm standen zwei junge Männer in Gärtnerkluft. Beide waren groß und drahtig. Ihre Gesichter wirkten so jung, dass François bei diesem Anblick ein Seufzen ausstieß.

»Das sind Alexander Thiel und Lars König«, stellte Hilger Scharf die beiden vor. »Alexander wird ab sofort den Deutschen Rosengarten übernehmen. Lars absolviert bei mir seine Ausbildung zum Gärtner.« Dann ging er mit Lars König im Schlepptau wieder davon.

François richtete sich zu voller Größe auf, reichte dem jungen Mann jedoch nur bis zum Kinn, was ihn nicht gerade erfreute. Wurden die Menschen immer größer oder er immer kleiner?

François streckte Alexander seine Hand entgegen. Dessen blonde Haare waren von hinten nach vorne ins Gesicht gekämmt, eine neumodische Frisur, wie François meinte. Sie ließ den jungen Mann noch jünger wirken. Außerdem sah Alexander vielversprechender aus als Bernd Scholz, dessen Vorgänger. Das stimmte ihn versöhnlich.

»Heureux«, sagte er als der junge Mann in seine Hand einschlug und fügte hinzu: »Rosen benötigen große Attention – ich hoffe du verstehst.«

Alexander nickte, obwohl seine Mimik Verblüffung ausdrückte.

»Rosen sind extraordinaire und bedürfen daher einer besonderen Form von Pflege. Ob français oder allemand.«

»Ich kenne mich mit Rosen aus, habe den Job gelernt«, versuchte Alexander seinen Standpunkt klarzumachen. Doch damit war François nicht zufrieden. Erbost entgegnete er: »Rosen sind kein Job, Rosen sind eine Berufung. Das kann man nicht lernen, das muss einem in Fleisch und Blut übergehen.«

Alexander riss die Augen erschrocken auf, erwiderte aber nichts.

Doch François war noch nicht fertig. Mit einem Blick in die Personalakte fragte er: »Außerdem steht hier, dass du eine Ausbildung zum Personalassistenten hast. Für wen hast du gemacht assistant? Pour les Roses?«

Alexander schluckte. François sah ihm an, dass er um eine Antwort verlegen wurde, also beließ er es lieber dabei. Vermutlich war auch dieser Junge Opfer des Arbeitsmarktes geworden und musste jetzt eine Zeitarbeit annehmen, um weiterhin Anspruch auf Arbeitslosengeld zu haben.

»Ich habe Rosen immer schon sehr geliebt und in meiner Freizeit gezüchtet«, meinte Alexander kleinlaut. »Deshalb bin ich mir sicher, der Richtige für diesen Posten zu sein.«

François wusste nicht, ob er das nur sagte, damit er endlich die Klappe hielt, oder ob der junge Mann wirklich für diese schwierige Herausforderung gewappnet war. Nebeneinander steuerten sie den deutschen Rosengarten an, dessen Anblick an François' Worten zweifeln ließ. Denn dort standen nur verdorrte Zweige auf ausgetrockneter Erde.

»Das sieht aber nicht nach Berufung aus«, stellte Alexander sarkastisch fest. »Eher nach Vernachlässigung.«

»Dein Vorgänger hat von der Arbeit nichts verstanden«, erklärte François. »Deshalb hoffe ich, dass du es besser machst.«

*

Staatsanwalt Renske betrat das Großraumbüro und ließ sich vor Lukas und Theos Schreibtisch mit einem lauten Seufzer nieder. Der Stuhl quietschte unter seinem Gewicht so laut, dass Renskes Wehklagen übertönt wurde.

»Wenn du lieber hier in unserer Nähe arbeiten willst, solltest du eine Versetzung beantragen«, murrte Theo. »Einen Platz finden wir auch noch für dich.«

»Danke für die Güte. Ich denke drüber nach.«

»Dafür musst du aber eine Aufnahmeprüfung bestehen«, trieb Lukas den Spott weiter. »Ich glaube nicht, dass du das schaffst.«

»So schlau wir ihr bin ich nicht, das gebe ich zu. Ich katapultiere mich nicht bei schönstem Wetter und den spannendsten Fällen ins muffige Büro«, konterte Renske säuerlich.

»Was ist los?«, begehrte Theo auf. »Machen wir hier einen Wettstreit, wer mieser drauf ist?«

»Den würde ich gewinnen«, stellte Renske klar.

»Was ist passiert? Dass unsere Laune im Keller gelandet ist, ist kein Wunder. Alle schwärmen von Andreas Heldenleistung.« Theos Gesicht lief rot an vor Zorn. »Es ist sogar schon die Rede davon, dass sie befördert werden soll.«

Endlich packte Renske damit aus, was ihn beschäftigte: »Und ich stehe vor dem Problem, dass ich in diesem Fall nicht weiß, wem ich glauben soll.«

»Was heißt das im Klartext?«

»Bei meinem Antrag vor dem Haftrichter auf Haftprüfung wegen Wiederholungsgefahr gemäß § 112 a der Strafprozessordnung sind unterschiedliche Aussagen über den Ablauf der Geiselnahme gemacht worden. Nun steht Andreas Aussage gegen die Aussage von Bernd Scholz. Wem wird man glauben? Einer Polizeibeamtin oder einem vorbestraften Sexualstraftäter?«

»Gute Frage«, stellte Lukas fest. »In dem Fall würde ich Bernd Scholz mehr Glauben schenken.«

Lukas und Theo lachten.

»Genau das ist mein Problem«, gestand Renske. »Ich habe ernste Zweifel an Andreas Aussage. Mit dieser Frau kann ich nicht arbeiten. Sollte sie wieder einen Fall übernehmen, gebe ich den an einen Kollegen ab.«

»Wenn Andrea befördert wird, wird sie bald viele Fälle übernehmen«, grummelte Theo.

»Bis dahin muss ich auch befördert worden sein – und zwar zum Oberstaatsanwalt. Dann kümmere mich nur noch um den Bürokram.«

»So wie wir?« Lukas lachte. »Dann arbeitest du bei schönstem Wetter und den spannendsten Fällen im muffigen Büro.«

Renske nickte niedergeschlagen und grummelte: »Touchez!«

»Müssen wir uns Sorgen um dich machen?«

Als Renske nicht auf Lukas' Frage antwortete, drängte der Polizist weiter mit der Frage: »Was haben denn die beiden ausgesagt, was dich so fertig macht?«

Renske räusperte sich und berichtete: »Laut Andrea Peperding hat ihr Bernd Scholz im Bunker mit folgenden Worten gedroht: *Ich habe schon damals eine Frau getötet und werde auch heute nicht davor haltmachen.*«

Lukas und Theo rissen vor Erstaunen die Augen weit auf.

»Bernd Scholz behauptet, gesagt zu haben: *Ich habe in meinem ganzen Leben noch niemanden getötet und fange auch jetzt nicht damit an.*«

»Klar, dass der sich rausreden will«, dokumentierte Theo.

Renske wog seinen Kopf hin und her, bevor er sagte: »Ich habe euch doch schon mal gesagt, dass ich bei Bernd Scholz mit mir selbst im Zwiespalt war, ob er wirklich eine Dauerobervierung braucht.«

Die beiden nickten.

»Nach dieser Anhörung habe ich schon wieder meine Zweifel, ob ...«, er unterbrach, sprang vom Stuhl auf und fuhr fort, »was tue ich hier. Ich rede mich um Kopf und Kragen. Immerhin bin ich der Staatsanwalt.«

»Wir können dir leider nicht weiterhelfen, weil wir Bernd Scholz nur nach Aktenlage kennen. Und das sagt nicht wirklich etwas über den Menschen aus«, bekannte Lukas. »Aber, wen wir kennen, das ist Andrea. Und bei ihr bin ich mir auch nicht so sicher, ob sie es immer so genau mit der Wahrheit nimmt. Sie hat schon eine Abmahnung, weil sie Scheiße gebaut hat. Das macht sie nicht gerade vertrauenswürdiger.«

»Sprach der, der wegen seiner Verfehlungen Innendienst schiebt«, fügte Renske bissig an.

»Danke, dass du mich daran erinnerst.«

»Musste gesagt werden. Aber Fehler passieren. Das muss nicht wirklich etwas über den Menschen aussagen. Was glaubst du, warum ich mich so mies fühle?«

»Als Seelenklempner taugen wir nichts – dafür ist Silvia zuständig«, warf Theo ein.

Lukas grinste und fügte hinzu: »Silvia könnte bestimmt mehr, als nur die Seele aufrichten.«

»Oh ja! Im Aufrichten soll sie verdammt gut sein.«

Die beiden Beamten lachten laut los.

»Idioten«, schimpfte Renske, wobei er selbst Mühe hatte nicht loszulachen. »Aber ihr habt Recht. Silvia hätte von Anfang an mit ihrem Täterprofil wichtige Hinweise geben können. Es wird Zeit, dass sie aus Quantico zurückkommt, sonst verhaften wir hier alles, was männlich ist und gut aussieht.«

»Und mal mit einer Frau geschlafen hat«, komplettierte Lukas das Bild. »Denn das ist ein Verbrechen, das Andrea hier im Saarland nicht duldet.«

*

Der Tag war heiß gewesen. Selbst jetzt in den Abendstunden war es immer noch viel zu warm. Nichts war mehr von dem Gewitter übrig geblieben, keine Abkühlung, kein Lüftchen, kein Regentropfen. Der Boden zwischen den Häusern glühte, die Blumenarrangements verdorrten, die Wiese neben dem Bürgersteig schimmerte braun. Indra fühlte sich ebenfalls wie ausgetrocknet. Auch spürte sie an ihrer Fahrigkeit, dass sie einen Schuss brauchte. Nun galt es für sie zu überlegen, ob sie ihrer Sucht nachgab oder sich dem Kampf gegen die Sucht stellte. Traute sie sich das zu? Ihr Rückfall war noch nicht lange her. Noch könnte sie es schaffen und ihrer Tante beweisen, dass sie stark war.

Aber Anna Bechtels Reaktion letzte Nacht ließ Indra daran zweifeln, ob sie wirklich Interesse hatte, wie es ihrer Nichte ging. Sie hatte Indra ohne Zögern in das stürmische Gewitter hinausgeschickt, hatte nicht den leisesten Anflug von schlechtem Gewissen dabei gezeigt und keinen Funken Interesse, wo sie unterkommen könnte. Vermutlich war Indra ihr schon lange lästig. Sie war nicht vorzeigbar, ihr nicht ebenbürtig – eine Eigenschaft, auf die Anna Bechtel in ihrer Funktion als Amtsleiterin großen Wert legte.

Mein Gott wie spießig.

Sie rauchte die Zigarette zu Ende und warf den Stummel auf den Boden.

»Hey, Sie da!«, rief jemand hinter ihr.

Sie drehte sich um und sah einen alten Mann mit einem Stock herumfuchteln.

»Ist Ihnen bewusst, was Sie da machen?«, brüllte der Alte. »Sie können mit Ihrer Gedankenlosigkeit einen Flächenbrand auslösen.«

Indra zuckte mit den Schultern und wollte weitergehen, doch der Alte war noch nicht fertig: »Jetzt heben Sie gefälligst den Stummel auf und entsorgen ihn da, wo er hingehört.«

»Leck mich!«

»Unverschämtheit!«

»Dann bücken Sie sich doch selbst!«

»Ich kann mich nicht mehr bücken. Ich bin ein alter Mann.«

»Aber das Maul aufreißen können Sie!«

Während des Wortgefechts tauchte ein junger Mann auf, bückte sich wortlos nach dem Zigarettenstummel, zerquetschte ihn zwischen den Fingern und entsorgte ihn im Abfalleimer.

Der Alte drehte sich um und ging.

Indra Meege stand wie vom Donner gerührt da und starrte auf den Fremden. Er erwiderte ihren Blick. Sein Lächeln war bezaubernd – nein verzaubernd. Indra sah, dass er noch sehr jung war. Also nicht der Typ Mann, den sie für ihre Dienste bezahlen ließ. Auch nicht der Typ, den sie in letzter Zeit hatte ertragen müssen, nur um über die Runden zu kommen. Also könnte sie ruhig mal eine Ausnahme machen. Er bekäme es auch billiger, wenn sie bei ihrem Vorsatz bliebe, mit den Drogen aufzuhören.

Wie von einander magisch angezogen, gingen sie nebeneinander durch die Straßen. Sie sprachen wenig und doch hatte Indra nicht dein Eindruck, dass diese Einsilbigkeit störte. Im Gegenteil: Sie überkam dabei das Gefühl von Vertrautheit. Er fragte sie nichts, sondern überließ es ihr selbst, etwas von sich preiszugeben.

Als sie sich dem Licht einer Laterne näherten, konnte sie sehen, dass seine Haare rot schimmerten. Es war ein angenehmer Kupferton. Seine Augen leuchteten rot, seine Gesichtshaut war ebenfalls gerötet. Alles an ihm wirkte jugendlich und gleichzeitig reif und erfahren. Seine geschmeidigen Bewegungen vermittelten den Eindruck, er würde schweben. Sein Körper war schlank, filigran – ja, schon fast androgyn. Indra glaubte zu träumen. Die Nähe zu diesem Mann machte sie high.

Sie schlenderten durch die Nacht. Stille hüllte sie ein. Lediglich die leisen Autogeräusche der Autobahn waren zu hören und gelegentlich die spitzen Schreie eines Nachtvogels. Indra überlegte, in welches dieser Häuser er sie wohl mitnehmen würde. Doch schon bald endete das Wohngebiet und vor ihnen lag freies Gelände.

Sie zögerte. Er ging weiter.

»Wohin?«, fragte sie irritiert. »Hier steht doch weit und breit kein Haus.«

»Was willst du in dieser wunderschönen Sommernacht in einem Haus?«, fragte er zurück. »Ich will die Natur als Ganzes erleben, deine natürliche Schönheit inmitten der freien Natur.«

Indra spürte einen Stromstoß durch ihren Körper gehen. Ein Gefühl überkam sie, wie sie es schon lange nicht mehr gespürt hatte. Sie wollte mit diesem außergewöhnlichen Mann schlafen. Ein Verlangen, das sie inzwischen abgestorben geglaubt hatte.

Ein Begehren, das plötzlich übermächtig wurde. Lachend folgte sie ihm. Sie landeten zwischen Bäumen und Sträuchern auf einer Wiese, die im Schein des Mondes silbrig leuchtete. Nur seine Haare stachen rot von der farblosen Kulisse ab. Sie konnte nicht umhin, sie musste mit beiden Händen darin wühlen.

»Wer bist du?«, fragte sie lachend.

»Ich bin der Feuervogel«, antwortete er.

»Heißt das, dass ein Feuer in dir brennt?«

»Das wirst du gleich zu spüren bekommen.«

Langsam sanken sie ins Gras. Während er begann, sie auszuziehen, setzte Klaviermusik ein. Indra wollte innehalten, doch er ließ es nicht zu. Er drückte sie sanft auf den Boden und befreite sie aus ihren letzten Stofffetzen, lehnte sich zurück und genoss ihren Anblick. Wie von Zauberhand tauchte plötzlich eine Flasche Sekt auf. Er entkorkte sie und schenke in Gläser ein, die Indra ebenfalls vorher nicht gesehen hatte.

Aber sie hinterfragte nichts. Die leisen, romantischen Klaviertöne, die warme Sommernacht und diese Gesellschaft ließen sie einfach nur genießen. Sie tranken, dabei erklärte er, dass das Beethovens Mondscheinsonate sei, die im Hintergrund lief. Indra war fasziniert.

Sie schloss die Augen und spürte, wie er sich über sie beugte und zärtlich mit dem Liebesspiel begann.

»Oh mein Gott!«, stöhnte Indra.

»Nenn mich nicht Gott«, entgegnete er dicht an ihrem Ohr. »Ich bin Phönix.«

Indra riss die Augen weit auf. Das klang nicht gut. Nein, das klang sogar bedrohlich. Die Augen, in die sie nun blickte, hatten keine Ähnlichkeit mehr mit denjenigen, in denen sie vor wenigen Minuten noch versunken war. Dieser Kerl war ein Psychopath und sie hatte es nicht bemerkt.

Sie hatte immer geahnt, dass es irgendwann passieren würde. Doch nicht so schnell!

Sie wollte noch nicht sterben ...

*

»Passt acht, liebe Naturfreundinnen und Naturfreunde«, trällerte Anna Bechtels schrille Stimme in den frühen Morgenstunden dieses Donnerstages über den Parkplatz. »Ich freue mich, dass Sie so zahlreich gekommen sind. Das zeigt doch, dass großes Interesse an unseren Themengärten des *Deutsch-Französischen Gartens* besteht. Heute wollen wir uns dem Heidegarten widmen.«

Susanne und Dimitri standen in der ersten Reihe, um ihre Arbeit besser machen zu können. Während Dimitri jetzt schon fotografierte, hatte Susanne Mühe, die richtigen Worte für diese langweilige Führung zu finden. Ihr bisheriger Bericht über den hiesigen Heidegarten war auch schon aus den Fingern gesogen. Denn die Wahrheit hätte keinen Menschen zu dieser frühen Stunde aus dem Bett gelockt. Der Heidegarten war eine Katastrophe. Trotzdem war er ein wichtiger Bestandteil für das Tourismusprojekt, von dem es abhing, wie viel Fördergeld die EU lockermachte, um den geplanten Kinderspielpatz zu bauen. Also riss sich Susanne zusammen und machte ein interessiertes Gesicht – so gut es ihr eben gelang.

»Wie sich vielleicht noch einige von uns erinnern, wurde die Heide schon in den 50iger Jahren besungen von Hermann Löns, dessen Herz bekanntlich für die Heide schlug. *Auf der Lüneburger Heide* zum Beispiel. Oder noch bekannter *Grün ist die Heide.* Oder *Über die Heide geht mein Gedenken.* In diesen Jahren stieg die Heide zu einem regelrechten Kultstatus auf, denn aus dem Lied *Grün ist die Heide* wurde sogar im gleichen Jahr ein gleichnamiger Film. Ebenso gab es später noch den Film *Wenn die Heide blüht.* Wer kennt sie nicht, diese verbrämten Bilder von Heideflächen, soweit das Auge blickt?«

Einige der Zuschauer nickten. Susanne hatte Mühe, bei diesem Vortrag nicht einzuschlafen. Bei dem Gedanken, einen solchen Mist tatsächlich niederzuschreiben und an ihren Chef bei der Saarbrücker Zeitung weiterzureichen, wurde ihr schummrig. »Nach dem Zweiten Weltkrieg wurde das Heidekraut zu einem Heimatsymbol«, schwadronierte Anna Bechtel unbeirrt weiter, während sie mit strammen Schritten vorranging und den Ehrenfriedhof passierte, auf dem zu dieser frühen Stunde noch niemand zu sehen war. »Die Regionen, wo das Heidekraut wächst, sind grundsätzlich immer offenes, leicht hügeliges Gelände mit Birken- und Kiefernhainen. Das Wort *Heide* ist germanischen Ursprungs und bedeutet so viel wie *wild, niedrig stehend*. Daraus begründen sich Wörter wie *Heidenarbeit* oder aber auch *Heidenspaß*.«

Die Zuschauer nickten, wobei Susanne der Eindruck überkam, sie wären froh, wenn Anna endlich auf den Grund ihres heutigen Besuches im Heidegarten zu sprechen käme.

»Das Heidekraut gehört zur Familie der Heidekrautgewächse und verbreitet sich in ganz Europa. In Norddeutschland prägt sie ganze Heidelandschaften – man denke an die Lüneburger Heide.« Allgemeines zustimmendes Nicken. »Der Wissenschaftliche Name *Calluna* ist vom griechischen *kalynein* abgeleitet und wird mit *schönmachen* oder *reinigen* übersetzt. Außerdem gilt das Heidekraut im Volksglauben als Glückbringer oder als Mittel, Wünsche zu erfüllen.«

Sie passierten den Betriebshof und die Gasthäuser »Zum Ehrental« und »Deutsch-Französisches Café«, als Anna anfügte: »Und Wünsche haben wir, weshalb uns unser Heidegarten wichtig ist.« Einige lachten, andere schmunzelten verhalten. »Der Zwergstrauch ist in unseren Gegenden das am häufigsten verbreitete Heidekraut und kann bis zu 90 cm hoch werden. Das werden Sie auch gleich in unserem Heidegarten sehen. Es ist bei uns in Europa stark verbreitet, braucht aber vor allem harten, trockenen Kieselerdeboden. Und schon sind wir bei dem Thema angekommen, das uns schon seit langem beschäftigt.«

Sie machte eine Pause, die ein Zuschauer nutzte um zu sagen: »Wenn ich mich nicht täusche, ist der Boden, auf dem Ihr Heidegarten angelegt ist, nicht gerade die geeignete Kiesellandschaft.«

»Stimmt«, gab Anna zu. »Deshalb stehen wir ständig vor dem Problem, die Heide vor dem Verfaulen zu bewahren. Unsere Gärtner haben damit alle Hände voll zu tun.«

»Warum legen Sie an dieser Stelle nicht etwas anderes an, was auf dem nassen Boden besser gedeiht?«

»Weil uns der Denkmalschutz das verbietet! Sie wissen bestimmt, dass wir seit 2001 unter Denkmalschutz stehen?«

Der Zuschauer nickte und meinte grinsend: »Dann haben Sie sich aber ganz schön was aufgehalst.«

»Wir vom DFG nennen das Herausforderung«, gab Anna mit sprühendem Optimismus zurück. »Wenn alles einfach wäre, wäre es doch langweilig.«

Das Publikum lachte und fühlte sich von der Lebensfreude der Gruppenführerin angesteckt. Viele weitere Fragen wurden gestellt, angeregte Diskussionen geführt und auch hier und da ein Witz gerissen, so dass es niemand kommen sah. Denn schon von weitem konnten Susanne und Dimitri erkennen, dass im Heidegarten etwas ganz und gar nicht in Ordnung war.

Susanne wollte Anna darauf aufmerksam machen, doch die Leiterin des Amtes für Grünanlagen ließ sich nicht unterbrechen. So geschah es, dass die große Gruppe erst reagierte als sie direkt vor der aufgewühlten Erde inmitten des Heidegartens stand.

Vor ihnen lag die Leiche einer nackten Frau.

*

Stolz stand Susanne aufrecht vor der Toten. Sie war dieses Mal nicht in Ohnmacht gefallen, während einige um sie herum ins Heidekraut kippten. Andere übergaben sich. Dimitri fotografierte wie wild.

Anna Bechtels Optimismus war spurlos verschwunden. Reglos stand sie da, starrte auf die Tote und sagte kein Wort. So hatte Susanne diese Frau noch nie erlebt. Was beschäftigte die Leiterin des Amtes für Grünanlagen so sehr? Die Tatsache, dass wieder eine tote Frau im *Deutsch-Französischen Garten* lag? Oder die Jugendlichkeit des Opfers? Es war unschwer zu erkennen, dass sich das Opfer heftig gewehrt hatte. Nicht nur die Erde war aufgewühlt, sondern auch ihre Haut übersät mit Schnittverletzungen und Kratzern. Ihre Kleider lagen verstreut in der Gegend herum.

»Hast du Lukas schon angerufen?«, fragte Dimitri, während Susanne in ihre Betrachtungen versunken war.

»Nein! Aber das ist eine gute Idee.« Sie zog eine Grimasse, weil sie wieder einmal nicht daran gedacht hatte und wählte Lukas Nummer. Doch zu ihrer Enttäuschung meldete sich niemand unter seinem Dienstanschluss. Also versuchte sie es mit seiner Handynummer – aber auch dort ging niemand dran. Nun blieb ihr keine Wahl, musste sie eben den Kriminaldauerdienst anrufen. Denn Andrea Peperding wollte sie auf keinen Fall an der Strippe haben.

Doch Andreas einzigartiger Charme blieb ihr nicht erspart. Schon von weitem konnte Susanne hören, wer für diesen Fall eingeteilt worden war. Mit lauter Stimme ihre Kommandos rufend näherte sich die Polizeibeamtin und sorgte dafür, dass die Stimmung am Fundplatz der Toten noch schlechter wurde.

Kaum war sie neben Dimitri angekommen schimpfte sie: »Sie dürften inzwischen wissen, dass es verboten ist, an einem Tatort zum Vergnügen herumzufotografieren!«

»Ich fotografiere nicht zum Vergnügen«, wehrte sich Dimitri. »Das ist mein Beruf.«

»Aber nicht hier! Ich werde das Gerät konfiszieren.« Andrea griff nach dem Fotoapparat und versuchte ihn Dimitri zu entwenden. Doch der Fotograf wehrte sich. Dabei unterschätzte er Andreas Kraft. Mit einem heftigen Ruck hatte sie den Apparat geschnappt. Dabei war der Schwung so groß, dass ihr das Gerät im hohen Bogen durch die Luft flog und auf den harten Boden knallte. Dort zersprang es in tausend Teile.

Dimitri wechselte die Gesichtsfarbe. Susanne stieß einen Schrei des Entsetzens aus.

»Das wird euch teuer zu stehen kommen«, erklärte Dimitri. »Sie haben ja gar keine Ahnung, wie wertvoll so eine Kamera ist.«

Er sammelte die Einzelteile ein und verließ zusammen mit Susanne den Tatort.

*

Der Lärm im Großbaumbüro war unerträglich. Alle diskutierten gleichzeitig. Hinzu kam das Trällern und Pfeifen von Peter und Paul, woran sich sogar Lukas störte. Zum ersten Mal, seit er diese Vögel angeschafft hatte. Er hielt sich die Ohren eine Weile zu und überlegte ernsthaft, den Vogelkäfig in den Flur zu stellen.

Auf seinem Handy sah er zu spät, dass Susanne zweimal versucht hatte, ihn zu erreichen. Lukas ahnte, dass sie dabei war, als die inzwischen zweite Leiche im DFG gefunden worden war. Aber bei dem Lärm, der im Büro herrschte, wunderte es ihn nicht, dass er das Handy nicht hören konnte. Es war ein neues Gerät, ein modernes mit vielen Apps und tausend Funktionen. Dafür war der Klingelton nicht laut genug eingestellt, weil er zu blöd war, das Feature zu finden. Aber vor Theo wollte er sich keine Blöße geben. Da versuchte er es lieber solange, bis er es selbst hinbekam.

Dieser zweite Mord schaffte es ohnehin, seine Laune in den Keller sinken zu lassen. Was war im *Deutsch-Französischen Garten* los? So viele Mörder konnten sich doch gar nicht für den gleichen Tatort entscheiden. Zumindest hatte Lukas das in seiner Laufbahn als Kriminalist noch nicht erlebt. Er wollte gerade Theo fragen, wie er das sehe, als ihn jemand antippte.

Er schaute hoch und sah den Chef der Spurensicherung vor seinem Schreibtisch stehen. Markus Schallers obligatorisches Grinsen war aus seinem Gesicht verschwunden, was bei Lukas sofort die Alarmglocken auslöste. Wie es aussah, kam er gerade vom Tatort zurück. Seine Kleidung saß schief und seine Haare standen vom Kopf ab. So wirkte er, als habe er den Finger in die Steckdose gesteckt und sich maßlos über seine Dummheit geärgert.

»Siehst klasse aus«, konnte sich Lukas nicht verkneifen.

Zur Bestätigung pfiffen Peter und Paul aus vollen Hälsen.

»Warum konntet ihr euch keine taubstummen Vögel anschaffen?«, brummte Markus.

»Weil wir dann die Gebärdensprache lernen müssten«, reagierte nun auch Lukas gereizt. »Das war uns zu anstrengend.« Dann fügte er hinzu: »Was ist los mit dir? So kenne ich dich nicht.«

»Ich versteh die Welt nicht mehr. Alle loben diese Andrea in den Himmel und was macht sie in Wirklichkeit?«, ratterte Markus los.

Lukas horchte auch. Theo hatte sich inzwischen den beiden genähert, weil das Gespräch interessant zu werden versprach.

»Sie zertrümmert den Fotoapparat dieses Zeitungsfritzen Dimitri soundso.«

Lukas spürte sofort eine unbändige Schadenfreude aufkommen. Wie schön, dass dieser Dimitri mal ordentlichen Ärger hatte. Das geschah ihm recht. Sein gockelhaftes Auftreten vor Susanne war ihm nämlich mächtig gegen den Strich gegangen. Doch nach außen tat er das, was jetzt von ihm erwartet wurde. Er zeigte sich empört, was ihm ebenfalls nicht sonderlich schwerfiel. Denn für Andrea Partei ergreifen wollte er auch nicht.

»Es wundert mich nicht, dass Andrea so etwas fertigbringt«, meinte er lässig. »Es grenzt überhaupt an Wunder, dass die mal etwas richtig gemacht haben soll.« Er blies die angehaltene Luft aus, bevor er hinzufügte: »Dazu dieser Hype ... das kotzt einen schon an.«

»Das kannst du laut sagen«, stimmte Markus zu.

»Und jetzt das! Wieder ein Mord! Im selben Park! Soll das tatsächlich völlig unabhängig von dem anderen Fall sein?«

»Keine Ahnung«, meinte Theo. »Aber diese Gedanken habe ich mir auch schon gemacht.«

»Sind wir die Einzigen, die das feststellen?«

Markus meinte: »Nein. Aber keiner sagt was. Sogar die Spurenlage ist identisch, wenn es auch nicht viel ist. Zwar sind bei der ersten Leiche DNA-Reste gefunden worden. Trotzdem konnte bei beiden Frauen ein Gleitmittel festgestellt werden, das von einem Kondom stammt.«

»Ist das nicht ausschlaggebend dafür, dass wir es mit einem einzigen Täter zu tun haben?«, fragte Lukas euphorisch.

»Leider nein! Es sind verschiedene Kondome benutzt worden.« Markus schaute zerknirscht drein. »Trotzdem sind die Parallelen zu markant, um von zwei verschiedenen Tätern auszugehen.«

Er fuhr sich durch seine Haare, bis sie noch zerwühlter aussahen.

Das erinnerte Lukas daran, was der Kollege zu Beginn ihres Gespräches gesagt hatte und fragte: »Aber deshalb bist du doch nicht hier, oder? Was ist denn daran so Besonderes, dass Andrea den Fotoapparat zertrümmert hat – außer, dass unser Haus die Rechnung bezahlen muss?«

»Ganz einfach: Am Tatort wurden ebenfalls Splitter eines technischen Gerätes gefunden. Es sieht so aus, als sei es beim Kampf zerstört worden. Jetzt haben wir das Vergnügen, diese Miniteilchen voneinander zu trennen. Auf gut Deutsch, Andrea hat die Spuren kontaminiert.« Eilig verließ Markus das Büro.

»Markus hat von uns allen die besten Nerven und den hat Andrea auch kleingekriegt«, stellte Theo fest, während er dem Spusi-Chef nachschaute.

»Unseren Gerichtsmediziner nicht«, hielt Lukas dagegen. »Wie ich von Monika erfahren habe, beißt sie sich an dem die Zähne aus.«

Theo lachte und meinte: »Gut so! Soll sie es sich mal so richtig mit ihm verscherzen – dann sind wir aus der Schusslinie.«

»Falls wir jemals wieder von unseren Schreibtischen wegdürfen.«

»So pessimistisch kenne ich dich nicht«, stichelte Theo.

»Halt die Klappe!«, brummte Lukas. »Das ist jetzt schon der zweite Fall innerhalb kurzer Zeit und wir sind immer noch die Zuschauer.«

»Das sehe ich anders«, hörten sie plötzlich die Stimme des Kriminalrates.

Erschrocken schauten sie auf und sahen den obersten Chef zielstrebig ihren Schreibtisch ansteuern.

»Sie werden es nicht für möglich halten, aber auch die Schreibtischarbeit ist wichtig für die Aufklärung«, schwadronierte er. »Haben Sie inzwischen die Identität des Opfers zweifelsfrei feststellen können?«

»Ja! Das war dieses Mal auch nicht schwer, sie hatte nämlich den Personalausweis zwischen ihren Klamotten liegen. Sie heißt Indra Meege.«

»Und weiter? Der Name allein sagt nicht viel.«

»Wir sind noch dabei, mehr über sie in Erfahrung zu bringen.«

»Dann tun Sie das!«

*

Der Tag wurde immer schwüler. Andrea stöhnte und wischte sich ständig den Schweiß aus dem Genick, doch das änderte nichts. Den Himmel überzog ein milchiges Weiß. Kein Lüftchen wehte. Bahnte sich wieder ein Gewitter an? Die hohe Luftfeuchtigkeit sprach dafür. Oder war es ihr Gefühl, das sie in diesem *Deutsch-Französischen Garten* begleitete. Ständig fühlte sie ihr Herz wie in einer Zange – eingeengt, zu wenig Platz zum Schlagen. Die Schönheit des Gartens fiel ihr nicht auf.

Aber sie wollte sich nicht geschlagen geben. Das sollte ein Schwachkopf wie Bernd Scholz niemals schaffen. Also straffte sie die Schultern und ging zum Bauhof – einem Ort, der ihr in keiner guten Erinnerung war. Je näher sie der Eingangstür zum Hof kam, umso mehr schwitzte sie.

Dieser zweite Mord innerhalb kurzer Zeit war schon wie verhext. Ständig spürte Andrea die zweifelnden Blicke, ob sie mit Bernd Scholz überhaupt den Richtigen gefasst hatte. Aber das überging sie beflissen. Natürlich war Bernd Scholz der Mörder von Delia Sommer. Die Tat von heute hatte absolut nichts mit der ersten gemeinsam. Die Unterschiede waren auffallend. Das lernte man doch schon in den ersten Jahren in der Polizeischule. Die Dummköpfe, schimpfte sie innerlich. Natürlich passte es Lukas und Theo nicht, dass sie Erfolg mit ihren Ermittlungen hatte. Diesen Fall würde sie auch schnell aufklären, denn auch dieses Opfer war mit einem der Gärtner aus dem DFG gesehen worden.

Genau diesem Mann wollte sie nun auf den Zahn fühlen. Allerdings musste sie sich vorsehen. So eine Katastrophe wie mit Bernd Scholz wollte sie nicht noch einmal erleben.

Am Ende des Bauhofes stand Obergärtner Hilger Scharf mit einem anderen Mann. Vermutlich derjenige, der angeblich mit Indra zusammen in diesem Park gesehen worden war. Nach den Unterlagen in ihrer Hand hieß er Kai Wegener und war ebenfalls Gärtner in dieser Anlage. Allerdings auf der Basis einer Wiedereingliederungsmaßnahme. Andrea konnte sich darunter zwar nicht viel vorstellen, ahnte aber, dass es nichts Gutes zu bedeuten hatte.

Auf unsicheren Beinen näherte sie sich den Männern. Sie schaute sich um und fragte sich, wo Monika steckte. Wenn sie die Kollegin mal brauchte, war sie nicht da.

Sie ging weiter, bis sie dem Mann gegenüberstand.

Der Schreck fuhr ihr durch alle Glieder. Kai Wegener sah aus wie ein Ungeheuer! Sein Gesicht glich einer grotesken Fratze, seine Augen lagen frei und kugelten sich in den zurückgeschobenen Höhlen. Seine Hände sahen aus wie lange, krumme Klauen. Als er den Mund öffnete um etwas zu sagen, kamen unregelmäßig lange Zähne zum Vorschein. Andrea glaubte, in einem Gruselfilm gelandet zu sein.

Ohne darauf vorbereitet zu sein fiel sie in Ohnmacht.

*

Lukas legte den Hörer auf und grinste von einem Ohr zum anderen. Theo schaute verwundert auf seinen Kollegen und fragte: »Was ist denn so komisch?«

»Unsere taffe Andrea ist in Ohnmacht gefallen.« Lukas' Grinsen wurde noch breiter.

»Wie das?« Theo staunte. »Was bringt unsere unerschütterliche Kampflesbe zu einem solchen Schwächeanfall? Hat sich der Verdächtige entblößt?«

Lukas lachte und meinte: »Das war gar nicht nötig! Nach Monikas Schilderungen sieht Kai Wegener nämlich verunstaltet aus. Er hatte mal einen Brandunfall und befindet sich in einem Integrationsprogramm für behinderte Arbeitnehmer in Form einer unterstützten Beschäftigung.«

»Klingt ja verdammt hochtrabend«, lobte Theo. »Doch außer der Tatsache, dass dieser Typ verunstaltet ist, habe ich nichts verstanden.«

»Ganz einfach: Er sieht aus wie ein Monster. Deshalb ist er für das Arbeitsleben wohl nicht mehr vermittelbar. Da hat die Stadt in seinem Fall ein Präzedenzfall geschaffen, hat ihn in das Integrationsprogramm für Behinderte aufgenommen und seine Arbeit als unterstützende Beschäftigung angemeldet. In einem Garten fern von den Blicken der Menschen kann er sich vermutlich in aller Ruhe seiner Arbeit widmen.«

»Im DFG ist er aber nicht fern von Blicken!«

»Doch. Er ist für den Heidegarten zuständig. Dort gibt es viele Ecken, die von den Besuchern nicht gesehen werden, wenn sie nicht gezielt danach suchen.«

»Dieser *Freddy Krüger* hat Indra Meege ermordet?«

»Er wurde mit ihr zusammen gesehen«, antwortete Lukas.

»Er muss ja nicht gleich ein Mörder sein, nur weil er gefährlich aussieht«, sinnierte Theo.

»Nachdem Andrea wie eine Diva niedergegangen ist, sieht es jetzt so aus, als müsste Monika die Befragung übernehmen, die ist nämlich bei seinem Anblick offensichtlich nicht umgefallen.«

»Klärt jetzt Monika den zweiten Fall im Eilverfahren auf und überholt uns ebenfalls auf der Erfolgsleiter?«, brummte Theo.

Die Tür zum Großraumbüro ging auf und Karl Groß begleitete einen älteren Mann mit Gehstock hinein.

»Der Herr möchte eine Aussage zum aktuellen Fall machen«, erklärte Karl der Große und verschwand wieder.

Der Mann steuerte mit zügigen Schritten den Besucherstuhl an, wobei er den Eindruck hinterließ, den Stock nicht wirklich zu brauchen. Mit einem Stöhnen ließ er sich nieder: »Mein Name ist Berthold Heine.«

Lukas ging in den Flur, um Kaffee zu holen.

»Sie können also eine Aussage zu unserem jüngsten Mordfall machen?«, hakte Theo nach.

»Oh ja!« Der alte Mann nickte heftig. »Als ich die Fotos von der Toten sah, wusste ich sofort Bescheid.«

»Welche Fotos?«, fragte Theo verdutzt.

»Die Fotos, die im Internet zu sehen sind«, antwortete der Mann.

»Internet?« Theo fühlte sich wie im falschen Film. Der Mann, der vor ihm saß, war bestimmt weit über achtzig.

»Ja! Meine Enkelin ist bei mir zuhause und verbringt die letzten Wochen ihrer Ferien bei meiner Frau und mir. Sie hat so einen tragbaren Computer.«

»Einen iPad meinen Sie?« Theo begann endlich zu begreifen.

»Genau. Diese neumodischen Wörter kann ich mir nicht merken.« Der Alte lachte und bekam ein rotes Gesicht. »Naja. Jedenfalls hat sie mir die Fotos gezeigt und gefragt, was da los sei. Als ich das Gesicht erkannt habe, bin ich sofort hergekommen.«

Theo ahnte, dass er selbst vielleicht mal im Internet hätte nachschauen können. Dann hätte er nicht wie ein Vollidiot vor dem Alten gestanden. Hastig holte er das Versäumte nach und sah bestätigt, was der Besucher ihm erzählt hatte. Theo suchte nach einem Hinweis auf den Fotografen, fand jedoch nur die Initialen »WM«.

»Sie kennen die Tote also?«, fragte er nur und versuchte seine Enttäuschung über die Anonymität des Fotografen zu überspielen.

»Kennen wäre zu viel gesagt. Sie ist mir gestern Abend auf sehr eindrucksvolle Art und Weise begegnet.«

Theo lauschte der Erzählung des Alten, wie er sich über die Fahrlässigkeit der jungen Frau geärgert hatte, als sie ihren glimmenden Zigarettenstummel auf die ausgedörrte Wiese warf.

»Wo war das?«

»Vor dem ehemaligen Gesundheitsamt – das ist doch heute eine Technische Hochschule, oder so etwas.«

Theo nickte.

Als Berthold Heine auf den jungen Mann zu sprechen kam, der den Stummel aufgehoben und fachgerecht entsorgt hatte, fuhr Theo auf: »Haben sich der Fremde und das Opfer gekannt?«

»Nein würde ich sagen!« Berthold Heine überlegte und fügte hinzu: »Sie sind zwar zusammen weitergegangen. Aber für mich sah es wie eine zufällige Begegnung aus.«

»War etwas an dem Mann auffällig?«

»Oh, ja!«

Theo bekam große Augen. Sollte dieser Fremde der verunstaltete Gärtner gewesen sein?

»Beschreiben Sie ihn doch bitte. Was war so auffällig an ihm?«

»Er hatte auffällig rote Haare.«

Theos Kopf sank in seine Hände.

Die Tür ging auf und Lukas kehrte mit vollem Kaffeebecher zurück. Sämtliche Blicke der Kollegen fokussierten ihn. Erstaunt blieb er stehen und fragte: »Was ist los? Seht ihr mich zum ersten Mal?«

»Wir haben den Täter überführt«, griente Theo. »Nach der Beschreibung unseres Zeugen hatte er auffallend rotes Haar.«

Der alte Mann schaute auf Lukas und widersprach sofort: »Nein, nein! Dieser Mann war viel jünger. Ich würde sogar sagen, dass er jünger als die Frau war.«

»Deshalb glauben Sie, dass die beiden sich nicht kannten?«

»Einmal das«, nickte der Zeuge, »und mein Eindruck, dass diese Frau eine Prostituierte war.«

»Das ist ein guter Hinweis«, meinte Theo und begann sofort zu telefonieren, während Lukas dem Mann erklärte, wo sich das Büro des Phantomzeichners befand und wofür eine Phantomzeichnung wichtig war.

Nachdem der Mann das Büro verlassen hatte, meinte Lukas: »Was machen wir jetzt? Warten, bis Andrea sich von ihrer Ohnmacht erholt und *Freddy Krüger* befragt oder auf das Phantombild warten und danach eine Fahndung einleiten?«

»Ich rate dir davon ab diese Fahndung auszulösen, sonst darfst du nicht mehr vor die Tür gehen«, stichelte Theo, »oder du landest ruckzuck wieder hier bei uns.«

7

Gustav Hartmann fiel es an diesem Morgen besonders schwer, durch die Flure zum Baudezernenten der Stadt Saarbrücken zu gehen. Wie ein Bittsteller fühlte er sich. Wenn er genau darüber nachdachte, kam er zu der Erkenntnis, dass er einer war. Das machte ihn schwermütig. Immer hatte er seine Gartenbaufirma mit Stolz und hoch erhobenen Hauptes geführt. Hatte die Firma schon von seinem Vater übernommen und wähnte sich lange Zeit in der Gewissheit, dass er dem alten Herrn in nichts nachstehen würde. Auch die Tatsache, dass seine Frau ihm keinen Sohn, sondern eine Tochter geschenkt hatte, konnte er noch optimistisch betrachten. Ein hübsches Mädchen könnte bestimmt irgendwann mal einen Schwiegersohn mit nach Hause bringen, der die Firma übernahm. Tatsächlich hatte es nicht lange gedauert und ein junger Mann war in seinem Haus ein- und ausgegangen. Er hatte schon dazugehört wie ein Sohn. Gustav hatte ihn zu seinem eigenen Erstaunen geliebt – und das, obwohl er mit seiner einzigen Tochter liiert war. Aber dieser Junge war so ehrlich und so fleißig, dass Gustav sich für seine Tochter nichts Besseres hätte vorstellen können. Sogar in den Verwaltungsdienst war sie eingetreten – hatte bei der Stadt Saarbrücken bereits als Anwärterin gearbeitet.

Doch dann kam alles anders ...

Er stand vor Dr. Briegels Tür. Wie er den Weg dorthin zurückgelegt hatte, war ihm nicht bewusst, so sehr hatten ihn diese Erinnerungen mitgenommen. Er schüttelte sich, damit ihm dieser arrogante Baudezernent seine Niedergeschlagenheit nicht ansehen würde und klopfte an.

»Herein!«

Gustav trat ein.

»Sie schon wieder!«

Diese Begrüßung machte es ihm nicht unbedingt leichter. Trotzdem trat Gustav mit schnellen Schritten an den Schreibtisch, setzte sich unaufgefordert auf den Besucherstuhl und sagte: »Nach den jüngsten Ereignissen im *Deutsch-Französischen Garten* bitte ich Sie noch einmal, mein Angebot zu überdenken. Diese Tragödien lassen sich in Brüssel nicht mehr verschweigen, denn die Schlagzeilen sind schon überall im Umlauf. Sobald Sie das Fördergeld gekürzt bekommen, können Sie immer noch mit mir verhandeln, wie wir meine Bauarbeiten für den Kinderspielplatz in der ehemaligen *Gullivers Welt* abrechnen. So ein Angebot macht Ihnen außer mir keiner!«

Gustav schnappte nach Luft. In einem Rutsch hatte er alles gesagt, was er loswerden wollte – und das in einem Tempo, dass Dr. Briegel ihn nicht unterbrechen konnte.

»Haben Sie diesen beeindruckenden Spruch auswendig gelernt?«, fragte der Baudezernent sarkastisch. Seine ohnehin mageren Gesichtszüge drückten Häme aus.

Gustav hatte Mühe, nicht ausfallend zu werden.

»Soweit ich mich erinnere, habe ich Ihnen bei Ihrem letzten Besuch versprochen, das Ganze noch mal zu überdenken. Außerdem versprach ich Ihnen, mich bei Ihnen zu melden, wenn wir Ihr Angebot annehmen.«

Gustav schluckte.

»Die Tatsache, dass ich mich nicht bei Ihnen gemeldet habe, bedeutet zweifelsfrei, dass ich mich nicht für Ihre Firma entschieden habe. Warum also kommen Sie einfach unangemeldet bei mir hereingeschneit?«

»Die Situation hat sich geändert«, erklärte Gustav und bemühte sich, seine Stimme fest klingen zu lassen. »Der erste Mord wäre vielleicht noch in Vergessenheit geraten. Aber jetzt kommen noch eine Geiselnahme und ein weiterer Mord hinzu. Das verschlechtert Ihre Chancen, den DFG als Tourismusprojekt deklarieren zu können. Diese veränderte Situation bringt veränderte Geschäftsoptionen mit sich. Deshalb bin ich hier. Um Ihnen zu sagen, dass wir auf jeden Fall ins Geschäft kommen. Egal wie viel noch im DFG passiert.«

»Wollen Sie damit sagen, dass Sie mit noch mehr Leichenfunden rechnen?«

»Das nicht.« Gustav spürte, dass er sich falsch ausgedrückt hatte. »Ich meine damit, dass die Ermittlungsarbeiten der Polizei womöglich noch mehr Unheil anrichten.«

»Die sind aber dafür da, das Unheil wegzuschaffen.« Dr. Briegel wirkte immer ungeduldiger.

»Bisher ist ihnen das aber nicht gelungen«, erinnerte Gustav, den Blick des Baudezernenten beflissen ignorierend. »Also biete ich Ihnen meine Dienste für den Kinderspielplatz nach wie vor an.«

»Gut, Herr Hartmann. Sie haben mir Ihren Standpunkt klargemacht und ich werde ihn erneut überdenken«, gab Dr. Briegel zu verstehen. »Und für Sie wäre es das Beste, wenn keine weitere Leiche in unserem Park auftaucht.«

»Wie soll ich das verstehen?« Gustavs Augen wurden groß.

»Dass ich Ihre Prognose wie eine Drohung aufgefasst habe.« Dr. Briegels Augen funkelten böse. »Auf Wiedersehen, Herr Hartmann.«

*

»Sie hatten die Anweisung bekommen, mehr Informationen über das Opfer herauszufinden, als das, was auf dem Personalausweis stand. Was können Sie mir inzwischen sagen?«, fragte Allensbacher mit schnaufender Stimme.

Theo übernahm die Antwort: »Indra Meege hat in einer Absteige in Saarbrücken gelebt, nämlich in dem Bordell Nr. 8 an der Ecke Großherzog-Friedrich-Straße/Nauwieserstraße. Dort hat sie auch gearbeitet.«

»Interessant. Laut Ausweis war sie Frankfurt gemeldet. Wie sind Sie auf dieses Bordell gekommen?«

»Die Aussage des Zeugen hat mich darauf gebracht. Da bin ich alle Bordelle in Saarbrücken durchgegangen und schon beim zweiten habe ich einen Volltreffer gelandet.«

Kaum war die Tür hinter dem Dienststellenleiter ins Schloss

gefallen, ertönte die schneidende Stimme des Staatsanwaltes von der anderen Seite des Raumes: »Leider ist Andrea wieder aus ihrer Ohnmacht aufgewacht. Irgend so ein Depp hat sie mit kaltem Wasser aus dem Tiefschlaf geweckt. Jetzt ist sie mit Kai Wegener auf dem Weg hierher zur Befragung.«

»Ist das unser *Freddy Krüger*?«

»Genau der!«

»Was ist daran so schlimm, dass sie ihn hierher bringt?«, fragte Theo weiter.

»Die Tatsache, dass ich deshalb vom Landgericht den Hinweis bekommen habe, dass Bernd Scholz' Anwalt eine Haftprüfung beantragt hat – was seine Entlassung aus der Untersuchungshaft bedeutet.«

»Hat dieser Anwalt eine Chance, dass der Antrag angenommen wird?«

»Oh ja! Durch die Festnahme von Kai Wegener hat er durchaus eine Chance.«

»Also geht sogar der Haftrichter in diesen beiden Fällen von einem Täter aus«, resümierte Theo.

Renske überlegte kurz bevor er meinte: »Die Ähnlichkeiten der beiden Taten sind nicht zu übersehen. Egal, was Andrea dazu meint.«

*

»Setzt du mich bitte beim Autohändler Großklos ab«, bat Theo, als sie nach Feierabend in den alten BMW eingestiegen waren.

»Sag nur, du willst dir ein Auto kaufen?« Lukas staunte.

»Das habe ich dir zwar schon gesagt, aber du hast mir wohl nicht zugehört«, klärte Theo auf. »Mit irgendwas muss ich ja mal anfangen. Sobald ich einen fahrbaren Untersatz habe, mache ich mich auch wieder daran, eine neue Wohnung zu suchen.«

»Ich verstehe immer noch nicht, warum du deine alte Wohnung aufgegeben hast«, bekannte Lukas und fuhr los.

Theo überlegte eine Weile, bevor er zugab: »Ich bekomme in dieser Enge Klaustrophobie. Dazu das Wohnumfeld. Die Nachbarn werden auch nicht vertrauenerweckender mit der Zeit. Ich habe einfach keine Lust mehr, jeden Tag so viele Stunden zu arbeiten, um anschließend meinen Feierabend auf einem *Wohnklo* zu verbringen. Das war für eine Zeitlang gut. Doch jetzt nicht mehr. Ich musste einfach raus.«

»Kann ich verstehen!«, erkannte Lukas. »Mein letztes *Wohnklo*«, er lachte, »der Ausdruck gefällt mir ... Jedenfalls war das damals auf der Nauwies. Aber das liegt schon lange zurück. Das war vor meiner Ehe mit Marianne.«

»Eben! In jungen Jahren ist das klasse. Aber im Alter von vierzig sollte man doch etwas im Leben vorweisen können, was einem entspricht.«

»Klingt weise«, fand Lukas. »Also fahren wir nach deinem neuen Auto gucken.«

»Hast du kein Date mit Susanne?«

»Heute nicht! Sie hat schon wieder Ärger mit dieser *Grünen*-Tussi!«

»Welche *Grünen*-Tussi?«

»Die Leiterin des Amtes für Grünanlagen«, präzisierte Lukas. »Diese Anna Bechtel will immer noch leugnen, dass im *Deutsch-Französischen Garten* bald mehr Leichen gefunden werden als auf dem Zentralfriedhof.«

»Deine Übertreibung könnte dir selbst noch die Luft abschnüren«, schimpfte Theo. »Du redest so, als hätten wir hier eine Mordserie, die noch lange nicht beendet ist, während wir uns am Schreibtisch die Ärsche platt sitzen.«

»Ich habe nur meine Ängste ausgesprochen.«

»Oh! Bin ich nun dein Siegmund Freud, der dir jetzt erklären soll, dass du keine Angst haben musst, weil deine Mutter dich lieb hat?«

»So was in der Art«, gab Lukas zu. »Was Renske eben gesagt hat, beweist doch, dass nicht nur wir den Zusammenhang zwischen den beiden Taten sehen.«

Sie gelangten auf das Gelände des Autohauses. Lukas suchte einen Parkplatz, die beiden Kommissare stiegen aus und wurden sofort von einem Verkäufer in Empfang genommen. Theo war wohl schon öfter hier gewesen.

Lukas staunte nicht schlecht, als sich Theo und der Verkäufer in ein intensives Gespräch vertieft von ihm entfernten, als sei er überhaupt nicht da. Er beschloss abzuwarten. Das Ganze schien interessant zu werden. Er suchte sich ein schattiges Plätzchen, weil die Schwüle sogar in den Abendstunden noch unerträglich war und krempelte die Ärmel seines Hemdes hoch. Wie so oft ärgerte er sich über seine weiße, sommersprossige Haut. Bräune war ihm nicht gegeben. Damit musste er sich abfinden, auch wenn es schwerfiel. Das Motorengeräusch, das er plötzlich zu hören bekam, ließ ihn seine Sorgen vergessen. Leise und satt brummte es. Das klang nach einer Menge Power. Sofort drehte er sich um und schaute zu, wie ein blinkend schwarzer Audi langsam aus der Halle herausgerollt kam – langsam und eindrucksvoll. Lukas' Endorphine schlugen Salto bei diesem Anblick. Was für ein Schmuckstück hatte sich Theo da ausgesucht?

Sein Kollege trat hinter dem Auto hervor. Erst jetzt erkannte Lukas den Verkäufer am Steuer des Wagens. Ob es ihm schwerfiel, diesen Wagen aus der Hand zu geben?

Lukas' Augen klebten an der Karosserie, deren Form eine Eleganz und Windschnittigkeit aufzeigten, die allein schon ein unübertreffliches Fahrvergnügen versprachen. Dazu dieses Motorengeräusch und die Aufschrift auf dem sportlichen Heck des Autos, das auf einen Audi A6 TFSI quattro hinwies.

»Na, was sagst du?«, hörte Lukas plötzlich die Stimme seines Kollegen in seinem Ohr.

»Geile Kiste! Wahnsinn!« Lukas war total perplex.

Der Verkäufer schaltete den Motor aus und stieg aus dem Wagen. In den Händen hielt er den Autoschlüssel und einige Papiere, die er Theo überreichte mit den Worten: »Der Wagen gehört Ihnen. Viel Spaß!«

Theo nahm den Schlüssel an sich, doch Lukas steuerte zielstrebig die Motorhaube an. »Mach mal auf, ich will einen Blick reinwerfen!«

Theo suchte eine Weile im Cockpit des Wagens nach dem richtigen Hebel, bis er ihn fand und ließ die Haube aufspringen. Ein leichtes Anheben mit einem Finger genügte und die Haube öffnete sich mit einen leisen Sirren. Beide Männer standen vor dem Vehikel mit staunenden Gesichtern, als stünde der Weihnachtsmann vor ihnen. Sauber prangte ihnen der durch Blenden abgedeckte Motor mit den Schriftzügen V6TFSI entgegen, so dass kein Zweifel aufkommen konnte, welchen Motor sie gerade anstarrten.

»6-Zylinder-V-Motor«, staunte Lukas, »mit Kompressor und 3 Liter Hubraum. Dazu noch Benziner! Ich glaub's ja nicht. Wie viel PS?«

»310!«

»Beschleunigung?«

»Von Null auf Hundert in 5,5 Sekunden!« Theos Brust schwoll an vor Stolz.

»Und Höchstgeschwindigkeit?«

»250 Sachen!«

»Ich glaube, wir fahren meinen alten BMW nach Hause und machen eine Spritztour«, schlug Lukas vor.

»Hallo?«, widersprach Theo, »wem gehört das Auto?«

»Dir! Keine Frage. Aber juckt es dich denn nicht in den Füßen, diesen Flitzer mal auszuprobieren?«

*

Am späten Nachmittag brannte die Sonne immer noch viel zu heiß. Gustav Hartmann wischte sich den Schweiß aus dem Gesicht und beschloss, seine Jacke auszuziehen und zu tragen, bevor ihn der Hitzschlag traf. Nach dem unglücklichen Verlauf des Gesprächs mit Dr. Briegel wollte er sich noch einmal dort umsehen, wo das Bauprojekt stattfinden sollte. Ein Projekt, das ihm die Weiterführung seiner Firma gesichert hätte.

Ein Projekt, das es ihm ermöglicht hätte, seine Mitarbeiter weiter in Brot und Arbeit zu halten. Ein Projekt, auf das er so große Hoffnungen gesetzt hatte.

Doch jetzt sah es nicht mehr gut für ihn aus. Er hatte alles falsch angepackt, hatte seine Bitte wie eine Drohung aussehen lassen. Dabei wollte er doch nur seine Existenz und die seiner Leute sichern. Ihm bedeuteten seine Mitarbeiter viel. Er mochte diese Menschen, kannte ihre Schicksale, ihre Vorlieben, ihre Sorgen. Der Gedanke, sie im Stich zu lassen, weil er den Auftrag nicht bekam, schmerzte ihn.

Langsam schritt er durch den wildwüchsigen Park, in dem die Gehwege fast nicht mehr zu sehen waren. Die »Ludwigskirche« erkannte er erst, als er darüber gestolpert war. Die Überreste wirkten, als seien schon mehrere Vandalen darüber hergefallen. Überhaupt überraschte es ihn, dass dieses Miniexponat noch dort stand. War es vergessen worden?

Plötzlich hörte er eine Stimme hinter sich: »Es ist höchste Zeit, dass hier mal etwas passiert.«

Erschrocken drehte er sich um und schaute in das verschmitzt grinsende Gesicht des Obergärtners Hilger Scharf. Das fehlte noch! Ausgerechnet der Obergärtner, der seinen Plänen, diesen Bauauftrag zu erlangen, nur im Weg stand.

»Was glauben Sie, was das für uns Gärtner für eine Arbeit wird, diesen Urwald wieder zu richten?«

»Das Schlimmste wird von der Baufirma entfernt«, hielt Hartmann entgegen.

»Die Sie ja leider nicht sind.«

Das stand noch nicht fest, überlegte Hartmann grimmig. Aber der Angriff des Obergärtners warnte Hartmann. Er musste gut aufpassen, was er ab sofort diesem streitsüchtigen Mann sagte. Am liebsten würde er das Gespräch sofort beenden, doch der große Mann in grünem Kittel sah nicht so aus, als sei er schon fertig.

»Glauben Sie mir, wenn es nach mir ginge, hätten Sie schon lange diesen Auftrag und dieser Urwald wäre gar nicht erst entstanden.«

Hartmann winkte ab, weil er diesem Mann nicht glaubte. Doch der sprach unbeirrt weiter: »Denn was glauben Sie, wie viel Zusatzkosten auf uns zukommen, das alles zu entfernen?«

»Was wollen Sie mir damit sagen?«, fragte Hartmann nun mit erhobener Stimme, dem es leid war, sich ständig von diesem Mann auf der Nase tanzen zu lassen.

»Dass ich Ihnen einen Vorschlag machen will.«

»Welchen Vorschlag wollen Sie mir machen?« Hartmanns Stimme überschlug sich.

»Geben Sie noch nicht auf! Sprechen Sie mit Dr. Briegel. Denn meines Wissens, ist in dieser Angelegenheit noch nicht das letzte Wort gesprochen worden.«

»Was glauben Sie, wo ich gerade herkomme?«

Verdutzt hielt Hilger Scharf inne. Er schaute sein Gegenüber mit großen Augen an.

»Damit haben Sie nicht gerechnet, was?«, setzte Hartmann noch hinzu. »So einfach gebe ich mich nicht geschlagen.«

»Das ist gut«, fand Scharf seine Stimme wieder. »Ich garantiere Ihnen, dass es nicht umsonst ist. Sobald es noch eine Leiche hier geben wird, haben Sie den Auftrag. Denn dann will kein Mensch mehr etwas von dem DFG wissen.«

Gustav Hartmann wurde schlecht. Die letzten Worte des Baudezernenten schossen ihm wieder durch den Kopf: *Und für Sie wäre es das Beste, wenn keine weitere Leiche in unserem Park auftaucht.*

»Der Preis wäre zu hoch«, stammelte er.

»Nur keine falsche Bescheidenheit!« Scharf klopfte dem kleinen, rundlichen Mann auf die Schulter. »Was können wir für die Dinge, die hier passieren?«

Hartmann schluckte und fragte: »Seit wann liegt Ihnen daran, dass ich den Auftrag bekomme?«

»Ganz einfach. Ich werde meine Beziehungen für Sie spielen lassen und bekomme dafür eine satte Provision.«

»Das ist es also: Geld!« Hartmann stöhnte. »Da sind Sie bei mir falsch. Ich stehe kurz vor der Insolvenz.«

»Nicht, wenn Sie diesen Auftrag bekommen.«

*

Mit inzwischen zweihundert Sachen fuhren Lukas und Theo über die Autobahn A620, die hinter Dillingen in die A8 übergeht. Je weiter sie sich von Saarbrücken entfernten, umso leerer wurde die breite Straße und Theo beschleunigte immer mehr. Lukas fühlte sich fest in den Sitz gepresst. Das Motorengeräusch war lediglich ein leises Summen, ein Zeichen für außergewöhnlichen Komfort. Das Radio ließen sie ausgeschaltet. Sie wollten die Geräusche des neuen Wagens hören. Die milchig trüben Schleierwolken waren verschwunden. Es zeigte sich ein strahlend blauer Himmel mit einer tiefergehenden Sonne, deren Färbung immer roter wurde. Die Temperatur war immer noch hoch, doch das Innere des Wagens hielt durch die Klimaanlage eine konstante Kühle. Es war ein angenehmes Fahrgefühl. Die Wälder, die bald Feldern am Straßenrand wichen, sausten in einer Schnelligkeit an ihnen vorbei, als bestünden sie nur noch aus hellgrünen oder dunkelgrünen Bändern. Hinter Merzig verließen sie die Autobahn, fuhren in gemäßigtem Tempo durch den Ort Besseringen, bis sie Mettlach erreichten, eine Stadt an der Saar, die durch ihre Sehenswürdigkeiten zu einem Publikumsmagneten im Saarland geworden war. Theo musste sein Tempo noch mehr drosseln, um keinen Fußgänger auf seine Kühlerhaube zu laden. Anschließend überquerten sie die Hängebrücke und die Straße ging kurvenreich steil nach oben. Dort beschleunigte er, so dass Lukas wieder tief in den Sitz hineingedrückt wurde. Oben angekommen erreichten sie den großen Parkplatz, von dem aus ein Fußweg zur Saarschleife führte. Er war überfüllt mit Autos und Bussen. Zeit, sich an diesem schönen Ort umzusehen, nahmen sie sich nicht. Zu sehr hatte der neue Wagen sie in ihren Bann gezogen. Theo kurvte im Schritttempo eine Runde und fragte dann: »Willst du auch mal fahren?«

»Endlich«, seufzte Lukas. »Ich dachte schon, du fragst mich gar nicht mehr.«

Schnell stiegen sie um. Lukas übernahm das Steuer. Zielstrebig fuhr er los, ohne Theo zu verraten, welche Richtung er ansteuerte. Erst als sie die Grenze zu Luxemburg passierten, begehrte Theo auf: »Hast du vergessen, dass wir morgen arbeiten müssen?«

»Nein.« Lukas lachte. »Aber diese Strecke an der Mosel entlang ist so genial zu fahren, das wollte ich genießen.«

»Und hast kein Wort zu mir gesagt, damit ich nicht auf die Idee komme, dir diesen Wunsch abzuschlagen«, erkannte Theo.

»Du kennst mich besser als ich dachte.«

Lukas genoss das sichere Fahrgefühl in der kurvenreichen Straße. Die Sonne spiegelte sich im still dahinfließenden Wasser der Mosel, die Landschaft wurde in zartes Rosa getaucht. Bei Remich überquerten sie die Mosel, kehrten ins Saarland zurück und steuerten wieder die Autobahn an, über die sie gekommen waren. Dort gab Lukas zum ersten Mal richtig Gas und spürte die geballte Ladung Kraft des Motors. Sein Herz machte einen Freudensprung.

Innerhalb kürzester Zeit erreichten sie die Landeshauptstadt und den Parkplatz vor dem Haus, in dem Lukas wohnte. Der Parkplatz neben seinem alten BMW war noch frei. Dort stellte er den Audi ab. Anschließend überreichte er Theo die Schlüssel, stieg jedoch nicht aus.

»Was ist los?«, fragte Theo erstaunt.

Lukas ließ seinen Blick über seinen eigenen Wagen schweifen und antwortete: »Ich habe soeben beschlossen, mir auch ein neues Auto zu kaufen.«

Theo lachte und meinte: »Ist nicht dein Ernst, ich dachte, du hängst an deinem Oldtimer?!«

Lukas atmete tief durch, als fiele es ihm schwer, was er jetzt sagen wollte. Doch dann rückte er mit der Sprache heraus: »Als ich jung war, wollte ich älter sein und habe mir bewusst ein altes Auto gekauft. Jetzt bin ich älter – jetzt will ich wieder jung sein.«

»Midlifecrisis? Dafür sind wir noch viel zu jung!«

»Da widerspreche ich dir nicht!« Lukas lachte. »Jedenfalls

habe ich erkannt, dass mir so ein flotter Flitzer mehr Spaß macht, als ein ewig pflegebedürftiges Auto. Bestimmt bekomme ich für mein altes Baby noch eine Menge Kohle. Dann kaufe ich mir etwas Flotteres.«

»So gefällst du mir wieder viel besser«, lobte Theo. »Darauf trinken wir jetzt einen.«

8

In der frühen Morgensonne wirkte das *Tal der Jugend*, in dem einst *Gullivers Welt* stand, wie verwunschen. Die wuchernden Sträucher und Bäume, die hohen Gräser und die vereinzelten Wildblumen bildeten ein harmonisches Zusammenspiel von Licht und Farben. Die Vegetation war so in die Höhe geschossen, dass nichts mehr den Anschein unberührter Natur trüben konnte.

Der Baufirmeninhaber Dieter Ruppert stand inmitten der verwilderten Pracht und genoss die frühe Stunde. Die Hitze kündigte sich zwar schon an, doch zu dieser Zeit war die Luft noch klar und unverbraucht. Genau das, was er brauchte, um seine Gedanken zu ordnen.

In diesem Dschungel sollte ein Kinderspielplatz entstehen. Darin bestand sein neuer Auftrag. Er spürte die Herausforderung und gleichzeitig die Energie, die daraus erwuchs. Er liebte es, die Natur zu bezähmen, zu bezwingen, ja sogar unterzuordnen. Wer behauptete, die Natur sei der stärkste Gegner, der hatte Dieter Ruppert noch nicht kennengelernt.

Ein Grinsen schlich sich über seine schmalen Lippen.

Zufrieden fuhr er sich mit der rechten Hand durch seine dünnen Haare.

»Was ist so lustig?«, hörte er seine Tochter fragen, die ihn unbedingt hatte begleiten wollen.

Sein Blick fiel auf Tamia, die blonde Schönheit, die allein schon durch ihre Anwesenheit sämtliche Männer der Stadt verrückt machen konnte. Dieses Kind – oder sollte er schon sagen, diese junge Frau – war sein Stolz und Untergang zugleich. Ständig verfolgte ihn die Angst um Tamia. Ihre Unbedarftheit gab ihr eine besonders schutzbedürftige Ausstrahlung, der jedoch ihr gesamter Lebensstil widersprach. Zu viel hatte sie von ihm geerbt. Viel zu viel. Denn Tamia war eine bildhübsche junge Frau, die mit Stolz, Trotz und Widerspenstigkeit bei den Männern andere Gefühle hervorrief als dem Baufirmeninhaber Dieter Ruppert Recht sein konnte. Seufzend strich er Tamia über die langen, blonden Haare und meinte: »Ich freue mich auf meinen neuen Auftrag.«

»Was ist daran so Besonderes, einen Kinderspielplatz zu bauen?«

»Schau dich doch um!«, forderte Ruppert seine Tochter auf. »Kannst du dir hier jemals einen ordentlichen und sauberen Spielplatz vorstellen?«

»Ehrlich gesagt: Nein!«

»Siehst du! Das ist das Besondere daran. Nicht das Projekt, das später hier stehen soll. Nein, das Bezwingen der Natur, die Veränderung des Normalen, das Unmögliche möglich machen!« Rupperts kleine Augen blitzten auf vor Begeisterung.

Erst als seine Tochter ihn in die Seite stubste, erwachte er wieder aus seinem Tagtraum und sah den Baudezernenten Dr. Gerhard Briegel mit großen Schritten auf ihn zukommen.

»Sie sind früh dran«, stellte der große, hagere Mann fest, begrüßte zuerst Tamia mit einer leichten Verbeugung, bevor er sich Dieter Ruppert widmete.

»Der frühe Vogel ... Sie wissen schon«, meinte Ruppert und setzte ein breites Lachen auf.

»Sie haben mich herbestellt, um mir Ihre ersten Pläne zum Bau des Kinderspielplatzes zu zeigen«, kam Dr. Briegel ohne weitere Umschweife auf den Punkt.

Der Mann gefiel Ruppert. Kein Small Talk, was nur Zeit verschwendete. Immer gleich zum Thema kommen.

Er faltete den Plan auseinander, den er mit sich trug, und begann dem Baudezernenten die Zeichnungen zu erklären. Als er auf eine Wildwasserbahn zu sprechen kam, hob Dr. Briegel die Hand und wandte ein: »Wir werden unsere Pläne ändern müssen.«

»Warum?«

»Wir haben nicht genug Wasser für den ursprünglich geplanten Wasser-Spielplatz. Außerdem stehen unsere Fördergelder seit den neuesten Entwicklungen in Frage. Das Geld wäre für die Wasserbeschaffung notwendig gewesen. Deshalb müssen wir den Plan ändern.«

»Was ist mit dem Deutschmühlenweiher?«, hakte Ruppert ungläubig nach.

»Der Erhalt dieses Weihers ist schon seit Jahren eine unserer größten Sorgen«, erklärte Dr. Briegel. »Inzwischen sind in unserem Park fast sämtliche Quellen versiegt und ausgetrocknet, so dass viele Attraktionen weggefallen sind. Der Deutschmühlenweiher und seine Wasserorgel ist das Herzstück des *Deutsch-Französischen Gartens*, dessen Existenz wir auf keinen Fall gefährden dürfen.«

»Dann werde ich eine Lösung finden, ohne Ihre Wasserorgel stillzulegen!« Dieter Rupperts Augen verengten sich zu kleinen Schlitzen, was seinem Grinsen einen zweideutigen Ausdruck verlieh. Dr. Briegel wusste nicht, was der darauf erwidern sollte.

Plötzlich stieß Tamia aus: »Wir werden beobachtet!«

Überrascht schauten die beiden Männer in die Richtung, die Tamia ihnen zeigte. Im dichten Gestrüpp war nicht auszumachen, ob sich dort die Konturen eines Mannes abzeichneten oder nur ein trügerisches Bild durch die langsam aufsteigende Sonne entstand.

»Blödsinn!«, wehrte Ruppert nach einigen Sekunden ab. »Wer sollte uns hier auflauern. Die Männer, die für die Taten hier im DFG verantwortlich waren, sind im Knast!«

Dr. Briegel hob seinen langen, dünnen Zeigefinger hoch wie ein Lehrer, der einen Schüler tadelte und entgegnete: »Sie sind nicht auf dem neusten Stand.«

»Was soll das heißen?«

»Bernd Scholz ist wieder auf freiem Fuß!«

»Woher wollen Sie das wissen?«

»Es stand heute Morgen in der Zeitung.«

Dieter Ruppert und seine Tochter schnappten hörbar nach Luft.

Diese Neuigkeit veranlasste sie nun doch dazu, genauer hinzusehen. Mit langsamen Schritten näherten sie sich den Büschen und Sträuchern, in denen Tamia jemanden gesehen haben wollte.

Da hörten sie etwas! Wie erstarrt blieben sie stehen und lauschten: Ein Rascheln ertönte, dazu Knacken und Knistern, das nach und nach immer leiser wurde.

»Verdammter Mist!«, fluchte Ruppert. »Da war wirklich jemand.«

*

»Aufstehen!« Theo bemühte sich, seine Stimme munter klingen zu lassen, auch wenn es ihm schwer fiel. Das Besäufnis der letzten Nacht hatten sie wohl übertrieben. Nachdem sämtliche Bierflaschen aus Lukas' Kühlschrank geplündert waren, kam der Wein an die Reihe. Das hatte ihnen den Rest gegeben. Er hob eine der leeren Flaschen auf und las das Etikett: »2010er Edition Nenniger Schloßberg, Qualitätswein, trocken, 12,5 Prozent Alkohol. Empfehlung des Winzers: Innerhalb der ersten 2 Jahre trinken!«

Na, an die Empfehlung hatten sie sich gehalten. Wo bekam man solche Weinflaschen her? Theo las weiter, was ihm an diesem Morgen schwerfiel, denn seine Augen ließen sich nur schwer öffnen. Als er »Petgen Weingut in Nennig/Saarland« las, war er doch erstaunt. So ein edles Tröpfchen aus dem Saarland? Bisher hatte er nicht gewusst, dass es überhaupt Weine aus dem Saarland gab, schon litt er an einem ausgewachsenen Kater von saarländischem Wein.

Ein Murmeln schallte unter dem Kissen auf dem Sofa hervor. Das erste Lebenszeichen von Lukas.

»He, alter Wickinger, aufstehen!«
»Warum?«
»Wir müssen zur Arbeit!«
»Nein.«
»Doch!«

»Heute ist Samstag, da haben wir frei!«

»Ich muss dich enttäuschen«, widersprach Theo. »Heute ist Freitag und wir müssen antreten.«

»Leck mich!«

Damit war für Lukas das Thema beendet.

Für Theo fing das Problem erst richtig an.

Es dauerte ungefähr ein Glas Wasser, das Theo seinem Kollegen über den Kopf schüttete, eine darauffolgende Diskussion über die Notwendigkeit einer Arbeit im polizeilichen Innendienst und eine Dusche, bis es den beiden Kommissaren endlich gelang, aufzubrechen. Mit ihren Brummschädeln stiegen sie in Theos glänzenden Audi ein und fuhren zur Arbeit.

Die Blicke, die ihnen entgegenschlugen, als sie das Großraumbüro betraten, sagten alles. Sie waren zu spät dran und die Arbeit hatte schon ohne sie begonnen. Zumindest Peter und Paul trällerten fröhlich zu Begrüßung, was an diesem Morgen leider nur die Kopfschmerzen verstärkte und keine besondere Freude auslöste.

»Wir haben ein Problem«, begrüßte Monika die beiden und zeigte ihnen die Titelseite der Zeitung. Darauf stand unübersehbar, dass Bernd Scholz aus der Untersuchungshaft entlassen worden war. »Deshalb ist gerade die Stimmung im Eimer.«

Dienststellenleiter Wendalinus Allensbacher trat an den Tisch der beiden, gab ihnen eine Akte und sagte: »Durchleuchten Sie das Umfeld unseres Verdächtigen im Fall Indra Meege! Es muss etwas geben, was Kai Wegener mit dem Opfer in Verbindung bringt. Die eine Aussage, dass sie zusammen gesehen worden sind, reicht nicht aus, ihn dem Haftrichter vorzuführen. Ich möchte uns die Blamage, einen zweiten Verdächtigen aus der Untersuchungshaft zu entlassen, ersparen.«

»Er ist doch noch gar nicht in Untersuchungshaft«, murmelte Theo.

»Sie brauchen mich nicht zu belehren, wo sich Kai Wegener zurzeit befindet. Das weiß ich selbst.«

»Sollten wir nicht das Phantombild dieses jungen, rothaarigen Mannes in die Medien bringen, den unser Zeuge in der Nähe des *Deutsch-Französischen Gartens* zusammen mit Indra Meege gesehen hat?«, wagte sich Lukas nachzuhaken.

»Was glauben Sie, was wir heute Morgen gemacht haben, während Sie noch damit beschäftigt waren, Ihren Rausch auszuschlafen?«, fragte Allensbacher zurück. Er wischte sich den Schweiß von der Stirn und fügte hinzu:»Wir haben ausnahmsweise auch den Namen des Opfers angegeben, in der Hoffnung, dadurch mehr über die Frau zu erfahren.« Dann ging er davon.

»Das saß!«, erkannte Lukas, kratzte sich am Kopf und fügte murmelnd an: »Ich werde diesen verdammten Wein nicht mehr bei mir zuhause lagern. Dann komme ich auch gar nicht erst in Versuchung!«

»Das hilft?« Theo grinste schief.

*

Monika fühlte sich nicht wohl bei dem Gedanken, den Verdächtigen Kai Wegener zu vernehmen. Dabei wollte sie unvoreingenommen sein und nicht über das Aussehen dieses Mannes ein Urteil fällen. Aber das war leichter gesagt als getan. Kai Wegener sah so entstellt aus, dass ihr jegliche Neutralität schwer fiel. Sogar Andrea Peperding war bei seinem Anblick in Ohnmacht gefallen. Das sollte was heißen! Die haute so schnell nichts um.

Doch der Dienststellenleiter Allensbacher bestand darauf, dass sie den Mann befragte. Vermutlich befürchtete er, dass Andrea etwas Unbedachtes zu Kai Wegener sagte, was sein Aussehen betraf. Damit könnte der gesamte Ermittlungserfolg in Frage gestellt werden. Nun stand Monika auf der Probe. Sie wollte nicht diejenige sein, die alles verbockte.

Sie atmete tief durch und machte sich auf den Weg zum Vernehmungszimmer. Auf halber Strecke begegnet ihr Staatsanwalt Renske. Er begrüßte sie grinsend und fragte: »Haben wir beide das Vergnügen, den Verdächtigen zu befragen?«

Monika nickte nur. Sie wusste nicht, wie sie dieses Verhalten einordnen sollte. Nahm er sie auf die Schippe oder verbrüderte er sich mit ihr? Also schwieg sie lieber, bevor sie sich unnötig blamierte

Vor der Tür des Vernehmungszimmers hielt der kräftige Mann inne, warf Monika einen eindringlichen Blick zu und sagte: »Einmal tief durchatmen, dann klappt alles.«

Monika nickte schwach, schaute ihm zu, wie er die Tür schwungvoll aufriss und folgte ihm in das spärlich möblierte Zimmer. Doch was sie zu sehen bekamen, ließ sie beide innehalten. Vor ihnen saß ein schlanker, grauhaariger Mann in einem dunkelblauen Nadelstreifenanzug mit hellblauer Krawatte. Auf seiner Nase balancierte er eine kleine Brille mit silbernem Gestell, die er abnahm, während er sich erhob und die beiden begrüßte.

»Mein Name ist Dr. Berthold Federmann. Ich bin der Anwalt von Kai Wegener.«

»Anwalt?«, fragte Renske verdutzt. »Wie kommt es, dass ein Mann wie Kai Wegener sich einen Anwalt leisten kann?«

»Ganz einfach! Das Integrationsamt stellt für solche Fälle Anwälte zur Verfügung«, erklärte Federmann lächelnd.

»Aber hier geht es nicht um Arbeitsrecht, sondern um Strafrecht.«

»Keine Sorge Herr Staatsanwalt«, erwiderte Federmann gelassen. »Ich bin für beide Ressourcen zuständig. In letzter Zeit geht das eine nicht mehr ohne das andere.«

»Wo ist Ihr Mandant?«, fragte nun Monika, die spürte, dass hier etwas aus dem Ruder lief.

»Den habe ich in seiner Zelle auf der Polizeiinspektion in Saarbrücken-St. Johann zurückgelassen. Dort ist er vor den Blicken anderer geschützt. Es ist sehr belastend für ihn, in eine Welt zu gehen, in der er angestarrt wird wie ein Monster.«

»Wenn Sie diesen Mann vor den Blicken anderer Menschen schützen müssen, frage ich mich, warum er in ein Integrationsprogramm aufgenommen wurde«, gestand Renske. »Denn deren Aufgabe ist doch, schwerbehinderten Menschen die Eingliederung ins Arbeitsleben zu erleichtern. Aber ins Arbeitsleben kann man nur, wenn man bereit ist, wieder unter Menschen zu gehen.«

Dr. Berthold Federmann setzte ein arrogantes Lächeln auf, als er darauf erwiderte: »Wir wollen mit Kai Wegener einen Präzedenzfall schaffen. Er hat eine abgeschlossene Ausbildung als Altenpfleger, war sogar in einem Beschäftigungsverhältnis, als er diesen schweren Brandunfall erlitt. Seine bisherige Vorgeschichte hat uns dazu bewogen, ihn in ein Eingliederungsprogamm zu schicken, das trotz seiner Verunstaltung erträglich ist. Dafür bot sich der Heidegarten im *Deutsch-Französischen Garten* an. Nun galt es für Kai Wegener, eine vorgeschriebene Zeit ohne Beanstandungen durchzustehen, um seine Arbeitsbereitschaft zu signalisieren. Das ist ihm auch anstandslos gelungen, bis diese haltlose Behauptung entstand, er sei der *Mondschein-Mörder* des DFG.«

Monika unterdrückte ein Stöhnen, als sie diese Bezeichnung des Gesuchten hörte. Auch Renske atmete schwer durch, bevor er fragte: »Woher haben Sie diese Bezeichnung für einen grausamen Frauenmörder?«

»Das stand schon so in der Zeitung«, gab Dr. Federmann zu.

»Wir sind hier, um zu prüfen, ob diese Behauptung stimmt oder nicht«, erklärte nun Renske. »Auf keinen Fall können wir eine Zeugenaussage unbeachtet lassen.«

»Ich sehe viel mehr die Diskriminierung in dieser Anschuldigung«, behauptete Dr. Federmann. »Mein Mandant sieht entstellt aus – um nicht zu sagen, abschreckend – da ist es leicht, ihm die Schuld zu geben.«

»Wir lassen uns nicht von Äußerlichkeiten hinreißen«, stellte Renske klar.

»Ach, und wer war die Frau, die bei seinem Anblick umgefallen ist?«

Kurze Stille trat ein.

Mit einem Räuspern meldete sich Monika zu Wort: »Meine

Kollegin hatte genau an dieser Stelle, an der sie Ihrem Mandanten begegnet ist, erst zwei Tage vorher ein traumatisches Erlebnis. Sie ist von einem Fremden überwältigt und verschleppt worden. Ihre Reaktion hatte nichts mit dem Äußeren Ihres Mandanten zu tun. Es war lediglich eine posttraumatische Auswirkung auf das vorangegangene Ereignis.«

Der Anwalt schaute Monika zunächst skeptisch an, doch dann entspannte er sich und setzte seinen Vortrag fort: »Für Kai Wegener standen bisher die Chancen sehr gut, dass die Kosten für die nötigen Operationen übernommen werden. Dafür muss er in ein spezielles Krankenhaus für kosmetische Korrekturen nach Brandverletzungen, was einen erheblichen Kostenaufwand bedeutet.«

»Deshalb ist er unschuldig?«, fragte Renske ungeduldig.

»Nein, deshalb sehe ich diese Anschuldigung als unzumutbar an. Damit könnten meinem Mandanten jegliche Optionen, wieder ein normales Leben zu führen, für immer verwehrt bleiben.«

»Trotzdem müssen wir wissen, wo er an dem Abend war, als Indra Meege getötet wurde.«

»Haben Sie sich diese Frau mal angesehen?«, fragte Dr. Federspiel »Niemals wäre sie mit Kai Wegener irgendwohin gegangen.«

»Indra Meege war eine Professionelle«, erwiderte Renske. »Zu wem sonst könnte ein Mann wie Kai Wegener gehen, als zu einer Prostituierten?«

»Solche Frauen können sich in der Regel wehren«, setzte Dr. Federspiel zu einem erneuten Versuch an, seinen Mandanten aus der Schusslinie zu bringen. »Kai Wegener ist nicht stark genug, eine gesunde Frau zu überwältigen.«

»Indra Meege war keineswegs eine gesunde Frau!«

»Ich glaube auch nicht, dass er noch potent genug ist, mit einer Frau zu schlafen.«

»Das Opfer ist nicht vergewaltigt worden.«

»Das heißt aber auch nicht zwangsläufig, dass kein Sex stattgefunden hat.«

»Dann betrachten Sie es so«, versuchte es Renske anders, wobei es ihm immer schwerer fiel, geduldig zu bleiben, »nach dem Ausschlussverfahren müssen wir wissen, wo Ihr Mandant war.«

»Welcher Zeitpunkt ist für Sie relevant?«, hakte der Anwalt nach.

»Die Nacht von Mittwoch auf Donnerstag zwischen zehn und zwei Uhr!«

Nun erst bemüßigte sich der Anwalt, in seinen Unterlagen nachzusehen. Er blätterte eine Weile, bis er endlich innehielt und ablas: »Hier steht, dass er sich in der Nacht zuhause aufgehalten hat. Uhrzeiten haben wir nicht besprochen, weil wir bis jetzt nicht wussten, welcher Zeitraum für Sie wichtig ist.«

Als Renske etwas dazu sagen wollte, fiel ihm der Anwalt ins Wort: »Und ja, ich weiß, dass das kein starkes Alibi ist, weil er allein zuhause war.«

»Gibt es niemanden in dem Haus, der das bezeugen könnte?«

»Nein, Sie wissen doch, wie anonym das Leben in der Stadt sein kann.«

Renske überlegte eine Weile und meinte dann: »Auch wenn jemand aussieht wie Kai Wegener?«

»Vielleicht gerade dann.« Von Dr. Federmanns Arroganz war nichts mehr zu sehen.

»Dann kann ich Ihnen nichts versprechen«, gab Renske zu. »Wir werden ihn wohl dem Ermittlungsrichter vorführen müssen.«

»Wann?«

»Spätestens heute Nachmittag. Ich warte vorher noch das Ergebnis der Autopsie ab.«

*

»Mon Dieu!«, stöhnte François leise, als er sich an den deutschen Rosengarten heranschlich und den Neuen bei seiner Arbeit beobachtete. »Und dieser Mann soll wissen, welche Rosen gut sind für einen solchen Garten?«

Er zog seine Schirmmütze vom Kopf und wischte sich den Schweiß von der Stirn. Die Sonne brannte unerträglich heiß, ein Wetter, das weder ihm noch seinen Rosen guttat. Ständig musste er seine Lieblinge benetzen, damit sie nicht verdorrten und dabei gleichzeitig aufpassen, dass die Sonnenstrahlen die nassen Stellen nicht verbrannten. Es war mühsam. Doch was nahm er nicht alles auf sich, um seine Lieblinge zu schützen.

Nun musste er mit ansehen, wie dieser junge Schönling eine Beetrose anpflanzte. Stelle sich einer das mal vor! Eine Beetrose! In einem Garten, der Massen von begeisterten Bewunderern anlocken sollte. Was sollte da eine Beetrose? Da gehörten Zierrosen hin.

Er fächelte sich mit der Mütze Luft zu, die ihm für einige Sekunden Wohltat verschafften.

»Spionierst du mir nach?« Diese Frage drang bedrohlich an sein Ohr. François drehte sich um und schaute in die Gesichter der beiden neuen Gärtner Lars König und Alexander Thiel. Er hatte sie nicht kommen gehört. Der Gesichtsausdruck von Alexander verriet großen Ärger.

»Mais non!« Er wand sich verlegen und suchte nach einer Ausrede. Doch Alexander kam ihm zuvor: »Und was ist es dann, was du hier machst? Soweit ich weiß, arbeitest du drüben im französischen Rosengarten.«

»Wie redest du mit dem alten Mann?«, funkte Lars dazwischen.

Der Ausdruck »alter Mann« traf François hart. Vor Schreck schwieg er.

»Halte dich raus, wenn du keine Ahnung hast«, fuhr nun Alexander seinen jungen Kollegen an. Daraufhin zog Lars seine Schirmmütze vom Kopf und meinte mit einem schiefen Grinsen: »Weißt Du was? Leck mich!« Weg war er.

Alexander drehte sich zu François um und wiederholte seine Frage.

»Ich wollte mir nur einen Eindruck von deiner Arbeit verschaffen«, gab François endlich zu. »Ich will dir meinen fachlichen Rat geben.«

»Danke! Ich verzichte.«

»Mais, cette Rose est une catastrophe!«

»Was redest du da für einen Blödsinn«, schimpfte Alexander. »Das ist eine ausgezeichnete Kleinstrauchrose mit einer stabilen, leuchtenden Blütenfarbe und einer verdammten zähen Natur. Die geht nicht so schnell kaputt wie deine Zierpflanzen.«

»Aber es sind doch die Zierpflanzen, die ein Ausstellungsgarten benötigt. Wir müssen strahlen, glänzen«, begann François mit leuchtenden Augen zu schwadronieren. »Wir müssen durch unsere Schönheit auffallen. Dafür sind robuste oder praktische Pflanzen nicht geeignet. Die hat jeder in seinem Garten«, ereiferte sich François.

»Diese hier nicht«, wehrte sich Alexander. »Die ist so besonders ...«

»Seit wann sind Beetrosen etwas Besonderes?«, fiel ihm François ins Wort.

»Weil sie zumindest schöner aussehen als das verdorrte Gestrüpp, das vorher hier war.« Alexanders Tonfall klang beleidigt. »Du hast doch nur Angst, mein Rosengarten könnte besser abschneiden als deiner.«

»Dummer Junge«, schimpfte François. »Ich will dich nur warnen, weil wir hier feste *règlements* haben, an die wir uns halten müssen.«

»Danke! Warnung ist angekommen!«

»Schöner wird dein Garten niemals«, beharrte der Alte noch. »Jamais! Compris?!«

Alexander setzte zu einer Widerrede an, als er François' verstörten Blick wahrnahm. Neugierig schaute er in die gleiche Richtung und sah einen großen, kräftigen Mann auf sie zukommen.

»Du bist wieder auf freiem Fuß?« François' Staunen wirkte echt.

»Klar doch! Wie kann ich der *Mondschein-Mörder* sein, wenn er zuschlägt, während ich im Knast hocke?«, fauchte Bernd den Franzosen an.

»Mondschein-Mörder?«, widerholte Alexander überrascht.

»Der Typ, der nachts Frauen im *Deutsch-Französischen Garten* umbringt«, erklärte Bernd.

»Oh!« Mehr wusste Alexander nicht dazu zu sagen.

»Dieser kleine, alte Mann hat wohl geglaubt, er hätte den Fall gelöst«, sprach Bernd weiter. »François' Stärke liegt eben nicht darin die Arbeit denen zu überlassen, die was davon verstehen. Deshalb warne ich dich, Jungspund. Er wird dich nicht in Ruhe lassen, sondern sich überall einmischen und alles besserwissen.«

Das kam Alexander bekannt vor.

»Warum bist du hier? Zum Streiten?«, fragte François.

»Nein! Ich komme nur meine Sachen abholen. Keine Sorge, alter Wackes. Ich habe gar kein Interesse daran, wieder hier mit dir zusammenzuarbeiten. Da suche ich mir lieber etwas anderes!«

Sie schauten Bernd Scholz nach, wie er den Bauhof ansteuerte. Es dauerte eine Weile, bis Alexander fragte: »Wer war das?«

»Dein Vorgänger.«

*

Wieder einmal oblag es den beiden Kriminalkommissarinnen, die Gerichtsmedizin in Homburg bei strahlendem Sonnenschein aufzusuchen, was bestimmt zu schöneren Aktivitäten einlud, als zu einer Leichenöffnung, dachte sich Monika, die dieses Mal das Steuer übernommen hatte.

Andrea lümmelte sich auf dem Beifahrersitz und brummte: »Bernd Scholz wieder freizulassen ist verantwortungslos. Damit lässt man eine Bestie auf die jungen Frauen von Saarbrücken los.«

Monika sagte nichts dazu. Sie hatte von Anfang an Zweifel daran, dass für diese beiden Taten zwei Täter verantwortlich waren. Dafür sah sie zu viele Parallelen. Doch jetzt waren sie auf dem Weg zu dem Mann, der endlich für Klarheit sorgen konnte. Erst danach konnten sie wirkungsvoll weiterarbeiten. Auch sah sie in dem massigen Gerichtsmediziner mit seiner lauten Stimme den einzigen Menschen auf dieser Welt, der Andrea im Zaum halten konnte. Sogar Hugo Ehrling scheiterte an deren frecher Schnauze.

Sie erreichten das Unigelände, fuhren langsam auf das Gebäude der Gerichtsmedizin zu und fanden direkt davor einen Parkplatz.

Der Gang in das Gebäude fiel ihnen immer wieder schwer, weil sie wussten, was auf sie zukam. Monikas Knie fühlten sich schon vorher schwach an. Aber nach außen gab sie sich stark, weil sie sonst den Spott ihrer Kollegin auf sich ziehen würde.

Dr. Stemm stand schon bereit und grinste den beiden Frauen breit entgegen. Sie zogen die gereichten grünen Kittel und Kopfhauben über und stellten sich neben den großen Mann an den Stahltisch, auf dem die gewaschene Leiche von Indra Meege lag. Sofort sah Monika die Unterschiede zu den Merkmalen an Delia Sommers Leiche. Hier gab es keine glatten und kurzen Schnitte, hier klafften unregelmäßige Wunden.

»Ich sehe, dass Sie schon etwas sehen«, stellte Dr. Stemm fest und lachte. »Aus Ihnen hätte eine gute Gerichtsmedizinerin werden können.«

Monika verneinte mit der Erklärung: »Ich würde während meiner Arbeit ständig in Ohnmacht fallen. Ich weiß nicht, ob das für diesen Job zuträglich ist.«

»Ach was! Daran gewöhnt man sich – wie an fast alles im Leben.«

»Sind Sie bald fertig mit Ihrem Small Talk?«, funkte Andrea dazwischen. »Ich will Ergebnisse und zwar heute noch.«

»Charmant wie immer hat uns Frau Peperding an unsere eigentliche Aufgabe erinnert«, kommentierte Dr. Stemm und begann, die Leiche aufzuschneiden.

Während er die Organe einzeln untersuchte, das Gehirn entnahm und ebenfalls studierte, sprach er permanent in das Aufnahmegerät. Zahlreiche Begriffe waren den beiden Kommissarinnen fremd, weshalb sie warten mussten, bis er mit seiner Arbeit fertig war um ihnen auf Deutsch zu erklären, was er gefunden hatte.

Aber das ließ lange auf sich warten.

»Also, ich muss Ihnen sagen, dass Sie beide verdammt gut ausgehalten haben«, lobte Dr. Stemm, als er sich abschließend die Hände wuchs und den Plastikkittel abstreifte. »Kein einziges Mal mussten Sie zur Toilette rennen. Das haben Lukas und Theo bis heute nicht geschafft.«

»Wie sind ja auch keine Weicheier«, kommentierte Andrea. »Was ist Ihr Ergebnis?«

»Diese Frau ist durch einen Schnitt durch die Kehle getötet worden«, erklärte der Mediziner. »Doch vorher hat es einen harten Kampf um Leben und Tod gegeben, bei dem sie sich mehrere Schnittwunden zugezogen hat. Diese Wunden sehen nach Abwehrverletzungen aus.«

»Abwehrverletzungen?« Monika stutzte. »Wurde sie also nicht betäubt?«

»Die Pupillen weisen eine Miosis auf, das bedeutet, dass sie unter Drogen stand, als sie ermordet wurde«, erklärte Dr. Stemm.

»Für diese Miosis«, Monika strengte sich an, das Wort richtig auszusprechen, »kommen nur harte Drogen in Frage? Oder kann auch ein Schlafmittel so etwas auslösen?«

»Sie wissen, was eine Miosis ist?«, hakte Dr. Stemm nach.

»Die Verengung der Pupille durch die Kontraktion irgendeines Muskels, was z. B. durch Licht bewirkt werden kann«, erklärte Monika unbeholfen.

»Dieser *irgendeine Muskel* ist der Ringmuskel. Ich sehe, Sie passen wirklich auf, was ich sage.« Stemm war beeindruckt. »Aber um auf Ihre Frage zurückzukommen: Eine Miosis bildet sich nur bei starken Benzodiazepinen bis hin zu Vergiftungen durch Überdosierung. Ein leichtes Zopiclon wie bei dem anderen Opfer löst keine Miosis aus.«

»Wurde sie vergewaltigt?«, mischte sich Andrea wieder in das Gespräch ein.

»Das ist die einzige Ähnlichkeit, die ich zu dem vorherigen Fall feststellen konnte. Sie hatte Geschlechtsverkehr vor ihrem

Tod. Aber das sieht alles einvernehmlich aus.«

»Gibt es also DNA-Spuren?«

»Nein.«

»Scheiße! Ein Vergewaltiger, der mitdenkt!«

»Konnten Sie die Tatwaffe anhand der Wunden erkennen?«, fragte nun Monika. »Könnte es die gleiche sein, wie im Fall Delia Sommer?«

»Es ist ebenfalls ein kleines, glattrandiges Messer wie im vorangegangen Mord. Aber solche Messer gibt es überall. Leider ist durch die heftige Abwehr des Opfers kein klarer Abdruck von der Klinge zu nehmen«, erklärte Dr. Stemm.

»Wie viele Schnittwunden konnten Sie bei Indra Meege zählen?«

Dr. Stemm rümpfte die Nase und meinte: »Neun nicht tödliche Stichwunden und dann der Schnitt durch die Kehle – das macht zusammen zehn.«

»Diese nichttödlichen Wunden sind alles Abwehrverletzungen?«

Dr. Stemm nickte.

»Kein Zweifel?«, hakte Monika nach.

»Worauf wollen Sie hinaus?«, fragte Dr. Stemm zurück.

»Ob wir es hier mit zwei Tätern zu tun haben oder mit einem«, erklärte Monika.

»Das ist der Teil, an dem eure Arbeit beginnt«, erklärte Dr. Stemm.

Bevor er in ein lautes Lachen verfiel, bedankten und verabschiedeten sich die beiden Kommissarinnen und verließen fluchtartig den Sezierraum.

Draußen, in der sengenden Hitze nahm Monika das Handy aus der Tasche und begann zu wählen.

»Wen rufst du an?«

»Den Staatsanwalt. Soweit ich weiß, soll Kai Wegener jetzt dem Haftrichter vorgeführt werden. Dafür wäre es sinnvoll, wenn er das Vorabergebnis von Dr. Stemm kennt.«

*

Die Hitze im Großraumbüro war unerträglich. Während Theo und Lukas an ihren Schreibtischen schwitzten, hatte Andrea demonstrativ einen Ventilator an ihnen vorbeigetragen, auf ihren Tisch gestellt und eingeschaltet. Lukas versuchte, dieses Gerät zu übersehen, während Theos Augen ständig in Andreas Richtung wanderten

»Wo hat die den Ventilator her?«, fragte er nach einer Weile. Doch Lukas konnte nur mit den Schultern zucken.

»Ich glaube, ich verdrücke mich jetzt, bevor mich der Hitzschlag trifft«, murrte Theo weiter.

»Wo willst du hin?«, fragte Lukas erstaunt.

»Mein Auto anmelden.«

»Blödsinn! Da merkt sogar Allesbacher die Notlüge. So was machen die Autohäuser.«

»Woher willst du das wissen? Du hast dir bestimmt schon seit hundert Jahren kein Auto mehr gekauft.«

Aber Lukas lachte nur und gab seinem Kollegen darauf keine Antwort.

Wieder klingelte das Telefon auf seinem Schreibtisch. Wieder musste er Hinweise entgegennehmen, die sich schon beim ersten Satz als Hirngespinst herausstellten. Das war der Tagesablauf, seit das Phantombild im Internet und im Fernsehen ausgestrahlt worden war.

»Ich hätte nicht gedacht, dass dieser Typ ein Allerweltsgesicht hat«, murrte Lukas, als er auflegte. »Überall in der Stadt wird er gleichzeitig gesehen.«

»Die roten Haare müssten doch ein markantes Merkmal sein«, spekulierte Theo.

»Nicht jeder rothaarige Mann ist so einzigartig wie ich«, konterte Lukas mit bleckenden Zähnen, was wohl ein Grinsen darstellen sollte.

»Zum Glück!«, gab Theo nicht minder überzeugt zurück.

Das erneute Klingeln des Telefons unterbrach das Gepläinkel

der beiden Kommissare. Beide starrten darauf, bis Lukas fragte: »Wer geht ran?«

»Ich habe keine Lust mehr auf Halluzinationsgespräche vom Nachbarn, der plötzlich rote Haare hat«, gab Theo zu.

»Ich auch nicht! Also was bleibt?« Lukas grinste, während das Telefon klingelte, »Theo ... übernehmen Sie!«

Der gab nach und hob ab. Doch ratterte er nicht wie erwartet seinen Standardspruch herunter, dass er sich über die Aufmerksamkeit bedanke und der Angelegenheit nachgehen werde. Stattdessen riss er die Augen auf, gab einige »Ohs« und Ahs« von sich und legte auf.

»Was ist passiert?«

»Kai Wegener hat sich in der Zelle umgebracht.«

»Wie?«

»Ganz eklig!« Theo verzog das Gesicht. »Er hat sich die Pulsadern an den Handgelenken aufgebissen.«

»Meine Güte! Wie verzweifelt muss der Mann gewesen sein.« Lukas schüttelte sich.

»Ist das jetzt ein Schuldeingeständnis?«, überlegte Theo laut.

Die Tür zum Großraumbüro ging auf und Renske stürmte mit schnellen Schritten herein. »Ruft die Kollegen der Polizeiinspektion in der Karcherstraße an und teilt ihnen mit, dass sie Kai Wegener freilassen können! Er braucht nicht dem Haftrichter vorgeführt zu werden.«

»Warum?«

»Weil das Ergebnis der Obduktion den Mann entlastet.«

»Wie?«

»Laut Dr. Stemm ging dem Mord ein heftiger Kampf voraus, weil Indra Meege sich gewehrt hat. Und nach ärztlichen Untersuchungen ist Kai Wegener körperlich nicht dazu in der Lage, eine Frau zu überwältigen.«

9

Rot leuchtete sein Haar in der untergehenden Sonne – flammengleich. Nur ihm oblag es, seine großen Flügel schützend über die zu schwingen, die seinen Schutz verdienten. Seine Berufung, Mut und Hoffnung zu spenden, ging mit dieser schweren Aufgabe einher, die keinen Aufschub duldete.

Unter dem Baum der Erkenntnis hatte Phönix gestanden, war gereift, gewachsen und zu dem geworden, was er jetzt und hier offenbarte. Er war das Licht, das den Weg zeigte. Erneut aus der Asche geboren erhob er sich von nun an zu einer neuen, bisher unbekannten Ebene des Universums.

Ein Gefühl der Euphorie durchströmte seinen glühenden Körper. Er hatte das Zeichen gesehen und erkannt. Er war ihm gefolgt und auf seine wahre Bestimmung gestoßen.

Im Gullivers Welt-Park *war sie ihm als Lichtgestalt begegnet. Er begehrte ihren schönen Körper, der sich anmutig wie eine Gazelle vor seinen Augen offenbart hatte. Eine Einladung, der er folgen musste. Ihre blonden Haare hatten ihren Kopf wie eine Aureole eingehüllt, ein Anblick, der sogar ihn unvorsichtig werden ließ. Fast wäre er in diesem Dickicht, das den Teil der ehemaligen* Gullivers Welt *überwucherte, gesehen worden.*

Aber seine Fähigkeiten hatten sie unterschätzt. Niemals hätten sie ihn finden können. Auch wussten sie nicht, in welcher Situation sie sich befanden. Ihre Siegessicherheit war es, die sie zu den wahren Opfern machte. Jetzt war er dem Ziel so nah, wie schon lange nicht mehr.

Zuerst galt es, ein neues Abspielgerät für seine Mondscheinsonate zu kaufen. Aber dann ...

Das Wochenende stand bevor und mit ihm die Chance, seine neue Aufgabe zu erfüllen. Seine Aufgabe hieß Tamia!

*

Tamia stampfte mit dem Fuß auf den blauen Teppich auf, der jedoch die Wucht verschluckte. So sah es mehr wie eine unbeholfene Trotzreaktion denn wie ein ernst gemeinter Protest aus. »Du hast mir versprochen, dass ich heute Nacht bei meiner

Freundin schlafen darf«, lamentierte sie.

Dieter Ruppert sah von seinem Notebook auf, an dem er gerade arbeitete, fuhr sich mit der Hand durch seine dünnen Haare und entgegnete: »Schau mal aus dem Fenster. Es ist schon dunkel. Was wollen zwei siebzehnjährige Mädchen nachts in der Stadt? Ihr hättet euch am Abend verabreden können. Aber nicht in der Nacht.« Den Blick auf seine Tochter gerichtet fügte er an: »Wie siehst du überhaupt aus? Ist das ein Schlafanzug?«

»Nein! Das ist ein Trainingsanzug«, meinte Tamia und zupfte an der labberigen Hose. »Wir wollen doch nur bei Lisa hinterm Haus herumhängen und die Sternschnuppen zählen.«

»Das könnt ihr hier auch. Schau mal aus dem Fenster: Wir haben einen schöneren Garten als Lisa.«

Da hatte ihr Vater natürlich recht. Deshalb weigerte sie sich durch die gläserne Wand in den Garten zu schauen, der in der Dämmerung eine dunkelrote Färbung angenommen hatte. Aber es war nicht von Bedeutung, wie schön der Garten in der untergehenden Sonne lag. Nur durfte der Vater das nicht wissen.

»Gideon fährt mich sogar hin«, versuchte sie es weiter. Gideon, ihr Bruder hatte sich nicht grundlos für diesen Fahrdienst bereiterklärt. Tamia wusste genau, dass er Interesse an Lisa hatte. Aber auch das durfte der Vater nicht wissen.

Sie ging einige Schritte über den weichen Teppich, bis der Vater endlich sein Notebook zuklappte, aufmerksam auf seine Tochter schaute und sagte: »Und Gideon bleibt über Nacht bei euch beiden? Das wird ja immer schöner.«

»Was mein Bruder in der Zeit macht, weiß ich nicht. Ich weiß nur, dass mir bei Lisa genauso wenig passieren kann wie hier zuhause.«

»Wo steckt Gideon überhaupt?«, fragte Ruppert weiter. »Wenn er schon Bestandteil dieser Diskussion ist, kann er sich gern dazugesellen.«

»Er wartet ab, wie unser Gespräch ausgeht«, erklärte Tamia. »Der Feigling hält sich gern aus der Schusslinie.«

»Der soll dich beschützen?« Ein sarkastisches Lachen zischte über Rupperts Lippen.

Tanja stöhnte lautstark und murrte: »Ich kann auf mich selbst aufpassen.« Doch das war genau das, was ihr Vater nicht hören wollte. Also setzte sie hastig nach: »Ich meine natürlich, dass Gideon super aufmerksam ist.«

»O. k., dann lasse ich dich bei deiner Freundin übernachten«, gab der Vater mit einem Seufzer nach. »Ich hoffe, ich bereue nicht, was ich jetzt tue.«

Tamia flog auf ihn zu, umarmte ihn und gab ihm einen stürmischen Kuss, der Dieter Ruppert jegliche Möglichkeit raubte, es sich noch einmal anders zu überlegen. Hastig eilte sie aus dem Zimmer in die geräumige Diele, wo eine gepackte Tasche stand, die ihr Vater nicht sehen konnte. Gideon wartete mit einem verräterischen Grinsen. Seine dunklen Haare waren so gestylt, dass sie stachelig vom Kopf abstanden, eine Frisur, die ihn frech aussehen ließ. Die Jeans stand am Latz offen und hing so tief, dass Tamia seine schwarze Unterhose sehen konnte. Sie ahnte, wem er damit gefallen wollte.

Sie verließen den Bungalow im Tiroler Viertel, wo alles noch in völliger Stille lag. Hoch oben über der Stadt Saarbrücken bot sich den Bewohnern eine andere Welt. Als sei dort das pulsierende Leben an ihnen vorbeigezogen. Tamia liebte zwar das Haus, das ihr Vater vor einigen Jahren gekauft hatte. Es war mit Sauna und Swimmingpool ausgestattet. Aber die Abgeschiedenheit trotz der stadtnahen Wohnlage langweilte sie. Umso lieber hielt sie sich bei Lisa auf, deren Eltern mitten in Malstatt wohnten. Dort war man mit dem Bus im Halbstundentakt in der Innenstadt und konnte abfeiern bis zum frühen Morgen. Hinzu kam, dass Lisas Eltern ihre Tochter niemals so kontrollierten, wir ihr Vater das tat.

Gideon ließ den Motor seines schwarzen Mazda MX 5 laut röhren, bevor er Gas gab und die kleinen Straßen mit überhöhter Geschwindigkeit passierte, bis er auf die Metzerstraße gelangte. Dort ging es nur noch bergab in die Stadt. Auf halbem Weg fragte er: »Wo soll es hingehen?«

»In die Kufa!«

»Wow! Dann wollt ihr aber richtig was erleben.« Gideon pfiff durch die Zähne.

»Du etwa nicht?«

Das war für Gideon die Aufforderung, richtig Gas zu geben. Laut dröhnte der Auspuff und Tamia fühlte sich in den Sitz gedrückt, so dass es ihr schwerfiel, sich in dem kleinen, engen Auto umzuziehen.

*

Eintritt musste Tamia nicht bezahlen, für Girls war der Eintritt bis 23 Uhr frei. Dafür wurde Gideon zur Kasse gebeten, was ihr ein Lachen entlockte. Er folgte ihr durch den engen Gang in den Tanzsaal, aus dem laute Black Music schallte. Lange mussten sie in der Menschenmenge nicht suchen, schon fanden sie Lisa. Sie wirkte angetrunken, als sie Tamia und Gideon ansteuerte. Aufreizend wackelte sie mit den Hüften, so dass ihr Bauchnabelpiercing sämtliche Blicke anzog. Das Top war mega kurz. Auch ihr Make-up ließ keinen Zweifel daran, was sie im Schilde führte. Ihr selbst war keine Gelegenheit geblieben, sich so toll herauszuputzen. Lediglich ein T-Shirt hatte sie schnell angezogen und darunter Shorts, die so kurz waren, dass ein Stück von ihrem Hintern herauslugte. Wenigstens etwas, womit sie glänzen konnte, dachte sie sich, während ihr Blick weiterhin an Lisas verführerischem Outfit hängen blieb. Als hätte sie Tamia gar nicht gesehen, schnappte sie Gideon am Kragen und zerrte ihn auf die Tanzfläche. Tamia wandte sich ab und eroberte die Toiletten, die wie immer gewöhnungsbedürftig aussahen. Aber heute musste sie damit zurechtkommen. Sie stellte sich vor den einzigen Spiegel, der frei war und begann sich zu schminken. Nach nur wenigen Minuten fühlte sie sich besser und verließ rasch wieder diese muffigen Räume. Die Tanzfläche war so überfüllt, dass Tamia keine Lust verspürte, sich in das Gewühl zu stürzen. Sie zog als Einstieg für eine lange

Nacht die Kaffeebar auf der anderen Seite vor. Deren langgezogene Theke wirkte wie ein Kellergewölbe, was Tamia gut an dieser Disco gefiel. Hier gab es alles, sogar düstere Räume, die an Abenteuer und Gefahr erinnerten. Sie wollte sich gerade einen freien Platz suchen, als sie ihn sah.

Tatsächlich! Er war gekommen! Tamia hatte es nicht für möglich gehalten. Umso heftiger fühlte sich der Stromstoß an, der durch ihren Körper ging. Sie fühlte sich wie elektrisiert.

Er stand auf der gegenüberliegenden Seite der langen Theke und schaute sie an.

Es bestand kein Zweifel. Dieser Mann war ihr Blind Date! In diesen Katakomben sah er unheimlich aus! Gefährlich! Unberechenbar! Geheimnisvoll!

Mit langsamen Schritten kam er auf sie zu.

Sie spürte, wie erregt sie war.

Er hatte nur Augen für sie. Viele Frauen warfen ihm neugierige oder sogar kokette Blicke zu. Doch das interessierte ihn nicht. Er sah nur sie – Tamia.

Als er vor ihr stand, erkannte sie erst, wie groß er war. Das Zwielicht der dunklen Räume ließ sein Gesicht gefährlich aussehen. Seine Augen funkelten als er sich ihr näherte und leise in ihr Ohr hauchte: »Ziemlich laut hier was?«

Tamia nickte, sie fand keine Worte, so aufgeregt war sie.

»Ich liebe es spontan! Und du?«

Wieder nur ein Nicken.

»Wollen wir uns ein Plätzchen suchen, wo wir alles machen können, was wir wollen?«

Ein Prickeln ging durch Tamias ganzen Körper. Ohne zu überlegen sagte sie ja und folgte ihm aus der Kufa hinaus in die warme Sommernacht. Mit einem Mal war der Lärm vorbei und Stille umgab sie. Er führte sie zu einem Auto, das verkehrswidrig am Rand der Dudweiler Straße parkte. Den Strafzettel riss er ab und schleuderte ihn in einen Gulli.

Erst als sie eingestiegen waren, erkannte Tamia das Modell des Wagens. Es war ein Mercedes. Sofort fühlte sie sich noch besser.

Die Fahrt ging los.

Anstelle von Pop-Musik lief ein klassisches Stück. Tamia kannte es nicht. Sie kannte überhaupt keine klassische Musik. Aber die stillen, düsteren Töne lullten sie ein. Es gefiel ihr, weil es sich so traurig und gleichzeitig romantisch anhörte.

Es dauerte eine Weile, bis sie begriff, dass sie genau den Weg zurückfuhren, den sie eben erst mit ihrem Bruder hergekommen war. Bis sie die Autobahn A620 verließen, die neue Technische Hochschule passierten, dann die Spielbank Saarbrücken ansteuerten. Tamia staunte. Doch sie fuhren an dem Casino vorbei, noch einige Meter weiter und bogen dann links ab in eine Wildnis, die Tamia noch mehr überraschte. Sie spürte, dass hier etwas anders lief, als sie erwartet hatte. Irgendwo im Nichts hielt er an, warf ihr einen undefinierbaren Blick zu und fragte: »Bist du bereit für ein Abenteuer?«

Wieder prickelte es an ihrem ganzen Körper. Da konnte Tamia einfach nicht »nein« sagen.

Leise setzte sich der Mercedes wieder in Bewegung.

Tamia zog ihr Handy aus der Tasche und schickte ihrem Bruder eine SMS: *»Hi, du G-Punkt aller Frauen! Warte nicht auf mich, ich hab noch was Besseres vor. Good Fick du Ferkel* ☺ *See you later! T.«*

Kaum hatte sie auf »Absenden« gedrückt, fragte der Fahrer neben ihr: »Wem schreibst du?«

»Meinem Bruder! Wir sind zusammen in die Kufa! Er soll nicht auf mich warten.«

»Warum nicht?«

»Weil ich keinen Bock habe, ihm zu sagen, wo ich bin.«

Er grinste und hauchte ganz leise: »Weil wir etwas Verbotenes tun?«

»Tun wir das?« Sie flirtete wie eine Weltmeisterin und spürte, wie sich alles in ihr nach diesem Fremden sehnte. So was war ihr noch nie passiert.

Wie auf Kommando schaltete er die Scheinwerfer aus und ließ den Wagen noch einige Meter rollen, bevor er anhielt.

»Wir sind da!«

Tamia schaute sich um, sie konnte nicht erkennen, wo sie waren. Als er wortlos ausstieg, folgte sie ihm neugierig. Die warme Sommernacht, das Rauschen des Windes und das gelegentliche Zirpen einer Grille vermittelten ein Gefühl von Lebendigkeit. Tamia fühlte sich frei und unbezwingbar. Sie hatte ihren Vater überlistet und ihren Bruder einfach in der Kufa sitzenlassen – ein Gefühl, das sie innerlich berauschte. Mit ausgebreiteten Armen, als wollte sie den Wind einfangen, lief sie durch die Nacht, bis sie vor einem Zaun ankam, der sie zum Halten zwang.

»Was jetzt?«, fragte sie überrascht.

»Lassen wir uns von einem albernen Zaun aufhalten?«, fragte er zurück, als hätte er ihre Gedanken gelesen.

Tamia stieß ein Lachen aus, das immer lauter wurde, als sie sah, wie er den Zaun abtastete, bis er eine Stelle fand, an der er sich auseinanderbiegen ließ. Sie kletterten durch das Loch und standen plötzlich vor einer fast undurchdringlichen Vegetation. Alles sah wild und unbezähmbar aus – genauso, wie sich Tamia fühlte. Trotzdem erkannte sie sofort, wo sie waren. In *Gullivers Welt*. Sie folgte ihm über Stock und Stein, was mit den hochhackigen Schuhen nicht so einfach war. Doch der Zauber des Verbotenen ließ ihr Adrenalin ansteigen, so dass sie jeder Gefahr bereitwillig trotzte.

Plötzlich standen sie vor *Gullivers Spielpark*, einem Kinderspielplatz, der inzwischen verwahrlost aussah. Eine Seilbahn mit herunterhängendem Seil und Kabinen lag im niedergetrampelten Gras, ein viereckiger Kasten, der einst mal das »Teufelshaus« war, direkt daneben. Weiterhin lagen über den Boden verteilt rostige Schienen mit zerbeulten Waggons. Ein großer Plastik-Delphin ragte zwischen dem Gestrüpp hervor. Daneben eine verrostete Schaukel und die Reste einer Rutschbahn. Überragt wurde das ganze Chaos von zwei gelben Halbpyramiden, an denen die Farbe abblätterte.

Sie schaute überrascht auf ihren Begleiter und meinte: »Hier ist der *Tatort* gedreht worden.«

»Ja und?«

»Ich will einen Ort, der nur für uns ist«, stellte Tamia klar.

»Du bist genau die Richtige«, flüsterte er in ihr Ohr, was sie noch mehr erregte. »Genau das wollte ich von dir hören.«

Sie gingen weiter, bis Tamia die Orientierung verloren hatte. Das hohe Gras und die wuchernden Büsche und Sträucher verwirrten sie. An einer Stelle, an der das Gras plattgetreten worden war, hielt er an und wandte sich zu Tamia. Er bat sie, sich auf einen Baumstumpf zu setzen und begann, Kerzen anzuzünden. Dann hörte sie ein leises Klicken und die klassische Musik, die sie erst im Auto gehört hatte, setzte ein.

*

Es fühlte sich gut an. So gut wie noch nie.

Deutlich spürte Phönix, dass er dieses Mal mitten ins Schwarze traf. Diese Frau war in jeder Hinsicht die Richtige. Sein Körper fing in ihrer Nähe an zu brennen, seine Energie erwachte zu neuem Leben. Er wollte sie mit jeder Faser seines Körpers.

Und doch war sie nur ein Schatten derer, für die er sie opferte.

Während er den feudalen Wagen aus der Stadt heraus steuerte, konnte er ihre Bewunderung für das Auto deutlich spüren. Es war so leicht, eine junge Frau zu beeindrucken. Dabei gehörte ihm das Auto nicht. Doch das war hier nicht wesentlich. Hier galt nur der Schein. Und der gelang ihm. Das spürte er.

Das Handy in ihrer Hand riss ihn aus seiner Euphorie. Sofort fragte er danach. Aber ihre Antwort war besser, als alles, was er erwartet hätte.

Jetzt stand ihm nichts mehr im Weg.

Wie zwei Verliebte schlenderten sie durch den urwüchsigen Park in der Nacht. Er steuerte sie bewusst an eine Stelle, die er für seinen Plan bereits vorbereitet hatte. Wenn sie ihm keine Fragen stellte, konnte er ganz sicher sein, dass sie alles tun würde, was er von ihr erwartete.

Am Ziel angekommen verwandelte er den Ort in eine verwunschene kleine Zauberwelt voller Kerzenlicht. Was nicht fehlen durfte, war natürlich die Mondscheinsonate von Beethoven.

*

Wie von Zauberhand zog er plötzlich eine Flasche hervor. Mit großer Geschicklichkeit entkorkte er sie und fragte: »Champagner?«

Tamia verstand nicht. Was geschah hier? Wo kamen all diese Sachen her? Sie befanden sich hier mitten in einem verwilderten Park, in dem sich schon lange kein Mensch mehr aufgehalten hatte.

Sogar Gläser tauchten plötzlich auf. Mit einem Lächeln schenkte er für sie beide ein.

Das war zu viel. Diese ganze Szenerie war bis aufs I-Tüpfelchen einstudiert. Nichts hatte er dem Zufall überlassen. Von wegen Spontaneität!

Tamia sprang auf und rannte wortlos davon.

Mit ihren Stöckelschuhen kam sie natürlich nicht so schnell vom Fleck, wie sie das wollte. Sofort schmerzten ihre Waden, bis sie sich zu Krämpfen zusammenzogen. Die Schmerzen waren so heftig, dass Tamia stehen bleiben und die Waden massieren musste, damit der Schmerz nachließ.

Erst jetzt bemerkte sie, dass alles um sie herum ganz still war. Keine Geräusche von sich nähernden Schritten. Auch keine knackenden Äste oder das Atmen eines anderen Menschen.

Sie schaute sich um und fühlte sich mutterseelenallein.

Hatte sie ihn abgehängt?

*

Doch was geschah jetzt?
Während er Champagner einschenkte, lief sie einfach davon.
Das war ihm noch nie passiert.
Fassungslos ließ er sich auf dem Baumstumpf nieder, den sie gerade verlassen hatte, und trank allein von seinem edlen Tropfen. Diese neue Situation musste er zuerst überdenken. War es sinnvoll, ihr hinterherzujagen?

Nein! Das stand unter seiner Würde. Er lief keiner Frau nach.
Also entschloss er sich für ein Vabanquespiel. Er ging aufs Ganze, trank weiter aus seinem Glas und wartete.

*

Der Krampf verschwand und sie setzte ihren Weg durch das Gestrüpp fort. Dieses Mal verlangsamte sie ihr Tempo, weil sie keine Lust hatte, wieder ihre Beine zu verkrampfen. Ihre Schuhe ausziehen wollte sie auch nicht. Der Boden war voller Dornenranken. Das wäre noch schmerzlicher.

Plötzlich stieß sie mit dem Fuß auf etwas Hartes. Sie unterdrückte einen Schrei, versuchte im fahlen Mondlicht zu erkennen, wogegen sie gestoßen war. Sie staunte. Sie war gegen die Ludwigskirche gerannt. In dem hohen Gras war sie in der Eile nicht zu sehen gewesen. Dieses Mini-Exponat war wohl vergessen worden.

Verärgert setzte sie ihren Weg fort. Nach einiger Zeit des Herumirrens gelangte sie endlich an den Eingang der ehemaligen *Gullivers Welt* zum *Deutsch-Französischen Garten*. Das Kassenhäuschen war mit Sperrholzbrettern zugenagelt und der Eingang mit einem Gittertor versperrt. Dahinter lag der große Park. Er war menschenleer. Sie schaute sich um und stellte fest, dass er ihr nicht gefolgt war.

Sie zog ihr Handy aus der Hosentasche. Doch bevor sie wählte, kam sie ins Grübeln. War sie einfach nur eine hysterische Ziege, die vor einer Champagnerflasche davonrannte?

Sie schüttelte den Kopf.

Nein! Er hatte alles vorbereitet und ihr etwas von Spontaneität erzählt. Damit hatte er sie in eine Falle gelockt.

Aber welche Falle denn?, überlegte sie jetzt. Hatte sie nicht selbst ein erotisches Abenteuer gesucht? Genau das hatte er ihr bieten wollen.

Sie schaute auf ihr Handy. Das Display leuchtete immer noch. Ein weiterer Gedanke ging ihr durch den Kopf: Er hatte den

Zaun zerstört, um in ein Gebiet einzudringen, was verboten war. Tat so was ein Mann mit ehrlicher Absicht?

Sie begann zu wählen.

Doch dann erinnerte sie sich, wie erregt sie war, als er sie darauf angesprochen hatte, dass sie etwas Verbotenes taten. Es hatte sie aufgegeilt – heiß gemacht – regelrecht von Sinnen. Und jetzt rannte sie weg wie eine Nonne, der ein Mann zu nahe kam!

Sie war wirklich daneben. Voll daneben. Nein: Total gaga! Welche Chance ließ sie sich hier entgehen?

Sie steckte das Handy in ihre Hosentasche zurück. Angestrengt lauschte sie in die Dunkelheit, in der *Gullivers Welt* lag, hörte aber nichts.

Nein, er verfolgte sie nicht. Warum auch? Das hatte er nicht nötig. Er war sich keiner Schuld bewusst.

Entschlossen entfernte sie sich wieder von dem Tor und überlegte. War es wirklich richtig, zu ihm zurück zu gehen? Die Inszenierung, die Vorbereitung – das alles wirkte schon sehr geplant. Wurde zurzeit nicht gerade ein *Mondscheinmörder* gesucht, der im DFG junge Frauen tötete? Sie zögerte.

Doch ein Blick zum Himmel, der mit Sternen übersät war, die warme, laue Luft, die Anzeige auf der Armbanduhr, deren Zeiger Mitternacht leuchteten ... was sollte sie um diese Zeit zuhause, wenn der interessanteste Mann der Stadt auf sie wartete!

»Scheiß drauf«, dachte sie und kehrte zurück.

Als sie die mit Kerzen erleuchtete Stelle fand, sah sie ihn auf dem Baumstumpf sitzen und seinen Champagner alleine schlürfen.

Von hinten näherte sie sich ihm, hielt ihm beide Augen zu und fragte mit verstellter Stimme: »Wer bin ich?«

»Tamias Gewissen!«, antwortete er so prompt, dass Tamia sofort erkannte, dass sie ihm nichts vorzuspielen brauchte. Er hatte sie durchschaut. Also schwieg sie lieber, ergriff das leere Sektglas und ließ sich einschenken.

*

Karl Groß von der Bereitschaftspolizei betrat am Montagmorgen das Büro, in dem gerade Lukas und Theo darüber diskutierten, wie man am Gesäß einen Sonnenbrand bekommen konnte. »Kann es sein, dass ihr nicht ausgelastet seid?«, fragte er grimmig, nachdem er ihnen ein paar Minuten gelauscht hatte

Lukas kehrte an seinen Platz zurück, während Theo hastig fragte: »War was los am Wochenende?«

»Kann man so oder so sehen«, murmelte Karl.

Auf die verständnislosen Gesichter von Lukas und Theo berichtete Karl: »Wir konnten das Phantombild niemandem zuordnen. Entweder ist es zu ungenau, oder der Betroffene hat sich selbst gesehen und die Flucht ergriffen.«

Karl räusperte sich, denn er war noch nicht fertig mit der Aufzählung der Ereignisse am Wochenende: »Außerdem sollte Bernd Scholz überwacht werden. Aber am Samstag hat er sich irgendwann gegen Abend davonschleichen können. Wir haben ihn verloren.«

»Endlich sind es mal die anderen, die Scheiße bauen.« Jetzt grinste Theo breit.

»Gut, dass du es erwähnst«, meinte Karl und kam näher. Lukas fühlte sich bei dem großen Mann sofort in der Defensive. Langsam und vorsichtig ließ er sich auf seinen Stuhl sinken und bemühte sich, dabei das Gesicht nicht vor Schmerz zu verziehen.

Karl beugte sich herab und brummte: »Was war das, was ihr euch da gerade wieder geleistet habt?«

Theo und Lukas schauten sich staunend an, sagten aber nichts.

»Ich rate euch ernsthaft, damit aufzuhören. Ihr reitet euch mit solchen Faxen nur noch tiefer in die Scheiße.«

»Bist du auch unter die Prediger gegangen, wie Dieter Marx oder was wird das hier?«, fragte Theo nun etwas ungehalten.

»Meint ihr, es macht mir Spaß, mit Andrea zusammenzuarbeiten? Sie hatte am Wochenende Bereitschaft und ich das Vergnügen mit ihr. Das war die Hölle, weil ausgerechnet in deren Beisein nichts geklappt hat. Ihr könnt euch wohl denken, wie ihre Kommentare ausgefallen sind.«

Lukas und Theo nickten. Augenblicklich tat ihnen Karl leid.

»Solltet ihr es nicht schaffen, normal am Arbeitsplatz zu sitzen, oder euch wie normale Menschen auf einer Dienstbesprechung zu benehmen, dann werde ich den Rest meiner Dienstzeit mit dieser Frau arbeiten müssen. Denkt doch auch mal an mich.«

Kurzes Schweigen trat ein.

»Glaubt bloß nicht, dass Allensbacher eure Querelen für sich behält. Der singt wie ein Vögelchen, sobald Ehrling ihn etwas fragt.«

»Wie ein vollgefressenen Vögelchen«, kommentierte Theo und bedachte Peter und Paul mit einem prüfenden Blick. Ihr Futternapf war noch halbvoll.

»Genau das meine ich!« Karls Stimme wurde noch lauter. »Eure flapsigen Kommentare stoßen hier auf keine große Gegenliebe.«

Lukas fühlte sich unwohl, wie sich der große Mann über den Schreibtisch beugte. Karls dunkle Haare waren mit vereinzelten grauen Strähnen durchzogen, was ihn seriös aussehen ließ. Falten bildeten sich auf seinem Gesicht, die jegliche Freundlichkeit wegwischten.

»Das Wochenende hat dir die Laune aber ernsthaft vermiest«, stellte er fest.

»Das kann man so sagen. Euer Anblick, wir ihr beide zum tausendsten Mal dieselbe Scheiße baut, macht es nicht besser. Ich habe euch für lernfähiger gehalten, denn dieser Innendienst sollte euch eigentlich eine Lehre sein.«

»Wir sind lernfähig«, beteuerte Lukas.

»Das könnt ihr ja gleich beweisen«, sprach Karl weiter. »Denn wir haben jetzt eine Besprechung. Ehrling legt jedes Wort von

euch beiden auf die Goldwaage. Denkt mal darüber nach.«
Karl stürmte aus dem Büro.

*

Der Besprechungsraum war bis auf den letzten Platz besetzt. Nur Amtsleiter Hugo Ehrling fehlte noch. Leises Gemurmel zog durch den Raum, wobei niemand den Eindruck erweckte, auf diese Sitzung besonders gespannt zu sein.

Lukas und Theo saßen schweigend nebeneinander und schauten sich um, wer alles dabei war. Theo flüsterte: »Dr. Stemm ist hier.«

Lukas murmelte nur etwas Unverständliches.

»Ach schau mal: unsere Psychologin Silvia ist von ihrem Amerika-Urlaub zurück.«

»Behalte diesen Kommentar bloß für dich«, raunte Lukas. »Sie war auf Weiterbildung.«

»Markus Schaller von der Spurensicherung ist auch hier.« Theo staunte. »Sieht nach einer echten Krisensitzung aus.«

Schritte schallten durch den Flur.

Alle verstummten.

Die Schritte näherten sich, bis Hugo Ehrlings Gestalt im Türrahmen auftauchte.

»Sie sind ja schon vollzählig«, meinte er zur Begrüßung, schloss die Tür und steuerte seinen Platz an. »Dann können wir sofort mit der Besprechung beginnen.«

Er setzte sich, blätterte in seinen Unterlagen, richtete seine Aufmerksamkeit auf Karl Groß und fragte: »Was hat die Überwachung von Bernd Scholz ergeben?«

Mit dieser Frage traf er natürlich sofort ins Schwarze. Doch Karls Gelassenheit ließ alle mit angehaltenem Atem auf seine Antwort warten.

Karl räusperte sich und sagte: »Bernd Scholz ist heute Morgen wieder in seiner Wohnung gesehen worden.«

»In seiner Wohnung? Vor den Augen der Polizei? Wie ist das

möglich?«

Karl schaute zerknirscht und fügte an: »Erst heute Morgen konnten wir vom Grundbuchamt den genauen Grundriss der Wohnung und des gesamten Hauses erfahren. Es gibt einen Notausgang zu einer Treppe, die in den Keller führt und von dort über den Hinterausgang hinaus. Von dort konnte Bernd Scholz unbemerkt die Wohnung über das Nachbargrundstück verlassen und wieder betreten.«

»Konnte das nicht vorher festgestellt werden?« Ehrlings Stimme klang frostig.

»Leider nicht, da wir am Wochenende niemanden erreicht haben, der uns diese Auskunft hätte geben können.« Karl zuckte mit den Schultern.

»Wo ist Bernd Scholz jetzt?«

»Im Vernehmungsraum.«

Ehrling nickte, obwohl ihm diese Entwicklung der Lage nicht gefiel. »Kommen wir zum nächsten Punkt: Das Phantombild. Gab es nützliche Hinweise über den Verbleib dieses Mannes?«

»Leider nicht«, antwortete wieder Karl. »Wir sind einigen Hinweisen nachgegangen, doch leider ohne Ergebnis.«

»Bleiben Sie dran!«

»Wird gemacht!« Karl nickte.

»Was haben wir noch?« Amtsleiter Ehrling schaute in die Runde. Sein Gesichtsausdruck verriet Ungeduld.

Jasmin Hafner hob die Hand und berichtete: »Der am Samstagnachmittag gestohlene Mercedes S 600 ist heute Morgen gefunden worden. Er wurde aus dem Saar-Kohle-Kanal in Lothringen gefischt. Die Gendarmerie hat uns verständigt als sie sahen, dass der Wagen im Saarland angemeldet war.«

»Wie kann ein Mercedes S 600 gestohlen werden?« Ehrling staunte. »Gibt es Hinweise auf professionelle Autoschieberbanden im Saarland?«

»Nein! Der Besitzer des Wagens hatte ihn bei laufendem Motor vor seinem Haus stehen lassen, als ihm einfiel, dass er noch etwas vergessen hatte«, erklärte Jasmin. »Als er das Haus wieder verlassen hat, war der Wagen weg.«

»Das wird ein Fall für die Justiz«, erkannte Ehrling. »Gibt es denn Spuren, die auf den Autodieb hinweisen?«

Markus Schaller meldete sich und sagte: »Wir fangen später erst mit der Untersuchung an, weil wir zunächst noch alle Spuren in den beiden Mordfällen auswerten müssen.«

»Können Sie uns schon Hinweise zu unseren Fällen geben?«

»Allerdings!«

Endlich fand die Lethargie, die sich bereits unter den Mitarbeitern eingestellt hatte, ein Ende. Neugierig schauten alle auf den Teamchef der Spurensicherung, der mit seinem obligatorischen Grinsen berichtete: »Die Einzelteile des Fotoapparates, der durch unsere Kollegin Andrea Peperding am Tatort demoliert wurde ...«

»Komm zur Sache!«, platzte Andrea wütend raus.

»... waren nicht die einzigen Trümmerstücke eines technischen Gerätes, die wir finden konnten.«

»Heißt das, dass der Mörder selbst fotografiert hat?«, fragte Ehrling.

»Ehrlich gesagt konnten wir noch nicht herausfiltern, um welches Gerät es sich handelt. Es wäre möglich, dass es ein Fotoapparat war – aber wie die neuen technischen Geräte so sind, beinhalten sie noch andere Funktionen, wie zum Beispiel Handy oder iPad oder iPod. Wir sind noch dran.«

»Fingerabdrücke?« Diese Frage kam von Theo, der sich zum ersten Mal in dieser Versammlung zu sprechen wagte.

»Teilabdrücke von Andrea Peperding.«

Lachen erfüllte den Raum. Andreas Miene wurde grimmig.

Es brannte Lukas auf der Zunge, etwas zu sagen. Doch Theo rempelte ihn an seiner Schulter an, dass es ihm die Sprache verschlug.

»Wenn der Fotoapparat des Fotografen Dimitri Wagner an Ort und Stelle zerstört wurde, woher kommen dann die Fotos von der Leiche im Internet?«, fragte Ehrling.

»Ich habe nur eine zerstörte Sim-Karte am Tatort gefunden. Aber keine Ahnung, welche«, antwortete Markus. »Die Sim-Karte ist der Datenspeicher – nicht der Apparat.«

»Konnte dieser Datenspeicher noch untersucht werden?«

»Nein! Da waren keine Daten mehr zu retten.«

»Dann muss sich noch jemand dort aufgehalten haben!«, resümierte Ehrling.

»Nach der Spurenlage nicht.«

»Könnte es sein, dass der Mörder selbst diese Fotos veröffentlicht hat?«

»Ja!«

»Die Initialen unter den Fotos lauten WM. Also finden Sie heraus, wer sich dahinter verbirgt!«

*

Dieter Ruppert verließ in der Frühe das Haus, um sich mit dem Vermessungsingenieur im *Deutsch-Französischen Garten* zu treffen. Tamia hatte sich lediglich mit einer SMS gemeldet, dass sie von ihrer Freundin aus zur Schule fahren wollte. Diese verdammte Simserei, grummelte er vor sich hin. Konnte heute niemand mehr mit einem anderen Menschen reden wie das früher mal war. Die SMS »*Hi p wie paps, warte nicht auf mich, bin bei l., fahre von dort zur sch.* ☺« P wie Paps! Wenn er das schon las. Diese verrückten Kurznachrichten wurden immer schwieriger zu entziffern. Dazu noch Tamias Fantasie ...

Er schüttelte den Kopf.

Schon sah er seinen Sohn Gideon die Einfahrt hochfahren. Der Auspuff des Mazda MX 5 röhrte so laut, dass jetzt auch der letzte Nachbar in der Straße geweckt worden war.

»Wenigstens einer, der sich erinnert, wo wir wohnen«, knurrte er seinen Sohn an.

»Wieso?«, fragte Gideon verdutzt. »Wo ist Tamia?«

»Sie hat sich per SMS entschuldigt!« Dabei spie Rupert die Buchstaben *SMS* verächtlich aus. »Noch nicht mal anrufen kann die Madame. Lass die mal heimkommen. Der bringe ich bei, was Kommunikation bedeutet.«

»Ich sollte Tamia warnen.« Gideon grinste.

Böse funkelte Ruppert seinen Sohn an, was den jungen Mann dazu veranlasste, so schnell wie möglich im Haus zu verschwinden.

Er stieg in seinen Lexus SUV und fuhr mit Vollgas davon, weil er bereits spät dran war. Von anderen erwartete er Pünktlichkeit, wie von sich selbst auch. Doch heute blieb ihm diese Korrektheit versagt. Der Vermessungsingenieur stand schon am Eingang zur ehemaligen *Gullivers Welt*. Im Schatten des verbarrikadierten Kassenhäuschens wirkte er keineswegs ungeduldig. Im Gegenteil! Genüsslich rauchte er eine Zigarette und plauderte mit den jungen Frauen, die ihn mit Fragen bombardierten.

Ruppert schaute sich die Frauen genauer an, ob seine Tochter darunter war. Aber das war sie nicht. Es wäre nicht das erste Mal, dass die Schule kurzfristig einen Ausflug in den *Deutsch-Französischen Garten* veranstaltete. Aber nicht heute. Er stieg aus, öffnete das Tor, das den Eingang zu *Gullivers Welt* versperrte. Ruppert fuhr tief in den verwilderten Park hinein. Der Vermessungsingenieur folgte ihm. Endlich konnte die Arbeit beginnen.

Ruppert spürte Euphorie aufkommen. Es war ein schönes Gefühl für ihn, wieder ganz am Anfang eines großen Projektes zu stehen. Neue Herausforderungen spendeten ihm neue Energie. Inmitten der Vegetation stellte er den Wagen ab, stieg aus und sog die frische Morgenluft ganz tief ein.

Ein Summen unterbrach die Stille. Er lauschte, schaute sich um, konnte die Ursache dafür aber nicht erkennen. Auch einige Raben zogen krähend am Himmel ihre Kreise. Er rümpfte die Nase. Raben mochte er nicht. Sie klangen unheimlich und verdarben die fröhlichen Klänge der Singvögel.

Er wartete, bis der Vermessungsingenieur seinen Wagen abgestellt hatte und ebenfalls ausgestiegen war. Dann faltete er seinen Bauplan auseinander, damit der Mann mit den Messungen beginnen konnte. Dabei schritten sie einige Meter ab, umrundeten die wild wuchernden Hecken und näherten sich dem Zentrum des Gartens.

Das Summen wurde aufdringlicher. Die Raben am Himmel immer hektischer. Ein unangenehmer Geruch vermischte sich plötzlich mit der frischen Morgenluft. Ruppert rümpfte die Nase und schaute sich um. Seine Konzentration war dahin. Jetzt musste er wissen, was hier störte. Auch der Vermessungstechniker war neugierig geworden. Er legte sein Werkzeug beiseite und folgte Ruppert.

Das Summen schallte immer lauter.

Der Geruch wurde penetranter.

Ruppert umrundete eine große Buchsbaumhecke. Plötzlich stoben ganze Fliegenschwärme auseinander. Erschrocken wehrte er sie ab, doch das Summen hörte nicht auf. Sein Blick fiel auf den Boden. Dort lag die Leiche einer nackten Frau. Sie war übersät mit Schnittwunden, die von der weißen, fast grünlich schimmernden Haut dunkel abstachen. Er konnte sie nur von hinten sehen. Das Gesicht war dem Boden zugewandt, ihre Arme seitlich ausgebreitet, ihre Beine kerzengerade. Jedoch die blonden Haare und das verräterische Muttermal auf der rechten Pobacke ließen keinen Zweifel daran, wer dort lag.

Ruppert fiel in Ohnmacht.

*

Hugo Ehrling schaute jeden in der Runde an, als wollte er einen Stab über seine Mitarbeiter brechen. Schweigen breitete sich aus. Niemand wagte sich zu regen.

Lukas fühlte sich wieder wie damals in der Schule. Dort hatte es auch nie etwas Gutes zu bedeuten gehabt, wenn der Lehrer mit diesem Blick auf seine Schüler schaute. Jedes Mal war er es gewesen, der herausgepickt worden war. Denn, dass er nicht aufgepasst hatte, war allen klar gewesen. Auch dem Lehrer. Er hatte ihn mit aller Macht blamieren wollen, weil der Ärger über

Lukas' gute Noten an ihm fraß. Doch es war ihm niemals gelungen, Lukas zu brechen. Am Ende hatte Lukas die Bewunderung seiner Schulkameraden genossen, weil er diese Schikanen mit Würde hatte tragen können. Der Lehrer war kurze Zeit später mit Herzinfarkt im Krankenhaus gelandet und nicht mehr zum Schuldienst zurückgekehrt.

Hier auf der Dienststelle sah das jedoch anders aus. Hier ging es nicht nur um Lukas. Hier ging es darum, Kapitalverbrechen aufzuklären, was nicht an seiner Flapsigkeit scheitern durfte. Der Kollege Karl hatte vollkommen recht, als er Lukas und Theo zurechtgewiesen hatte. Trotzdem rumorte es immer noch in ihm, nicht von selbst darauf zu kommen, sondern erst eine Rüge von einem Kollegen einstecken zu müssen, bevor er endlich einsichtig wurde.

Er richtete unauffällig seinen Blick auf Theo, der mit versteinerter Miene neben ihm saß und keinerlei Anstalten machte, den Blick zu erwidern. Auch bei Theo hatten Karls Worte eingeschlagen. So hatte sein Kollege und Freund noch nie in bei einer Besprechung ausgesehen. Lukas musste ein Grinsen unterdrücken.

Doch da passierte es: »Lukas Baccus! Was haben Sie über die Hintergründe der beiden Opfer herausgefunden?«

Es fühlte sich an wie ein Déjà-vu! Als hätte er die alten Geister heraufbeschworen. Nur mit dem kleinen Unterschied, dass Lukas dieses Mal vorbereitet war. Er räusperte sich und begann zu sprechen: »In Delia Sommers Leben gibt es keine Auffälligkeiten. Sie ist in Saarbrücken geboren und aufgewachsen, hat in Saarbrücken die Deutschherrn-Grundschule und später das Gymnasium Am Rotenbühl besucht. Ihr Notendurchschnitt war gut. Ihre Eltern hatten keine Probleme mit ihr. Delia Sommers einziger Bezug zum *Deutsch-Französischen Garten* ist der Kontakt zu Bernd Scholz.«

»Und Indra Meege?«, bohrte Ehrling weiter.

Nun übernahm Theo das Sprechen: »Über sie konnten wir herausfinden, dass sie im Saarland geboren wurde – und zwar in

Saarbrücken. Sie war ebenfalls in Saarbrücken in der Deutschherrn-Grundschule – heute Grundschule im Dellengarten – und anschließend auf dem Gymnasium am Schloss. Sie hat einige Semester Germanistik an der Uni in Saarbrücken studiert, dann jedoch abgebrochen und das Saarland verlassen.«

»Wo war sie anschließend?«

»Da verliert sich ihre Spur für einige Jahre, bis sie wieder in einer Strafakte wegen Prostitution und Drogenmissbrauch auftaucht.«

Alle Blicke richteten sich auf den Mitarbeiter der Drogenabteilung, Dieter Marx. Doch der große, gottesfürchtige Mann saß nur mit bleichem Gesicht da und regte sich nicht.

»Kann es sein, dass hier etwas versäumt wurde?«, fragte Ehrling mit scharfer Stimme.

»Nein!«, widersprach Marx. »Indra Meege ist mehrfach in Akten aufgetaucht, sie habe Drogen verkauft. Doch von irgendwelchen Kontaktleuten gibt es keine Spur. Die Polizeidienststellen von Frankfurt und Köln vermuten einhellig, dass sie auf eigene Faust gearbeitet hat.«

»Wie geht der Werdegang von Indra Meege weiter?«.

Theo las weiter von seinen Notizen ab: »Sie war kurze Zeit in Köln, bis sie auch dort untergetaucht und im Saarland wieder aufgetaucht ist. Das war vor einem Jahr.«

»Also muss es Verwandte im Saarland geben. Wer ist es?«,

»Die Mutter heißt Saskia Meege, Geborene Lehnert. Sie hat das Saarland im Jahr 1995 mit einem Australier verlassen. Der Vater hat sich kurze Zeit später das Leben genommen.«

»Wer hat Indra großgezogen?«

»Sie war in verschiedenen Heimen und Pflegefamilien.«

»Finden Sie die Namen heraus!«, bestimmte Ehrling. »Vielleicht ist dort der Bezug zum *Deutsch-Französischen Garten*. Oder haben Sie diese Verbindung schon gefunden?«

»Leider nicht«, gestand Theo. »Auch haben wir keine Gemeinsamkeiten zwischen den beiden Opfern finden können.«

»Ich sage doch die ganze Zeit, dass wir es hier mit zwei grundverschiedenen Taten zu tun haben«, mischte sich Andrea ein.

»Das erinnert mich an die nächste Frage«, bekannte Ehrling. »Was haben Sie über Kai Wegener herausfinden können, Frau Peperding. Gibt es in seiner Vorgeschichte besondere Hinweise? Hatte er Indra Meege von früher gekannt?«

»Nein!«, gestand Andrea. »Er hat ein total normales Leben geführt, bis zu diesem Brandunfall.«

»Ist Kai Wegeners Selbstmord eine Verzweiflungstat oder ein Schuldeingeständnis?«, fragte Ehrling weiter.

Nun meldete sich Dr. Stemm zu Wort. Laut donnerte seine Stimme durch den Saal: »Kai Wegeners körperlicher Zustand war durch den Brandunfall sehr schwach, seine Knochen porös, seine Organe funktionierten nur notdürftig. Überhaupt war die Lebenserwartung dieses Mannes nicht mehr hoch. Er war nicht in der Lage eine junge, gesunde Frau zu überwältigen und zu töten.«

»Aber Indra Meege war keine gesunde Frau«, hielt Andrea dagegen. »Sie war drogenabhängig.«

»Nach meinem Untersuchungsergebnis war Indra Meege für ihren Lebenswandel erstaunlich gesund«, widersprach Dr. Stemm. »Daher auch die Abwehrverletzungen. Meines Erachtens hat der Täter diese Frau unterschätzt.«

»Wie meinen Sie das?«

»Ich fand neben Heroin auch andere Drogen in ihrem Blut. Trotzdem hatte sie eine ausgeprägte Muskulatur, womit sie auch über Kraft verfügt haben müsste. Diese Frau war ein Phänomen.«

Die Worte des Pathologen schallten laut durch den großen Raum und hinterließen eine beklemmende Stimmung unter den Beamten.

»Frau Dr. Tenner«, richtete der Amtsleiter das Wort an die Profilerin, »können Sie anhand der Aktenlage ein Profil erstellen, ob wir es hier mit einem oder mit zwei Tätern zu tun haben?«

»Ich kann ein Täterprofil erstellen, anhand dessen Sie es

selbst ableiten können«, antwortete die Angesprochene.

»Gut! Tun Sie das.«

Plötzlich öffnete sich die Tür zum Besprechungsraum und Johanna Kleinert stolzierte mit dem Telefon in der Hand zu ihrem Vorgesetzten Wendalinus Allensbacher.

Der übernahm das Gespräch, brummte einige unverständliche Worte hinein, bevor er auflegte und erklärte: »Wir haben wieder einen Mord im *Deutsch-Französischen Garten*.«

10

Der Himmel war grau, die Temperaturen hoch und die Luftfeuchtigkeit in Rekordhöhe. Die Beamten schwitzten auch ohne große Anstrengungen zu unternehmen. Als sie sich durch das wild zugewachsene Gelände, das von der Stadt Saarbrücken *Das Tal der Jugend* bezeichnet wurde, durchkämpften, klebten die Kleider an ihnen. Am Eingang zu diesem Teil des Parks hatte ihnen ein Beamter der Spusi zu verstehen gegeben, dass niemand mit dem Auto hineinfahren durfte. Die Spurensicherung sei noch nicht abgeschlossen.

»Scheiße Mann!«, murrte Andrea. »Warum müssen wir immer die Arschkarte ziehen und bei dem Wetter solche Wege zurücklegen?«

»Könntest du deine schlechte Laune einfach mal für dich behalten?«, konterte Monika schlecht gelaunt. Auch ihr lief der Schweiß am ganzen Körper. Ihre Stimmung war schon am Morgen in einem Tief gelandet. Dazu noch die Aussicht, den Rest dieses schwülen Tages mit Andrea verbringen zu müssen, machte ihre Laune nicht besser.

Jasmin Hafner begleitete Karl Groß und seinen Trupp an Polizeibeamten in einem Tempo, das Andrea und Monika zu schaffen machte. Sie konnten sie nur von hinten sehen, wie sie in ihren tadellos sitzenden Uniformen die Hecken umrundeten, bis sie aus ihrem Sichtfeld verschwanden.

»Kann es sein, dass die Uniformen mit Klimaanlagen ausgestattet sind?«, fragte Andrea.

Hinter sich hörten sie den Staatsanwalt schnaufend antworten: »Die Frage habe ich mir auch schon gestellt.«

Begleitet wurde er von der Kriminalpsychologin Dr. Silvia Tenner, die er mit Engelszungen dazu überreden konnte, diesen Tatort zu besichtigen. Sie schwieg eisern, wirkte müde und blass und kämpfte sich ebenfalls durch Hitze und Vegetation. Ihre Bluse sah durchgeschwitzt aus. Der Rock klebte an ihren Beinen.

Renske wirkte in seinem Anzug in dieser Schwüle deplatziert. Keine Spur von Schweiß, dafür einen Blick, den Andrea mit einem innerlichen Grollen registrierte. Die Augen des Staatsanwaltes hafteten an Silvia Tenners Brüsten, die leicht durch den nassen Blusenstoff durchschimmerten. Während sich Andrea mehr auf das Geschehen hinter ihr konzentrierte, entging ihr ein Exponat, das in der wilden Natur wohl vergessen worden war. Sie stieß mit dem Bein dagegen, verlor das Gleichgewicht und fiel zu Boden.

Mit einem Lachen registrierte Renske: »Über die Ludwigskirche von Saarbrücken zu fallen ist wirklich eine Leistung.«

»Neben den Titten der Profilerin mich überhaupt noch wahrzunehmen ebenfalls.«

Schlagartig verstummten alle. Für einen kurzen Augenblick war vergessen, warum sie sich unter diesen Bedingungen durch das zugewachsene *Tal der Jugend* kämpften.

Renske atmete tief durch und sagte mit schneidender Stimme: »Ich werde für Sie ein gutes Wort einlegen, dass Sie da hinkommen, wo Sie hingehören.«

»Das haben Sie nicht zu entscheiden«, gab ihm Andrea genauso frech zurück.

»Wer am längeren Hebel sitzt, wird sich noch zeigen.«

Andrea rappelte sich auf, wollte dem Staatsanwalt etwas entgegen schleudern, doch Monika packte sie mit beiden Händen und zerrte sie weiter hinter Karl dem Großen und der Kommissaranwärterin her.

Plötzlich fuhr ihnen ein Krankenwagen entgegen.

»Lebt unser Opfer etwa noch?« Diese Frage beschäftigte den Staatsanwalt sofort. Umso schneller setzten sie ihren Weg zum Fundort fort.

Schon nach wenigen Metern konnten sie Stimmen hören, was ihnen in Hinweis darauf gab, dass der Tatort nicht mehr weit sein konnte.

Sie passierten eine wuchernde Buchsbaumhecke, schon konnten sie das ganze Ausmaß sehen. Auf dem Boden lag eine nackte Tote. Mückenschwärme schwirrten in der Luft, dass alles wie im Nebel aussah. Das Summen war so laut, als liefe ein Motor. Diese junge Frau war eindeutig tot – daran gab es keinen Zweifel. Dafür wurde ein Mann ärztlich versorgt, der danebenlag.

*

Am Ende des langen Gangs lag das Büro des Kollegen Dieter Marx. Die Tür stand offen. Lukas und Theo konnten den großen, hageren Mann mit dem Gesicht zum Fenster sehen. An sein Ohr gedrückt hielt er den Telefonhörer. Sie wussten nicht, wie sie sich verhalten sollten. Also taten sie gar nichts.

Nach einigen Sekunden beendete Marx das Gespräch, drehte sich um und entdeckte die beiden. »Der Herr ist nahe allen, die ihn anrufen – Offenbarung 21,6 – was treibt euch zu mir?«

»Wir müssen alles über Indra Meeges Drogenvergangenheit wissen«, erklärte Lukas, dem deutlich auffiel, wie eingefallen das Gesicht des Kollegen aussah.

»Hast du mal darüber nachgedacht, dass Sonnenbrand Hautkrebs verursachen kann?«, fragte Marx zusammenhanglos, als sein Blick auf Lukas gerötete Haut fiel.

Lukas stutzte.

»Gott schuf den Menschen nach seinem Bilde«, ermahnte Marx. »Das heißt, dass dein Körper ein Geschenk Gottes ist. Also ist er es wert, dass man ihn achtet und pflegt.«

»Amen!«

»Hör auf, alles was ich sage herunterzuspielen«, schimpfte Marx. »Wer Raubbau an seinem Körper betreibt, der wird Gottes Strafe zu spüren bekommen.«

»Hör auf, mir Angst zu machen«, murrte Lukas. »Meinst du, ich merke nicht selbst, dass ich einen Fehler gemacht habe?«

»Das ist schon mal ein guter Anfang.«

Lukas wand sich unter dem Blick des Kollegen und hoffte, dass er bald zum Thema kam. Zum Glück verstand Marx seine Geste, denn in geschäftigen Tonfall sprach er weiter: »Während

Indra Meege als Prostituierte gearbeitet hat, hat sie sich auch gleichzeitig Geld mit Drogenhandel verdient.« Marx setzte sich an seinen Schreibtisch und zog unter seinen gut sortierten Unterlagen ein Dokument heraus. »In Frankfurt war sie aktenkundig geworden. Daraufhin hat sie die Stadt verlassen. Eine Weile konnte man nichts über sie finden, bis sie in Köln wieder für kurze Zeit aufgetaucht ist. Dort hatte sie sich illegal als Prostituierte in dieser Wohnmobil-Anlage am Rhein ihr Geld verdient. War aber nie in Köln gemeldet. Als diese Anlage ins Visier der Polizei geraten ist, verschwand sie für eine Weile spurlos und wurde hier in Saarbrücken tot aufgefunden.«

»Wer mit dem Feuer spielt ...«, meinte Theo dazu, was Marx jedoch sofort kommentierte: »Richtet nicht, auf dass ihr nicht gerichtet werdet!«

»Könnte ihr Tod hier in Saarbrücken mit ihrer Vergangenheit zu tun haben?«, fragte Lukas.

»Bisher habe ich keine Hinweise darauf gefunden«, gestand Marx. »Ich habe das Phantombild zu den Polizeidienststellen in Frankfurt und Köln geschickt und warte noch auf Antwort. Bis jetzt nichts.«

Lukas und Theo bedankten sich, nahmen die Unterlagen und verließen Marx' Büro.

Im Großraumbüro schlug ihnen sofort lauter Protest von Peter und Paul entgegen. Den beiden hatte es nicht gepasst, einfach so alleine zurückgelassen zu werden. Lukas stellte sich an den Käfig und streckte seinen kleinen Finger hinein, in der Hoffnung, ein Vogelköpfchen streicheln zu können. Doch plötzlich griff einer der Kleinen wütend an und pickte zu.

»Au!«, schrie Lukas auf. »Blöder Kerl! Man beißt nicht die Hand, die einen füttert.«

»Lass ihn doch einfach in Ruhe. Wenn er so drauf ist, kannst du ihn nicht streicheln. Das musste ja schiefgehen.«

»Vogel-Psychologe bist du auch noch«, stellte Lukas entrüstet fest, leckte den Blutstropfen vom Finger ab und setzte sich an seinen Schreibtisch.

»Für uns ist es jetzt wichtiger herauszufinden, ob Indra Meege im DFG einem ihrer alten Widersacher zum Opfer gefallen ist«, merkte Theo an. »Das sind die einzigen Ermittlungen, die wir zurzeit anstellen können.«

*

»Wer wurde gerade mit dem Krankenwagen abtransportiert?«, fragte Karl Groß den Teamchef der Spurensicherung, der gerade damit beschäftigt war, feinste Partikel von der Leiche zu nehmen und einzutüten.

»Der Bauunternehmer Dieter Ruppert«, antwortete Markus Schaller. »Der Mann ist zufällig der Vater des Opfers.«

»Verdammt! Das ist hart.«

Eine Weile herrschte Schweigen. Alle starrten auf die Tote, die mit ausgebreiteten Armen auf dem Bauch lag. Die Haut am Rumpf schimmerte grün, an Armen und Beinen wirkte sie eingefallen und lederartig.

Karl Groß gab den Kollegen der Bereitschaftspolizei Anweisungen, das ganze Gelände abzusuchen. Zusammen mit Jasmin Hafner entfernte er sich ebenfalls vom Tatort, um sich an der Suche zu beteiligen. Zurück blieb das einheitliche Summen der Schmeißfliegen, die immer wieder versuchten, auf der Leiche zu landen.

Silvia Tenner stellte sich zu ihren Füßen und schaute sich das grässliche Bild genau an, bis sie sagte: »Diese Stellung erinnert mich an eine Prostratio – einem Ritual der katholischen Kirche.«

»Was heißt das?«, fragte Renske und wandte dabei seinen Blick dankbar von der Toten ab.

»Das ist das sogenannte Niederwerfen, wie es z. B. Priester in der Kirche bei der Priesterweihe tun.«

Erstaunt starrte er auf die am Boden liegende Frau.

»Stimmt! Diese Assoziation hatte ich nicht gesehen. Aber jetzt ist es ziemlich deutlich«, murmelte Renske. »Ist diese Stellung so gewollt, oder kann es auch ein Zufall sein?«

Silvia überlegte, bevor sie sagte: »Das kann ich in der kurzen Zeit nicht mit Sicherheit sagen. Denn es würde einen religiösen Hintergrund dieses Mordes bedeuten.«

»Aber ...?«, hakte Renske nach.

»... nach meinem Empfinden ist diese unmissverständliche Haltung kein Zufall.«

»Wo ist Dr. Stemm?«, fragte Renske, dem das Warten an diesem Ort immer schwerer fiel. Die Schmeißfliegen umwaberten jeden, der sich in der Nähe der Toten aufhielt. Es wurde immer schwieriger, sich Eindrücke vom Tatort zu verschaffen.

»Er ist auf dem Weg hierher«, antwortete Schaller. »Glauben Sie mir, Herr Renske. So einen Fund lässt sich unser Pathologe nicht entgehen.«

Renske nickte und beschäftigte sich damit, Silvia zu beobachten, die mit langsamen Schritten die Leiche umrundete.

»Was siehst du noch?«, fragte er.

»Ich sehe, dass die Tote Stichwunden hat«, antwortete Silvia und zeigte auf eine Verletzung seitlich am Unterbauch. Sie war nur zu erkennen, wenn man sich tief hinunterbückte.

»Alle Wunden, die ich bis jetzt entdecken konnte, befanden sich vorne am Körper.«

»Hat das eine bestimmte Bedeutung?«

Silvia verzog ihr Gesicht zu einem säuerlichen Grinsen und antwortete auf seine Frage: »Es könnte bedeuten, dass der Täter seinem Opfer beim Sterben ins Gesicht sehen wollte.«

»Ziemlich grausam.«

»Kontrolliert würde ich es nennen.« Silvia rümpfte die Nase. »Denn das Töten selbst ist nicht immer der schwerste Teil. Das Sterben des Betroffenen macht dem Täter erst bewusst, welche unwiderrufliche Tat er begangen hat. Daran ist schon mancher zerbrochen. Deshalb gibt er ja viele, die mit Schusswaffen aus der Ferne töten. Andere erstechen bzw. erwürgen von hinten. Doch dieses Beobachten beim Sterben sagt etwas aus, was ich mir in diesem Moment aber noch nicht erklären kann.«

»Ich dränge dich nicht«, beschwichtigte Renske schnell. »Ich kann nur sagen, wie froh ich bin, dass du wieder aus Amerika zurück bist.

Silvia lächelte Renske an.

Das laute Schnaufen unterbrach die beiden. Sie schauten auf und sahen, wie sich ein Berg von einem Mann um die Buchsbaumhecke schlug, stehen blieb und mit einem Taschentuch vor dem Mund tief einatmete.

Der Gerichtsmediziner Dr. Stemm.

»Ihnen wird doch hoffentlich nicht schlecht von dem Geruch?«, fragte Renkse ironisch.

»Keine Sorge«, vertröstete der Gerichtsmediziner. »Ich habe nur keine Lust, mir eine unfreiwillige Fleischzulage in Form von Schmeißfliegen einzuverleiben.«

»Sehr vernünftig.«

Der Pathologe nahm ein Thermometer mit einem langen Stift heraus. Damit maß er die Rektaltemperatur der Leiche.

»Welche Temperaturen herrschen gerade hier draußen?«, fragte er.

»28 Grad Celsius«, antwortete Markus Schaller.

Dann begann er zu rechnen und sagte: »Todeszeitpunkt vor dreißig bis fünfunddreißig Stunden.«

»Das war Samstagnacht«, stellte Renske erschrocken fest. »Dazwischen liegt noch ein langer, sonniger Sonntag. Warum hat sie keiner gefunden?«

»Weil dieser Park für die Öffentlichkeit gesperrt ist«, antwortete Monika.

Der Gerichtsmediziner befahl, die Leiche umzudrehen. Das Leben, das sich unterhalb des Körpers der toten Frau gebildet hatte, stob in alle Himmelsrichtungen. Darunter waren Scharen von Ameisen und Käfer in verschiedenen Größen und Farben. Auch erkannten sie erst jetzt das ganze Ausmaß ihrer Verletzungen. Der Körper der Toten war übersät mit Stichwunden, die braun und grün schimmerten und deren Reste durchlöchert waren, als seien Schrottkugeln durch die Haut gedrungen.

Silvia hatte Mühe, sich nicht zu übergeben.

»Die Leichenstarre ist voll ausgeprägt«, sprach der Mediziner in ein Diktiergerät. »Die Totenflecke mit der Lage der Leiche identisch und nicht mehr wegdrückbar. Die Zersetzung der Leiche durch innere Fäulnis fortgeschritten, was an der grünlichen Verfärbung der Haut erkennbar ist.«

»Ist der Fundort auch der Tatort?«, fragte Andrea.

»Ja! Ganz sicher!«

Der massige Mann hob zuerst einen Arm an, dann den anderen und diktierte: »Mumifizierung an den Extremitäten.«

Plötzlich sah er im Gegenlicht die Silhouette einen großen Mannes, der von der Statur her er selbst sein könnte. Erst auf Augenhöhe konnte er in das Gesicht des Fremden sehen. Seine grauen Haare legten sich wie ein zotteliger Kranz um seinen Kopf. Sein Gesichtshaut und seine Glatze glänzten in einem gesunden Braun – also ein Mann, der viel im Freien arbeitete.

»Wer sind Sie und was suchen Sie hier?«, fragte Dr. Stemm unhöflich. »Hier darf niemand rein!«

Helmut Renske schaute auf und entdeckte nun ebenfalls erst den Neuankömmling.

»Entschuldigen Sie mal!«, gab der Mann empört zurück. »Ich bin Hilger Scharf, der Obergärtner hier im DFG und damit auch für diesen Teil des Parks zuständig. Also werde ich wohl hier sein dürfen.«

»Nein, das dürfen Sie nicht«, mischte sich zum Renske in das Gespräch ein. »Sie kontaminieren einen Tatort.«

»Ich konta... Dingsda ... gar nichts. Immerhin ist das mein Arbeitsplatz.«

»Dann ist es aber erstaunlich, dass die Tote einen ganzen Tag lang nicht entdeckt wurde. Wo waren Sie gestern?«

»Haben Sie keinen Kalender?«, gab der Mann unfreundlich zurück. »Gestern war Sonntag.«

»Ja und? Muss ein Garten sonntags nicht gepflegt werden, Herr Scharf?«

Der Gärtner wusste nichts darauf zu antworten. Neugierig

wanderte sein Blick wieder zu der Toten, was den Staatsanwalt dazu veranlasste, den Mann nach draußen zu begleiten.

Silvia Tenner folgte den Männern.

*

Dimitri Wagner spürte seinen Adrenalinspiegel ansteigen, als er sah, wie sich alle gleichzeitig von der Leiche wegdrehten und sich mit einem großen Mann in grünem Kittel stritten. Das war sein Moment. Er schlich sich heran und schoss gleich mehrere Fotos – in der Hoffnung, dass wenigstens ein brauchbares darunter sein würde. Das Geräusch, das er dabei verursachte, lenkte die Aufmerksamkeit des Gerichtsmediziners wieder auf die Tote. Geschwind zog sich Dimitri in die Hecken zurück und machte sich auf den Rückweg. Er hatte alles, was er brauchte. Diese Fotos waren goldwert. Er würde sie an die richtige Zeitung verkaufen und konnte sich endlich mal gemütlich zurücklehnen und in aller Ruhe seiner Kollegin zuschauen, wie sie sich abmühte, über die Blumen im *Deutsch-Französischen Garten* zu berichten. Eine Arbeit, die niemanden interessierte, nachdem hier ein Mord nach dem anderen passierte. Er brauchte den Kick, die Gefahr, das Abenteuer. Das war mit Blumen und Gartenbepflanzung nicht vereinbar. Das war auch nicht das, was die Leute lesen wollten. Die Tatsache, dass aus dem langweilig-idyllischen DFG ein Spielplatz für psychopathische Mörder geworden war, lockte vielmehr Gäste an. Warum wollte das niemand kapieren? Bilder von Blumen konnte jeder haben. Die gab es mehr als genug. Aber Bilder von verstümmelten Leichen? Er hatte diese Tote genau von der Seite erwischt, auf der sie besonders zugerichtet aussah. Dazu noch im hellen Tageslicht, das alle Hässlichkeiten besonders betonte. Das lockte die Menschen aus den Häusern.

Er fühlte sich richtig gut.

»Dort ist jemand!«, hörte er plötzlich den Ruf eines Polizisten.

Erschrocken duckte er sich hinter den dicht bewachsenen Hecken, die sich zu seinem Pech als Brombeersträucher entpuppten. Dornen bohrten sind in seine Haut. Ein kurzärmliges Hemd anzuziehen, war wohl keine gute Wahl gewesen.

Mehrere uniformierte Polizisten rannten wie die Ameisen durch das Dickicht und suchten nach diesem »jemand«. Zum Glück schauten sie alle in die falsche Richtung. Dimitri hatte nur noch wenige Meter vor sich, bis er an den Zaun gelangte, der mit einem Messer aufgeschnitten worden war. Dort war er unbemerkt hineingelangt. Dort würde er auch wieder herauskommen.

Er verharrte still in seinem Versteck, obwohl ihn die Dornen in seinem Arm höllisch schmerzten. Die schwüle Hitze, die den Schweiß über seine Haut laufen ließ, machte es ihm nicht leichter Dadurch brannten die Wunden wie Feuer. Auch war seine Mütze nicht gerade hilfreich bei dem Wetter. Aber drauf verzichten konnte er nicht.

In seinen Augenbrauen sammelte sich Schweiß, der plötzlich losbrach und in seine Augen lief.

Das fehlte noch. So konnte er fast nichts sehen.

Hektisch blinzelte er, sah, wie sich die Uniformierten von ihm entfernten, und sprintete los. Gerade hatte er den Zaun erreicht, als er ein lautet »Halt! Stehen bleiben! Polizei!« hörte.

Er dachte gar nicht daran, stehenzubleiben.

Mit einem Satz war er durch den Zaun und rannte, als ginge es um sein Leben.

*

Lukas legte den Hörer auf und schaute Theo zerknirscht an.

»Was gibt es dieses Mal für eine Horrornachricht?«, fragte der Kollege. »Ihnen ist ein Eindringling knapp entwischt. Sie vermuten, dass es den Täter an den Tatort zurückgetrieben hat. Die gesamte Saarbrücker Polizei ist auf den Beinen, diesen Kerl zu schnappen – mit Hubschraubereinsatz.«

»Was bringt die Kollegen auf den Gedanken, dass der Täter zum Tatort zurückgekehrt ist?«, fragte Theo naserümpfend. »Das ist doch nur ein Klischee.«

»Nach Karls Angaben ist der Mann durch ein Loch im Zaun verschwunden, das die Spurensicherung selbst noch nicht gefunden hat. Deshalb diese Vermutung.

Theo konnte nichts entgegnen. Der Gedanke an eine spannende Verfolgungsjagd, die er verpasste … das machte seine Motivation nicht besser. Doch er musste sich zusammenreißen. Wenn sie es nicht schafften, den Kriminalrat davon zu überzeugen, dass sie gute Polizisten waren, würde es ihnen so schnell nicht mehr möglich sein, bei Außeneinsätzen dabei zu sein. Also räusperte er sich, weil es ihm schwerfiel das zu sagen, was er jetzt ausstieß: »Hier müssen wir durch! Ist nur für eine begrenzte Zeit. Dann jagen wir wieder die Bösen.«

»Dein Wort in Ehrlings Ohr«, brummte Lukas.

»Ehrling bekommt mehr mit als uns lieb sein kann«, hielt Theo dagegen. »Wir müssen jetzt durchhalten. Solange hat uns der Oberguru noch nie an den Schreibtisch gefesselt. Das zeigt, dass er es ernst meint.«

Lukas nickte, doch Theo war noch nicht fertig: »Es ist uns doch ernst mit diesem Job. Oder?« Dabei schaute er eindringlich in das rot verbrannte Gesicht seines Kollegen, der sich unter dem Blick wand wie ein Aal.

»Was schaust du mich dabei so an? Glaubst du, mir wäre der Job egal?«

»Nein! Also machen wir weiter unsere Arbeit vom Schreibtisch aus. Vielleicht finden wir auf dem Weg sogar Indra Meeges Mörder, der vermutlich nicht zu dieser Serie dazugehört. Damit könnten wir wirklich glänzen und Ehrling überzeugen.«

Die Tür zum Großraumbüro ging krachend auf und Susanne trat mit beschwingten Schritten herein. Sie trug eine abgeschnittene Jeanshose und ein Top, das den Bauchnabel zeigte. Ihre Haut war gebräunt, ihre Haare von der Sonne gebleicht. Mit ihrem strahlenden Lächeln wirkte sie wie ein Model auf einem Laufsteg.

Theo konnte sich nicht zurückhalten. Er stieß einen Pfiff der Bewunderung aus. »Wow! Welche Schönheit hat sich in unsere hässliche Hütte verirrt.«

Susanne lachte vergnügt, begrüßte Lukas mit einem Kuss und umarmte Theo herzlich.

»Ihr sitzt hier wie geschmorte Hähnchen«, meinte sie.

»Vielleicht sehen wir dadurch schmackhafter aus«, feixte Lukas, legte seinen Arm um Susannes schlanke Taille und küsste sie auf den Bauchnabel. »Solltest du noch mal beruflich das Büro verlassen müssen, rate ich dir, dich zu beeilen, sonst lasse ich dich nicht mehr gehen!«

»Ich muss in den DFG über die beiden Rosengärten schreiben«, meinte Suanne bedauernd und schob Lukas sanft von ihrem Bauch weg. »Ich warte nur noch auf Mitri, der die Fotos dazu macht.«

»Auf *Mitri*?« Lukas hielt inne und schaute nach oben in Susannes Gesicht.

»Dimitri«, erklärte sie.

»Seid ihr schon so weit, euch Kosenamen zu geben?«

»Blödsinn! Jeder nennt ihn Mitri. Ist wesentlich einfacher als der volle Name.«

»Und wie nennt Mitri dich?«

Nun schaute Susanne skeptisch auf Lukas und murrte: »Hör auf mit deiner Eifersucht. Damit machst du alles nur kaputt!«

Lukas richtete sich in seinem Stuhl auf, vermied es, jemanden anzusehen und wollte gerade etwas sagen, als wieder die Tür aufgerissen wurde und Andrea gefolgt von dem Rest der Kollegen hereinkam.

»Ist wieder was passiert?«, fragte Susanne erschrocken.

»Ja! Ein Mord in *Gullivers Welt*«, antwortete Lukas.

»Und ich soll über die Schönheit der Rosen schreiben.« Nun war Susannes Laune endgültig dahin.

Fast als wäre der Fotograf Dimitri Wagner ein Bestandteil der Polizeitruppe gewesen, bildete er den Abschluss der Menschengruppe, schloss die Tür zum Großraumbüro und steuerte seine Kollegin Susanne an. Seine Haare glänzten frisch gegelt, doch sein Gesicht wirkte verschwitzt.

»Scheiß Hitze!«, murrte er. Mehr brauchte er nicht zu sagen, schon eilte Susanne in einem Tempo davon, dass er Mühe hatte, ihr noch folgen zu können.

Als die Tür hinter ihnen wieder ins Schloss fiel, meinte Theo: »Übertreib es nicht mit deiner Eifersucht! Susanne ist die steilste Braut, die du je hattest, und total verknallt in dich. Versau es nicht!«

»Danke, mein Beziehungsberater!«

*

Der Staatsanwalt, die Kriminalpsychologin und der Obergärtner erreichten den Durchgang zum *Deutsch-Französischen Garten*. Ein Wagen mit der Aufschrift »Saarbrücken – Amt für Grünanlagen« parkte auf dem freien Platz vor dem Eingang zu *Gullivers Welt*. Den steuerte Hilger Scharf an und meinte mürrisch: »Ich bin drüben im *Ehrental*, wenn Sie mich suchen.«

Renske nickte nur. In seinem Augenwinkel entdeckte er ein Etablissement, das fast nur aus Scheiben bestand und im rückwärtigen Teil an den bewaldeten Mockenhügel angelehnt war. Das dichte Grün der Bäume bot an sonnigen Tagen Schatten, was den Wänden, die fast nur als Glas bestanden, bestimmt zugutekam. Doch heute gab es keine Sonne – nur Schwüle. Kein Lüftchen regte sich, kein Blatt bewegte sich – ein Klima, dem auch die Bäume nichts entgegenhalten konnten. Trotzdem zog es den Staatsanwalt genau dorthin. Er beschloss kurzerhand, Silvia nach dem grässlichen Anblick, dem er sie ausgesetzt hatte, zur Entschädigung etwas Gutes zu tun.

Sie setzten sich auf die Terrasse und genossen den Blick auf diesen Teil der großen Parkanlage. Zu ihrer Linken sahen sie den Deutschmühlenweiher, auf dem ein einsames Tretboot trieb. Die Wasserorgel spie in mehreren Fontänen Wassersäulen in die Höhe, ein Anblick, an dem ihre Augen länger hafteten. Direkt vor ihnen war ein großer Platz voller Tische und Bänke, der mit einer Bühne unter einer halben Kuppel endete. Zur anderen Seite blühte das *Tal der Blumen* in einer bunten Farbenpracht.

»Was darf ich den Herrschaften bringen?« Mit dieser Frage trat ein Mann an den Tisch und unterbrach die beiden bei ihren Betrachtungen.

»Ich möchte einen Kaffee und einen Prosecco. Außerdem möchte ich wissen, was diese halbe Kuppel bedeutet?«, sprach Renske.

»Das ist ein Musikpavillon, der leider seinen Zweck verfehlt hat«, erklärte der Wirt.

Auf Renskes überraschtes Gesicht fügte er an: »Schauen Sie nur: Die halbe Muschel steht genau zur Westseite. Was glauben Sie, wo abends das Publikum steht und wo die Musikgruppe?«

Silvia musste grinsen, als sie die beiden Männer beobachtete. Der Wirt war schlank und sehr beweglich. Er konnte keine Sekunde ruhig stehen, während er sprach und hantierte dabei wie wild mit beiden Händen. Renske beobachtete sein Gegenüber äußerst misstrauisch, als wollte er jedes Wort, das der Wirt sprach, auf die Goldwaage legen. Er schaute immer wieder zwischen der halben Kuppel und dem Wirt hin und her, bis er endlich zugab: »Sie haben Recht. Diese Anordnung ist denkbar ungünstig. Welche Lösung haben die Veranstalter nun gefunden? Stehen die Gäste auf der Bühne und die Darsteller auf dem großen Platz?«

Der Wirt lachte lauthals und meinte: »Sie gefallen mir. Ich könnte noch einen Manager gebrauchen.«

»Danke! Ich bin mit meiner Arbeit schon voll ausgelastet. Trotzdem hätte ich jetzt gern meine Bestellung.«

»Natürlich!« Der Wirt verbeugte sich, was wohl eine Entschuldigung sein sollte und wandte sich an Silvia: »Die Dame möchte ...«

»Dasselbe«, meinte Silvia, um lange Reden zu vermeiden.

Der Wirt eilte davon.

Die Stille, die sie nun umgab, ließ die ganze Anspannung abfallen. Silvia lehnte sich zurück und genoss es, einfach nur dazusitzen und nichts zu tun. Die Hochuferböschung hinter dem Weiher war dicht bewaldet mit Birken, Eichen, Erlen, Pappeln und Kastanienbäumen. Sogar eine Zeder konnte Silvia erkennen. Der Anblick wirkte beruhigend auf sie. Ebenso die bunte Vielfalt an Blumen auf der gegenüberliegenden Seite. Mücken sirrten durch die Luft. Dazwischen auch Wespen und Bienen, die sich summend in den Blüten niederließen. Ein Pfau spazierte an den Blumenbeeten vorbei, ein schöner Anblick. Gelegentlich stieß er einen schrillen Schrei aus, der Silvia zusammenzucken ließ. Schwalben zogen ihre schwungvollen Pirouetten am Himmel. Dabei ertönte immer wieder ihr fröhliches Schnalzen. Weit oben am Himmel zog ein Bussard majestätisch seine Bahnen, als wollte er alles im Auge behalten, was sich unter ihm abspielte. Silvia bestaunte seine Flugkünste. Der große Vogel machte keinen einzigen Flügelschlag und doch kreiste er am Himmel, ohne an Höhe zu verlieren.

Stimmen ertönten hinter dem bunten Blumenbeet. Ein kleiner, dicker Mann mit Rucksack marschierte mit riesengroßen Schritten zielstrebig in Richtung Haupteingang des DFG – gefolgt von Hilger Scharf, der ihm laut etwas hinterherrief.

Neugierig schauten sich Renske und die Kriminalpsychologin das Schauspiel an. Als die Männer näher kamen, konnten sie endlich verstehen, was den Obergärtner beschäftigte: »Mensch Sven! Du kannst mich doch jetzt nicht im Stich lassen. Ich habe kaum noch qualifizierte Gärtner hier.«

»Tut mir leid. Aber ich setze mich nicht der Gefahr aus, für den nächsten Mord verantwortlich gemacht zu werden«, entgegnete besagter Sven mit einer Stimme, die nicht nur viel zu hoch, sondern auch zu schrill klang. »Bernd ist spurlos verschwunden und Kai hat sich erhängt. Da ziehe ich es vor, zu kündigen.«

Der Obergärtner gab auf. Er blieb stehen und schaute dem

Mann hinterher, wie er den Park verließ.
Dann kehrte wieder Stille ein.

Eine Türkentaube ließ ihren melodischen Gesang hören. Eine andere antwortete ihr. Dazwischen schallte immer wieder der schrille Warnpfiff eines Spechtes, als fühlte er sich bedroht. Begleitet wurden all diese interessanten Vogelstimmen vom ständigen Schimpfen der Spatzen, die sich in Scharen in den dichten Hecken tummelten. Kormorane sammelten sich am Rand des Deutschmühlenweihers und trockneten ihr Gefieder. Das sah amüsant aus und brachte Silvia zum Schmunzeln.

Renske streckte sich neben Silvia aus, schaute zum Himmel und meinte leise: »Es tut mir leid, dass ich dich gerade in einem so schönen Augenblick mit Arbeit nerven muss ...«

»Zum Arbeiten sind wir doch hier, oder?«

»So gesehen stimmt das auch wieder.«

Beide lachten.

In diesem Augenblick kam der Wirt mit dem Bestellten, stellte alles in Windeseile auf den Tisch und ließ sie wieder allein.

»Du hast doch bestimmt am Wochenende die Akten über diesen Fall studiert«, sprach Renske weiter, während er seinen Sektkelch ergriff und ihr zuprostete. Auf Silvias Nicken fügte er an: »Würdest du sagen, dass diese drei Morde auf das Konto eines einzigen Täters gehen? Oder waren hier mehrere am Werk?«

Silvia überlegte eine Weile, bevor sie sagte: »Ich habe mich noch nicht ausgiebig genug damit befasst, um mich festlegen zu können.«

»Aber ...«

»Der erste Mord an Delia Sommer und der dritte Mord an Tamia Ruppert ähneln sich. Beide weisen religiöse Merkmale auf. Delia Sommer war gekreuzigt, Tamia Sommer lag in der Pose der Prostratio. Während ich bei Indra Meege auf Anhieb keine religiöse Komponente finden kann, außer ...« Sie trank von ihrem Prosecco und ließ den Satz offen.

»Außer ...«, hakte Renske nach.

»... der Tatsache, dass eben keine religiöse Komponente zu finden ist.«

»Jetzt zeigst du mir mal wieder, wie beschränkt ich bin«, gestand Renske. »Denn ich verstehe nicht, was du meinst.«

Nun lachte Silvia laut auf, schaute in das runde Gesicht des Staatsanwalts, das eine erstaunliche Bräune hatte und dessen grauer Henry-Quatre-Bart auf der dunklen Gesichtsfarbe umso heller schimmerte. In seinen Augen blitzte Schalk. Bedeutete das etwa, dass er mir ihr flirtete?

»Du bist alles andere als beschränkt«, wehrte sie ab.

»Trotzdem kann ich deinem Gedankengang nicht folgen.«

»Ich könnte mir vorstellen, dass im Fall Indra Meege der Heidegarten dieses Merkmal darstellen soll. Der Lebenswandel dieser Frau könnte als sündhaft angesehen werden und das Opfer selbst als Heidin. Vielleicht hat das die Wahl des Täters auf den Heidegarten fallen lassen.«

»Du bist wirklich genial.«

»Aber das ist wirklich nur eine Vermutung. Es könnte auch sein, dass ich hier Verbindungen an den Haaren herbeiziehe.«

»Bei deinen schönen Haaren wäre auch das keine Schande.«

Silvia errötete.

11

Als Susanne und Dimitri den *Deutsch-Französischen Garten* erreichten, sahen sie einen Hubschrauber der Polizei über dem Gelände kreisen. Sofort spürte Susanne einen Groll in sich aufsteigen. Hier befanden sie sich mitten im spannendsten Kriminalfall, den das Saarland wahrscheinlich jemals zu bieten hatte und sie musste über die Schönheit der Rosen berichten.

Dimitri schubste sie in die Seite und meinte: »Hey, du musst das nicht tun. Ich glaube, die BILD sucht noch gute Leute wie dich.«

»Kannst du Gedanken lesen?«, fragte Susanne nur mürrisch zurück und steuerte den französischen Rosengarten an, der gerade von einem kleinen, dünnen Mann bewässert wurde.

Mit langsamen Schritten näherten sie sich und hofften, dass der Gärtner nicht auf die Idee kam, sich mit dem Schlauch in der Hand ihnen zuzuwenden. Zwar würde eine Dusche bei dem tropischen Klima guttun, aber die technischen Geräte, die sie mit sich führten, wären dahin.

Zum Glück geschah nichts dergleichen. Der Gärtner stellte das laufende Wasser ab, bevor sie bei ihm eintrafen und schaute ihnen erwartungsvoll entgegen. Sie passierten Rosen in den schönsten Farben und Formen. Susanne erkannte erst jetzt, dass sie von Rosen keine Ahnung hatte. Für sie gab es bisher nur rote Rosen, zu einem schönen Strauß gebunden. Doch hier offenbarte sich ihr eine Vielfalt, die sie staunen ließ.

»Bon jour, Ma Belle! Sie sind gekommen, um meinen Schätzen die verdiente Ehre zu geben«, plapperte der Mann mit französischem Akzent los. Susanne hatte Mühe, ein Lachen zu unterdrücken. Vielleicht wurde dieser Besuch doch nicht so langweilig wie befürchtet. »Hier begrüßt Sie meine *France Libre*, eine Edelrose, deren Couleur est une beauté exceptionelle ... äh ... Farbe ist ganz besonders wunderschön.«

Eine filigrane Rosenblüte in einem auffallend grellen Orangerot reichte Susanne bis zur Hüfte. Sie strich sanft mit der Hand über das weiche Blütenblatt, als der Gärtner ausrief: »Ne pas toucher! Sie könnten die Schönheit zerstören.«

»François!«, ertönte plötzlich eine Stimme. »Treibst du die Reporter wieder in den Wahnsinn?«

Jetzt war es soweit. Susanne musste laut lachen. Sie schaute auf und sah zwei junge Männer in Gärtnerkleidung auf sie zukommen. Beide hatten ihre Haare unter falsch herum aufgesetzten Schirmmützen versteckt, was ihre Gesichter jünger und frecher wirken ließ. Sie waren groß und schlank. Während derjenige, der die freche Frage gestellt hatte, eiligen Schrittes auf sie zukam, schlenderte der andere gemütlich hinterher.

»Haben wir also mit François das Vergnügen?« Diese Frage richtete Susanne an den alten Herrn. Mit zerknirschtem Gesichtsausdruck verbeugte der sich vor ihr und erklärte: »Pardon, Mademoiselle. Die Sorge um meine lieben Kinder – die Rosen – haben mich unhöflich werden lassen. Darf ich mich vorstellen: François Miguel. Ich bin als Gärtner für den französischen Rosengarten zuständig.«

»Das habe ich mir schon fast gedacht«, meinte Susanne grinsend. »Und Sie sind?«

»Alexander Thiel! Ich bin für den deutschen Rosengarten eingeteilt.«

»Lars König, ich bin Auszubildender und arbeite im Heidegarten«, schloss sich der andere junge Mann an.

»Ich bin hier, um über die beiden Rosengärten zu berichten.«

»Dann bin ich hier überflüssig.« Lars tippte an seine Schirmmütze, unter der einige rot-blonde Haare herauslugten, drehte sich um und schlenderte davon.

Dimitri packte seine Ausrüstung aus und begann wie wild zu fotografieren. Susanne und die beiden Gärtner schauten ihm eine Weile schweigend zu, bis Alexander plötzlich losplatzte: »Ist es Ihnen nicht peinlich, über Blumen zu schreiben, während hier im Park eine Frau nach der anderen ermordet wird?«

Verwundert schaute Susanne auf den jungen Mann. Er hatte seine Schirmmütze vom Kopf gezogen. Darunter kamen stumpfe, farblose Haare zum Vorschein, die wie von Ratten angefressen aussahen. Sein Gesicht war ebenmäßig, seine Augen funkelten in einem satten Bernsteinbraun. Doch der Ausdruck wirkte feindselig.

»Als Gärtner können Sie wohl kaum ermessen, welche Berichte ich für meine Zeitung zu schreiben habe«, gab Suanne unfreundlich zurück.

Dimitri hielt mit Fotografieren inne und schaute überrascht auf Susanne.

»Auch wenn ich hier nur als Gärtner arbeite, kann ich immer noch denken«, insistierte Alexander. »Leider verstehe ich nicht, warum die Saarbrücker Zeitung so tut, als sei hier alles ganz normal.«

»Was stört gerade Sie daran?«, wollte nun Susanne wissen. »Wollen Sie Ihre Arbeit verlieren, wenn der Park durch die schlechte Publicity geschlossen wird?«

»Ich bin hier ohnehin nur befristet beschäftigt.«

Damit hatte er ihr den Wind aus den Segeln genommen. Trotzdem fühlte sie sich angegriffen. Genügte es nicht, dass sie sich den obskuren Wünschen von Anna Bechtel beugen und diese Morde völlig ignorieren musste? Nein! Nun stocherte auch noch dieser Gärtner in ihrer Wunde herum. Sie hatte Mühe, ihre Wut im Zaum zu halten, da sprach der junge Mann schon weiter: »Ich sehe nur, dass Sie die Menschen im Glauben lassen, dieser Park sei ungefährlich. Vielleicht hätten weitere Morde verhindert werden können, wenn Sie in Ihrer Zeitung mal einen ausführlichen Bericht darüber schreiben würden, was hier wirklich passiert. So wähnt sich doch jeder in Sicherheit und geht blindlings in die Todesfalle.«

»Sie haben eine blühende Fantasie«, gab Susanne erbost zurück. »Aber inzwischen ist allen klar, was hier im DFG passiert ist. Denn für diese Berichte ist der Polizei-Reporter zuständig. Das bin nicht ich. Ich bin für die touristischen Reportagen eingesetzt.« Das klang richtig gut, fand Susanne. Mit der Erklärung konnte sie sich selbst ein bisschen dafür entschädigen, dass sie diesen langweiligen Job machen musste, während um sie herum das Chaos tobte. »Außerdem glaube ich, dass Sie mich meine Arbeit machen lassen sollten.«

»Mais oui! Mais oui! Votre travail est très important! Ihre Arbeit ist sehr wichtig!«, rief François dazwischen. »Unsere Blumen gehören zu dem Park wie die Luft zum Atmen. Was wären wir ohne die Schönheit und die Seele unserer Blumen? Es ist très bien, dass Ihre Zeitung über unsere Arbeit berichtet – denn nur so werden viele Touristen kommen und unsere Arbeit bestaunen. Diese grauseligen Verbrechen richten nur Schaden an – das dürfen wir nicht zulassen!«

»Du hältst wohl besser deinen Mund«, ging Alexander den alten Mann an. »Ihr Franzosen habt doch noch nie verstanden, worum es geht. Von Blumen kann man nicht leben – und von deinem dummen Geschwätz auch nicht! Aber das interessiert euch Franzosen nicht. Kein Wunder, dass die Rating-Agentur Frankreich runtergestuft hat. Bald landet ihr genauso wie Griechenland unter unserem Rettungsschirm. Aber hier was von der Bedeutung der Blumen schwadronieren.«

»Hier soll ich einen Bericht über deutsch-französische Freundschaft schreiben, die dieser Park angeblich symbolisiert?«, raunte Susanne Dimitri zu, der die beiden Gärtner wie wild mit der Kamera einfing.

»Diese Freundschaft besteht doch nur auf dem Papier«, reagierte Alexander darauf.

»Du Dummkopf«, widersprach François. »Was glaubst du, wie viele Franzosen jeden Tag diesen Park besuchen. Mehr als siebzig Prozent. Und wo bleiben deine Landsleute? Zuhause auf dem Sofa, weil sie zu faul sind, hinaus zu den schönen Blumen zu gehen.«

Alexander winkte ab und ging davon.

»Ces jeunes ... diese jungen Leute!« François schüttelte verständnislos den Kopf und eilte in die entgegengesetzte Richtung davon.

*

Lukas betrat frühmorgens ein verwaistes Großraumbüro. Er staunte. Hatte er wieder einmal einen wichtigen Termin verpasst?

Peter und Paul steckten noch unter dem Tuch. Ein Anblick, den er in letzter Zeit selten zu sehen bekommen hatte. Er nahm das Tuch weg und sofort erschallte fröhliches Gezwitscher. Dann nahm er das Futter aus seiner Schublade, setzte sich vor den Käfig, um die kleinen Schälchen zu füllen. Zu seiner Überraschung verzog sich einer der beiden Kanaris in die hintere Ecke des Käfigs und schaute ihm nur stumm zu.

Lukas wunderte sich über das Verhalten. Erst jetzt bemerkte er, dass er die beiden noch nicht einmal unterscheiden konnte. Wer saß nun vorne und wer hinten? Beide sahen sich sehr ähnlich. Doch schnell war ihm klar, dass der Vogel in der hinteren Ecke derjenige war, der ihn am Vortag in den Finger gebissen hatte. Konnte es sein, dass der gelbe Piepmatz Angst vor Lukas hatte?

Dieses Verhalten stimmte Lukas nachdenklich. Die Reaktion des Vogels sagte ihm mehr, als er wissen wollte. Es zeigte ihm sein eigenes Fehlverhalten. Theo hatte ihm vorgeworfen, selbst daran schuld zu sein, dass der Vogel ihn gepickt hatte. Jetzt erkannte Lukas, dass Theo Recht hatte. Wie so oft hatte Lukas sich durch seine Gedankenlosigkeit selbst in Schwierigkeiten gebracht – was in diesem Fall ja nicht weiter schlimm wäre. Doch leider schaffte er es sogar, seinen Kollegen und Freund mit in den Schlamassel zu ziehen. Dass sie seit ewigen Zeiten hier im Innendienst saßen, verdankten sie Lukas. Das war ihm klar. Theo trug diese Strafe letztendlich mit mehr Fassung als er selbst.

Der Anblick des verängstigten Vogels signalisierte ihm, dass er seine Impulsivität besser in den Griff bekommen musste. Was er mit seinen unbedachten Handlungen auslösen konnte, schadete nicht nur ihm. Es schadete auch seinem Umfeld.

Die Tür ging auf und Theo kam herein.

»Wir haben Dienstbesprechung«, rief er zur Begrüßung. »Es muss irgendwas los sein, denn Amtsleiter Ehrling ist so geladen, wie ich ihn noch selten gesehen habe.«

»Dieses Mal bin ich aber nicht die Ursache«, stellte Lukas klar.

Verdutzt schaute Theo auf sein Gegenüber und fragte: »Welche Laus ist dir denn über die Leber gelaufen?«

»Ich bin frustriert«, brummte Lukas. »Ich habe gerade beobachtet, wie mich dieser Vogel plötzlich meidet. Das ist das Ergebnis seines gestrigen Angriffs auf meinen Finger. Jetzt hat er Angst vor mir, dabei bin ich ihm gar nicht böse.«

»Was ist der Auslöser dafür, dass du über das Verhalten eines Vogels nachdenkst?«

Lukas stöhnte, rieb sich über das Gesicht, in dem sich die Haut vom Sonnenbrand schälte und meinte: »Susanne und ich sitzen zurzeit im gleichen Boot. Sie darf nur über die Schönheit der Blumen schreiben, während Mord und Totschlag im *Deutsch-Französischen Garten* herrschen. Ich sitze am Schreibtisch und wälze Akten. Du glaubst nicht, wie wir uns gestern wieder gegenseitig auf die Palme gebracht haben.«

»Eure Arbeit sollte aber nicht eure gemeinsame Freizeit tangieren.«

»Naja, gestern wurde Susanne sogar von einem Gärtner angegriffen. Er hat ihr genau das vorgeworfen, was ihr selbst zu schaffen macht, nämlich über Blumen zu schreiben und die Leichen totzuschweigen. Stell dir mal vor, so ein Ein-Euro-Jobber – oder was auch immer dieser Typ ist – kommt daher und sagt dir, wie du deine Arbeit machen sollst. Da platzt dir doch auch der Kragen.«

Theo nickte.

»Und bei irgendwem musste sie sich ja aussprechen ...«

»Deine Beziehung mit Susanne steht unter keinen guten Stern«, meinte Theo dazu. »Dafür, dass ihr noch nicht lange zusammen seid, habt ihr viel zu viele Probleme.«

»Du kennst dich wohl mit langjährigen Beziehungen aus«, murrte Lukas.

»Nein, deshalb lasse ich auch die Finger davon.«

Nun musste Lukas tatsächlich lachen. Sofort fühlte er sich besser.

»Ich glaube, wir sollten nicht zu spät zur Besprechung kommen«, warnte Theo.

Sofort sprang Lukas auf und folgte seinem Freund.

*

Das große Besprechungszimmer füllte sich. Gebäckschalen, Kaffeetassen und Kaffeekannen standen auf dem großen, ovalen Tisch, was den Eindruck einer trockenen Sitzung abmilderte. Murmelnd suchte sich jeder einen Platz – möglichst weit weg vom Amtsleiter, der am oberen Ende des Tisches saß und alle mit Argusaugen beobachtete. Stühle wurden über den Boden geschoben, an Tischbeine gestoßen und wieder zurückmanövriert, bis der Lärm nachließ. Als alle saßen, setzte der nächste Geräuschpegel ein, weil sich jeder zuerst einmal an dem Angebot bediente und einschenkte. Der Kaffeeduft, der sich in dem Raum ausbreitete, sorgte im Nu für Wohlbefinden und Ruhe. Endlich konnte die Besprechung beginnen.

»Wir haben das Glück, dass unsere Profilerin, Frau Dr. Silvia Tenner wieder im Einsatz ist und sich in den letzten Tagen mit dem Profil unseres Täters befasst hat«, begann Ehrling zu sprechen. »Aus diesem Grund habe ich veranlasst, keine voreiligen Schlüsse zu ziehen.« Nun fiel sein Blick auf Andrea Peperding. »Schon gar nicht nach eigenem Ermessen in Aktion zu treten, weil jede Fehlentscheidung Konsequenzen für uns haben kann.«

Die Spannung im Raum wurde greifbar. Niemand wagte sich mehr, von seinem Kaffee zu trinken.

»Bernd Scholz wurde aus der Untersuchungshaft entlassen, nachdem der zweite Mord passiert ist. Kai Wegener, der für diesen zweiten Mord infrage kam, hat sich in der Zelle erhängt. Nun ist ein weiterer Mordfall im DFG dazugekommen, dessen Tatmuster wiederum dem ersten Mord, dem am Delia Sommer gleicht. Das kann natürlich den Schluss nahelegen, dass Bernd Scholz zu voreilig aus der Untersuchungshaft entlassen worden ist. Aber es gibt nicht den geringsten Beweis, dass er mit dem letzten Opfer, mit Tamia Ruppert in Kontakt war. Es gibt auch keine Zeugenaussagen, die bestätigen, dass die beiden sich kannten. Aber Beweise – oder zumindest Indizien – sind für eine Verdächtigung eine Grundvoraussetzung.«

Alle Blicke fielen auf Andrea Peperding, die in ihrem Stuhl immer kleiner wurde. Trotzdem versuchte sie noch einmal aufzubegehren: »Nach Dr. Stemms Bericht ist Tamia Ruppert genauso wie Delia Sommer mit 24 Messerstichen verletzt worden und langsam verblutet. Außerdem fand er heraus, dass der Geschlechtsverkehr, den Tamia kurz vor ihrem Tod hatte, einvernehmlich war.«

»Diese Ergebnisse von Dr. Stemm habe ich auch«, klärte Ehrling auf. »Aber daraufhin sofort eine großanlegte Suche nach Bernd Scholz zu veranlassen – mit der Begründung *Gefahr im Verzug* – entspricht nicht unseren Vorstellungen von effektiver Polizeiarbeit.«

Ehrlings Blick schweifte über alle Anwesenden. Keiner wagte zu atmen, dabei war inzwischen allen klar, worauf der Amtsleiter ansprach.

»Frau Peperding«, sprach Ehrling weiter. »Was hat Sie dazu veranlasst, die Folster Höhe nach Bernd Scholz zu durchsuchen? Gab es Hinweise aus der Bevölkerung? Oder sonstige Erkenntnisse, die mir offensichtlich vorenthalten worden sind?«

Lange Zeit wurde kein Wort gesprochen. Neben der Stille breitete sich eine unerträgliche Schwüle im Raum aus. Die gekippten Fenster brachten keine Erleichterung. Draußen war von Sonne keine Spur. Nur dunkle Wolken, die sich immer tiefer zusammenzogen. Kein Lüftchen regte sich. Auch waren keine Vogelstimmen zu hören. Alles schien verstummt.

»Ich warte auf eine Antwort.«

Andrea räusperte und erklärte: »Die Tatsache, dass der Täter sich so gut im DFG auskennt und dazu noch so schnell verschwinden kann, obwohl ein großes Polizeiaufgebot mit Hubschrauber nach ihm sucht, hat mich auf den Gedanken gebracht, dass er in der Nähe sein muss. Die Folster Höhe hat einen eigenen Eingang zum *Deutsch-Französischen Garten*. Wer schaut sich dort schon um? Niemand weiß, wer dort schon alles untergetaucht ist. Dieses Wohnsilo bietet sich geradezu dafür an, dort eine Weile zu verschwinden.«

Ehrling atmete tief durch und entgegnete: »Die Folster Höhe ist seit einigen Jahren dabei, sich von einer benachteiligten Wohnanlage in einen attraktiven Stadtteil von Saarbrücken umzuwandeln. Die Stadt Saarbrücken bezweckt damit, in Zusammenarbeit mit dem Caritasverband Saarbrücken, die gesellschaftliche Ausgrenzung von sozialen Gruppen oder sogar ganzen Wohngebieten zu verhindern. Was glauben Sie, wie die Stadt Saarbrücken auf die Aktion reagiert, die Sie gestern veranstaltet haben?«

Wieder Stille.

»Die Oberbürgermeisterin ist nicht untätig geblieben! Sie hat sich unverzüglich mit der Innenministerin in Verbindung gesetzt und Konsequenzen verlangt. Diesen Imageverlust will die Stadt Saarbrücken nicht ohne Folgen hinnehmen.«

Niemand wagte zu atmen.

Ehrling griff nach der Zeitung BILD-Saarland und hielt das Deckblatt hoch. Die Überschrift war von jedem Winkel des Besprechungszimmers aus bestens zu lesen: *Vorverurteilung des Saarbrücker Wohngebietes Folster Höhe. Nachdem die dritte Frauenleiche im* Deutsch-Französischen Garten *gefunden wurde, läuft die Polizei Amok.*

Darunter war eine Abbildung der toten Tamia Ruppert.

Allen stockte der Atem.

»Wieder die Initialen *WM*«, las Ehrling vor. »Weiß inzwischen jemand, wer sich hinter diesen Buchstaben verbirgt?«

Allgemeines Kopfschütteln war die Antwort.

»Wie ich Ihnen schon mal sagte, Borg: Finden Sie heraus, wer *WM* ist! Der Mann könnte unser Täter sein.«

Theo nickte zerknirscht, weil er befürchtete, dass ihm das nicht gelingen würde.

An Andrea gewandt sprach Ehrling weiter: »Sie werden in die Abteilung für Wirtschafts- und Vermögenskriminalität versetzt. Sie können Ihren Schreibtisch sofort leerräumen und umziehen.«

*

Gustav Hartmann fühlte sich innerlich zerrissen, seit er von der dritten Frauenleiche im DFG erfahren hatte. Die Erinnerung an das letzte Gespräch mit Baudezernent Dr. Briegel ging ihm seitdem nicht mehr aus dem Kopf. Dieser große, hagere Mann, dessen Gesicht aussah, als hätte es noch nie gelacht, erschien vor seinem inneren Auge. Deutlich hörte er noch seine Worte: *Und für Sie wäre es das Beste, wenn keine weitere Leiche in unserem Park auftaucht.*

Doch genau das war jetzt passiert.

Von seiner Familie war nichts mehr übrig, wofür es zu kämpfen lohnte. Sogar der junge Mann, der fast sein Schwiegersohn geworden wäre und sich so harmonisch in seine kleine Familie eingelebt hatte, war spurlos verschwunden. Er wäre der Einzige gewesen, den er noch Familie hätte nennen können. Doch so blieb er allein zurück mit einer Baufirma, die kurz vor der Auflösung stand.

War sein ganzes Leben zum Scheitern verurteilt?

Wenn es ihm nicht gelang, diesen Auftrag zu sichern, dann hatte er verloren. Denn wenn er nach diesem dritten Mord sofort wieder bei Dr. Briegel an die Tür klopfte, konnte es sein, dass dieser Mann ihn den Haien zum Fraß vorwarf.

Aber wenn er nichts tat, könnte das ebenfalls dazu führen, pleite zu gehen. Je mehr er über alles nachdachte umso aussichtsloser fühlte sich seine Situation an. Seine Gedanken drehten sich im Kreis – keine Lösung in Sicht.

Er lehnte sich in seinem Stuhl zurück und ließ seinen Blick aus dem Fenster wandern. Baumaschinen und LKWs standen dort, Zeugnis seines ehemals großen Bauunternehmens. Die fetten Jahre der Baukonjunktur hatte er zu nutzen gewusst, hatte die Firma vergrößert und ebenso auch den Maschinenpark und die Belegschaft. Dann war der Bauboom zurückgegangen und der Markt zusammengebrochen. Doch bisher war es ihm immer gelungen, an Aufträge zu kommen. Sein Name war bekannt für gute Qualitätsarbeit. Dabei waren es gerade die Stadtverbände und Kommunen, die immer mehr Wert auf Grünanlagen und Parks legten. So hatte er sich finanziell sanieren können. Aber auch das war zurückgegangen. Bis die Ausschreibung für den Wasserspielplatz im DFG aufgetaucht war. Als wären seine familiären Sorgen nicht schon genug, musste die Stadt Saarbrücken ausgerechnet diesen Auftrag öffentlich ausschreiben und einen Konkurrenten ihm vorziehen. Dabei hatte er wirklich nichts unversucht gelassen, sich gerade diesen gewinnbringenden Auftrag zu sichern.

Das Klingeln des Telefons auf seinem Schreibtisch ließ ihn erschrocken zusammenzucken. Er setzte sich in seinem Stuhl auf. Es läutete unbeirrt weiter. Nach einigem Zögern entschloss er sich, das Gespräch anzunehmen. Schlimmer als es schon war, konnte es nicht mehr werden. Als er die Stimme des Obergärtners Hilger Scharf hörte, atmete er erleichtert durch.

»Haben Sie schon gehört, was passiert ist?«, fragte der unfreundliche Mann ohne Einleitung.

»Sie sprechen wohl von der toten Frau in *Gullivers Welt*.«

»Genau! Aber das war nicht irgendeine tote Frau.« Scharf tat geheimnisvoll.

Hartmann spürte, wie sich im die Nackenhaare stellten. Sollte es tatsächlich noch schlimmer kommen?

»Was heißt das?«, wagte er sich zu fragen.

»Dass Ihnen der Auftrag so gut wie sicher ist.«

»Sie sprechen in Rätseln.«

Ein Lachen schallte durch den Hörer. Dann nannte Scharf den Namen des Opfers.

*

Die kurze Pause war beendet. Andrea Peperding hatte das Besprechungszimmer verlassen und eine Welle des Unbehagens zurückgelassen. Lukas saß wie versteinert auf seinem Stuhl und ließ alle seine dienstlichen Verfehlungen im Geiste Revue passieren. Davon gab es leider mehr als gut für ihn sein konnte. Wenn Ehrling beschlossen hatte, diese Besprechung zu nutzen, um in seiner Abteilung aufzuräumen, könnte er der Nächste sein, der versetzt wurde. Diese Vorstellung behagte ihm nicht. In den letzten Tagen und Wochen war ihm sein Übermut ausgetrieben worden. Die lange Schreibtischtätigkeit hatte ihn schon fast Kadavergehorsam leisten lassen. Einerseits war ihm das mächtig gegen den Strich gegangen, andererseits war das gerade jetzt für ihn der einzige Hoffnungsschimmer, dem Zorn des Amtsleiters doch noch zu entkommen. Seine Handinnenflächen waren schweißnass. Auch an seinen Achselhöhlen zeigten sich dunkle Flecken auf dem Hemd. Ein Blick aus dem Fenster zeigte nur trüben, grauen Himmel. Dazu die hohe Luftfeuchtigkeit, die stickige Luft in diesem Raum, die eigene miese Stimmung und die der anderen Kollegen ... das alles löste Beklemmung in ihm aus. Er nahm sich fest vor, nie wieder über Allensbachers Schwitzerei zu lästern. Denn jetzt sah er, dass man dagegen völlig hilflos sein konnte.

»Darf ich vorstellen«, begann Ehrling endlich zu sprechen, »Jasmin Hafner!« Dabei zeigte er auf die dunkelhaarige Schönheit, die schon die ganze Zeit dabei gesessen hatte. »Sie wird Frau Peperdings Platz einnehmen.«

Gemeinschaftliches Klopfen auf die Tischplatte bedeutete ein herzliches Willkommen. Alle wirkten zufrieden mit diesem Wechsel. Jasmins Gesicht rötete sich leicht, wodurch sie noch hübscher aussah.

»Sie haben alle die Fotos der BILD-Zeitung gesehen?« Mit dieser Frage erinnerte Ehrling wieder an die Besprechung.

Die Kollegen nickten.

»Kann jemand sagen, wann diese Fotos gemacht worden sind? Ich will wissen, ob es Täterfotos sein können.«

»Auf keinen Fall«, antwortete der Gerichtsmediziner Dr. Stemm. »Ich erkenne eindeutig an der Lage der Toten, dass sie durch meine Untersuchung bereits verändert worden ist. Die Auffindesituation der Leiche war anders.«

»Gut!« Ehrling schien aufzuatmen. »Das sagt uns, dass es nicht zwingend der Mörder selbst gewesen sein muss, der dieses Foto an die Zeitung geschickt hat.«

»Vermutlich der Mann, den wir am Vormittag am Tatort fast erwischt hätten«, meldete Karl Groß.

»Der Mann mit den Initialen WM, den wir ebenfalls suchen.« Ehrling nickte. Die versammelte Mannschaft verhielt sich totenstill, weil auch diese Suche bisher erfolglos geblieben war.

»Haben wir die letzten Stunden in Tamia Rupperts Leben rekonstruieren können?« Damit kam Ehrling zum nächsten Thema der Besprechung.

Lukas hob die Hand und erklärte mit leicht bebender Stimme: »Wir haben von Tamias Bruder Gideon Ruppert erfahren, dass sie Samstagnacht zusammen in der KuFa in Saarbrücken waren. Dort haben wir Überwachungsvideos sichergestellt, auf denen Tamia mit einem Mann gesehen wird.«

»Das klingt gut«, lobte Ehrling.

»Auf dem Video, das am Ausgang angebracht ist, können wir deutlich sehen, dass dieser Mann unser Opfer zu dem Mercedes führt, der gestohlen worden und im Saar-Kohle-Kanal wieder aufgetaucht ist«, fügte Theo an.

»Interessant! Geben uns die Spuren im Wagen Hinweise auf den Täter?«

Markus Schaller meldete sich: »Hinweise fanden wir. Aber ob die uns weiterhelfen ...«

»Welche Hinweise?«

»Die Kleider der beiden Opfer Delia Sommer und Tamia Ruppert lagen im Kofferraum des Wagens.«

Gemurmel ging durch den Raum.

»Gibt es daran Spuren, die uns weiterhelfen?«

»Leider nicht! Das Wasser, in dem sie lagen, hat alles verwischt.« Markus Schaller fügte hinzu: »Im Wagen konnten wir Haare auf dem Beifahrersitz sicherstellen, die inzwischen mit Proben von Tamia Ruppert verglichen wurden. Sie sind identisch.«

»Wie gut kann man auf dem Video den Täter erkennen?« Das war genau die Frage, die inzwischen allen auf der Seele brannte.

Theo stand auf, schaltete den großen Monitor in der hinteren Ecke des Raumes ein und verband diesen über ein Kabel mit seinem Notebook. Dann ließ er den Überwachungsfilm laufen.

Tamia Ruppert ging auf die Kamera zu, als sie zusammen mit ihrem Bruder die Diskothek betrat. Sie trug einen kurzen schwarzen Rock und dazu ein enges Top in Hellbeige. Der Bauchnabel lag frei. Für die Beamten, die am Vortag die Tamias Leiche gesehen hatten, waren diese Bilder erschütternd. Tamia war eine hübsche und lebhafte Frau gewesen. Auf dem Video lachte sie viel. Dadurch traten die schrecklichen Eindrücke in *Gullivers Welt* noch stärker in Kontrast: eine nackte Tote mit etlichen Messerstichen verstümmelt zum langsamen Sterben liegengelassen.

Die nächste Szene zeigte Tamia von hinten, wie sie das Lokal wieder verließ. Der Uhrzeitangabe zufolge hatte sie sich nicht lange dort aufgehalten. Der Mann an ihrer Seite gab nicht viel von sich preis. Lediglich seine roten Haare.

»Das ist nicht viel«, stöhnten einige Kollegen. »Ich hatte mir mehr erhofft.«

»Haben Sie die Aufnahmen bis zu dem ungefähren Zeitpunkt überprüft, zu dem der Täter die Kulturfabrik betreten hat?«, fragte Ehrling.

»Haben wir«, antwortete Theo. »Das sind zwei Stunden Filmmaterial. Ich habe alle relevanten Aufnahmen herausgefiltert, die in Frage kämen. Aber nichts davon hat Ähnlichkeit mit der Person, die wir hier sehen.«

»Es ist möglich, dass er ein häufiger Gast dort ist und deshalb genau weiß, wo sich die Kameras befinden«, wandte Ehrling ein.

»Das haben wir die Kollegen vor Ort prüfen lassen«, erklärte Theo naserümpfend, weil er diese Aufgabe lieber selbst übernommen hätte, anstatt am Schreibtisch zu sitzen. »Aber denen ist nichts von einem Dauergast bekannt, der dafür infrage käme. Dort sind gute Sicherheitsvorkehrungen, weil sie Unfälle oder Kriminalität vermeiden wollen.«

»Nun möchte ich wissen, ob es inzwischen neue Erkenntnisse über den Mord an Indra Meege, dem zweiten Opfer gibt«, sprach Ehrling weiter. »Gibt es Hinweise, dass sich ihre alten Kontakte aus Frankfurt oder Köln wieder bei ihr gemeldet haben und für diese Tat infrage kommen?«

*

Kein Lüftchen regte sich. Graue Wolken hatten sich vor die Sonne geschoben und dem Tag einen traurigen Stempel aufgedrückt. Die hohe Luftfeuchtigkeit ließ alle Gedanken wie in Zeitlupe durch Isabelle Briegels Kopf wabern. Alles fühlte sich wie in einer dicken, zähen Flüssigkeit an. Den Weg zur Schule hatte sie an diesem verhangenen Morgen einfach abgekürzt und war mit ihren beiden Freundinnen zum *Deutsch-Französischen Garten* gegangen. Obwohl sie schlenderten, sich so wenig anstrengten wie es ihnen nur möglich war, fühlte sich Isabelle verschwitzt. Die weiße Bluse ließ ihren BH durchschimmern. Das spürte sie sofort an den Blicken der alten Männer, die an ihnen vorbeigingen. Alle starrten auf ihre Brüste. Das machte ihre Stimmung nicht besser – auf keinen Fall. Wenn sie jemand so anstarrte, dann sollte es doch jemand sein, der ihr gefiel. Aber doch nicht diese Scheintoten!

Die Nachrichten, die heute durch das Radio gebracht wurden und auch groß und breit in der BILD-Zeitung standen, hatten sie mehr aufgerüttelt, als bisher. Schon wieder war eine tote Frau im Deutsch-Französischen-Garten gefunden worden. Der Ort, der für Isabelles Vater eine besondere Rolle spielte. Denn genau dort wollte ihr Vater ein Paradebeispiel für europäische territoriale Zusammenarbeit schaffen. Es sollte ein länderübergreifendes Tourismusprojekt werden, mit dem Ziel, das Saarland zum Vorzeigemodell für innereuropäische Freundschaften verschiedener Nationen zu machen. Der geplante Wasserspielplatz galt als Pilotprojekt für das deutsch-französische Zusammenwachsen der Menschen. Kinder aus deutschen und französischen Kindergärten sollten dort zusammentreffen und spielerisch lernen. Pädagogische sowie soziokulturelle Maßnahmen waren dort gleichermaßen geplant, um Vorurteilen erst gar keine Chance zu geben. Saarbrücken wollte sich das Urheberrecht an diesem Projekt sichern, womit sicherlich noch mehr Geld in die Kasse fließen könnte. Doch diese Todesfälle brachten der Stadt nur das Gegenteil davon ein. Alle Versuche, Publicity zu vermeiden, waren gescheitert. Das Einzige, was die Medien bisher verschwiegen hatten, war die Identität des letzten Opfers. Vermutlich, weil sie es selbst nicht wussten. Es war nämlich ein besonders harter Schlag, dass ausgerechnet die Tochter des Bauherrn für dieses Vorzeigebauprojekt dem Mondschein-Mörder zum Opfer gefallen war. Der Gedanke, dass damit der Bau des Kinderspielplatzes boykottiert werden sollte, hatte sich in Isabelles Kopf geschlichen und wollte sie nicht mehr loslassen. Sie ahnte, dass damit die Fördergelder gestrichen werden könnten – denn inzwischen waren diese Horrormeldungen sogar bis nach Brüssel vorgedrungen. Auch die Launen ihres Vaters deuteten darauf hin. Sie hielt es zuhause kaum noch aus.

In die Schule wollte sie auch nicht. Zum Glück waren ihre besten Freundinnen auch immer zu Schandtaten bereit. So spazierten sie jetzt durch den Haupteingang auf die große Grünanlage. Viele Menschen waren dort unterwegs, mal allein, mal zu zweit. Manche führten einen Hund an der Leine, andere ließen ihre Kinder herumtollen. Gruppen von Jugendlichen saßen auf Picknickdecken und bereiteten sich bereits zum Grillen vor. Sie sicherten ihre Feuerstellen, bauten den Schwenker darüber auf und tranken dabei Bier, das sie aus einer Kühlbox nahmen. Auf dem Deutschmühlenweiher trieben einige gelbe Tretboote. Alles in allem wirkte die Stimmung an diesem Ort ausgelassen. Das ließ Isabelle vermuten, dass diese Menschen keine BILD-Saarland lasen. Denn in der Saarbrücker Zeitung war dieser dritte Mord lediglich in einem kleinen Polizeibericht erwähnt worden. Leicht zu übersehen.

Sie passierten den Eingang zu *Gullivers Welt*. Dort stand ein Großaufgebot an Polizisten, das jeden aufforderte weiterzugehen, der versuchte, etwas in Erfahrung zu bringen. So viel zu Isabelles Entschluss, ein wenig vor Ort herumzuschnüffeln. Blieb ihr nichts anderes übrig, als weiter durch die Grünanlage zu spazieren, wenn sie nicht zurück in die Schule wollte.

*

Dieter Marx atmete tief ein. Die Blicke sämtlicher Kollegen waren auf ihn gerichtet, weil alle seine Veränderungen in letzter Zeit beobachten konnten, ohne zu wissen, was wirklich mit ihm los war. Sein Gesicht sah eingefallen aus, seine Augen lagen tief in ihren Höhlen. Die dunklen, fast schwarzen Haare waren mit grauen Strähnen durchzogen und standen borstig vom Kopf ab. Dieter Marx sah aus, als sei er in den letzten Wochen um Jahre gealtert. Doch niemand wagte, den Kollegen anzusprechen, weil seine biblischen Flüche Angst und Schrecken verbreiteten. Dem wollte sich keiner aussetzen. Also warteten alle gespannt, was der Kollege der Drogenkriminalität vorzutragen hatte.

»Der Herr ist gnädig und gerecht, unser Gott ist barmherzig. Der Herr behütet die schlichten Herzen. Ich war in Not und er brachte mir Hilfe«, sprach Marx mit seiner sonoren Stimme in die Stille, die sich im Besprechungszimmer ausgebreitet hatte.

Das war kein Fluch, sondern eine Feststellung, die noch mehr verunsicherte. Denn Marx sah nicht so aus, als ginge es ihm besser. Eher noch schlechter. Wie waren also seine Worte zu deuten? Alle schauten sich gegenseitig an, niemand wagte es, dem Blick des Kollegen zu begegnen. Sogar Ehrling unterbrach ihn nicht, sondern wartete nur ab, bis dieser auf das eigentliche Thema zu sprechen kam. Und dass Marx immer gute Ergebnisse liefern konnte, war inzwischen allen klar. Der Wermutstropfen lag eben nur in der Gottesfurcht, die alle das Fürchten gelehrt hatte.

»Ich habe alle Kontakte nach Frankfurt und Köln zurückverfolgen können«, begann Marx endlich. »Dabei bin ich auf den Namen Boris Popow gestoßen. Er ist schon mehrfach wegen Zuhälterei und Zwangsprostitution vorbestraft. Und der letzte Ort, an dem Indra Meege sich aufgehalten hat, bevor sie in Köln aufgetaucht ist, war das Bordell *Venusfalle*, das Boris Popow betreibt. Er war aufgeflogen, konnte sich seiner Verurteilung jedoch entziehen, indem er untergetaucht ist. Seitdem fehlt von ihm jede Spur.«

»Also kann es sein, dass er Indra Meege nach Saarbrücken gefolgt ist?«

Diese Frage blieb unbeantwortet.

»Haben wir inzwischen herausgefunden, welchen Bezug Indra Meege heute noch zu Saarbrücken hat? Sie ist bestimmt nicht grundlos nach so vielen Jahren hierher zurückgekommen.«

»Ja!« Marx nickte. »Ich konnte über die Mutter Saskia Meege, Geborene Lehnert herausfinden, dass diese eine Schwester hat, die noch hier in Saarbrücken lebt. Die Schwester heißt Anna Bechtel, geborene Lehnert, wohnt hier in Saarbrücken, Am Staden und arbeitet bei der Stadt Saarbrücken.«

»Stadt Saarbrücken«, wiederholte Ehrling. »Das lässt bei mir alle Alarmglocken klingeln.«

Unruhe breitete sich aus, bis Dienststellenleiter Allensbacher zum ersten Mal in dieser Besprechung etwas sagte: »Der Fundort der Leiche wird von der Stadt Saarbrücken verwaltet.«

»Sie werden sich über Anna Bechtel erkundigen!«, wies Ehrling an.

»Dazu kann ich schon gleich etwas sagen«, meldete sich Lukas mit erhobener Hand. »Anna Bechtel ist die Leiterin des Amtes für Grünanlagen der Stadt Saarbrücken.«

»Interessant! Dann ist Anna Bechtel die oberste Instanz des *Deutsch-Französischen Gartens*?«

Lukas nickte. Ehrling schien verwirrt. Eine Weile blätterte er, bis er endlich fragte: »Wurde sie nicht darüber informiert, wer das zweite Opfer ist?«

»Von wem denn?«; fragte Lukas zurück. »Wir wussten es bis jetzt selbst nicht.«

Der Kriminalrat richtete sich an die Kriminalpsychologin und fragte: »Haben Sie inzwischen ein Profil erstellt? Können Sie uns sagen, ob wir es mit einem oder mehreren Tätern zu tun haben?«

Die Angesprochene nickte und sagte: »Ich habe mein Profil noch nicht ganz abschließen können, weil ich die heutigen Fakten bis dato noch nicht hatte.« Sie erwähnte ihren Verdacht auf einen religiösen Hintergrund des Täters in den Fällen Tamia Ruppert und Delia Sommer, während sie sich zu dem Mord an Indra Meege noch nicht äußern wollte.

»Standen die Opfer miteinander in Kontakt? Oder standen sie sonst in irgendeinem Bezug zueinander, was uns vielleicht ein Motiv geben könnte?«

»Nichts dergleichen! Tamia und Delia waren gleich alt. Sie könnten sich vielleicht mal in einer Disco begegnet sein. Sonst ist nichts bekannt. Indra Meege fällt aus dem Rahmen«, antwortete Theo.

»Haben wir es hier mit sexuell motivierten Taten zu tun?«

»Ja und nein«, sprach nun wieder Silvia. Gemurre entstand, weshalb Silvia schnell weitersprach: »Sexuelle Phantasien ermöglichen solchen Tätern ein introspektives Erleben, das heißt, sie bestimmen selbst, wie der Film in ihrem Kopf abläuft. Viele Menschen gestalten und instrumentalisieren solche Vorstellungen und nutzen sie als Ersatz für ihre unerfüllten oder unerfüllbaren Bedürfnisse. Doch für einige dient diese imaginäre Generalprobe dem Übergang zur Realität. Reale Verbrechen entstehen immer dann, wenn extrem gewaltbesetzte Visionen und Obsessionen das Bewusstsein überlagern, auf Verwirklichung drängen und sich schließlich in tatsächlichen Handlungen entladen! Aber in unseren Fällen liegt eine andere Signatur des Täters vor. Mit der *Signatur* meine ich die unverwechselbaren Handlungssequenzen, die die speziellen Bedürfnisse *eines* Täters abbilden. Der sexuelle Kontakt, den er mit seinen Opfern hatte, fand einvernehmlich statt, ist nicht immer gleichermaßen verlaufen und doch hat er seine Taten zu Ende geführt. Deshalb ist sein unverwechselbarer Stempel die Tat nach der Tat, nämlich das langsame Ausblutenlassen.«

*

Der erste Luftzug, der an diesem Tag durch den französischen Rosengarten zog, war wie eine Erlösung für François Miguel. In leicht gebückter Haltung war er schon seit Stunden damit beschäftigt, die verdorrten Blätter aus seinen schönen Rosen zu entfernen. Die Schönheit der *Nina Rouge* mit ihren kräftigen korallenroten Farben durfte nichts entstellen. Oder die edle *Grand Nord*, deren Weiß bei jedem Tageslicht – sei es sonnig oder düster – die Herzen der Betrachter berühren konnte. Mit größter Sorgfalt untersuchte er ihre Blütenblätter, um sie nicht zu verletzen.

Die Schritte, die er hinter sich hörte, störten ihn. Er ahnte, wer zu diesen Schritten gehörte: Der neue Gärtner Alexander, der sich lieber mit reden und tratschen beschäftigte, als mit seiner Arbeit. Das konnte François nicht gut heißen. Er musste immer für seine Rosen da sein. Das waren seine Kinder, seine Auserwählten, seine Schützlinge, die seiner ständigen Pflege und Fürsorge bedurften. So viel Schönheit, die seine Königinnen der Blumen ihm täglich, monatlich, ja sogar jährlich schenkten, hatte einen berechtigten Anspruch auf ausreichende Aufmerksamkeit. Da konnte er nicht ständig mit diesem jungen Mann reden, dem trotz seiner Unachtsamkeit ein beachtlicher Rosengarten gelungen war.

»Du siehst nur deine Rosen«, schimpfte er schon von weitem. »Da flanieren die steilsten Keulen und du sprichst mit deinen Blumen.«

François schaute verwundert auf den jungen Mann, dessen Gesicht erhitzt war vor Aufregung. Er war allein. Den jungen Auszubildenden, der sich gerne bei Alexander aufhielt, hatte er heute noch nicht gesehen. Doch Alexander zeigte gerade, was er mit den *steilsten Keulen* gemeint hatte: Drei junge Frauen in kurzen Röcken und noch kürzeren Tops spazierten zielstrebig auf den französischen Rosengarten zu. Das brachte den Franzosen sofort auf andere Gedanken. Er erkannte die Rothaarige unter ihnen und murmelte: »Mon Dieu! Muss ausgerechnet diese femme fatale hier auftauchen?«

»Wer? Die Feuerrote?« Alexander grinste.

»Weißt du nicht, wer das ist?«

Alexander schüttelte den Kopf.

»Das ist die Tochter des Baudezernenten Briegel. Isabelle s'appelle«, erklärte François.

»Briegel?« Alexander überlegte kurz, bevor er nachhakte: »Der Mann, der über das Bauprojekt in *Gullivers Welt* entscheidet?«

»Genau der!« François nickte. »Du weiß ja, wen es am Wochenende erwischt hat?«

Alexander schüttelte den Kopf.

»Die Tochter des Bauunternehmers Dieter Ruppert, den Briegel für diesen Kinderspielplatz verpflichtet hat.«

»Oh!« Alexander staunte. »Dann wird dieser Spielplatz wohl nicht mehr gebaut werden, oder?«

»Mais non!« François winkte ab. »Über Leichen gehen diese schrecklichen Menschen. Nicht nur, dass Briegel an diesem Projekt festhält! Er hat sogar Dieter Ruppert selbst dazu überredet, weiterzumachen. Er soll diesen Spielplatz als Gedenkstätte für seine Tochter errichten. Mon Dieu!«

»Ganz schön kaltschnäuzig dieser Briegel!«

»Kann man so sagen!« François nickte. »Den möchte ich nicht als Chef haben.«

Die drei jungen Frauen näherten sich zielstrebig. François fuhr sich hastig durch seine grauen, zotteligen Haare, als ob er dort noch etwas retten könnte, zupfte seinen Kittel zurecht und blickte ihnen erwartungsvoll entgegen.

»Die drei Grazien kommen tatsächlich zu uns«, schnarrte er wie ein liebestoller Greis. Doch anstelle von Zustimmung hörte er ein leise gezischtes »Scheiße!« Erschrocken drehte er sich nach seinem deutschen Kollegen um, der gerade seine Armbanduhr betrachtete. »L'amour kennt keine Zeit«, flötete François.

Doch Alexander meinte: »Ich habe einen wichtigen Termin. Ausgerechnet jetzt.«

»Was kann plus importante sein, als diese schicken Madames?«

»Ich muss in regelmäßigen Abständen einen Rapport auf dem Arbeitsamt abgeben, sonst bekomme ich am Ende des Monats kein Geld«, erklärte Alexander und sprintete davon.

»Ist das nicht normalerweise die Aufgabe eines Auszubildenden?«, rief François hinterher, bekam aber keine Antwort mehr.

*

Knurrende Mägen schallten inzwischen laut durch den Besprechungsraum. Je länger diese Besprechung andauerte, umso mehr ließ die Konzentration nach. Nur Amtsleiter Ehrling wirkte immer noch so fit, ausgeschlafen und voll konzentriert wie am frühen Morgen, als sei diese Besprechung seine leichteste Übung. Seine Mimik verriet auch nichts darüber, ob er die Reaktionen seiner Mitarbeiter bemerkte. Also rissen sich alle zusammen und folgten dem weiteren Verlauf.

»Wie wir wissen, ist Tamia Ruppert die Tochter des Bauunternehmers, der den Auftrag hat, den Wasserspielplatz in der ehemaligen *Gullivers Welt* zu bauen«, setzte er die Besprechung fort. »Ist uns bekannt, ob er dieses Bauprojekt weiter durchführen will?«

Monika Blech hob die Hand und antwortete: »Ich habe mit dem Obergärtner gesprochen. Er hat mir versichert, dass Dieter Ruppert diesen Kinderspielplatz als Gedenkstätte für seine Tochter errichten will.«

»Doch du bist ein Gott, der verzeiht, du bist gnädig und barmherzig, langmütig und reich an Huld; darum hast du sie nicht verlassen.«, murmelte Dieter Marx leise, aber für jeden im Raum verständlich.

»Das bringt uns sofort auf den nächsten Punkt, die Gärtner des DFG! Haben Sie auch mit den anderen gesprochen?«, fragte der Amtsleiter.

Monika nickte und berichtete: »Ja, François Miguel ist für den französischen Rosengarten zuständig und das schon seit 25 Jahren. Er lebt in Forbach. Von den französischen Kollegen habe ich inzwischen die Informationen erhalten, dass François Miguel nicht vorbestraft ist und sich auch sonst nichts hat zuschulden kommen lassen. Er ist Witwer, lebt allein. Seine Kinder sind schon vor Jahren weggezogen.«

»Das ist schon mal so gut wie nichts«, kam es ungeduldig von Ehrling.

»Leider wird es auch nicht viel interessanter«, gab Monika zu. »Der Gärtner Sven Möller hat gestern fristlos gekündigt, weil er nach dem dritten Mord angeblich die Nerven verloren hat.«

»Seltsam! Die Opfer sind Frauen. Wovor hat der Mann Angst?«

»Er hat Angst, verdächtigt zu werden«, antwortete Monika.

»Dann bestellen Sie diesen Sven Möller hierher!«

Monika nickte und berichtete weiter: »Alexander Thiel ist von der Stadt Saarbrücken als Praktikant eingestellt und für den deutschen Rosengarten zuständig.«

»Welche Ausbildung hat Alexander Thiel?«

»Er hat eine Schulung zum Personalassistenten gerade abgeschlossen und ist, ohne sich jemals für eine Stelle in seinem erlernten Beruf zu bewerben, sofort als Praktikant in den DFG.«

»Auch nicht gerade verdächtig!«

»Vor kurzem ist ein Auszubildender eingestellt worden, der den Heidegarten hätte übernehmen sollen«, sprach Monika weiter. »Der hat den Job ohne Begründung einfach wieder geschmissen.«

»Wer ist das?«

»Lars König!«

»Was wissen wir über ihn?«

»Er lebt in Frankreich, ist aber in Deutschland gemeldet. Doch leider können wir unsere Erkundigungen über ihn nur durch die lothringische Polizeibehörde einziehen – wie bei François Miguel.«

»Dann tun Sie das!«

»Ich bin schon dabei, aber leider dauert das«, erklärte Monika genauer.

Ehrling blätterte in seinen Unterlagen, bevor er weiter fragte: »Wie sieht es mit dem Bezirksgärtnermeister Manfred Ruffing aus?«

Unruhe entstand. Alle murmelten gleichzeitig. Monikas Gesicht wurde puterrot als sie antwortete: »Ich gebe zu, dass mir Manfred Ruffing entgangen ist. Ich habe nur mir Hilger Scharf gesprochen, dem Obergärtner, der sich wie der Chef aufspielt.«

»Dann kümmern Sie sich darum!«, wies der Amtsleiter die Kommissarin an.

Eine Zeitlang sagte niemand etwas. Nur leises Rumoren war zu hören und unterdrücktes Kichern.

Dann hob Ehrling seinen Kopf an und rief: »Lukas Baccus, Theo Borg!«

Lukas hatte es geahnt. Seinen Namen ausgerechnet heute aus Ehrlings Mund zu hören ließ ihn das Schlimmste ahnen. Er schaute auf Theo, der ebenfalls blass im Gesicht geworden war.

»Für Sie habe ich eine besondere Aufgabe vorgesehen.«

Lukas wollte etwas flüstern, doch Theo rammte ihm den Ellenbogen in die Seite, damit er ruhig blieb.

»Da Sie beide noch kein einziges Mal im *Deutsch-Französischen Garten* in Erscheinung getreten sind, kennt Sie dort niemand. Deshalb werden Sie als verdeckte Ermittler eingesetzt. Sie werden dort Tag und Nacht im Einsatz sein, weil die Morde bisher immer nachts passiert sind. Wie Sie das anstellen, ohne aufzufallen, überlasse ich Ihnen.

Nach meinem Kenntnisstand fehlen dort zurzeit zwei Gärtner und Sie werden undercover diese beiden Stellen besetzen. Die Formalitäten sind bereits mit der Stadt Saarbrücken geklärt.«

Lukas war so erleichtert und froh über das Vertrauen, dass er sich herzlich bei Amtsleiter Ehrling bedankte. Theo schloss sich ihm an.

»Danken Sie nicht mir, sondern Herrn Staatsanwalt Renske«, wehrte Ehrling ab. »Er hat diesen Vorschlag gemacht, ich habe nur zugestimmt.«

12

Langsam getragen vom Klangteppich des ersten Satzes der Mondscheinsonate spürte er, wie sich seine Stimmung trübte. Der schwarze, sternenlose Himmel passte sich seiner Schwermut an. Sanft streichelte ihn die Nachtluft, als wollte sie ihn trösten.

Phönix ließ sich auf den Boden sinken und seine Augen mit der Schwärze des Himmels verschmelzen. Kein Stern, der leuchtete, keine Sternschnuppe, keine Bewegungen am Himmel nichts. Als wollte er ihm die Botschaft des Todes übermitteln.

Energiegeladen ging die Sonate in den zweiten Satz über. Schwung, Leben und Fröhlichkeit schienen ihm plötzlich den Weg zum Erfolg zu zeigen. Die Spontanität der Klavierklänge und die Leichtigkeit ließen sein Herz höher schlagen. Er spürte, wie sich eine neu entdeckte Kraft in ihm ausbreitete, ihn gefangen nahm, mitriss und beflügelte, während der dritte und letzte Satz ihm wie flammende Lava durch die Adern schoss und ihn auf die Beine trieb.

»Sonata quasi una Fantasia« – der wahre Titel dieses Werkes – »gleichsam eine Fantasie«.

Genau so fühlte er sich jetzt: von Fantasie beflügelt!

Ungeduld trieb ihn an.

Er schaute auf seine Hände, deren Konturen sich ganz schwach vor dem Himmel abzeichneten und erfreute sich am Anblick dieses filigranen Werkzeugs. Auch dieses Mal würde er ein Meisterwerk schaffen.

Die Erinnerung an die schöne Gestalt seiner Auserwählten ließ ihn innerlich erschauern. Isabelle Briegel zeigte mit ihren rot gefärbten Haaren ihren Trotz gegen die Welt. Er würde sie zähmen.

Sie sollte das Finale sein, das ihn zum Ziel führte.

*

Ein leises Donnergrollen war in der Ferne zu hören, als Lukas und Theo in Gärtnerkluft durch den *Deutsch-Französischen Garten* zum Bauhof marschierten. Es herrschte schon zur frühen Stunde viel Betrieb. Menschen, die sich auf Tretbooten auf dem Deutsch-Mühlen-Weiher treiben ließen. Mütter mit quengelnden Kindern. Hundebesitzer, die ihre Hunde frei laufen ließen, damit sie jede Hecke und jeden Strauch markieren konnten.

Lukas murmelte leise zu Theo: »Hoffentlich beobachtet uns niemand aus unserer Abteilung. So, wie wir aussehen, will ich nicht von jedem gesehen werden.«

»Der Himmel lacht schon. Hörst du es?«, flunkerte Theo. »Der kann sich nämlich nicht vorstellen, wie du dich als Gärtner hier unauffällig durchschlagen willst.«

»Wenn der Himmel gleich sieht, wie ich einen Blumenkohl mit einer Rose verwechsle, wird er weinen.«

»Keine Sorge. In den Rosengarten kommst du nicht. Unsere Plätze sind woanders.«

»Das erleichter mich wirklich. Jetzt wäre es nur von Vorteil, wenn wir den Bauhof finden würden. Ich hätte nicht gedacht, dass dieser Park so groß ist.«

Sie marschierten weiter bis ihnen ein Auto entgegen kam. Die Seitenscheibe fuhr herunter und ein Kopf mit Halbglatze, die von zotteligen Haaren eingerahmt wurde, wurde herausgestreckt.

»Kann es sein, dass ihr die neuen Gärtner seid?«

Lukas und Theo nickten.

»Das fängt ja schon gut an mit euch«, brummte der Mann unfreundlich.

»Wer sind Sie?«, fragte Lukas zurück und musste seine Wut über die Unfreundlichkeit im Zaum halten.

»Ich bin Hilger Scharf, euer Boss! Ist nicht gerade eine Meisterleistung, schon am ersten Tag zu spät zu kommen«, schimpfte er durch das geöffnete Fenster. Seine Gesichtsbräune zog über seine Glatze, die glänzte. »Also bewegt eure Ärsche ein bisschen flotter zum Bauhof. Ich will euch eure Plätze zeigen, bevor es dunkel wird.«

Die Scheibe wurde hochgefahren, das Auto gewendet und weggefahren.

»Fängt wirklich gut an«, stellte Theo entsetzt fest, »zum Glück ist es ja nicht für lange.«

Sie behielten den Wagen im Auge, um erkennen zu können, in welche Richtung er fuhr. So gelang es ihnen, den Bauhof im hinteren Teil des großen Parks, versteckt zwischen Lokalen und hohen Mauern, zu finden. Sie durchschritten einen großen Hof. Der Wagen des Obergärtners war vor dem Eingang zu den Büroräumen abgestellt. Dort gingen sie hinein und landeten in einem langen Flur mit Türen zu beiden Seiten. Polternd öffnete sich die letzte Tür auf der linken Seite. Hilger Scharf trat heraus und knurrte: »Wollen wir?!«

Mit schnellen Schritten ging er an ihnen vorbei hinaus auf den Hof. Lukas und Theo schauten sich verdutzt an, als sie schon die raue Stimme rufen hörten: »Wollt ihr da drin Wurzeln schlagen? Eure Arbeitsplätze sind draußen, wie sich das für Gärtner gehört.«

Rasch eilten sie hinter dem großen Mann her, dessen Schritten so raumgreifend waren, dass die beiden Mühe hatten, ihm im gleichen Tempo zu folgen, ohne in Laufschritt fallen zu müssen.

»Wer von euch ist Theo Borg?«

»Ich.«

Er drehte sich um, schaute dem schwarzhaarigen, schlanken Mann ins Gesicht und dann auf die Hände, bevor er feststellend meinte: »Viel haben diese Hände noch nicht arbeiten müssen. Es ist ein Graus, was uns das Arbeitsamt manchmal für Leute schickt.«

Theo schluckte, behielt aber jeden Kommentar für sich.

»Du bist für das *Tal der Blumen* verantwortlich.« Er ging weiter, bis sie wieder die Hälfte der Strecke zurückgegangen waren, die sie erst im Eilschritt zum Bauhof hatten zurücklegen müssen. Lukas grummelte leise, weil ihm bereits der Schweiß aus allen Poren trat. Er warf einen Blick auf Theo und stellte fest, dass sein Kollege auch nicht besser aussah. Auch er wirkte äußerst beherrscht, um bei diesem Vorgesetzten nicht gleich durch Auflehnung aufzufallen.

Vor einem bunten Blumenmeer hielten sie an.

»Hier«, lautete Scharfs Kommentar, »das ist ein besonderer Teil des Parks – das Herz des DFG sozusagen. Deine Aufgabe ist es, darauf zu achten, dass dieses Tal so schön gepflegt bleibt, wie es ist. Wie das geht, wirst du ja wohl wissen.«

Theo nickte. Lukas unterdrückte ein Lachen.

»Hier habe ich einen Bepflanzungsplan.« Scharf überreichte Theo einen Zettel, auf dem viele lateinische Namen mit Tabellen und Zahlen standen. »Je nach Blütenstand, wird ausgewechselt, damit das Tal solange wie möglich ein Hingucker bleibt. Wir müssen uns dieses Jahr besonders anstrengen, weil wir Fördergelder der EU beantragt haben. Die bekommen wir nur, wenn wir mit unserem Garten überzeugen können. Morgen kommen einige Herrschaften aus Brüssel um sich von unserer Arbeit vor Ort zu überzeugen.«

»Von den vielen Leichen haben die Herren aus Brüssel noch nichts gehört?«, fragte Theo.

»Kein Wort über die Leichen!«, brüllte Scharf. »Das darf unser Tourismusprojekt auf keinen Fall beeinflussen. Die Stadt hat große Pläne und dafür braucht sie das Geld.«

»Es wird aber nicht zu vermeiden sein, dass diese Nachrichten über die Grenzen hinausgehen«, spekulierte Theo. »Immerhin passiert so etwas nicht oft in Deutschland. Da sind die Medien schnell dabei.«

»Du sollst dich um die Blumen kümmern. Die Sache mit den toten Frauen geht dich nichts an.«

Theo salutierte, was Scharf dazu veranlasste, sich Lukas zuzuwenden.

»Du bist für den Silberahorn und den Heidegarten eingeteilt.«

»Heidegarten? Wurde dort nicht zufällig auch eine Leiche gefunden?«, fragte Lukas.

Prompt lief Scharfs Gesicht hochrot an. Lukas schaute ihn prüfend an und wartete ab. Doch zu seiner Verwunderung kam nur eine ironische Frage zurück: »Kann es sein, dass ihr beiden

Helden Angst um euer Leben habt?«

»Nein!« »Niemals!« beteuerten Lukas und Theo gleichzeitig.

»Gut so, denn falls ihr es schon mitbekommen habt, sind bisher nur Frauen getötet worden.«

»Warum laufen dann alle Gärtner weg, bis sogar ein Gärtner-Notstand ausbricht?«, fragte Theo.

»Du bestellst jetzt das *Tal der Blumen*!«, gab ihm Scharf seine Anweisung. »Ich werde dem Rotschopf seinen Arbeitsplatz zeigen.«

»Der Rotschopf heißt Lukas und würde auch gern wissen, warum hier so viele Gärtner in letzter Zeit geflohen sind.«

Scharf ging wieder in die Richtung Bauhof zurück und brummte mürrisch: »Wenn ich dich so ansehe, glaube ich fast, dass du Ähnlichkeit mit dem Phantombild hast.«

Lukas unterdrückte ein Grinsen.

»Wenn ich nicht so nett wär und euch beide dringend bräuchte, würde ich tatsächlich bei der Polizei anrufen«, sprach Scharf weiter und setzte ein süffisantes Grinsen auf. »Aber ich muss dir zugestehen, dass du zu alt bist. Die einzige Ähnlichkeit zu dem Phantombild sind deine roten Haare.«

»Da habe ich ja wieder Glück gehabt.«

»Hier.« Scharf blieb stehen.

Lukas schaute sich um und wusste nicht, warum sie hier standen. Aber er schwieg. Scharfs Miene vermittelte ihm das Gefühl, dass er ihn prüfte. Und Lukas fiel mit Pauken und Trompeten durch.

»Mit euch soll das Tourismusprojekt gelingen?«, fragte der große, massige Mann nach einer Weile. »Du erkennst doch einen Heidestrauch nicht einmal, wenn du mitten drinstehst.«

Endlich verstand Lukas. Die breite Betontreppe führte auf einen Platz, der wild bewachsen war mit grünen, violetten, weißen und blauen Sträuchern in unterschiedlicher Größe und Ausdehnung. Dazwischen Bäume und Sträucher und karge Stellen, als sei der Boden umgegraben worden. Niemals wäre ihm der Gedanke gekommen, dass dieses Arrangement eine Zierde sein könnte. Vielmehr war sein erster Gedanke, dass hier mal gründlich saubergemacht werden müsste.

»Mit mir gelingt das Tourismusprojekt«, gab Lukas so selbstsicher zurück, wie er sich gar nicht fühlte. »Aber mit diesem Garten bestimmt nicht.«

»Dann mach es mal besser«, schnauzte Scharf. »Hier ist dein Bepflanzungsplan. Wehe, du hältst dich nicht daran! Das ist vom Amt für Grünanlagen vorgeschrieben worden.«

Lukas las Begriffe wie »Euphorbia Breathless white« oder »Imperata cylindrica Red Baron« und ahnte, dass größere Probleme auf ihn zukommen würden. Niemals konnte er die Pflanzen nach diesen Namen erkennen.

»Dann weißt du, was du zu tun hast«, hörte er Scharf sagen.

Erleichtert atmete er auf, als er den Obergärtner sich entfernen sah.

*

Seit der veränderten Personalsituation waren Monikas Gefühle äußerst zwiespältig. Einerseits fühlte sie sich erleichtert, dass Andrea endlich versetzt worden war. Andererseits plagte sie ein schlechtes Gewissen deswegen, weil sie die Teamkollegin so einfach fallen ließ. Alle ihre Versuche, Erinnerungen an die vielen Peinlichkeiten durch Andrea heraufzubeschwören um sich damit rechtfertigen zu können, halfen nichts. Sie fühlte sich schlecht. Hinzu kam, dass sie Jasmin Hafner nicht einschätzen konnte. Ihr hübsches herzförmiges Gesicht, ihre perfekte Figur und ihre graziösen Bewegungen ließen Monika daneben noch hässlicher, plumper und unförmiger wirken. Ob diese Partnerschaft besser funktionierte?

Aber jetzt hatte sie keine Wahl. Der erste Auftrag, den Allensbacher den beiden Frauen übertragen hatte, lautete, den Gärtner Sven Möller zu befragen. Hals über Kopf hatte er seinen Job hingeschmissen, was natürlich verdächtig wirkte. Der Mann wartete bereits im Vernehmungsraum, während Monika sich Gedanken über ihre neue Partnerschaft machte.

Sie schaute sich im Großraumbüro nach Jasmin um, konnte sie aber nirgends sehen. Der Schreibtisch, der einst Andrea gehört hatte, war verwaist und wartete darauf, von der Neuen in Beschlag genommen zu werden. Wieder durchfuhr Monika ein heftiges Gefühl zwischen Schuld, Angst und Freude. Sie spürte, wie ihre Hände zu zittern begannen, so sehr erfasste sie diese Veränderung. Hastig verließ sie das große Büro, um in den anderen Räumen nach ihrer neuen Teampartnerin zu suchen. Doch kaum fiel die Tür hinter ihr zu, sah sie sie schon.

Arm in Arm stand sie mit Karl Groß da. Was hatte das zu bedeuten? Mit weit aufgerissenen Augen starrte Monika auf die beiden, bis sie erkannte, dass dies eine Abschiedszeremonie war. Karl wirkte traurig, Jasmin gehen lassen zu müssen.

So hatte er sich nicht von Monika verabschiedet, die ebenfalls bei Karl ihre letzte Station der Anwärterschaft absolviert hatte. Wenn Jasmin schon bei Karl, dem Mann, den Monika immer für gefühlsresistent gehalten hatte, solche Emotionen auslösen konnte, wollte sich Monika lieber nicht ausmalen, was Jasmin alles in ihrer Abteilung auf den Kopf stellen konnte. Sie stöhne leise. Gleichzeitig schauten beide in ihre Richtung. Monika spürte, dass sie errötete. So ein Mist! Sie schaute auf den Boden, doch das half nichts. Schon hörte sie Jasmins Stimme: »Ich bin soweit! Außerdem bin ich ein bisschen aufgeregt.«

Damit überraschte sie Monika so sehr, dass sie vergaß, warum sie ihre Füße anstarrte. Sie schaute auf und sah in ein gewinnendes Lächeln, das ihre hässlichen Gedanken sofort in Luft auflöste.

»Warum bist du aufgeregt?«

»Weil ich noch nie eine Befragung durchgeführt habe. Hoffentlich stelle ich mich nicht dumm an.«

»Bestimmt nicht«, ermunterte Monika, während sie nebeneinander durch den langen Flur zum Vernehmungszimmer gingen. »Ich habe es auch geschafft und ich bin bestimmt keine Künstlerin auf dem Gebiet.«

Jasmin lächelte und meinte: »Danke! In meiner Situation kann ich eine gute Kollegin gebrauchen. Ich bin nämlich viel früher als erwartet in diese Abteilung gekommen. Deshalb will ich gerne alles so richtig wie möglich machen, damit Amtsleiter Ehrling seine Entscheidung nicht bereut.«

»Ehrling macht einen auf streng, aber in Wirklichkeit ist er ein kulanter Chef.« Monika lachte säuerlich bei der Erinnerung daran, wie viele Verfehlungen er von Andrea geduldet hatte. Aber erwähnen wollte sie das auf keinen Fall.

Endlich standen sie vor der Tür, hinter der der Gärtner Sven Möller wartete. Monika atmete tief durch, lächelte Jasmin aufmunternd an und ging hinein. Jasmin tat es ihrer Kollegin gleich und folgte ihr in den kahlen Raum.

An dem Tisch saß ein kleiner, kräftiger Mann mit einem sympathischen Gesicht. Seine Mimik verriet Unsicherheit, als er die beiden Frauen hereinkommen sah.

»Warum bin ich hier?«, fragte er. Seine Stimme war erschreckend hell, schon fast mädchenhaft. Seine kurzen Haare standen zottelig vom Kopf ab, sein rundes Gesicht zierte ein roter Backenbart. Trotz der Schweißflecke unter seinen Achselhöhlen, die seine Nervosität verrieten, wirkten seine kleinen Augen, als würden sie lachen. Auch die Knubbelnase tat ihr Übriges dazu, dass dieser Mann lustig aussah. So konnte Monika in ihm nur schwerlich einen Frauenmörder sehen und ihn auch dementsprechend behandeln. Aber sie hatte die Aufgabe, diesen Mann zu durchleuchten, also musste sie das jetzt tun.

»Wir haben ein paar Fragen an Sie«, antwortete sie, setzte sich dem Mann gegenüber und sprach die obligatorischen Angaben auf das Band.

*

Die hohe Spiegelfront am Eingang des Hotel Victor's blendete, obwohl der Himmel an diesem Tag bewölkt war. Helmut Renske schirmte seine Augen ab und trat durch die elektronische Drehtür ins Foyer. Helle Marmorfliesen, goldene Vasen mit Zierpflanzen und rotgoldene Säulen bewirkten sofort den Eindruck von Luxus. Schwarze Sessel von rotbraunem Holz eingerahmt luden zum Ausruhen ein. Einige Gäste hielten sich dort auf und tranken Kaffee. Die Rezeption aus dunkelrotem Kirschbaumholz befand sich zurückgesetzt am Durchgang zu den Hotelzimmern und den Konferenzräumen. Die Beleuchtung war eingeschaltet, ebenso die Tischlampen rechts und links der langen Theke, vor der eine junge Frau in Uniform stand und ihm freundlich entgegenblickte.

Sofort warf er sich in Pose, was in seinem engen Anzug nicht einfach war und bat um ein Zimmer. Seinen Namen konnte er ruhig nennen, doch seine Funktion behielt er lieber für sich. Denn er wollte ebenfalls undercover agieren können. Zumindest im Hotel. Vor allem in den Nächten, wenn der Mondschein-Mörder aktiv werden könnte. Der Gedanke, Lukas und Theo allein in diesem Park ermitteln zu lassen, machte ihn nervös. Dabei war es seine Idee gewesen, dass sie dort als Gärtner eingesetzt wurden. Die bisherigen Ergebnisse waren zu mager, um wie bisher weiterzumachen. Es musste endlich etwas passieren.

Und er würde hautnah dabei sein.

»Haben Sie reserviert?«

Renske wurde mulmig zumute. Soweit hatte er nicht gedacht. Er verneinte und hoffte, trotzdem noch seinen Plan umsetzen zu können.

»Möchten Sie ein Doppelzimmer oder ein Einzelzimmer?« Diese Frage erleichterte ihn.

»Doppelzimmer!«

»Unsere Zimmer im Erdgeschoss sind alle ganz neu renoviert und im französischen Stil gehalten. Weiterhin sind unsere klassisch-elegant eingerichteten Zimmer und Suiten alle mit zeitgemäßer Kommunikationstechnik wie gratis Telefone in alle Netze ausgestattet. Es gibt Boulevard-Zimmer und Zimmer mit Blick zum *Deutsch-Französischen Garten*. Wofür würden

Sie sich entscheiden?«

»Ich will ein Zimmer mit Blick zum Park und zwar in den oberen Etagen. Auf keinen Fall im Erdgeschoss«, stellte Renske klar.

Er ahnte nämlich, dass er vom Erdgeschoss aus keine Übersicht hatte, während man von oben alles überblicken konnte.

»Dort haben wir noch zwei Zimmer, die Ihren Vorstellungen entsprechen könnten«, sprach die Dame an der Rezeption weiter. »Eine Junior-Suite und eine Senior-Suite.« Dabei lächelte sie ihn wissend an, für welche Suite er sich wohl entscheiden würde.

»Ich nehme die Senior-Suite«, sagte Renske auch prompt, auch wenn ihm selbst der Unterschied nicht so ganz klar war.

»Mein Kollege wird Sie zu Ihrer Suite begleiten. Sie heißt Park-Suite und hat den schönsten Blick auf den *Deutsch-Französischen Garten.*«

Bingo!, dachte sich Renske. Also hatte er genau die richtige Entscheidung getroffen. Nun konnte sein Einsatz beginnen.

*

Lukas zupfte an einer Pflanze herum, die er inzwischen als Calluna oder Besenheide identifizieren konnte, als er das Handy in seiner Hosentasche spürte. Er hatte es auf Vibrieren gestellt, damit nicht jeder mitbekam, wenn er telefonierte. Zum Glück war er gerade jetzt allein, denn auf dem Display stand »Schnauf-Alarm!«, was bedeutete, dass Allensbacher anrief.

»Das Wohnmobil steht auf dem Karavanplatz für euch bereit«, keuchte der Dienststellenleiter durch den Äther. »Es handelt sich um ein 23 Jahre altes Arnold Wohnmobil der Marke Mercedes 207 D.«

Da Lukas und Theo das Vergnügen hatten, Tag und Nacht vor Ort zu bleiben, hatte sich Allensbacher bereit erklärt, sein ausrangiertes Wohnmobil für die beiden Undercover-Ermittler zur Verfügung zu stellen. Die Platzgebühren bezahlte er selbst bei der Stadt Saarbrücken, so dass kein Bezug zu den Kommissaren hergestellt werden konnte.

Einerseits war Lukas froh, endlich wieder im Außeneinsatz zu sein, andererseits störte ihn nun doch, dass dieser Einsatz sogar eine Einmischung in sein Privatleben bedeutete. Er durfte Susanne nicht sehen, nur heimlich mit ihr telefonieren. Das passte ihm gar nicht, da er bereits ein ungutes Gefühl hatte, was Dimitri Wagner betraf. Seit sie ihn liebevoll Mitri genannt hatte, war es mit Lukas' Sicherheit, was seine Beziehung zu Susanne betraf, aus und vorbei. Er hatte sie oft ungerecht behandelt, hatte so getan, als würde er nur ihretwegen dieser Beziehung zustimmen. Das war ein Fehler gewesen. Das spürte er gerade jetzt umso deutlicher. Dazu kam nun der Paukenschlag: Der lang ersehne Außeneinsatz bedeutete eine totale Abkoppelung von seinem Privatleben. Nichts klappte zurzeit, wie es sollte. Er unterdrückte ein Stöhnen.

»Stellen Sie keine zu hohen Erwartungen daran, denn es ist schon alt, und sollte eigentlich verschrottet werden. Aber für Ihren kurzzeitigen Einsatz reicht es.«

»Klar.« Doch weiter sprach Lukas nicht. Hastig verkniff er sich jeden Kommentar. Seit seinem Innendienst war eine Verwandlung zum Positiven mit ihm vorgegangen. Die Strafe für sein loses Mundwerk war hart gewesen. Das wollte er nicht noch mal erleben. Auch wenn ihm diese Art von Außendienst nicht passte, wollte er sich nicht beschweren. Jetzt war es ihm gelungen, den dienstlichen Teil seines Lebens wieder in den Griff zu bekommen, nun musste er zusehen, auch sein Privatleben in Ordnung zu bringen.

Die nächsten Worte von Allensbacher unterbrachen seine Gedanken. »Den Schlüssel hat Staatsanwalt Renske.«

»Warum das denn?«

»Er wohnt zurzeit im Victor's Hotel, um Ihnen bei Ihrer Arbeit auf die Finger zu schauen. Er wird sich bei Ihnen melden, wenn niemand in der Nähe ist. Es darf nämlich nicht herauskommen, dass Sie sich kennen.«

Lukas Beherrschung wurde auf eine harte Probe gestellt.

Aber diesen Frust würde er an Renske auslassen – nicht an Allensbacher. Das schwor er sich. Theo und er brauchten keine Aufpasser. Sie konnten schon allein die Gefahr einschätzen. So viel zu seiner Verwandlung zum Positiven. Mit dieser Nachricht war er sofort wieder auf Hundertachtzig. Unter größter Anstrengung gelang es ihm, Allensbacher in einem neutralen Ton zu danken und das Gespräch zu beenden. Dann machte er sich auf die Suche nach Theo.

*

Der Himmel blieb grau in grau, doch das ersehnte Gewitter war ausgeblieben. Kein Lüftchen regte sich. Theo spürte, wie ihm der Schweiß unter den Achselhöhlen und über den Rücken lief. Die Schwüle war unerträglich. Aber schlimmer noch war seine Ahnungslosigkeit. Wie sollte er hier überzeugend einen Gärtner abgeben, wenn er nicht wusste, was eine *Gazanie Gazoo Clear Yellow* war. Eine gelbe Blume, das war ihm klar. Aber welche? Hier blühten viele gelbe Blumen.

Er starrte auf eine Pflanze, die ihn an Gänseblümchen erinnerte. Nur war diese hier orange-gelb und viel größer. Sollte das diese Pflanze sein? Er wusste es nicht und das machte ihn fertig. Nun hatten sie es endlich geschafft, die vermaledeiten Schreibtische zu verlassen und wieder im Außendienst zu arbeiten und nun versagte er auf ganzer Linie. Wie konnte Renske nur auf die verrückte Idee kommen, Lukas und er wären dazu in der Lage, als Gärtner undercover zu ermitteln? Allein die Vorstellung war schon lachhaft. Theo hatte Jahrzehnte in einem Wohnklo in einem Saarbrücker Hochhaus gewohnt. Da war für einen Garten kein Platz. Lukas hatte nach dem Auszug seiner Frau sämtliche Geranien an der Brüstung des Terrassengeländers vertrocknen lassen. So viel zu ihren botanischen Fähigkeiten. Aber das änderte nichts daran, dass er jetzt da durch musste. Er überlegte, sich nach Feierabend an seinen PC zu setzen und alle diese Namen zu übersetzen. Nur so würde er es schaffen, nicht alles falsch zu machen und selbst noch erschlagen zu werden. Womöglich von Hilger Scharf, der auf Theo keinen ausgeglichenen Eindruck machte.

Da sah er etwas undefinierbares Grünes. Das war mit Sicherheit Unkraut. Sofort bückte er sich und begann daran zu zupfen, als er eine weibliche Stimme hörte: »Das würde ich sein lassen. Sonst lernst du meinen Vater mal kennen. Der hat hier was zu sagen.«

Theo sah nur ein paar Beine in seinem Blickfeld auftauchten. Lange, schlanke, wohlgeformte, nackte Beine mit gebräunter Haut. Die Haut offenbarte sich ihm über die Waden bis zu den Knien und den Oberschenkeln. Er spürte ein verdächtiges Kribbeln, denn er wagte einfach mal zu hoffen und ließ seinen Blick weiter nach oben wandern. Doch dann kam die herbe Enttäuschung. Genau dort, wo er nicht sein sollte, befand sich Stoff. Aus seiner Froschperspektive konnte er diesen Stoff eindeutig als Shorts ausmachen.

Er musste zuerst seine Enttäuschung wirken lassen, bevor er sich aufrichtete. Es war nicht nötig, dass diese Fremde sofort sah, was er dachte.

Kaum stand er aufrecht, sah er in ein frivoles Grinsen in einem jungen, blassen und von knallroten Haaren eingerahmten Gesicht. Ein Nasenring glitzerte an ihrem linken Nasenflügel. Sogar ein Zungenpiercing blitzte kurz hervor, als sie sich über ihre roten Lippen leckte. Diese Frau war noch ein Mädchen, schoss es Theo durch den Kopf. Aber zurechtgemacht wie eine Frau.

Sofort machte er einen auf überlegen und sagte: »Hilger Scharf ist also dein Vater? Der sollte dir den Hintern versohlen, damit du mal wieder auf den Gedanken kommst, altersgemäß herumzulaufen.«

»Hey Grufti«, kam es süffisant zurück, wobei sie demonstrativ ihren Blick über seinen Körper wandern ließ. »Der Prolet ist nicht mein Vater – der hat hier gar nichts zu melden.«

»Oh!« Mehr wusste Theo nicht mehr zu sagen. Dieses junge

Ding brachte ihn aus dem Konzept. Noch keine achtzehn aber so sexy, dass Theo ernste Schwierigkeiten hatte, bei diesen aufreizenden Bewegungen neutral zu bleiben.

»Mein Vater ist Dr. Briegel. Der Chef von dem Ganzen hier«, erklärte sie und machte mit beiden Händen fächerartige Bewegungen, als wollte sie damit den ganzen *Deutsch-Französischen Garten* umarmen. »Er bestimmt, wer hier was macht und wer welchen Auftrag bekommt. Wenn du diese Petersilie wie Unkraut herausrupfst und wegwirfst, bist du deinen Job gleich wieder los.«

Sie setzte ein Lächeln auf, das so provozierend war, dass Theo nur den Kopf schütteln konnte. Er kannte diesen Dr. Briegel von den Berichten und wusste daher, wer er war. Also war es in zweifacher Hinsicht besser, die Finger von dieser heißen Sirene zu lassen.

»Danke, dass du mich gewarnt hast. Denn meinen Job gleich am ersten Tag zu verlieren, würde sich nicht gut auf mein Zeugnis auswirken.«

»Wie süß. Er spricht von einem Zeugnis. Ich glaube, du hast wirklich was verpasst!« Sie lachte so aufreizend, dass einige Passanten zu ihnen herüberschauten. Theo kam sich selten dämlich vor. Um was ginge es denn sonst, wenn er tatsächlich auf diesen Job angewiesen wäre. Er hatte einfach das heruntergeplappert, was er von Bekannten gehört hatte, die auf Arbeitssuche waren. Selbst war er noch nie in dieser Situation gewesen.

Im Augenwinkel sah er Lukas auf sich zukommen. Theo fragte sich, ob es gut war, dass die Frau sie beide zusammen sah. Er konnte aber nicht verhindern, dass Lukas ihn zielstrebig ansteuerte, ihm auf die Schulter klopfte und meinte: »Kaum lasse ich dich allein, verunsicherst du die schönsten Frauen im Park.«

Die Rothaarige setzte ein laszi022ves Lächeln auf, taxierte nun auch Lukas, wie sie es vor wenigen Minuten erst mit Theo gemacht hatte und meinte: »Ihr zwei Helden kennt euch?«

»Diese junge Dame ist die Tochter von Dr. Briegel«, erklärte Theo mit einem Lächeln, das Lukas warnen sollte.

Es funktionierte. Sofort fuhr der Kollege einen Gang zurück und erklärte: »Klar, wenn man Stunden auf dem Arbeitsamt verbringt, weil man auf Jobangebote wartet, lernt man sich kennen.«

»Dann haben sich ja die richtigen Loser gesucht und gefunden.«

»Wir sind keine Loser, wir sind echte Gewinner«, widersprach Lukas. »Der Job hier ist doch traumhaft.«

»Trotz der vielen Leichen?«

»Mir ist noch keine begegnet«, konterte Lukas. »Ich heiße übrigens Lukas. Und du?«

»Isabelle«, hauchte sie ihm entgegen, als sei sie von Lukas forscher Art sehr angetan. »Wir Rothaarigen haben einfach mehr Feuer im Blut!«

»Stimmt genau! Ich spüre jetzt schon, wie ich mir die Finger an dir verbrenne.«

Wieder lachte sie laut und provozierend, drehte sich um und ging ohne ein weiteres Wort davon. Ihr Po, der nur zur Hälfte von der kurzen Hose verhüllt wurde, wackelte anmutig bei jedem Schritt. Sie wusste genau, wie sie sich bewegen musste.

»Meine Güte! Die ist höchstens vierzehn«, stöhnte Theo.

»Siebzehn!«

»Sechzehn!«

»Wenn ich dran denke, wie ich in dem Alter ausgesehen habe«, fügte Lukas an.

»Noch schlimmer als heute?« Theo grinste.

»Für diese Beleidigung versetze ich dir einen schweren Schock! Du hast es ja nicht anders gewollt«, konterte Lukas mit zusammengekniffenen Augen, als wollte er böse gucken.

»Warum? Was ist passiert?«

»Allensbacher hat sein ausrangiertes Wohnmobil auf dem Karavanplatz abgestellt, damit wir dort wohnen, solange wir hier ermitteln.«

»Scheiße! Ich wollte heute Abend endlich mal etwas für meine botanische Bildung tun«, stöhnte Theo. »Ich muss vorher nach Hause fahren und mein Notebook holen. Vielleicht kriege ich ja dort WLAN!«

»Deinen dicken Audi musst du sowieso fortbringen. Wir müssen Taxis nutzen. Gärtner mit solchen Autos könnten Misstrauen wecken.«

Theo wirkte noch unglücklicher.

»Aber es kommt noch dicker!« Lukas grinste frech.

»Ja, gib's mir«, gab sich Theo geschlagen. »Ich war böse!«

Nun lachte Lukas so laut auf, dass plötzlich Hilger Scharf bei ihnen auftauchte und fragte: »Versteht ihr das unter Arbeitsmoral? Ihr wisst, dass ihr noch eine Probezeit habt. Also seid euch eurer Jobs nicht zu sicher.«

*

Sven Möller fuhr sich durch seine kurzen Haare, bis sie noch mehr vom Kopf abstanden. Er wusste nicht, wo er hinschauen sollte. Sein Blick wanderte ständig durch den kahlen Raum, als gäbe es dort etwas zu entdecken.

»Wie lange waren Sie im *Deutsch-Französischen Garten* beschäftigt?«, begann Monika mit ihren Fragen.

Jasmin saß in gespannter Haltung neben ihr und schien jedes Wort in sich aufzusaugen, das Monika sagte.

»Fünf Jahre.«

»Als was waren Sie dort beschäftigt?«

»Das wissen Sie doch, als Gärtner«, gab der dicke Mann unfreundlich zurück.

»In Ihren Akten steht nichts darüber, dass Sie diesen Beruf gelernt haben. Hier lese ich, dass Sie eine Lehre als Werkzeugmacher absolviert haben. Warum also arbeiten Sie solange in einem völlig anderen Beruf?«

»Als Werkzeugmacher habe ich nichts gefunden, nachdem die Arbed Saarstahl dichtgemacht hat. Ich war lange arbeitslos und heilfroh, als ich wieder eine Arbeitsstelle gefunden hatte«, erklärte Sven Möller. »Mit der Zeit kapiert man auch ohne gelernt zu haben, was man machen muss. Ist im Prinzip jedes Jahr dasselbe.«

»Hat Ihnen diese Arbeit Spaß gemacht?«

»Ja!«

»Jetzt haben Sie diesen Job von heute auf morgen gekündigt. Warum?«

Stille trat ein. Wieder fuhr sich Sven Möller durch seine zotteligen Haare, lehnte sich auf beide Ellenbogen, um sich sofort wieder aufzurichten und eine neue Sitzhaltung einzunehmen. Endlich sagte er: »Im DFG sind drei Frauen ermordet worden.«

»Das wissen wir«, gab Monika zurück.

»Dann wissen Sie auch, dass es heißt *Der Mörder ist immer der Gärtner*. Um gar nicht erst gegen dieses Vorurteil ankämpfen zu müssen, habe ich lieber vorher die Fliege gemacht.«

»Sie setzen Ihre Existenz aufs Spiel, weil es diese Redensart gibt?« Monika war fassungslos.

Sven Möller nickte.

»Wissen Sie eigentlich, woher dieser Spruch kommt?«

»Nein!«

»*Der Mörder ist immer der Gärtner* ist eine Parodie auf die Stereotypen der Kriminalromane aus den 60iger Jahren, in denen noch nicht so viel Fantasie für einen Krimi gefragt war wie heute«, erklärte Monika. »Jahre später hat Reinhard May ein Lied daraus gemacht und dafür gesorgt, dass dieser Spruch richtig populär geworden ist. So was geben Sie als Grund für Ihre Kündigung an?«

»Wenn es doch so ist?« Sven Möllers Stimme hörte sich plötzlich so brüchig an, als stünde er kurz davor, loszuheulen.

»Ach ja? Ist es so? Sind Sie der Mörder?«

Der korpulente Mann verschluckte sich fast vor Schreck, antwortete aber nicht auf diese Frage.

»Wo waren Sie vorletztes Wochenende in der Nacht von Samstag auf Sonntag?«, setzte Monika ihre Befragung einfach fort.

»Da haben wir es!«, schrie er plötzlich los und sprang von

seinem Stuhl auf.

Sofort war Jasmin zur Stelle, setzte ihm die Armbeuge an, dass er sich vornerüber auf den Tisch legen musste.

»Scheiße! Das tut weh«, jammerte er.

»Wenn Sie ruhig auf Ihrem Stuhl sitzen bleiben, tut Ihnen keiner weh«, erklärte Jasmin in bestimmendem Tonfall.

Sven Möller nickte und Jasmin ließ ihn los. Kraftlos ließ er sich auf den Stuhl sinken und meinte: »Ich war zuhause und zwar allein. Das bin ich jede Nacht, weil ich keine Freundin habe. Jetzt wissen Sie, warum ich so vorsichtig sein wollte. Ich habe kein Alibi.« Trotz schwang in seiner Stimme mit.

Jasmin saß wieder neben Monika und warf ihrer neuen Kollegin einen fragenden Blick zu. Monika nickte kaum merklich und konzentrierte sich wieder auf ihre Gegenüber.

»Wir nehmen nicht jeden gleich fest, der kein Alibi hat«, erklärte sie. »Haben Sie die Frauen gekannt?«

»Nein!«

»Auch nicht als Besucherinnen mal im Park gesehen?«

»Nein! Ich gucke nicht nach jungen Frauen, die gucken ja auch nicht nach mir.«

Monika schaute den jungen Mann prüfend an, was ihn noch mehr verunsicherte. Er fing an, sich die Fingernägel gegenseitig zu zerbrechen – ein Anblick, der in Monikas Augen schmerzte.

»Sie haben es wohl nicht so mit Frauen, was?«

»Ich kenne einige Frauen. Ich beklage mich nicht. Aber das, was dort im Park herumläuft, kenne ich lieber nicht. Die stinken schon auf hundert Meter Entfernung nach Ärger.«

»Wie das?«

»Sie sollten die mal sehen, wie die rumlaufen! Die Röcke und die Tops so kurz, dass man alles sehen kann.«

»Eben haben Sie noch gesagt, dass Sie nicht nach jungen Frauen gucken! Was stimmt denn jetzt?«

Sven Möller erblasste. Er schluckte schwer und stammelte: »Was soll ich denn sonst sagen?«

»Wie wäre es mit der Wahrheit?«, schoss Monika zurück.

»Klar! Diese Frauen machen gerne mal die Gärtner an oder lachen sie aus. Was glauben Sie, warum ich dort nur noch weg wollte?«

»Sie wollten Ihrem inneren Verlangen nach Vergewaltigen und Töten entkommen«, antwortete Monika provokant.

»Diese Verdächtigungen sind genau das, was ich verhindern wollte.« Er rieb sich durch seine zerzausten Haare, seine Nase lief und die Schweißflecke unter seinen Achselhöhlen vergrößerten sich. »Ich habe nichts mit den Morden zu tun. Ich bin kein Frauenheld, das stimmt. Aber dafür bringe ich sie doch nicht um.«

»Was gedenken Sie jetzt zu tun, jetzt, nachdem Sie ihren Job hingeschmissen haben?«

»Ich habe mich bei der Saarstahl AG in Völklingen beworben. Am Montag habe ich dort ein Vorstellungsgespräch.«

»Wann haben Sie sich dort beworben? Bevor oder nachdem Sie gekündigt haben?«

»Direkt nach dem ersten Mord!«

»Wieso so voreilig? Wussten Sie, dass noch mehr passieren würde?«

»Die Art, wie Bernd gejagt worden ist, hat mich gewarnt. Bernd hatte damit nichts zu tun, da bin ich mir sicher. Er ist ein feiner Kerl. Aber das glaubt ihm sowieso niemand mehr.«

»Aber Sie glauben ihm?«

»Ja! Bernd und ich haben oft die Pausen zusammen verbracht. Da hat er mir viel aus seinem verkorksten Leben erzählt. Da habe ich ihn kennengelernt und bin sicher, dass er unschuldig ist ... und damals auch war.«

»Wann haben Sie Bernd das letzte Mal gesehen?«, schaltete sich Jasmin in die Befragung ein.

»Nach seiner Entlassung aus dem Gefängnis war er noch einmal hier und hat seine persönlichen Sachen abgeholt. Da haben wir noch einmal miteinander gesprochen.«

Monika prüfte zum Abschluss des Gesprächs noch die Alibis für die Todeszeiten der anderen beiden Opfer und schloss die Besprechung ab mit den Worten: »Sie können gehen. Aber halten Sie sich zu unserer Verfügung.«

Kaum hatte der Mann den Vernehmungsraum verlassen, fragte Jasmin ihre Kollegin: »Es war hoffentlich in Ordnung, dass ich mich eingemischt habe?«

»Natürlich!« Monika lachte gequält. »Du hast eine gute Frage gestellt, auf die ich selbst nicht gekommen bin.«

»Als er Bernd Scholz erwähnt hat, kam mir der Verdacht, dass diese beiden Männer prima zusammenpassen würden, um diese Mondscheinmorde gemeinsam durchzuziehen«, erklärte Jasmin. »Während Bernd, der Schönling, die Frauen anlockt, kann sich Sven Möller an ihnen bedienen, sobald sie in der Falle sind.«

»Gute Idee«, lobte Monika. »Wir sollten veranlassen, dass Sven Möller beschattet wird. Vielleicht versteckt er Bernd irgendwo.«

13

Warme Abendluft und sanfte Hintergrundmusik hüllten Staatsanwalt Renske und seine Begleiterin ein. Vögel zwitscherten unsichtbar im Laub der Bäume, die dicht am Hotel standen. Das Wasser des Weihers kräuselte sich leicht. Das schwächer werdende Licht der Sonne spiegelte sich darin wie in tausenden roten Glitzersteinen. In der Ferne summte leise die Wasserorgel. Darunter mischten sich Stimmen einiger Passanten und hier und da ein fröhliches Lachen. Als der Kellner die Vorspeise mit den Worten »Chèvre chaud thym et miel sur lit de salades« ankündigte, wähnte sich Renske in Urlaub. Er schaute auf Silvia, die ihre blonden Haare hochgesteckt hatte, was sie noch jünger aussehen ließ. Es wollte ihm einfach nicht gelingen, mit dem Grinsen aufzuhören, so wohl fühlte er sich in diesem Augenblick. Der Gedanke, dass er eigentlich im Hotel war, um an dem Fall zu arbeiten, war meilenweit entfernt.

Der ausgesuchte Traminer Eiswein lief goldschimmernd in Renskes Kelch, der ihn schwenkte und dann probierte, bevor er das Zeichen gab, dass er zufrieden war. Anschließend fingen sie schweigend an zu essen. Die Atmosphäre hielt Renske gefangen. Immer wieder warf er seiner Begleiterin Blicke zu, erfreute sich an ihrer angenehmen Gesellschaft und genoss die exklusive Vorspeise, die aus warmem Ziegenkäse mit Thymian-Honig im Salatnest bestand.

Als das Geschirr abgeräumt war, wagte er endlich zu fragen: »Warum hast du heute Morgen in der Versammlung nichts von deiner Vermutung erwähnt, dass Indra Meeges Fundort im Heidegarten ebenfalls einen religiösen Bezug haben könnte?«

Silvia trank von dem edelsüßen Wein, warf dabei dem Staatsanwalt einen prüfenden Blick zu und antwortete: »Weil ich dir diese Theorie im Vertrauen gesagt habe. Ich bin erst vor zwei Tagen mit diesem Fall konfrontiert worden, bei dem das erste Opfer schon vor einer Woche gefunden wurde. Also bin ich noch mit Einarbeiten beschäftigt. Das bedeutet, dass ich solche Vermutungen erst aktenkundig mache, wenn ich mir ganz sicher bin.«

»Aber so wird die Drogenabteilung in diesen Fall mit eingeschaltet, was einen großen Mehraufwand bedeutet«, hielt Renske dagegen. »Ist das wirklich nötig, wenn wir nur einen Täter suchen?«

»Wenn!«, betonte Silvia. »Wenn nicht, habe ich es zu verantworten, dass ein Mörder auf freiem Fuß bleibt.«

»Du hast Recht.« Renske hob lächelnd sein Glas und stieß mit Silvia an. »Ich will uns den Abend nicht mit dienstlichen Gesprächen verderben.«

Der Kellner trat an den Tisch und trug vor, was er gerade im Begriff war zu servieren: »Crème de betteraves et espuma de céleri, Madame et Monsieur.« Dazu schenkte er ihnen nach dem gleichen Ritual einen Sauvignon Blanc ein und verließ mit vollendeten Bewegungen den Tisch.

»Rote Beete-Creme und in Sahne geschlagenen Sellerie habe ich wirklich noch nie gegessen«, gestand Silvia und errötete leicht.

»Ich hoffe, es wird ein unvergessliches Genusserlebnis«, flötete Renske.

»Wie ich deinen Geschmack inzwischen einschätze, habe ich daran keinen Zweifel.«

»Werde ich von dir analysiert?« Renske hob das neue Glas Wein und lächelte Silvia verführerisch an.

»Nein, du bist so komplex, dass ich dich niemals analysieren könnte.«

Renske wartete darauf, dass Silvia mit ihm anstieß und sprach den Tost aus: »Auf den guten Geschmack. Ich sitze hier mit der hübschesten Frau im ganzen südwestlichen Raum an einem Tisch, was mich zu einem glücklichen Mann macht.«

Silvia lachte, trank einen Schluck und staunte, wie gut dieser Sauvignon Blanc zu dem Zwischengericht passte.

»Als nächsten Gang erwartet uns Entenbrust mit Thymianjus, Pasta und Gemüse. Dazu habe ich passend einen Pinot Meunier ausgewählt, ein leichter, fruchtiger Rotwein der Burgunderfamilie. Du wirst begeistert sein.«

»Willst du mich betrunken machen?«, fragte sie mit geröteten Wangen.

»So etwas Triviales käme mir nie in den Sinn, wenn ich einer so wunderbaren Frau gegenüber sitze«, widerlegte Renske. »Ich will, dass wir einen unvergesslichen Abend zusammen verbringen. Und wer weiß ... vielleicht noch eine solche Nacht. Immerhin habe ich hier im Hotel die Park-Suite gemietet. Wunderschönes Ambiente, mit Blick über den größten Teil des Parks.«

Silvia lachte, ließ aber die in der Luft schwebende Frage unbeantwortet.

*

»Wenn ich mir das so ansehe, kriege ich die Krise«, knurrte Theo, der mit seinem Fernglas auf der Bank der kleinen Waldhütte an der Hochuferböschung saß. »Da flirtet unser Staatsanwalt hemmungslos mit Silvia, während er uns beide auf engstem Raum zusammenpfercht.«

»Eifersüchtig?«, fragte Lukas.

Sie ließen ihre Ferngläser wieder vor der Brust baumeln und machten sich an den Abstieg von der Böschung, um zu ihrem Wohnmobil zurückzukehren.

»Blödsinn«, wehrte Theo ab. »Die Sache mit Silvia und mir ist schon lange vorbei.«

»Warum regst du dich dann so auf? Wir haben, was wir monatelang wollten – nämlich wieder einen Außeneinsatz. Da sind ein paar Nächte in dem engen Ding doch auszuhalten.«

Theo schaute Lukas verdutzt an und vergaß dabei darauf zu achten, wo er hintrat. Schon passierte es. Er stolperte über eine Wurzel und fiel die Böschung hinunter, bis er unten auf dem Spazierweg zum Liegen kam.

Lukas rannte so schnell er konnte hinterher. Doch als er seinen Freund erreichte, stand Theo schon wieder auf seinen Beinen und schüttelte sich den Dreck von den Kleidern.

»Scheiße, Lukas! Die Vernunft, die du in letzter Zeit an den Tag legst, zieht mir den Boden unter den Füßen weg.«

»Tja, daran wirst du dich gewöhnen müssen.«

»Was ist passiert? Hat dir jemand eine Gehirnwäsche verpasst?«, wollte Theo nun doch wissen.

Lukas überlegte eine Weile, bevor er zugab: »Ich glaube, es war mein Erlebnis mit Peter oder Paul – du weißt schon – einer der beiden Vögel. Seine Reaktion hat mich richtig tief getroffen. Er hatte Angst vor mir, dabei war ich derjenige, der diese Vögel haben wollte.« Er schaute Theo an, als erwartete er von ihm eine Antwort. Als nichts kam, sprach er weiter: »Dieses unverfälschte und ehrliche Verhalten hat mich an meine Grenzen gebracht. Seit Monaten saßen wir nur am Schreibtisch, was ohnehin schon schwer an mir genagt hat. Dazu noch diese Konfrontation mit Peter oder Paul ... Ich glaube, dass ich in dem Augenblick etwas dazugelernt habe.«

»Und was?«

»Dass ich auf mein Umfeld besser achten muss. Mein Übermut und meine Gedankenlosigkeit bringen offensichtlich nicht nur mich selbst in Schwierigkeiten.«

»Wie schön, dass du es endlich begreifst«, lobte Theo. »Nur ist es schon seltsam, dass ein kleiner Vogel dir diese Eingebung mit einem einzigen Fingerbiss verschafft, während ich mir schon seit ewigen Zeiten den Mund faselig rede, um dich zu bremsen.«

Lukas klopfte seinem Kollegen und Freund auf die Schulter und meinte: »Vielleicht konnte der kleine Piepmatz nur deshalb zu mir durchdringen, weil ich selbst einen Vogel habe.«

Sie passierten das Eingangstor zum Karavanplatz, sperrten hinter sich ab, schlenderten den Schotterweg hinunter zum Platz und steuerten das Wohnmobil an.

Dort stand jemand.

Lukas und Theo schauten sich erschrocken an. In der Dunkelheit konnten sie nur Konturen erkennen. War ihre Tarnung schon am ersten Tag aufgeflogen? Sie duckten sich und umrundeten den Wohnwagen, um den Eindringling besser überraschen zu können.

Doch als sie von der anderen Seite kamen, erkannten sie Susanne Kleber.

Mit kurzer Hose und knappem Top stand sie an das Gefährt gelehnt. Ihre langen Haare waren locker zurückgebunden, so dass vereinzelte Strähnen in ihr Gesicht fielen. Ihre Augen funkelten, ihre Haut war gebräunt und ihre Ausstrahlung wirkte so aufreizend, dass Lukas sofort heiß zumute wurde.

»Susannchen, Susannchen«, schnurrte er. »Bist du etwa mit unanständigen Gedanken hierhergekommen?«

»Nein, ich dachte, wir beten ein Ave Maria!«

Darauf mussten beide Männer herzhaft lachen. Doch als das Lachen verebbte, fragte Theo verunsichert: »Wo wollt ihr euch verlustieren? Im Wohnmobil gibt es keine Trennwände.«

»Keine Sorge, du gehst ins Cockpit«, schlug Lukas vor.

»Der Durchgang ist offen.«

»Ich hänge eine Wolldecke als Abtrennung dorthin..«

Theo stöhnte. Er merkte, dass er gegen die Entschlossenheit seines Kollegen keine wirkungsvollen Gegenargumente mehr vorbringen konnte. Also gab er nach.

*

Die Dienstbesprechung am Donnerstagmorgen fand ohne Lukas und Theo statt. Monika und Jasmin hatten sich bereits liebevoll um die beiden Vögel Peter und Paul gekümmert, bevor sie zum Konferenzraum gegangen waren. Sie hatten neue Ergebnisse, die die Ermittlungen entscheidend voranbringen würden. Dementsprechend war auch ihre Aufregung vor dieser Sitzung. Sie waren die Ersten, weshalb sie sich in aller Ruhe einen Sitzplatz aussuchen konnten. Schon traten die ersten Differenzen zwischen ihnen auf. Jasmin setzte sich ganz nach vorn, um dem Amtsleiter so nahe wie möglich zu sein. Monika wollte lieber nach hinten, um unauffälliger an der Sitzung teilnehmen zu können.

»Warum dort hinten?«, fragte Jasmin. »Wir haben gute Ergebnisse. Damit müssen wir uns nicht verstecken.«

Monika zögerte, sagte nichts. Das nutzte Jasmin, um weiter zu sprechen: »Einmal musst du damit anfangen. Warum also nicht heute?« Sie zog einen zweiten Stuhl hervor und schaute Monika erwartungsvoll an.

Diese gab sich einen Ruck und setzte sich neben Jasmin. Die ersten Kollegen kamen herein und suchten sich ihre Plätze. Verwunderte Blicke fielen auf Monika, die das sofort registrierte. Hoffentlich schaffte sie es sitzenzubleiben. Aber dafür sorgte bereits Jasmin neben ihr. Sie legte unauffällig ihre Hand auf Monikas Unterarm.

Monika war von diesen Veränderungen so überrascht, dass sie plötzlich ein Gefühl von Stolz überkam. Noch nie hatte sie jemand so ernstgenommen. Dabei wäre Jasmin wohl die Letzte gewesen, der Monika das zugetraut hätte. Diese schöne Frau, die die Blicke sämtlicher Männer auf sich zog, hatte tatsächlich Interesse daran, mit Monika eine vielversprechende Teampartnerschaft zu starten. Das war für Monika das schönste Erlebnis, seit sie in dieser Abteilung arbeitete.

Als der Saal voll war, trat Hugo Ehrling zusammen mit Staatsanwalt Renske ein. Die Sitzung konnte beginnen.

Kaum hatte Ehrling angesetzt, zu sprechen, wurde dir Tür aufgerissen und die Kriminalpsychologin Silvia stürmte herein.

»Schön, dass Sie auch teilnehmen wollen, Frau Dr. Tenner«, grüßte Ehrling scharf. Doch Silvia lächelte so entwaffnend, dass sogar Ehrling erstaunt aufschaute, und sagte zur Entschuldigung: »Ich befinde mich zurzeit im Jetlag.«

»Sie haben Recht«, lenkte Ehrling ein. »Sie werden wohl noch etwas Zeit brauchen, sich zu akklimatisieren. Trotzdem hoffe ich, dass ich auf Ihre Kompetenz in diesem Fall zählen kann.«

»Auf jeden Fall.«

Damit war dieser Teil der Begrüßung abgeschlossen und die Besprechung konnte beginnen.

»Hat jemand von Ihnen schon etwas von Lukas Baccus und Theo Borg gehört?«, fragte Ehrling.

Allgemeines Kopfschütteln war die Antwort.

»Na gut«, lenkte er ein. »In der kurzen Zeit, die sie jetzt dort sind, wird sich noch nicht viel ereignet haben.«

»Zum Glück«, wandte Renske ein. »Das heißt für uns keine neue Leiche.«

»Stimmt. Woran haben wir inzwischen gearbeitet?«, fragte Ehrling. »An der Drogenvergangenheit von Indra Meege«, antwortete er selbst. »Gibt es Hinweise, dass dieser Mord im DFG damit in Zusammenhang steht?«

Dieter Marx räusperte sich und antwortete: »Einer trage des anderen Last, so werdet ihr das Gesetz Christi erfüllen!« Kurzes Schweigen trat ein. »Meine Anfragen in den Polizeidienststellen in Frankfurt und Köln haben ergeben, dass Boris Popows Leiche im Main gefunden wurde. Er kann ihr also nicht gefolgt sein. Sonst gibt es keinen aktenkundigen Vertreter der Drogenszene aus der damaligen Zeit, der in Frage käme«

Ehrling rümpfte die Nase. Dann richtete er sich direkt an Jasmin und Monika mit seiner nächsten Frage: »Was hat die Befragung des Gärtners Sven Möller ergeben?«

Monika sprach mit unsicherer Stimme, weil alle Blicke auf sie gerichtet waren. Doch nach nur wenigen Sätzen wurde ihre Stimme fester und sie gewann an Sicherheit. Neben ihr nickte Jasmin zustimmend, was sie ermutigte. Sie gab wieder, dass sie eine Observierung von Sven Möller beantragt hatten, um herauszufinden, ob Bernd Scholz bei ihm versteckt war. Diese Neuigkeit rüttelte einige der Kollegen auf, die bei der Suche nach Bernd Scholz immer noch erfolglos waren.

»Wirklich eine interessante Beobachtung«, lobte Ehrling. Doch seine nächste Frage löste peinliches Schweigen aus: »Haben Sie herausgefunden, welcher Reporter sich hinter den Initialen *WM* versteckt?«

»Es war Theos Aufgabe, das herauszufinden«, warf Renske ein.

»O. k., dann kümmern sich jetzt Monika Blech und Jasmin Hafner darum«, wies Ehrling an. »Hat inzwischen jemand mit Frau Anna Bechtel gesprochen?«

Als niemand antwortete, fragte er weiter: »Auch nicht Lukas Baccus oder Theo Borg?«

»Nicht, dass ich wüsste«, kam es von Monika.

»Dann werden Sie sie befragen, ob sie wirklich nichts vom Tod ihrer Nichte wusste.« Die beiden Angesprochenen nickten.

An Markus Schaller, den Teamleiter der Spurensicherung gewandt fragte er: »Wie ist die Spurenlage? Können Sie uns bestätigen, dass es Parallelen zu den anderen Fällen gibt?«

»Auf jeden Fall«, antwortete Schaller mit seinem obligatorischen Lächeln. »Sollte im Fall Tamia Ruppert Geschlechtsverkehr stattgefunden haben, hat der Täter hier ein Kondom ohne Gleitmittel benutzt. Dr. Stemms Abstrich hat nichts ergeben. Dafür war die Tatwaffe identisch. Es handelt sich zwar um ein übliches Schweizer Taschenmesser, was häufiger vorkommt. Aber, da die Art der Stich- und Schnittwunden haargenau übereinstimmend mit dem ersten Opfer sind – und auch teilweise mit dem zweiten – würde ich sagen, dass es sich um ein und dieselbe Tatwaffe handelt.«

An Silvia gewandt fragte Ehrling: »Kann es sein, dass Ihr Profil anhand der neuen Erkenntnisse anders ausfallen wird als bisher?«

»Auf jeden Fall. Die Verbindung zwischen allen drei Opfern ist eine ganz neue Ausgangsbasis. Ich mache mich sofort an die Arbeit und werde morgen mein Ergebnis vortragen.«

»Ist das Motiv der Morde im *Deutsch-Französischen Garten* zu finden?«, bohrte Ehrling weiter.

»Könnte sein. Ich weiß aber noch nicht, inwiefern.«

»Darauf bin ich wirklich gespannt«, gab Ehrling zu und beendete die Besprechung.

*

Theo erschrak, als sich die bunte Wolldecke hinter ihm zur Seite schob und Lukas seinen Kopf durch die Lücke streckte.

»Na, gut geschlafen, Alter?« Hämisch grinste er.

»Das gibt Rache«, schwor ihm Theo. »Ihr habt das Wohnmobil so durchgeschaukelt, dass ich fast kotzen musste.«

Lukas lachte nur vergnügt.

»Wo ist Susanne eigentlich?«, fragte Theo. »Lebt sie noch?«

»Ja! Sie ist heute Nacht aufgebrochen, weil sie heute Morgen einen Termin mit Anna Bechtel, der Leiterin des *Deutsch-Französischen Gartens* hat.«

Theo reckte sich und ließ seine Gelenke knacken, um sie wieder in die richtige Position zu bringen. »Geht es wieder um das Tourismusprojekt?«, fragte er.

»Ja«, antwortete Lukas. »Heute kommen die hohen Herren aus Brüssel, die nach ihrer Besichtigung entscheiden, ob die Stadt Saarbrücken die Fördergelder für den DFG bekommt oder nicht.«

»Dann ist das wohl ein wichtiger Termin.«

»Genau das«, bestätigte Lukas. »Also versuch einfach mal, den Eindruck eines gut geschulten Gärtners zu hinterlassen, wenn sie am *Tal der Blumen* ankommen.«

»Wie soll ich das machen, wenn ich keine Ahnung habe?«

»Ganz einfach: Bevor du das falsche Pflänzchen herausreißt, rupfe lieber gar keins.«

»Danke Schlaumeier! Jetzt würde ich mich gerne duschen, bevor wir loslegen«, kommentierte Theo. »Nur wo?«

»Im Calypso-Bad«, erklärte Lukas und nahm eine Tasche mit den nötigen Utensilien.

»Woher weißt du das?«

»Allensbacher hat mich über alles aufgeklärt. Das Calypso-Bad stellt für die Mieter des Karavanplatzes die Duschen zur Verfügung. Das ist eine Vereinbarung mit der Stadt Saarbrücken.«

Gemeinsam verließen sie den Parkplatz und gingen an der stark befahrenen Straße entlang zum Eingang des Erlebnisschwimmbades. Mit ihren Parkkarten durften sie hinein und fanden auch sofort die sanitären Anlagen. Kurze Zeit schlenderten sie zurück zum Wohnmobil.

»Jetzt müssen wir auch noch unsere Handtücher vor dem Karren zum Trocknen aufhängen – wie zwei alte Waschweiber«, murrte Theo, als er feststellte, dass der Innenraum viel zu klein war, um dort einen Wäscheständer aufzustellen.

»Warum bist du so schlecht drauf?«, fragte Lukas, der seine gute Laune deutlich zur Schau trug. »Ist doch alles im grünen Bereich.«

»Schau dich doch mal um«, forderte Theo auf.

Lukas tat, was er sagte und sah nur schmunzelnde Gesichter um sich herum. Er lächelte zurück, was ihm sofort mit Lachen erwidert wurde. »Komisch«, meinte er nun auch. »Warum lachen die so?«

»Ganz einfach«, brummte Theo. »Das Wohnmobil hat fast die ganze Nacht verdächtig gewackelt. Und heute Morgen kommen wir beide gemeinsam da raus und gehen uns duschen. Was glaubst du wohl, was die denken?«

*

Susanne Kleber fühlte sich einerseits so beschwingt, dass sie die ganze Welt umarmen könnte, andererseits ausgebremst, weil ihr eine Begehung des *Deutsch-Französischen Gartens* zusammen mit Anna Bechtel und zwei EU-Kommissaren aus Brüssel bevorstand. Dort musste sie wieder einmal gute Miene zum bösen Spiel machen und über die Schönheit der Blumen berichten. Schon lange zweifelte sie daran, ob es wirklich richtig gewesen war, diesen Auftrag anzunehmen. Doch jetzt musste sie da durch.

Zum besonderen Anlass trug sie heute ein Sommerkleid, das Lukas für sie ausgesucht hatte. Das Kleid stach durch sein

Muster mit bunten Streifen und Blumen hervor, war aus einem leichten, angenehmen Material und hatte einen figurbetonten Schnitt mit weitem Ausschnitt und leicht ausgestelltem Rock. Der Unterrock sorgte dafür, dass das Kleid bei der Hitze nicht zwischen den Beinen klebte, was immer äußerst peinlich aussah. Sie betrachtete sich noch einmal im Spiegel und war mit ihrer Wahl zufrieden. Die frischen Farben aus Orange- und Rosttönen vermischt mit Weiß passten gut zu ihrer gebräunten Haut. In diesem Outfit fühlte sie sich wieder wie siebzehn.

Mit diesem Gefühl verließ sie ihre Wohnung und machte sich zu Fuß auf den Weg zum Amt für Grünanlagen.

Als sie auf Anna Bechtels Büro zutrat, hörte sie Stimmen, die bis in den Flur drangen. Langsam näherte sie sich und lauschte. Sollten die EU-Kommissare aus Brüssel schon angekommen sein? Sie schaute auf ihre Armbanduhr. Die zeigte acht Uhr dreißig an. Der Termin mit den beiden Herren war für neun Uhr am Eingang zum DFG an der Metzer Straße vorgesehen. Also musste es sich hier um etwas anderes handeln.

»Wie ist es möglich, dass Sie das Fernbleiben Ihrer eigenen Nichte nicht bemerken?« Diese Frage wurde gerade gestellt. Nun glaubte Susanne, die Stimme zu erkennen. Es war die zarte Stimme von Monika Blech, der Kriminalkommissarin aus Lukas' Abteilung.

Das klang ja wirklich interessant. Sie stellte sich in den Türrahmen und wartete ab, wie der Gesprächsverlauf wohl weitergehen würde. Von welcher Nichte war die Rede? Warum war die Kriminalpolizei bei der Leiterin des Amtes für Grünanlagen? So aufregend, wie der Tag begonnen hatte, so ging er auch weiter. Anna Bechtel stand in voller Länge hinter ihrem Schreibtisch und wedelte mit den Armen, als wollte sie die Kommissarinnen wie Fliegen verscheuchen. Als sie Susanne sah, winkte sie sie hinein mit dem Worten: »Da sind Sie ja endlich. Wir sind schon spät dran.«

»Sind wir nicht«, widersprach Susanne. »Ich bin pünktlich wie immer.«

»Wir waren noch nicht fertig, Frau Bechtel«, funkte Monika Blech dazwischen. Susanne staunte über den bestimmenden Tonfall der Kommissarin. Aber jetzt war der Inhalt dieses Gesprächs viel interessanter. Von Anna Bechtel hatte sie bisher nämlich immer geglaubt, dass diese Person tatsächlich aus Holz war und deshalb weder menschliche Züge noch menschliche Verwandte haben könnte. Doch eine Nichte brachte diese Theorie ins Wanken.

Neben Monika stand eine junge Frau mit schwarzen Haaren, die ihr bis in Genick reichten, und dunklen Augen, die so eindringlich schauten, dass Susanne staunte. Wer war diese Schönheit? Gehörte sie nun anstelle von Andrea Peperding zur Abteilung für Tötungsdelikte? Aber auch das war jetzt nicht interessant. Denn was Monika sagte, lenkte Susanne sofort wieder ab: »Indra Meege ist die Tochter Ihrer Schwester Saskia Meege.« Nun war alles klar. Susanne blieb die Luft weg vor Schreck. »Diese Frau hat seit einiger Zeit wieder in Saarbrücken gelebt. Und da wollen Sie uns sagen, dass Sie nichts von Indras Verbleib in Saarbrücken wussten?«

»Genau das!«, zischte Anna.

»Wir haben mit Nachbarn in ihrem Mietshaus gesprochen und bekamen dort bestätigt, dass Sie durchaus mit Ihrer Nichte gesprochen haben. Wenn auch nicht gerade freundschaftlich, denn Ihr Gespräch ist den anderen Mitbewohnern nur deshalb aufgefallen, weil Sie sich laut im Flur gestritten haben«, wurde Monika deutlicher.

Die übergroße Frau schien regelrecht zu schrumpfen. Sie schaute eine Weile auf ihre Schreibtischplatte, bevor sie den Kopf hob und mit neuer Arroganz erwiderte: »Mein Privatleben geht Sie nichts an. Wenn meine Nichte gestorben ist, ist das traurig. Aber Frauen, die ein solches Leben führen, gehen das Risiko ein.«

»Sie wollen damit sagen, dass Indra Meege ihr Schicksal selbst herausgefordert hat.«

Annas Schweigen deutete Monika Blech wohl als »Ja«, denn

sie fügte zornig an: »Durch Ihre engstirnige Haltung sind unsere Ermittlungen ins Stocken geraten. Es liegt wohl auf der Hand, dass der Bezug zu diesen Morden der Deutsch-Französische Garten ist ...«

»Blödsinn!«, fiel ihr Anna ins Wort. »Der DFG ist eine Grünanlage mitten in Saarbrücken. Das ist höchstens ein geeigneter Platz, um eine Tote abzulegen. Aber doch kein Mordmotiv. Der Garten wird von der Stadt Saarbrücken verwaltet. Den bekommt kein Privatmann, nur weil er ein paar Leutchen umbringt.«

»Diese *paar Leutchen* sind inzwischen drei junge Frauen, die Kontakt zum DFG hatten. Das Motiv des Täters ist uns noch nicht klar. Aber um in dieser Angelegenheit weiterzukommen, brauchen wir Akteneinsicht in das Förderprogramm des DFG.«

»Die bekommen Sie von mir nicht«, stellte Anna Bechtel klar. »Wenn Sie wirklich glauben, Sie könnten hier mit Ihrer frechen Klappe hereinspazieren und in vertraulichen Akten wühlen, sind Sie wirklich dümmer als die Polizei erlaubt.«

Ganz kurz schien die Zeit stehenzubleiben.

Sogar Susanne wagte nicht zu atmen.

»Damit haben Sie einen Fehler gemacht«, kündigte Monika an, deren rundes Gesicht sich gerötet hatte. »Denn mit Boshaftigkeit erreichen Sie genau das Gegenteil. Wir werden mit einem richterlichen Beschluss zurückkommen.«

Damit verließen die beiden Polizeibeamtinnen das Büro und gingen durch den langen Flur davon.

*

Theo erkannte in aller Deutlichkeit einige verdorrte Stängel, deren rostrotes Geäst einen Schandfleck für das Gesamtbild des *Tals der Blumen* darstellte. Zufrieden mit seiner Sachkenntnis bückte er sich und wollte das Gebilde gerade herausrupfen, als er ein schrilles »Nein!« von hinten vernahm.

Erschrocken richtete er sich auf und schaute direkt in das

Gesicht von Susanne Kleber, die vor Schreck ihre Augen weit aufgerissen hatte.

»Was ist mit dir los?«, fragte er erschrocken. »Wie kannst du mich so erschrecken?«

Das bunte Kleid, das sie trug, sah wirklich neckisch aus. So unauffällig, wie er nur konnte, ließ er seinen Blick darüber wandern, bewunderte ihre gebräunte Haut und das sonnengebleichte Haar. Susanne war wirklich eine Sünde wert. »Rede bitte leise! Wir kennen uns nicht«, mahnte Susanne und fügte an: »und starr mich nicht so an! Damit könntest du dich höchstens als *Mondschein-Mörder* verdächtig machen.«

Theo schüttelte seine Gedanken rasch ab.

Susanne wies mit ihren Augen hinter sich. Jetzt erst sah er eine große rothaarige Frau mit zwei Männern in dunklen Anzügen auf das *Tal der Blumen* zu stolzieren. Theo ahnte, wen er vor sich hatte.

»Anna Bechtel, die Leiterin des Amtes für Grünanlagen, versucht gerade zu retten, was noch zu retten ist. Ohne die EU-Fördergelder kann die Stadt nämlich den geplanten Wasserspielplatz nicht bauen lassen.«

»Warum darf ich dann nicht meine Arbeit machen?«

»Weil du gerade im Begriff warst, einen *Roten Fenchel* zu zerstören«, antwortete Susanne. »Die Stadt ist ganz stolz auf das Arrangement zwischen Zierblumen, Kräutern und Immergrün. Es dauert ewig, bis der Rote Fenchel endlich diese Farbe hat. Wenn du den vernichtest, merkt jeder, dass du ein Stümper bist.«

»Danke«, murrte Theo und widmete sich der nächsten Pflanze, die eindeutig zu den Zierblumen gehörte. Es war eine rosa Petunie, an der einige Blätter welk herabhingen. Die begann er auszusortieren, wofür er von Susanne einen erhobenen Daumen zu sehen bekam.

»Passt Acht, meine Herren! Hier können Sie das Herz unseres *Deutsch-Französischen Gartens* bewundern«, schnatterte deutlich hörbar die Stimme der Leiterin des Amtes für Grünanlagen, die sich mit zügigen Schritten Theos Arbeitsbereich näherte. »Das ist der Stolz unserer Gärtner, die eine besondere Attraktivität durch ein buntes Gemisch aus Zierpflanzen, Kräutern, bunten Stauden und Petersilie kreiert haben. Sogar Gemüsepflanzen, eine Neuheit aus der Botanik zeigen hier ihre besondere Zierde, sehr zur Freude aller Besucherinnen und Besucher unseres Parks.« Plötzlich wandte Sie sich an Theo und fragte: »Wie heißen Sie, junger Mann?«

»Theo Borg!«

»Herr Borg! Zeigen Sie uns doch bitte unseren Zierpaprika! Wir müssen den Herren aus Brüssel doch Beispiele unserer besonderen Kreativität in Gartengestaltung vorführen.«

Theo spürte, wie er ins Schwitzen kam. Eine leichte Berührung ließ ihn hoffen. Unauffällig schaute er sich um und sah, wie ihm Susanne eine Hilfestellung gab. Sie zeigte auf eine aufrechte Pflanze, deren weiße kelchartige Blüten in mehreren Verzweigungen an einer dicken Sprossachse wuchsen und in einem farblichen Kontrast zum dunkelgrünen Blätterwerk standen.

»Das ist eigentlich *Chili* – aus der Gattung der *Paprika*«, flüsterte Susanne so leise, dass Theo es kaum verstand.

Treu gab er den Satz genauso wieder und wies auf die Pflanze in der Hoffnung, dass er richtig lag.

Als kein einziges Wort gesprochen wurde, war es passiert. Theo lief der Schweiß in Strömen am Rücken herunter. Er liebte Herausforderungen. Aber nur solange, wie er das Ausmaß der Gefahr, sich zu blamieren, selbst einschätzen konnte. Hier war er zum Sprung ins kalte Wasser aufgefordert worden, weshalb er sich total ausgeliefert fühlte.

»Schön, nicht wahr?«, rief Anna Bechtel mit lauter Stimme, dass Theo vor Schreck zusammenzuckte. »Nun zeigen Sie den Herren doch auch bitte unser Hornkraut, damit sie sehen können, dass aus einer robusten Nutzpflanze eine besondere Zierde gemacht werden kann. Die kreativen Möglichkeiten der Botanik haben mich schon immer fasziniert. Der Beruf des Gärtners ist mit dem eines Künstlers gleichzusetzen.«

Die EU-Kommissare wirkten gelangweilt. Theo war nervös.

Wo versteckte sich hier Hornkraut? Er könnte diese Alte bei den Hörnern packen und in den Deutschmühlenweiher werfen, so angespannt fühlte er sich. Aber Anna Bechtel plapperte, als befände sie sich auf einem Jahrmarkt und hunderte Menschen würden ihr zuhören. Dabei standen nur diese beiden Männer vor ihr und bemühten sich, nicht zu gähnen.

Wieder spürte Theo Susannes Berührung am Arm. Sie zeigte auf weiße nelkenartige Blüten, deren Stängel und Blätter bläulich grün und behaart aussahen. Wieder vertraute er Susanne und führte die EU-Kommissare zu eben dieser Pflanze, während sich Anna Bechtel weiter darüber ausließ, wie vielseitig das *Tal der Blumen* doch war.

»Ist das nicht eine Augenweide?«, stieß sie mit großer Begeisterung aus, als ihr Blick auf diese weißen Blüten fiel. »Dieser Einzigartigkeit muss doch eine gebührende Anerkennung zuteilwerden. Die Stadt Saarbrücken will mit diesem Garten ein Musterbeispiel für Vielfalt in Schönheit und Angebot schaffen, der sogar grenzüberschreitend für unser benachbartes Frankreich eine stets willkommene Oase der Ruhe, Entspannung und Zerstreuung bieten soll.«

Ohne eine Atempause einzulegen offenbarte Anna plötzlich, mit den beiden Herren ins Restaurant D'Alsace essen gehen zu wollen, um auch den kulinarischen Aspekt dieser grünen Oase nicht zu vernachlässigen. »Das Besondere an diesem Restaurant ist, dass die Küche durchgehend von zwölf bis einundzwanzig Uhr geöffnet ist und eine deutsche genauso wie eine französische Küche für seine Gäste anbietet«, schnatterte sie, während sie sich vom *Tal der Blumen* entfernten. Theo atmete erleichtert durch.

*

Schon seit Stunden saßen Monika und Jasmin über den Akten des Förderprogramms, deren Freigabe Staatsanwalt Renske bei Herrn Dr. Briegel, erwirkt hatte. Der oberste Boss des Baudezernats Saarbrücken hatte sich nur widerwillig dieser Aufforderung gebeugt, weil er wusste, dass er gegen die Instanz der Staatsanwaltschaft keine Chance hatte.

»Hier hagelt es nur so Motive«, stellte Jasmin fest und hielt ein Papier in die Höhe. »Der Wasserspielplatz, der in den Park der ehemaligen *Gullivers Welt* gebaut werden soll, ist nämlich ein ewiger Streitpunkt.«

»Das habe ich auch herausgefunden«, bestätigte Monika. »Die Baufirmen Gustav Hartmann und Dieter Ruppert waren harte Konkurrenten, wobei Ruppert diesen Auftrag bekommen hat. Gustav Hartmanns Firma ist jetzt pleite.«

»Deshalb bringt jemand reihenweise junge Frauen um?«, zweifelte Jasmin.

»Dieter Rupperts Tochter Tamia ist unter den Opfern«, hielt Monika dagegen. »Nur verstehe ich nicht, wie diese Morde mit einem Bauauftrag für einen Spielplatz zusammenhängen können. Vielmehr könnten sie bewirken, dass die Fördergelder der EU gestrichen werden und der Wasserspielplatz nicht gebaut wird.« Entmutigt schaute Monika ihre neue Kollegin an, deren schwarzen Haare ein blasses Gesicht einrahmten, das im Neonlicht des Büros noch blasser wirkte. Jasmin sah auf eine ambivalente Art hübsch aus, fragil und verletzlich und dabei voller Anmut und Temperament. Wieder staunte Monika, denn Jasmin trug ihre Schönheit auf eine ganz natürliche Art, was nicht nur die Männer faszinierte, sondern sie selbst auch. Sie störte sich nicht daran, im Schatten ihrer Kollegin zu stehen. Das Gegenteil war der Fall: Sie freute sich, diese Frau zur Kollegin zu haben. Das würde wieder ganz neue Erfahrungen in ihr Leben bringen.

»Wenn Hartmann diesen Auftrag für den Wasserspielplatz nicht bekommt, dann keiner«, sinnierte Jasmin. »Vielleicht liegt darin das Motiv.«

»Das wäre aber ganz schön krank«, zweifelte Monika.

»Oder aber hier«, lenkte Jasmin ein und legte Monika einen Bericht vor, zu dem sie erklärte »Der Obergärtner Hilger Scharf übernimmt zurzeit vertretungsweise den Posten des Bezirksgärtnermeisters Manfred Ruffing.«

»Mist! Manfred Ruffing sollte ich doch sprechen. Den habe ich total vergessen«, gestand Monika zerknirscht.

»Manfred Ruffing ist mit seinem Auto verunglückt, als er die Metzer Straße hinunter in die Stadt Saarbrücken fahren wollte«, las Jasmin aus der Akte vor. »Seine Bremsen hatten versagt. Jetzt sitzt er mit schweren Verletzungen im Rollstuhl. Ob er seinen Job wieder antreten kann, ist fraglich.«

»Stand Hilger Scharf im Verdacht, die Bremsen manipuliert zu haben?«

»Nur für kurze Zeit«, antwortete Jasmin. »Es konnte nicht zweifelsfrei nachgewiesen werden, ob der Bremskraftverstärker manipuliert worden oder ob es ein Herstellerfehler war. Er hatte zu dem Zeitpunkt einen Pontiac Trans Sport der Opel Serie gefahren. 2,3 Liter Hubraum und 16 Zylinder. Also eine echte Rennmaschine. Hinzu kam, dass es kein Neuwagen war. Da könnte auch mal Materialermüdung eine Erklärung sein. Jedenfalls konnte nicht zweifelsfrei festgestellt werden, ob Hand an das Auto gelegt worden war.«

»Wie hängt dieser Vorfall mit unserer Mordserie zusammen?«

»Hilger Scharfs Rolle bei den Morden ist uns immer noch nicht ganz klar«, meinte Jasmin. »Als Obergärtner hat er alles unter Kontrolle.«

*

Sie ließen sich auf der Terrasse des Restaurant D'Alsace nieder. Die drückenden Temperaturen waren durch die beiden übergroßen Sonnenschirme nicht fernzuhalten. Auch wehte kein Lüftchen. Während Anna Bechtel unablässig von dem touristischen Zugewinn durch einen Wasserspielplatz schwärmte, hatte Susanne alle Mühe, ihr Kleid zurecht zu zupfen. Der Unterrock klebte zwischen ihren Beinen fest. Das war unangenehm. Ständig schaute sie an sich herunter, ob nur ja nichts von außen zu sehen sei. Mit dem Rücken lehnte sie an dem Geländer, das zur Außentreppe zeigte. Mit diesem Platz war sie nicht gerade glücklich. So konnte sie erst sehen, wer die Terrasse betrat, wenn er bereits oben angekommen war. Ihre Unruhe verstärkte sich. Auch das Gefühl, beobachtet zu werden, beschlich sie.

Rasch versuchte sie, sich auf etwas anderes zu konzentrieren. Der Blick reichte von ihrem Platz aus bis zu den Lokalen »Zum Ehrental« und »Deutsch-Französisches Café«, das sich hinter hohen Bäumen und Sträuchern verbarg. Der Lokschuppen der Kleinbahn befand sich hinter dem »Deutsch-Französischen Café«. Gerade in diesem Augenblick kam die Bimmelbahn herausgefahren und parkte an der Haltestation direkt gegenüber. Die mit roten Streifen verzierten kleinen weißen Waggons schimmerten. Das gleiche Muster zierte die Planen, die die offenen Kabinen abdeckten. An der Haltestation warteten einige Mütter mit ihren Kindern, die mit lautem Geschrei einstiegen. Fast lautlos schwebte ihm gleichen Augenblick eine Kabine der Seilbahn über das ganze Geschehen hinweg. Die Menschen, die darin saßen, winkten fröhlich allen zu, die sich auf der Erde befanden.

»Schön, nicht wahr!«, schwärmte Anna, die mit diesem Schauspiel vor ihren Augen genau das erreicht hatte, was sie wollte.

Die Karte wurde gereicht und wortlos begannen die beiden EU-Kommissare sich darin zu vertiefen. Susanne hatte schnell ihre Wahl getroffen. Sie entschied sich für pochierten Lachs in Hummersoße mit Salzwasserkartoffeln. Wenig Kalorien und guter Geschmack. Genau das Richtige für den Sommer. Zufrieden lehnte sie sich zurück und genoss die Stille, die gerade herrschte. Sogar Anna war in die Speisekarte vertieft. Sie entschied sich für ein paniertes Cordon Bleu vom Kalb mit Pommes frites. Das hätte Susanne nicht für möglich gehalten. Diese Frau war zwar eins fünfundachtzig groß, aber so knochendürr, dass man befürchten musste, sie könne in der Mitte durchbrechen. Dazu dieser Appetit ... Susanne rümpfte die Nase.

Die beiden Herren hatten sich inzwischen auch entschieden.

Als hätten sie sich abgesprochen, wählten sie beide »XL-Flammkuchen »Normandie« – Hefeteig mit Crème fraîche, Lachs u. Lauch – im Ofen gebacken.

Ein leises Donnergrollen meldete sich am Himmel. Wind kam auf. Erleichtertes Aufatmen ertönte auf der Terrasse.

Nur Anna schien diese Veränderung nicht zu registrieren, weil sie wieder damit beschäftigt war, den beiden EU-Kommissaren die Notwendigkeit des Wasserspielplatzes zu erörtern, der für die deutschen genauso wie für die französischen Kindergärten und Schulen zur Verfügung stehen sollte. »Damit wollen wir die Verkörperung für länderübergreifendes Zusammenwachsen der Kulturen schaffen. Ein Kinderspielplatz für deutsche und französische Kinder ist bewusst gewählt, damit schon im Kindesalter eine Selbstverständlichkeit zwischen verschiedenen Nationen erwächst, die sich immer weiter entwickelt. Nur so wird es uns gelingen, dass in naher Zukunft ein vereintes Europa nicht nur als Politikum existiert, sondern zur Normalität unter den Menschen wird.« Beifallheischend schaute sie auf die beiden EU-Kommissare, die zustimmend nickten. »So war unser Beispiel im deutschen Rosengarten doch eine perfekte Demonstration der Verständigung zwischen den Ländern. Unser französischer Gärtner François Miguel ist in die Arbeit des deutschen Rosengartens ebenso eingeweiht, wie unser deutscher Gärtner in die Arbeit des französischen Gartens.«

Susanne hatte Mühe, sich immer wieder diese Sprüche anzuhören. Dabei ahnte sie, dass Anna diese Ziele nur so lange predigte, bis sie das Geld sicher hatte. Aber das sollte Susanne nicht interessieren. Sie erledigte hier ihren Job, für den sie gekämpft hatte, der ihr durch die Frauenmorde in diesem Park jedoch äußerst verleidet worden war.

Die Getränke wurden serviert. Kalte Schorle oder Mineralwasser perlte in den Gläsern.

Eine Weile herrschte Schweigen. Sogar Anna wusste nichts mehr zu sagen. Diese Wohltat genoss jeder in dieser kleinen Runde.

Susanne ließ ihren Blick über das Gelände wandern. Schon sah sie ein bekanntes Gesicht. Der junge Auszubildende Lars König schlurfte am Restaurant vorbei. Sie winkte ihm zu, aber er reagierte nicht. Als sie seinen Namen rief, beschleunigte er sogar sein Tempo, als es sei es ihm peinlich, von ihr gesehen zu werden.

14

Blitze erhellten den nachtschwarzen Himmel, zerrissen das Wolkengebilde in zwei gezackte Teile und hinterließen einen ohrenbetäubenden Knall, der einem tödlichen Schuss glich.

Phönix stand mit ausgebreiteten Armen auf einer Anhöhe und blickte diesem gewaltigen Gewitter herausfordernd ins lodernde Auge. Der Regen prasselte auf seinen Körper nieder. Die Erde stand unter Strom – so wie er auch.

Er saugte jeden weiteren Blitz in sich auf, tankte dessen Energie und fühlte sich immer größer, stärker und besser.

Das war sein Zeichen.

Er musste handeln. Er wusste genau, was zu tun war.

Ein erneutes Donnergrollen zog über ihn hinweg, erschütterte die Erde, ließ den Boden unter seinen Füßen zittern. Vor Ehrfurcht bebte sein Körper. Von dieser Gewalt erfasst durchzuckte ihn der nächste Blitz wie ein Stromschlag. Tief atmete er die Spannung ein, ließ sie durch seinen Körper schießen, um sie als glühende Funken wieder auszuspeien.

Er war bereit.

Isabelle Briegel wartete auf ihn.

Sie sollte ihn an sein Ziel und seine Mission zum Erfolg führen.

Langsam zog das Gewitter weiter, zurück blieb heftiger Regen.

Er zog sich wieder an und entfernte sich von diesem Ort, der zu seiner Verheißung geworden war.

*

Lukas glaubte, ein Erdbeben sei ausgebrochen. Mit einem Schrei wachte er auf und spürte, wie sein Bett hin und her schwankte. Unter ihm rumorte es, Geräusche, die seine Angst noch mehr schürten. Bis ein lauter Knall begleitet mit einem »Scheiße« ertönte. Das klang nun doch verdächtig nach Theo.

»Was ist passiert?«, fragte Lukas. »Geht die Erde unter?«

»Nein! Ich habe mir nur den Kopf gestoßen, als ich mich

durch deinen Schrei erschrocken habe«, murrte Theo und kroch mit mürrischem Gesicht aus dem unteren Bett heraus. »Das ist ein Gewitter. Seit wann hast du Angst davor?«

Eine neue Windböe erfasste das Wohnmobil und rüttelte daran, so dass Theo im Zickzackkurs nach vorne zum Cockpit schwankte, wo er einen Blick aus dem Fenster wagen wollte.

»Hier drin fühlt es sich wesentlich schlimmer an als zuhause im sicheren Bett«, erklärte Lukas und stieg von seinem Etagenbett.

Beide schauten sich das Unwetter durch die Windschutzscheibe an. Die Bäume, die den Parkplatz säumten, bogen sich tief herunter. Grelle Blitze erhellten den Platz für Sekunden, so dass sie alles ganz deutlich erkennen konnten. Der Donner, der folgte, klang bedrohlich. Es rumpelte und krachte von allen Seiten.

»Sollten wir vielleicht mal im Park Patrouille schieben?«, fragte Theo. »Jetzt, wo wir schon wach sind.«

»Gute Idee. Dem Wahnsinnigen wäre zuzutrauen, dieses Gewitter für sich zu nutzen«, stimmte Lukas zu.

Sie zogen sich regenfeste Kleidung an, die sie extra für ihren neuen Job als Gärtner zur Verfügung gestellt bekommen hatten und verließen das Wohnmobil. Die Tür krachte mit einem lauten Knall an die Wand, als Theo sie öffnete. Um sie wieder zu schließen, mussten sie zu zweit daran ziehen, so stark drückte der Wind dagegen.

Dann öffnete Theo das Tor zum Park und sie gingen im Schutz der Bäume am Deutschmühlenweiher entlang.

»Ich glaube, der Regen erschlägt sämtliche Pflanzen im *Tal der Blumen*«, meinte Theo, als sie seine neue Arbeitsstätte passierten.

»Dir scheint dein neuer Job ja richtig Spaß zu machen«, hänselte Lukas. »Meine Sträuchergärten kann so schnell nichts erschüttern.«

»Du Glückspilz hast mal wieder die leichtere Arbeit erwischt«, stellte Theo naserümpfend fest.

Lukas lachte nur.

Inzwischen waren sie am Ehrenfriedhof angekommen, hatten aber keine ungewöhnlichen Bewegungen wahrgenommen. Im Schutz der Bäume gingen sie zwischen den Grabsteinen entlang. Leise fragte Lukas: »Glaubst du, der Täter wird zweimal an der gleichen Stelle zuschlagen?«

»Ich weiß es nicht«, gab Theo zu. »Aber was käme denn sonst noch infrage?«

»Dein *Tal der Blumen*!«

»Da war niemand«, erinnerte Theo. »Wir sind doch gerade dran vorbeigegangen.«

»Der Schattenhain oder der Garten am Silberahorn kämen noch infrage, wenn der Täter nur auf bepflanzten Flächen aktiv wird«, überlegte Lukas. »Ansonsten haben wir noch Plätze wie die Waldbühne oder den Berlin-Pavillon.«

»Und die beiden Rosengärten«, fügte Theo. »Die gibt es auch noch.«

»Stimmt! Dort sollten wir zuerst nachsehen.«

Ein Blitz erleuchtete den Ehrenfriedhof. Lukas konnte deutlich erkennen, wie sich jemand hinter dichten Hecken duckte. Sofort tippte er Theo an und gab ihm ein Zeichen.

In gebückter Haltung näherten sie sich der Stelle. Das Rascheln war fast nicht vom starken Regen zu unterscheiden. Plötzlich glaubte Lukas, ein Geräusch aus der anderen Richtung zu hören. Er drehte sich um, aber dort schimmerte es genauso schwarz.

»Was machst du?«, fragte Theo leise.

»Ich glaube, hier ist mehr als nur einer. Wir müssen uns aufteilen.«

Ein Donnergrollen übertönte jedes Geräusch – auch Theos Warnung, dass das zu gefährlich sei. Lukas verschwand in der Dunkelheit.

Als der nächste Blitz alles erhellte, erkannte Lukas zu spät die niedrige Steinmauer, die ein Grab umfriedete. Er stolperte und fiel vornüber auf den nassen Boden. Theo konnte ihn im kurzen Aufflackern beobachten. Auch sah er eine Gestalt, die sich hinter dem dazugehörigen Grabstein versteckte. Die Dunkelheit, die nun folgte, machte es ihm unmöglich zu erkennen, was dort geschah. Blind steuerte er in die Richtung, in der er Lukas glaubte, bis ein Knall ihn zu Boden fallen ließ. War das ein Donner oder der Schuss aus einer Waffe? Zumindest war er nicht getroffen worden. Nach Lukas rufen konnte er auch nicht, weil er sich und seinen Partner nicht verraten wollte. Also erhob er sich und ging geduckt weiter. Das Stöhnen, das er plötzlich deutlich vernahm, ließ eine Gänsehaut über seine Arme kriechen. War sein Kollege verletzt? Wieder wurde alles erleuchtet – gefolgt von dem nächsten Knall, den er jetzt eindeutig als Donner ausmachte. Da erst erkannte er Dimitri Wagner, der sich von dem hohen Monument ablöste, auf dessen Innenseite eine weibliche Heiligenfigur mit einem Lorbeerkranz eingehauen worden war. Es sah aus, als wollte er mit dem, was er in den Händen hielt, ausholen und auf Lukas einschlagen, der sich unter Stöhnen aufrappelte.

»Hände hoch oder ich schieße!«, schrie Theo, dass sich seine Stimme überschlug.

Dimitri schaute erschrocken auf, als würde er Theo jetzt er wahrnehmen. Die schwarzweißen Haare hingen seitlich am Kopf des Fotografen herunter. Das, was er in seinen Händen heilt, erwies sich als Fotoapparat, den Lukas ihm hastig abnahm.

*

Das geöffnete Fenster reichte nicht, um frische Luft in das Büro hereinzulassen. Trotz Gewitter in der Nacht war schon früh am Morgen die Luft wieder feucht und viel zu warm.

Dr. Briegel zog an seinem Krawattenknoten, als schnürte er ihm den Hals zu. Seine Tochter Isabelle saß in einer aufreizenden Aufmachung vor seinem Schreibtisch und hatte ihm gerade offenbart, dass sie die Schule hinschmeißen wolle. Dr. Briegel ahnte, dass ein Tag so nicht beginnen sollte. Seine Laune war auf dem Tiefpunkt. Isabelle war seine einzige Tochter – besser gesagt sein einziges Kind. Natürlich hegte er von Anfang an den Wunsch, dass sie es zu etwas ganz Besonderem bringen würde. Sie war hübsch und intelligent. Doch leider nutzte sie lieber das erste Attribut von beiden aus und das könnte fatale Folgen haben. Er musste jetzt Ruhe bewahren, durfte sie auf keinen Fall anschreien, damit würde er alles nur verschlimmern. Doch leider war er in Sachen Umgang mit jungen Frauen nicht sehr geübt. Bisher hatte das immer seine Frau übernommen. Doch in letzter Zeit hatte auch sie mehr Interesse an anderen Dingen, als an der eigenen Familie. Er fragte sich schon lange, ob sie fremdging, bekam aber weder Zeit noch Gelegenheit, das nachzuprüfen. Wenn er ehrlich zu sich selbst war, interessierte es ihn auch nicht wirklich. Ihre Ehe bestand schon viel zu lange nur noch auf dem Papier.

Doch Isabelle war etwas ganz anderes. Sie war seine große Hoffnung. Sie sollte später ein eigenverantwortliches Leben führen können, nicht auf Männer angewiesen sein, die sie aushielten. Doch ihre Offenbarung, mit siebzehn ohne Abschluss die Schule abzubrechen, versprach genau das, was er immer hatte vermeiden wollen.

Hatte er als Vater so versagt?

»Passe ich nicht in dein Weltbild, wenn ich meine eigenen Entscheidungen treffe?«, fragte sie provozierend.

Dr. Briegel zog seine Brille ab und rieb sich über die Nasenwurzel, die vom Gestell schon eingedrückt war.

»Das hat nichts mit meinem Weltbild zu tun, Liebes«, sprach er so ruhig er konnte. »Ich liebe dich und will, dass es dir gut geht. Das Leben besteht nicht nur aus dem Heute und Jetzt. Was willst du mal tun, wenn du nichts gelernt hast?«

»Ist dir noch nicht aufgefallen, dass heutzutage ohnehin keiner mehr Arbeit findet, der qualifiziert ist?«, konterte Isabelle. »Kein Arbeitgeber will mehr was bezahlen. Die holen sich doch lieber Rumänen oder Polen als Subunternehmer, um so wenig

Geld wie möglich bezahlen zu müssen. Oder Ein-Euro-Jobber, weil's billiger ist. Also warum jahrelang studieren und Leistungsdruck aushalten und hinterher doch arbeitslos herumhängen, weil die Migranten billiger arbeiten als wir?«

Das hatte Briegel befürchtet. Seine Tochter war viel zu intelligent um diese Entwicklung nicht mitzubekommen. Trotzdem musste er zusehen, dass es ihm gelang, sie mit seinen Argumenten zu überzeugen. Dafür war er ihr Vater. Er liebte sie viel zu sehr, um zusehen zu können, wie sie sich ihr Leben selbst verbaute. Er schaute sie an und setzte zu einer Rede an, als es an der Tür klopfte.

»Wer ist da?«, fragte er so unfreundlich, dass es schon an Wunder grenzte, dass die Tür tatsächlich aufging und sich ein Gesicht durch den Türspalt hereinstreckte. Es war Gustav Hartmann, der Bauunternehmer.

»Was wollen Sie jetzt hier?«

»Sie haben mich doch bestellt«, entgegnete Hartmann.

»Na gut, wenn Sie schon mal da sind«, meinte er ohne auf seinem Terminkalender nachzusehen

»Klar! Jeder andere geht vor deiner Tochter«, murrte augenblicklich Isabelle. »Mir aber was von wegen *du bist mir wichtig* vorlabern.«

»Ich warte solange draußen«, rief Hartmann und schloss die Tür wieder von außen.

»Ich labere dir nichts vor, Isabelle. Ich bitte dich, deinen Entschluss noch einmal zu überdenken.«

»O. k.«, willigte Isabelle zu Dr. Briegels Überraschung tatsächlich ein. Doch dann fügte sie hinzu: »Ist es auch in Ordnung für dich, wenn ich ein Jahr wiederhole, falls meine Bedenkzeit länger dauern sollte?«

Betreten schaute Dr. Briegel seine Tochter eine Weile an, bis er nachgab und meinte: »Das ist in Ordnung. Hauptsache ist doch, dass wir für dich eine Lösung finden, die dir gefällt und dich weiterbringt.«

Isabelle stand auf, ging um den Schreibtisch herum und nahm

ihren Vater in die Arme. Mit dieser Geste gelang es ihr, Dr. Briegel zu überraschen. Er ließ es sich gerne gefallen, spürte er doch, dass es ihm gelungen war, seiner Tochter ein Stück näher zu kommen.

Nachdem sie das Büro verlassen hatte, trat Gustav Hartmann ein. Sein Anliegen kannte Dr. Briegel inzwischen schon. Doch leider konnte er diesem Mann keine erfreulichen Neuigkeiten überbringen, da sich Dieter Ruppert trotz des Schicksalsschlages bereiterklärt hatte, den Auftrag auszuführen. Aber, wenn er so in das niedergeschlagene Gesicht dieses Mannes sah, tat es ihm leid, ihm schon wieder eine Absage erteilen zu müssen. Also beschloss er, Gustav Hartmann noch hinzuhalten. Hoffnung konnte Wunder in einem Menschen bewirken. Wer wusste schon, wofür er Hartmann vielleicht einmal gebrauchen könnte.

*

Zum ersten Mal seit diese Mordserie begonnen hatte, saßen Monika und Jasmin einem Verdächtigen gegenüber. Dimitri Wagner, der Zeitungsfotograf, der von Anfang an Susanne Kleber begleitet hatte, um über den *Deutsch-Französischen Garten* zu berichten, war für diese Taten prädestiniert. Nun galt es herauszufinden, wo sein Motiv lag. Seine Kenntnisse über die Örtlichkeiten allein reichten nicht aus, um ihn festzuhalten. Doch seine Festnahme direkt am Ort des Geschehens und sein bisheriges Verhalten hatten ihr Übriges dazu getan, dass er vom Zufallstreffer zum Hauptverdächtigen aufgestiegen war.

Mit dementsprechend großen Erwartungen starrten die beiden Frauen nun auf den Mann, der mit seinem zweifarbigen Irokesenschnitt eine absonderliche Erscheinung abgab. Hinzu kam seine Herkunft Russland mit der Bezeichnung Russland-Deutscher. Es konnte in Dimitris Fall nicht mehr hinterfragt werden, ob er wirklich ein Deutscher aus Russland war – also als Spätaussiedler in seine Heimat zurückgekehrt, oder ob er der Gruppe der Deutschrussen angehörte, die ebenso nach Deutschland ausgewandert aber nicht ethnisch deutsch bzw. deutschstämmig waren. Die deutschen Behörden waren während der neunziger Jahre nicht wachsam genug gewesen und hatten die Einwanderungsgesetze erst viel später verschärft. So fiel Dimitri durch jedes Raster und die Polizeibeamten waren gezwungen, ihm seine Geschichte zu glauben, dass er Deutscher sei.

Seit der letzten Nacht hatte seine Glaubwürdigkeit allerdings gelitten. Deshalb hatten Monika und Jasmin die Anweisung, diesen Mann in die Mangel zu nehmen, während der Dienststellenleiter Allensbacher und Amtsleiter Ehrling auf der anderen Seite des Einwegspiegels der Vernehmung zusahen.

Nachdem alle Daten über die Anwesenden und die Uhrzeit auf das Band gesprochen worden waren, fing Monika mit ihrer ersten Frage an: »Was haben Sie heute Nacht auf dem Ehrenfriedhof im *Deutsch-Französischen Garten* gesucht?«

»Ich wollte Fotos bei Nacht auf einem Friedhof machen«, antwortete Dimitri.

»Für wen?«

»Für mich.«

»Im starken Gewitter?«

»Gerade dann!«

»Wissen Sie, warum Sie hier sind?«, fragte Monika nun nach, weil ihr diese Art von Antworten nicht gefiel. So bekäme sie niemals eine Information, die sie weiterbrachte.

»Nein.«

»Weil Sie im Verdacht stehen, der *Mondschein-Mörder* zu sein?«

Endlich erwachte Dimitri aus seiner Lethargie. Heftig protestierte er: »Damit habe ich nichts zu tun! Ich fotografiere, sonst nichts.«

»Wo waren Sie am ...«, setzte Monika die Befragung stoisch fort.

»Halt!«, schrie Dimitri dazwischen. »Das ist nicht Ihr Ernst. Sie wollen sich doch wohl nicht nach meinen Alibis für diese grausamen Taten erkundigen.«

»Doch. Wir brauchen Ihre Alibis. Denn nur so können wir unseren Verdacht bestätigen oder aber ...« Monika ließ diesen Satz unvollendet.

»Ich weiß noch genau, wann diese Morde passiert sind. Das war immer nachts und da war ich allein, weil ich allein lebe. Aber deshalb bin ich noch lange kein Mörder«, versuchte nun Dimitri seinen Kopf aus der Schlinge zu ziehen.

Doch Monika reagierte nicht auf seinen kläglichen Versuch. Sie meinte nur: »Also keine Alibis. Dann kommen wir zum nächsten Punkt, nämlich zum Motiv.«

»Ich habe kein Motiv, weil ich diese Frauen überhaupt nicht gekannt habe«, brüllte Dimitri, was Monika und Jasmin mit Schweigen zollten. Sofort zügelte sich der Fotograf und sprach mit ruhigerer Stimme: »Glauben Sie mir doch! Ich wollte wirklich nur fotografieren.«

»Sie wissen wohl am besten, was in diesem Park passiert ist, weil Sie fast jedes Mal dabei waren. Deshalb ist es nicht glaubwürdig, dass Sie in einer Zeit, in der dieser Park zum Mittelpunkt von polizeilichen Ermittlungen geworden ist, einfach so herumspazieren und fotografieren. Halten Sie uns nicht für dumm!«

»Aber ich habe kein Motiv für diese Morde, wie Sie selbst gesagt haben.« Versuchte Dimitri es auf diese Weise. »Ich habe diese Frauen nicht gekannt.«

»Wir haben drei Morde, die inzwischen einem Täter zugeordnet werden können. Also sprechen wir von einem Serienmord«, schaltete sich Jasmin in das Gespräch ein, weil Monika tief durchatmen musste, um Ruhe zu bewahren. »Außerdem ist erwiesen, dass Serienmörder ihre Opfer normalerweise nicht kennen. Ein Serienmörder sucht gewöhnlich fremde Personen aus, um damit keine Hinweise auf sich selbst zu geben.«

Damit hatte sie Dimitri aus der Fassung gebracht. Mit offenem Mund starrte er die junge Kommissaranwärterin an.

*

Die Schwüle dauerte weiter an. Lukas fühlte sich genervt, als er versuchte, die abgebrochenen Äste zwischen den gesunden Sträuchern herauszuschneiden und auf einem Haufen zu sammeln. Er schwitzte wie noch nie in seinem Leben. Dieses gelbe Zeug dazwischen sah aus, als wäre es von Läusen und Würmern befallen. Wütend stach er in den aufgeweichten Boden und grub ganze Büschel davon heraus. Eine weiße Blüte ließ er vorsichtshalber mal dazwischen stehen. Sie sah interessant aus. Das T-Shirt klebte an ihm. Außerdem juckte seine Haut wie verrückt. Moskitos, Schnaken und Stechmücken schwirrten um ihn herum und suchten ständig Landeplätze auf seiner Haut. Auch was er an seinen Armen sah, gefiel ihm nicht. Durch den Sonnenbrand schälte sich seine Haut und hervor kam wieder das Schneeweiß, als hätte er diesen Sommer noch keinen Sonnenstrahl gesehen. Es war ein Fluch, so blass zu sein. Gerne wäre er auch mal gebräunt, aber er schaffte es nur, krebsrot aus der Sonne zu kommen.

Murrend zerrte er an einem dicken Ast, den der Gewittersturm letzte Nacht quer durch eine Zierstaude geschleudert hatte. Lavendelblaue, kugelförmige Blüten waren scharenweise von den langen, blattlosen Stängeln abgeknickt worden – ein Anblick, der sogar Lukas leid tat. Diese Blüten sahen schön aus und er verstand nicht, was diese Pflanze beim Heidekraut zu suchen hatte. Aber das sollte nicht sein Problem sein. Also arbeitete er sich weiter durch das Gehölz, um aus dem Heidegarten wieder eine begehbare Landschaft für Naturfreunde zu machen. Wieder fiel ihm dieses gelbe Gehölz auf. Er grub es aus und war mit seiner Arbeit sehr zufrieden, als nur noch das lavendelfarbene Beet zurückblieb.

Unter seiner linken Achselhöhle spürte er plötzlich ein Picken und Beißen, das so unerträglich wurde, dass er sämtliche Gerätschaften fallen ließ, aus dem Gestrüpp rannte und sich das T-Shirt auszog, um diese Stelle genauer zu untersuchen.

Er konnte nicht glauben, was er dort sah: eine dicke Zecke. Sofort wurde ihm mulmig. War nicht die Rede davon, wie gefährlich Zecken sein konnten? Borreliose hieß eine der beiden Krankheiten. Die Schlimmere wollte ihm gerade nicht einfallen. Schlagartig fühlte er sich schlecht.

Er zupfte an der Zecke, doch sie saß so fest, dass nichts passierte. Was sollte er jetzt tun? Die einzige Hilfe, die ihm einfiel war Theo. Er wollte sein T-Shirt überziehen und losrennen, als plötzlich zwei Hände danach griffen.

»Hey Süßer! Ziehst du dich hier auf der Heide für mich aus?«

Erschrocken drehte sich Lukas um und sah in das verführerisch grinsende Gesicht von Isabelle Briegel.

»Was tust du hier?«, fragte er erschrocken. »Du solltest in der Schule sein!«

»Ich habe andere Pläne«, schnurrte sie wie eine Katze.

»Aber nicht mit mir«, stellte Lukas klar.

»Nur mit dir!« Isabelle lachte und nahm Lukas das T-Shirt weg. »Ich stehe auf rothaarige Männer. Du bist genau mein Typ.«

»Verdammt! Gib mir das T-Shirt zurück!« Lukas wurde sauer.

»Deine Haut sieht aus, als hätte sie zu lange in der Sonne gelegen.« Isabelle lachte und näherte sich rückwärts dem oberen Rand des Heidegartens, der von Bäumen und Sträuchern gesäumt wurde.

Lukas machte einen Satz auf sie zu und entriss ihr das T-Shirt. Beim Versuch, es wieder anzuziehen, spürte er Isabelles Hände an seinem Hosenlatz. Vor Schreck wich er nach hinten aus, stolperte über eine Baumwurzel und fiel der Länge nach auf den nassen Boden.

»Lass mich doch nachschauen«, gurrte Isabelle, die ihm im gleichen Tempo folgte. »Ich will wissen, ob deine Schamhaare auch rot sind. Das macht mich nämlich total geil! Dann bist du vor mir nicht mehr sicher.«

»Ich glaube, du spinnst«, brüllte Lukas und wehrte sich gegen die geschickten Hände dieser jungen Frau. »Du bist noch ein Kind! Was hat dir dein Alter beigebracht außer Ficken?«

Erschrocken ließ Isabelle von Lukas ab und starrte ihn böse an.

»Lass meinen Vater aus dem Spiel!«, keifte sie plötzlich. »Nur weil du impotent bist, hast du kein Recht, über meinen Vater herzuziehen.«

Lukas erhob sich und spürte, dass sein Hosenboden durchnässt war. »Das Beste ist, wenn du jetzt gehst.«

»Klar! Ich werde Hilger Scharf einfach mal etwas über dich erzählen.«

Isabelle griff sich mit beiden Händen an den Kragen ihrer Bluse. Lukas ahnte sofort, was sie vorhatte. Wie ein Blitz schoss er auf sie zu und packte sie an beiden Händen, damit sie sich ihre Bluse nicht zerfetzen konnte.

»Lass das!«, bat er. »Ich habe dir nichts getan. Warum willst du mir schaden? Weil ich mich nicht von dir verführen lasse?«

Isabelle wirkte mit einem Mal hilflos. Endlich war ihr das richtige Alter anzusehen – ihr Gesicht nahm schon fast kindliche Züge an, als ihre Lippen zu zucken begannen und ihre Augen sich mit Tränen füllten.

»Ich bin zu alt für dich«, sprach Lukas weiter. »Und du bist viel zu hübsch, um dich an irgendwelche Männer zu werfen. Denk einfach mal darüber nach.«

Isabelle verharrte in dieser Haltung – unentschlossen, was sie tun sollte. Ihre Mimik wechselte zwischen Unsicherheit und Trotz.

»Was ist hier los?«, hörten sie plötzlich die laute Stimme des Obergärtners Hilger Scharf.

Hastig zog Lukas sein T-Shirt an. Doch schon hörte er den Mann schreien: »Was fällt dir ein, der Tochter des Baudezernenten mit nacktem Oberkörper entgegenzutreten? Willst du Isabelle anmachen? Sie ist noch ein Kind!« Lukas wollte etwas entgegnen, aber dazu kam er nicht. »Solche Hallodris brauche ich nicht im DFG. Hier herrschen Sitte und Anstand.«

»Ich habe nichts getan«, wehrte sich Lukas endlich.

Doch der Obergärtner tat so, als hätte er nichts gehört. »Ich werde dafür sorgen, dass du gefeuert wirst.«

»Hallo«, brüllte Isabelle dazwischen. »Du wirst hier niemanden feuern!«

Erstaunt hielt der Obergärtner kurz inne und schaute überrascht auf die junge, rothaarige Frau, deren Gesichtsfarbe sich ihren Haaren anpasste. »Wenn hier jemand Leute einstellt oder feuert, ist das mein Vater. Aber nicht du.«

»Du verstehst hier etwas nicht«, wollte der massige Mann einwenden, doch Isabelle ließ ihn nicht zu Wort kommen: »Ich verstehe genug. Du spielst dich hier auf wie der Oberboss, dabei bist du nur ein Handlanger für meinen Vater. Der bestimmt nämlich, wer hier arbeitet. Also lass Lukas in Ruhe!«

»Ich glaube, ich muss deinem Vater mal sagen, dass er eine echte Rotzgöre großgezogen hat.«

»Tu das! Dann bist du deinen Job los«, gab Isabelle giftig zurück. »Ich sorge ohnehin dafür, dass genau das passiert. Deine Einmischungen hier überall gehen nämlich zu weit. Du spielst dich auf, als sei Manfred Ruffing schon tot und du schon zum Bezirksgärtnermeister befördert worden. Das soll aufhören. Sobald Manfred wieder gesund ist, bist du deinen Posten los und Lukas übernimmt deinen Job.«

Lukas bekam ganz heiße Ohren als er hörte, wie diese junge Frau den großen, massigen Mann zusammenstauchte.

Hilger Scharfs Gesicht wurde zuerst dunkelrot, dann kalkweiß. Aber er sagte kein Wort.

Isabelle drehte sich um und stolzierte davon.

Die beiden Männer starten ihr hinterher.

»Wer ist Manfred Ruffing?«, fragte Lukas in die Stille.

Der große, massige Mann warf Lukas einen finsteren Blick zu und fragte zurück: »Wer bist du? Warum stellst du solche Fragen?«

Lukas hielt seinem Blick stand, weil er gerade genauso drauf war.

»Ich habe dich was gefragt, antworte mir!«, forderte ihn der

Obergärtner barsch auf.

»Du weißt, warum ich hier bin«, gab Lukas zurück. »Vielleicht hat das Arbeitsamt dir zum ersten Mal einen Gärtner geschickt, der sich nicht vor Angst vor dir in die Hose macht.«

Hilgers Gesicht wurde rot. »Vor mir? Vor mir muss sich niemand fürchten, der seine Arbeit macht«, schrie er. »Nur habe ich meine Zweifel, ob du jemals was mit Pflanzen zu tun hattest in deinem Leben. Wenn ich mir anschaue, was du mit dem Eisenkraut anstellst, wird mir schlecht.«

»Was mache ich denn?«, schimpfte Lukas, dem schlagartig noch heißer wurde. Hoffentlich war Eisenkraut dieses lavendelblaue Zeug. »Ich befreie das Kraut doch nur von den Ästen, die das Gewitter reingeschlagen hat«, versuchte er von seiner Unwissenheit abzulenken.

»Dabei entwurzelst du die Tabakstauden, die mal dazwischen standen. Ich sehe keine einzige gelbe Blüte mehr.«

Lukas atmete erleichtert durch. Er hatte also richtig geraten — was angesichts der Vielfalt der Pflanzen vor ihm an ein Wunder grenzte. Denn außer dem Eisenkraut sah er nichts. Oder … Siedend heiß fielen ihm diese gelben, hässlichen Blüten ein.

»Da war keine Tabakpflanze«, wehrte er sich schwach. »Als ich hier heute Morgen mit meiner Arbeit angefangen habe, war nur Eisenkraut in dieser Ecke zu sehen.«

Hoffentlich glaubte der Obergärtner ihm.

Aber das tat er nicht. Er nahm einen Plan aus seiner Hosentasche, der reichlich verknittert war. Trotzdem konnte er alles lesen, was darauf stand. Laut las er vor: »Hier steht *Nicotiana Dymond Lime Green* und *White*. Jetzt rate mal, was das heißt?«

Lukas riet blind drauf los: »Weiße und gelbe Tabakpflanze.«

»Der Kandidat hat neunundneunzig Punkte. Noch einen und du hast dir deinen Job fürs Erste gesichert.«

Lukas könnte diesem Mann das Gesicht polieren. Doch er beherrschte sich. Er hatte eine Aufgabe zu erledigen. Auch durfte er Hugo Ehrling nicht schon wieder enttäuschen. Also schluckte er seine Wut herunter und wartete, was Hilger Scharf nun vorbringen würde.

»Nun zeig mir doch bitte die weißen und gelben Tabakpflanzen.«

Zu seinem Glück fiel Lukas der weiße Kelch ins Auge, den er vor wenigen Minuten zufällig verschont hatte. Ohne zu wissen, auf was er zeigte, tat er es einfach und hoffte inständigst, damit richtig zu liegen. Es war nämlich sonst keine weitere Auswahl mehr in dieser Ecke.

»Da nur eine einzige weiße Pflanze im gesamten Heidegarten übriggeblieben ist, war es keine Kunst, auf die richtige zu zeigen«, brummte Hilger Scharf. »Deshalb bleibe ich auf der Hut.«

Was trieb Hilger Scharf an, sich ihm gegenüber so feindselig zu verhalten? Lukas ahnte, dass mehr dahinter steckte. War es möglich, dass der Obergärtner hinter den Taten steckte und in Lukas und Theo eine Gefahr für seine Anonymität sah? Das musste Lukas seinen Kollegen melden. Denn auf diesen Mann passte wirklich alles, was sie bisher ermittelt hatten. Auch das plötzliche Auftauchen immer im richtigen Augenblick gab Lukas das Gefühl, dass Hilger Scharf alles im Auge hatte – nur nicht den Garten. Dazu die Andeutungen dieser Siebzehnjährigen ... Wie viel wusste Isabelle? Konnte er ihre Informationen ernst nehmen?

*

Anna Bechtel sah nicht ein, sich im Vernehmungsraum zu setzen. Wütend stolzierte sie von einer Ecke in die nächste, um so die Wartezeit zu überbrücken. Dienststellenleiter Wendalinus Allensbacher und Kriminalrat Hugo Ehrling wollten diese Frau zusammen mit dem Staatsanwalt befragen, weshalb sich die Wartezeit verlängerte. Renske musste von seinem Büro in der Staatskanzlei den Weg durch die Mainzer Straße zum Landespolizeipräsidium zurücklegen, was in der Mittagszeit ein schwieriges Unterfangen war. Die Straßen waren verstopft, die Menschen unaufmerksam, weil die lange Hitze- und Schwülewelle alle fertigmachte. Die Wolken hatten sich aufgelöst und der Sonne Platz gemacht, die jetzt eine unerträgliche Hitze über der Stadt ausbreitete. Alles fühlte sich an wie in einem Kochkessel. Im Großraumbüro liefen die Ventilatoren auf Hochtouren. Allensbacher hatte inzwischen schon seinen Anzug gewechselt, weil der erste bereits durchgeschwitzt war. Hugo Ehrling trug zum ersten Mal seit er das Amt des Kriminalrates innehatte nur sein Hemd. Seine Jacke hatte er abgelegt und seine Krawatte gelockert. Sein Anblick brachte alle aus dem Konzept. So leger kannte ihn niemand.

Endlich betrat Renske das Großraumbüro.

Im Gegensatz zu Hugo Ehrling trug er nach wie vor Anzug und Krawatte und wirkte dabei so frisch, als sei er gerade aus der Dusche gestiegen.

Während sie sich in den Raum zu Anna Bechtel begaben, stellten sich die übrigen Beamten auf die andere Seite des Einwegspiegels, um das Gespräch beobachten zu können. Die exotische Leiterin des Amtes für Grünanlagen, Forsten und Landwirtschaft gab allen Rätsel auf.

Renske begrüßte Anna Bechtel nur flüchtig und forderte sie auf, sich zu setzen.

»Ich bleibe lieber stehen«, stellte die große, dünne Frau klar.

Sie überragte Renske um einige Zentimeter. Schnell war klar, was sie mit ihrer Haltung bewirken wollte. Doch kaum hatte Allensbacher den Vernehmungsraum betreten, kehrten sich die Verhältnisse um. Der Dienststellenleiter überragte wiederum Anna Bechtel, was den Widerstand dieser Frau sofort in Nichts auflöste. Wortlos ließ sie sich auf den Stuhl sinken.

»Wenn das ein Verhör wird, möchte ich meinen Anwalt dazu rufen«, rief sie, bevor Renske oder Allensbacher etwas sagen konnten.

»Erstens gibt es kein Verhör – heute nennt man das Vernehmung! Zweitens wurden Sie zu einer Befragung eingeladen.«

Anna blieb misstrauisch. Mit ihrer Handtasche auf dem Schoß, als wollte sie sich vor den Männern schützen, saß sie knapp auf der Stuhlkante und nickte verhalten.

Renske klärte zuerst die Formalitäten, bevor er seine erste Frage stellte: »Sie sind die Tante von Indra Meege?«

»Ja!«

»Und Ihre Nichte hat bei Ihnen in einer Gewitternacht Unterschlupf gesucht?«

»Davon weiß ich nichts«, gab Anna mürrisch zurück.

»Dann helfen wir Ihrem Gedächtnis auf die Sprünge«, wandte Renske ein. »Das war am Montag vor einer Woche. Die Mitbewohner des Miethauses, in dem Sie wohnen, konnten uns sogar den Gesprächsverlauf wiederholen, weil Sie sich laut im Flur gestritten haben. Die Beschreibung ihrer Besucherin passt haargenau auf Indra Meege, Ihre Nichte.«

Anna Bechtel schwieg.

»Also haben wir das schon mal geklärt.« Renskes Tonfall wurde süffisant. »Nun können Sie uns bestimmt auch erklären, warum Sie Ihre Nichte mit keinem Wort erwähnt haben, als die Polizei versucht hat, das zweite Opfer aus dem *Deutsch-Französischen Garten* zu identifizieren.«

»Nein! Kann ich nicht«, gab Anna schnippisch zurück.

»Sogar der Name des Opfers ist im Zusammenhang mit einem Phantombild des Täters in der Zeitung veröffentlicht worden«, schaltete sich Allensbacher ein. »Nämlich in der Saarbrücker Zeitung, mit der Sie eng zusammenarbeiten. Sie können uns nicht weismachen, diesen Artikel nicht gelesen zu haben.«

Anna verschränkte ihre Arme vor der Brust, eine deutliche Abwehrhaltung. Aber sie sagte nichts.

»Durch Ihr Schweigen ist uns der Täter weiterhin einen Schritt voraus«, ergriff wieder Renske das Wort. »Das heißt, dass er wieder getötet hat und wenn wir weiterhin im Dunkeln tappen sich noch weitere Opfer suchen wird.«

»Die Aufklärung dieser Morde ist wohl Ihr Problem – nicht meins.«

Die Kaltschnäuzigkeit brachte Renske aus dem Konzept. Allensbacher sprang wieder für ihn ein und sagte: »Ihr Verhalten ist uns Hinweis genug, dass das Motiv für die Taten im *Deutsch-Französischen Garten* liegt.«

»Das ist doch albern«, begehrte Anna mit schriller Stimme auf.

»Fallen Sie mir nicht ins Wort!«, brüllte Allensbacher so laut, dass Anna Bechtel tatsächlich verstummte. »Sie haben uns bewusst ein wichtiges Detail zu den Ermittlungen verschwiegen, nämlich dass sie Indra Meege kennen und sie Ihre Verwandte ist.«

»Was ist daran wichtig?«

»Die Verbindung zum *Deutsch-Französischen Garten*. Wir wissen jetzt, dass den Täter etwas antreibt, was mit diesem Garten zu tun hat. Wir wissen nur nicht, was.«

»Das ist Unfug«, wehrte sich Anna. »Wir gestalten einen Erholungspark für Touristen und Einheimische. Dafür mordet doch niemand.«

»Es muss noch mehr geben. Keine Welt ist so heil, wie Sie diesen Park darstellen wollen«, erklärte nun Renske. »Wir müssen von Ihnen wissen, welche Bedingungen erfüllt sein müssen, um die Subventionen aus Brüssel zu bekommen. Außerdem soll ein Wasserspielplatz gebaut werden. Wer entscheidet über die Vergabe dieses Auftrags? Welche Voraussetzungen müssen dafür erfüllt werden? Diese Fragen müssen wir klären.«

»Das hat nichts mit diesen Morden zu tun.« Anna Bechtel versteifte sich auf ihre Meinung. »Ein Wasserspielplatz ist für Kinder. Außerdem wird es ein deutsch-französischen Projekt, um die Zusammenführung der Menschen im Grenzgebiet schon im Kindesalter zu fördern. Die toten Frauen sind alle Deutsche. Also sind Sie auf dem Holzweg.«

»Die Ermittlungen leiten immer noch wir«, stellte Allensbacher klar.

»Dann ermitteln Sie doch!«

»Wenn Sie sich weiterhin weigern, uns die geforderten Auskünfte für die Klärung dieser Fälle zu geben, bekommen Sie Schwierigkeiten wegen Behinderung der Justiz.« Diese Drohung sprach Renske aus.«»Ihr Zickengehabe geht uns nämlich gegen den Strich. Aus einer Laune heraus eine Ermittlung zu sabotieren gehört nämlich nicht zu Methoden, die wir stillschweigend hinnehmen.«

Plötzlich veränderte sich Anna Bechtels Gesichtsausdruck. Sie schaute sich hektisch um, stellte die große Handtasche endlich auf den Boden und stützte ihre Arme auf dem Tisch ab, bevor sie sprach:»Ich habe einen dummen Fehler gemacht, das weiß ich jetzt.«

Renske und Allensbacher schauten sich irritiert an.

»Indra Meege ist meine einzige Verwandte, das stimmt. Ich hatte mich um sie gekümmert, als ihre Mutter einfach so nach Australien abgehauen ist. Indra war mit dieser Mutter wirklich beschissen dran. Doch meine erzieherischen Methoden haben versagt. Ich wollte aus ihr einen glücklichen Menschen machen. Aber leider hat sich Indra für ein Leben mit Kriminalität und Drogen entschieden.«

»Deshalb haben Sie sie nicht mehr in ihre Wohnung gelassen? Weil sie sich für ein anderes Leben entschieden hat?«, fragte Renske leise.

»Nein. Sie war mir peinlich. Ich habe mich für sie geschämt. Nur deshalb habe ich verschwiegen, dass sie meine Nichte ist. Das ist alles. Umso mehr erstaunen mich Ihre Spekulationen darüber, warum ich geschwiegen habe. Dabei ist der Grund so trivial.«

Renske und Allensbacher beendeten das Gespräch – nicht ohne das Gefühl einer neuen Schlappe bei ihren Ermittlungen.

15

Seine Erregung wuchs mit jeder Sekunde in der heißen Sonne, die seine Emotionen zu einer Feuersglut zusammenschmelzen ließ. So bündelte er ihre ganze Intensität, materialisierte sie, gab ihr Raum und Platz und gleichzeitig Bedrängnis. Als Explosion der Gefühle würde er sie herausschießen lassen und somit seinen Zorn in Energie umwandeln.

Lustvoll stöhnte er bei der Vorstellung, was ihn erwartete. Diese rote, feurige Xanthippe entsprach genau seinem Geschmack. Phönix und Isabelle würden sich ergänzen wie »Jing und Jang«. Zusammen würden sie ein Feuer bilden, wie es die Welt noch nicht gesehen hatte.

Laut drehte er den dritten Satz der Mondscheinsonate auf – das leidenschaftliche Finale, das in diesem Augenblick genau sein Innerstes widerspiegelte und seine Gedanken beflügelte. Es fühlte sich an, als würde das Blut in dreifacher Geschwindigkeit durch seine Adern pulsieren, so schwungvoll erklangen die Klaviertöne. Was für ein wütender Abschluss aufsteigender Arpeggi!

Nur so war dieser Satz zu erklären – nur so konnte er verstehen, warum diese Sonata für ihn persönlich geschrieben worden war. Als habe sein Geist schon damals Beethovens Gedanken beeinflusst und ihm genau diese Klänge aufgedrängt.

Er lachte.
Er fühlte sich unbesiegbar!
Er war unbesiegbar.
Und unsterblich!
Denn er war Phönix!

*

Einerseits enttäuscht über die neue Sachlage bei den Ermittlungen, andererseits voller Vorfreude auf seine »Park-Suite« im Victor's Hotel steuerte der Staatsanwalt seine luxuriöse Unterkunft an. An der Rezeption war er lediglich als Helmut Renske bekannt. Er war sich sicher, dass niemand in diesem Haus wusste, warum er tatsächlich hier eingecheckt hatte.

Er öffnete die Tür, trat ein und fühlte sich schlagartig in eine andere Welt versetzt. Erleichtert ließ er alles fallen, was er in den Händen trug und steuerte zu allererst das Badezimmer an. Die Eckbadewanne in hellen Fliesen war für seine Körpermaße wie geschaffen. Sein Bademantel und die Pantoffel, die vom Hotel gestellt wurden, hingen hinter der Tür und warteten auf ihren Einsatz. Nach diesem heißen Tag, an dem er mehr geschwitzt hatte als vermutlich im ganzen letzten Sommer, durfte er nun in die Fluten steigen.

An den Beckenrand stellte er sich ein Glas Rotwein und die Speisekarte, die er sich auf seine Suite heraufschicken lassen hatte. Schließlich musste er heute Abend noch arbeiten, was er am liebsten bei einem guten Essen tat.

Das Wasser war eine Wohltat. Sofort entspannte er sich und suchte auf der Karte nach Salaten – angemessen zur Sommerzeit. Doch je länger er die Aufzählung der Gerichte durchlas, umso mehr Hunger verspürte er. Er ahnte, dass sein Vorhaben, Kalorien zu reduzieren, an diesem Abend noch nicht umsetzbar sein würde. So verlockend las sich z. B. »Kaninchen Korsische Art mit getrockneten Aprikosen, Kräuterkartoffeln und Salat«. Da hatte er ja seinen Salat. Renske lachte. Sein Gaumen reagierte schon, denn das Wasser lief ihm im Mund zusammen.

Nach dem ausgiebigen Bad fühlte er sich wie neugeboren. Er zog seinen inzwischen dritten Anzug für diesen Tag an und verließ die Suite, um das Speiserestaurant anzusteuern. Die Flure waren erstaunlich leer. Niemand zu sehen, nichts zu hören. Durch die Lichtkuppeln in den Decken war der Flur heiß und hell erleuchtet. Renske sah zu, dass er nicht schon wieder in Schweiß ausbrach und eilte auf den Aufzug zu, dessen Tür offenstand, als würde er ihn erwarten.

Unten angekommen durchquerte er das Speiselokal und steuerte die Terrasse an. Dort hatte er sich zum Glück einen Tisch reservieren lassen, denn es herrschte in den angenehmen Temperaturen des Abends viel Betrieb. Sein Blick reichte über den Deutschmühlenweiher bis zur Halbkuppel vor dem Lesepavillon. So hatte er eine gute Möglichkeit, beim Essen alles genau im Auge zu behalten.

Während er auf seine Bestellung wartete, wanderten seine Erinnerungen an die Nacht mit Silvia zurück. Diese Frau in seiner Nähe zu haben war etwas Außergewöhnliches. Sie weckte Leidenschaften in ihm, von denen er vorher selbst nichts gewusst hatte. Wie gerne hätte er sie heute Abend dabei gehabt. Da wäre ihm sein Einsatz, Lukas und Theo bei den nächtlichen Patrouillen zu beobachten, egal gewesen. Silvia konnte ihm zeigen, dass das Leben aus mehr bestand als Arbeit oder Erfolg. Doch leider musste sie an ihrem Täterprofil arbeiten. Dabei fühlte sie sich im aktuellen Fall stark gefordert, weil diese Taten trotz einer gewissen Signatur große Unterschiede aufwiesen. Zumindest hatte Silvia ihm das so zu erklären versucht. Doch Renske verstand diese Art von Arbeit nicht, weshalb er der Profilerin eine große Bewunderung zollte. Also begnügte er sich damit, den lauwarmen Abend allein zu verbringen, ließ sich mit Tomaten und Mozzarella gefüllte Kalbsschnitzel auf Kräuterjus mit Bratkartoffeln und Gemüse servieren. Dazu trank er einen Weißburgunder, dessen milder Geschmack mit ein wenig Restsüße das Essen vollkommen machte.

Lange saß er auf der Terrasse. Er wollte der Letzte sein, der in seine Suite zurückkehrte, weil er noch etwas zu erledigen hatte. So fiel es ihm nicht schwer, nach dem Essen auch noch ein Dessert zu wählen, wobei er sich für Käse entschied und dazu ebenfalls den passenden Wein, einen jungen, fruchtigen Beaujolais. So ließ er den Abend ausklingen und fühlte sich wohl.

»Darf es noch etwas sein?« Leise drang diese Frage an Renskes Ohr. Überrascht schaute sich der Staatsanwalt um und stellte fest, dass die Terrasse inzwischen menschenleer geworden war. Auch die vielen Besucher im Park waren verschwunden. Nächtliche Stille umgab ihn. Die Atmosphäre und seine Gedanken hatten ihn so eingelullt, dass er nicht bemerkt hatte, wie die Zeit vergangen war.

Rasch bedankte er sich und verließ den Tisch.

*

Lustlos schaufelten Lukas und Theo das Essen in sich hinein, das sie mittels eines kleinen Gaskochers im Wohnmobil zubereitet hatten. Die Blicke der Nachbarn gingen ihnen immer mehr auf die Nerven. Ständig wurden sie belächelt, als wollten sie den beiden Männern vollstes Verständnis zollen.

Lukas hatte es inzwischen geschafft, sich von der Zecke zu befreien. Zurückgeblieben war ein roter Fleck, der schrecklich juckte. Die Hitze in dem engen Raum trieb den Schweiß genau an diese Stelle, was den Juckreiz noch erhöhte.

»Ich glaube, wir sollten rausgehen und die Leute darüber aufklären, dass wir kein Paar sind«, murmelte Theo mit vollem Mund. »Hier drin ist es nämlich stickig und draußen ist die Luft inzwischen abgekühlt.«

»Dann mach das mal«, entgegnete Lukas. »Je mehr wir zu unserer Verteidigung vorbringen, umso weniger glaubwürdig sind wir. Dann lächeln sie höchstens noch breiter und eine Spur Mitleid schwingt mit.«

»Könnte natürlich auch sein.«

Nach dem Essen spülten sie das Geschirr, was in der Enge zu neuen Diskussionen führte. »Ich kann nur hoffen, dass wir mit diesem Einsatz schnell durch sind«, murrte Theo. »Ständig kleben wir aneinander, dass die Leute ja einen falschen Eindruck von uns haben müssen.«

»Tut mir leid, wenn ich dir zu nahe komme«, grummelte Lukas. »Aber in Luft auflösen kann ich mich noch nicht.«

»Dann spülen wir in Zukunft abwechselnd und nicht zusammen«, schlug Theo vor.

»Wer macht den Anfang?« Lukas schaute Theo grinsend an, weil er wusste, dass sich dafür niemand melden würde.

»Wir sollten zu unserer Patrouille aufbrechen«, schlug Theo stattdessen vor, »und so lange wie möglich im Park bleiben. Dann kommen wir auf andere Gedanken.«

Sie ließen alles stehen und liegen und brachen auf. Niemand

der anderen Karavanplatz-Besucher war zu sehen. Ihre Aufenthaltsplätze befanden sich zur Mitte des Parkplatzes, während Lukas und Theo ihr Wohnmobil anders herum abgestellt hatten. So konnten sie sich vom Platz in Richtung Park entfernen, ohne dass es jemand mitbekam.

Leise schlossen die das Tor hinter sich und atmeten erleichtert durch. Die Nacht war angenehm. Es wehte ein erfrischendes Lüftchen. Grillen zirpten und gelegentlich vernahmen sie ein Kratzen, Huschen und Scharren, als würden kleine Tiere unter dem Dickicht vor ihnen die Flucht ergreifen. Entspannt schlenderten sie am Deutschmühlenweiher entlang und genossen die kühle Nachtluft.

Ein Kreischen aus der Ferne ertönte.

Erschrocken blieben beide stehen. Das Kreischen wiederholte sich. Dann wieder. Und wieder. Bist es verstummte.

*

Im Foyer hatte Renkse die Wahl zwischen Aufzug und Treppen. Treppensteigen würde seinen überflüssigen Pfunden bestimmt gut tun, überlegte er. Bei der Erinnerung an Silvias schlanken und gelenkigen Körper musste er sich eingestehen, dass er zu dick geworden war. Seine Anzüge saßen immer tadellos, weshalb er sich nie darüber Gedanken gemacht hatten. Aber das war auch kein Wunder, sie waren alle maßgeschneidert. Nahm er zu, kam sein Schneider und fertigte ihm neue Anzüge an.

Jetzt wäre der Zeitpunkt günstig, mal an sich selbst zu arbeiten. Doch der Blick auf die Treppen, deren schmiedeeisernes und mit Gold eingerahmtes Geländer er vom Erdgeschoss bis zum vierten Stock sehen konnte, ließ seinen plötzlichen Anfall von körperlichem Ertüchtigungswillen wieder auf null schrumpfen. Reumütig näherte er sich dem Fahrstuhl. Aber auch das war nicht besser. Ganz in Gold waren dort die Wände gehalten, so dass er sich darin spiegelte. Was er dort sah, rief urplötzlich sein schlechtes Gewissen auf den Plan. Auf dem Absatz kehrte er um und erklomm die Treppen. Spätestens nach der zweiten Etage bereute er seinen Entschluss. Doch jetzt wollte er nicht mehr aufgeben, sonst käme er sich wie ein Versager vor.

Im vierten Stock angekommen hörte er ein Geräusch. Doch leider war er nicht in der Lage zu unterscheiden, ob es von außen kam oder von ihm selbst. Er schnaufte wie ein Walross.

Dann vernahm er es wieder. Erschrocken hielt er die Luft an. Tatsächlich! Es kam aus einer der unteren Etagen.

Suchend schaute er sich um. Vor ihm lagen zwei Gänge. Im rechten Flur befand sich seine Park-Suite. Dorthin wollte er niemanden locken. Also steuerte er die linke Seite an. Hinter dem Fahrstuhl entdeckte er eine Nische. In der versteckte er sich und wartete. Als er an sich herunterschaute, wurde ihm schnell bewusst, dass sein Bauch herausragte. Er musste wirklich abnehmen. Wenn dieser Fremde genauer hinschaute, konnte er Renske entdecken.

Gedämpfte Schritte kamen näher. Plötzlich eilten sie am Fahrstuhl vorbei in den Flur, in dem seine Suite lag. Er hatte Renske nicht gesehen. Der Staatsanwalt den Fremden aber auch nicht, weil er sich zu sehr aufs Luft anhalten und Bauch einziehen konzentriert hatte. Frustriert wartete er ab.

Lange Zeit geschah nichts. Kein Hinweis, dass eine Tür geöffnet oder geschlossen worden wäre. Keine Schritte, keine Geräusche, nichts. Vermutlich hatte er sich einfach nur geirrt und die vorübereilende Gestalt war ein Gast des Hotels. Er verließ sein Versteck und beschloss, seine Suite aufzusuchen und vom Fenster aus Lukas und Theo zu beobachten. Vom vierten Stock aus hatte er eine gute Sicht über die Hälfte des *Deutsch-Französischen Gartens*. Er konnte das *Tal der Blumen* und den Heidegarten sehen, die Arbeitsbereiche der beiden Kommissare. Was tat er also noch in dieser Nische, wo er außer Wänden nichts anstarren konnte.

Kaum hatte er sein Versteck verlassen, sah er hinter sich einen Schatten davonhuschen. Doch kein Irrtum! Da war tatsächlich jemand. Nur nicht dort, wo Renske ihn vermutet hatte. Lauerte ihm jemand auf? Sein Herz schlug wie wild. Den Umrissen nach zu urteilen, musste es ein großer, kräftiger Mann sein. Wer kam dafür in Frage? Doch nur der Obergärtner Hilger Scharf. Schon hörte er deutlich, wie die Tür zum großen Balkon zufiel.

Von Neugier getrieben drehte er sich um und schaute durch die deckenhohe Scheibe hinaus. Alles schimmerte schwach beleuchtet von den weit entfernten Lichtern der Stadt Saarbrücken. Keine Bewegung war zu erkennen, nichts.

Zögerlich trat er darauf zu, öffnete die Balkontür und schaute hinaus. Der Balkon war leer. Eine Feuerleiter war an der rechten Seite angebracht. Sie führte nach oben auf das Dach. Zufällig wusste er, dass dieses Hotel ein Flachdach hatte. Sollte der große Unbekannte versuchen, über diesen Weg zu flüchten?

Nicht mit Helmut Renske!

Die Feuerleiter reichte bis zum Boden. Erst ab einer Höhe von einem Meter achtzig wurde sie durch Rundstreben verstärkt.

Hurtig begann er zu klettern. Mit Mühe gelang es ihm, sich durch die erste eiserne Rundstrebe hindurch zu schieben. Es wurde verdammt eng. Aber er wollte jetzt nicht aufgeben und kletterte weiter hoch. Plötzlich ging nichts mehr. Er konnte sich keinen Zentimeter mehr bewegen. Wie ein Irrer strampelte er, änderte damit aber nichts. Er steckte fest.

Reumütig wollte er wieder zurück auf den Balkon. Doch auch das funktionierte nicht mehr. Sein Bauch war bombenfest in diese Rundstrebe eingeklemmt. Das fehlte noch.

Hoffentlich sah ihn niemand so. Er fühlte sich blamiert. Er wollte nicht glauben, dass ihm, einem Beamten im höheren Justizdienst der Saarbrücker Staatsanwaltschaft so etwas Dämliches passieren konnte. Diese Hilflosigkeit machte ihn fertig.

Plötzlich ertönte auch noch der Klingelton seines Handys. Ein munteres »Hall of fame« der irischen Popgruppe »The Script« dudelte fröhlich durch die Nacht. Er versuchte, das Mobiltelefon schnellstmöglich aus seiner Jackentasche zu ziehen, damit nicht das halbe Hotel geweckt würde und ihn so entdeckte. Doch zu seinem großen Pech kam er nicht dran. Er steckte genau unter dem eisernen Ring der Rundstrebe.

*

Verdutzt schauten sich Lukas und Theo an. Sie wussten nicht, was sie gerade gehört hatten.
»Scheiße! Der *Mondschein-Mörder*!«, stieß Theo atemlos aus.
Wieder hörte sie es.
»Das war ein Fuchs – oder sonst ein Tier«, meinte Lukas. »Ein menschlicher Schrei hört sich anders an.«
»Wenn du meinst«, murmelte Theo. »Trotzdem gehen wir weiter. Wir machen die ganze Runde. Erst dann können wir sicher sein.«
Murrend stimmte Lukas zu. Mitten in der Nacht diesen weiten Weg zurückzulegen gefiel ihm nicht besonders. Mit seiner Kondition stand es auch nicht gerade zum Besten. Da würde er lieber im engen Wohnwagen liegen und schlafen.
Plötzlich ertönte wieder ein seltsames Geräusch. Zunächst hörte es sich wie ein weinendes Baby an. Lukas bekam Gänsehaut über den ganzen Körper. Doch dann entwickelte sich dieses Weinen zu einem entsetzlichen Kreischen, das von einstimmig in mehrstimmig überging.
»Scheiße«, stöhnte Theo. »Das waren jetzt aber eindeutig Katzen. Die sind nachtaktiv.«
»Wenn das so weitergeht, dann kannst du die nächtlichen Patrouillen alleine machen«, gestand Lukas. »Da stehe ich mehr auf handfeste Verbrecherjagd.«
Sie setzten ihren Rundgang fort, bis sie zum Heidegarten gelangten. Keine Bewegungen, nichts, was verdächtig hätte sein können, fiel ihnen auf. Müde ließen sie sich auf der Bank nieder und verschnauften.
Theo nahm das Fernglas in die Hand und versuchte, etwas zu erkennen. Das Einzige, was zu dieser Zeit noch Licht spen-

dete, war das Victor's Hotel. Eine Weile schaute Theo durch das Fernglas, bis sich ein Lachen auf seinem Gesicht abzeichnete.

»Was ist los?«, fragte Lukas. »Sag nur, du kannst etwas erkennen?«

»Oh ja! Und was ich da erkenne«, gurgelte Theo und brach in schallendes Gelächter aus.

Lukas nahm ihm das Fernglas ab und schaute in die gleiche Richtung. Sofort sah er, was Theo so belustigte. Auf einem Balkon der obersten Etage des Victor's Hotel hing ein Mann in einer Feuerleiter eingeklemmt. Dieser Mann war kein anderer als Staatsanwalt Helmut Renske.

»Ich rufe unseren Dicken mal an, dann erkennen wir ja, ob er es wirklich ist«, gluckste Theo immer noch lachend. Er zog sein Handy heraus und drückte auf die Kurzwahlnummer für Renske.

Tatsächlich konnten sie sehen, wie er verzweifelt versuchte, an sein Mobiltelefon zu gelangen. Die Bemühungen ließen Lukas und Theo erst richtig losprusten vor Lachen.

Sie sahen, dass er sie gehört haben musste. Denn sein Blick war plötzlich in die Dunkelheit gerichtet.

»Ich glaube, wir müssen dem armen Kerl helfen«, schlug Lukas vor. »Oder willst du ihn dort sich selbst überlassen?«

»Besser nicht. Wer weiß, wann wir Renske wieder brauchen.«

*

Auf dem Balkon angekommen hing der kräftige Mann immer noch hilflos in der Rundstrebe fest. Lukas packte ihn am rechten Bein, Theo am linken, dann zogen sie. Erst langsam, dann rasend schnell sauste der Staatsanwalt herunter, ging zu Boden und fiel der Länge nach hin.

»Konntet ihr das nicht ein bisschen vorsichtiger machen?«, zischte er, erhob sich und rieb sich über sein Hinterteil. Dann fiel sein Blick auf seine Anzugjacke. Sie war zerrissen. »Meinen Anzug habt ihr auch ruiniert.«

»Das hast du mal schön selbst besorgt«, konterte Theo. »Für unsere Rettungsaktion könnten wir jetzt etwas zu trinken vertragen. Ich gehe mal davon aus, dass du eine Minibar in deiner Suite hast.«

»Na gut, kommt mit!«

Renske ging voraus und ließ die beiden Kommissare in seine Park-Suite eintreten. Lukas und Theo staunten nicht schlecht, als sie die großen Räume sahen. Der Boden war mit Teppich ausgelegt, helle Polstermöbel zierten eine Ecke und strahlten Gemütlichkeit aus. Dunkle Schränke, Kommoden, Tische und Stühle aus Palisanderholz nahmen den meisten Platz ein und vermittelten ein gediegenes Ambiente. Das Schlafzimmer befand sich nebenan. Es war hell eingerichtet und mit Spiegeln ausgestattet. Von dort ging es in ein Badezimmer, in das der Staatsanwalt die beiden jedoch nicht hineinließ.

»Wenn ich euch mal dort habe, bekomme ich euch nicht mehr raus«, meinte er grimmig. »Diese Suite soll meine Ruhe-Oase sein. Da kann ich euch nicht gebrauchen.«

Er trat auf einen kleinen Palisanderschrank zu und öffnete die Tür. Erst in diesem Augenblick war dieser Schrank als Minibar zu erkennen. Als Lukas und Theo den Inhalt sahen, waren sie sofort versöhnt. Jeder nahm sich eine gekühlte Flasche Bier heraus. Damit ließen sie sich auf Sofa und Sessel nieder und prosteten sich zu.

»Jetzt wollen wir mal zum dienstlichen Teil des Tages kommen«, meinte Renske, der sich für einen Pastis mit Wasser entschieden hatte. »Wir mussten unseren zurzeit einzigen Verdächtigen Dimitri Wagner wieder laufen lassen.«

»Warum das denn?«

»Die Kriminaltechnik hat inzwischen die Trümmerteilchen untersucht, die im Heidegarten beim zweiten Opfer gefunden worden sind«, antwortete Renske. »Es handelt sich bei dem zweiten Gerät nicht um eine Kamera sondern um ein iPad.«

»Diese Entdeckung entlastet Dimitri Wagner?« Lukas wollte das nicht glauben. »Seine Herumtreiberei an einem Tatort bei

Nacht ist also nicht verdächtig?«

»Nur ein Indiz, mit dem wir ihn nicht festhalten können.« Renske rümpfte die Nase.

»Naja! Wir haben schon schlimmere Niederlagen einstecken müssen«, beruhigte Theo den Staatsanwalt. »Das ist kein Grund, hier im Hotel Amok zu laufen.«

Lukas lachte. Doch Renskes Blick riet ihm zur Besinnung.

»Ihr müsst nicht glauben, ich habe nur aus Spaß die Feuerleiter benutzen wollen«, wehrte sich der Staatsanwalt. »Es war jemand in der obersten Etage des Hotels, der eindeutig nicht hierher gehörte ...«

»Klar! Der lässt dich stundenlang in diesem Eisenring feststecken«, kommentierte Theo.

»Ich war ja noch nicht fertig«, schimpfte Renske. »Ich bin mir nämlich sicher, dass dieser Mann über das Hoteldach geflüchtet ist.«

»Ich glaube, die Ermittlungsarbeiten solltest du uns überlassen«, meinte Lukas. »Was sollte denn dieser große Unbekannte auf dem Dach eines Hotels suchen? Das nächste Opfer? Deine Fantasie ist mit dir durchgegangen.«

»Ihr glaubt also, ich leide an Einbildung?«

»Ein bisschen schon.« Theo grinste.

Lukas stieß seinem Kollegen in die Seite und antwortete beschwichtigend: »Nein, wir glauben nur, dass deine Nerven ein bisschen mit dir durchgegangen sind. Bei Nacht allein in einem großen Hotel, da kann man schon mal Angst bekommen. Dazu noch das Wissen, dass unser Verdächtiger wieder auf freiem Fuß ist ...«

»Ich hatte keine Angst«, brüstete sich Renske, was ihm jedoch niemand glaubte. »Ich bin mir sogar sicher, den Eindringling erkannt zu haben.«

»Und wer war es?«

»Hilger Scharf, der Obergärtner.«

Nun mussten Lukas und Theo doch loslachen.

»Nicht so laut, verdammt!«, schimpfte Renske. »Wir wecken

noch die anderen Gäste und ich fliege morgen hier raus.«

Sofort dämpften die beiden ihre Lautstärke. Mit gepresster Stimme meinte Lukas: »Hilger Scharf wäre genauso wie du in diesem Eisenring steckengeblieben und niemals auf dem Hoteldach gelandet. Der ist nämlich noch dicker als du.«

*

Das Zwitschern der Vögel in den frühen Morgenstunden könnte Dr. Briegel das Gefühl vermitteln, ein schöner Samstag stünde ihm bevor. Doch das war trügerisch, weshalb er sich nicht daran erfreuen konnte. Schon seit Stunden saß er in der Küche seines Hauses und wartete auf seine Tochter.

Isabelle war 17 Jahre alt – ein gefährliches Alter. Dann glaubten sie, erwachsen zu sein und alles zu wissen, dabei waren sie noch Kinder, die willkommenen Opfer für Päderasten, Psychopathen oder sogar *Mondschein-Mörder*.

Er fröstelte. Warum machte es ihm seine Tochter so schwer? Er liebte sein Kind abgöttisch. Vielleicht war es ihm bisher nicht gelungen, ihr seine Gefühle deutlich zu machen. Oder es war ihr einfach egal. So wie seiner Frau, die diese Nacht ebenfalls nicht zuhause verbracht hatte. Angeblich schlief sie bei einer Freundin. Aber das kümmerte Dr. Briegel wenig. Das Fernbleiben seiner Tochter nagte so schmerzlich an ihm, dass kein Platz für Gedanken an seine Frau übrig blieb. Die Stunden konnte er schon nicht mehr zählen, die er in den letzten Wochen hier saß und auf seine Tochter wartete, seit dieser *Mondschein-Mörder* im DFG junge Frauen tötete und nicht gefasst wurde. Wie lange sollte diese Ungewissheit noch anhalten? War dieser gefährliche Mörder tatsächlich schlauer als die Polizei?

Ein Geräusch am Türschloss riss ihn aus seinen morbiden Gedanken. Er schaute auf und sah seine Tochter hereinspazieren, als sei es das Normalste auf der Welt, erst in den Morgenstunden nach Hause zu kommen. Ihre Kleidung war aufreizend wie immer, seit es so heiß geworden war. Ihren Bauchnabel zierte ein Piercing, das sie überall herumzeigen musste. Am Oberschenkel prangte sogar eine Tätowierung, die Dr. Briegel heute zum ersten Mal sah. Es war die Abbildung eines kleinen Drachen. Ihre Knöchel waren schon eine Weile mit undefinierbaren Motiven verunstaltet. Ihre roten Haare sahen aus, als wäre sie gerade aus irgendeinem Bett gefallen und habe sich seitdem noch nicht gekämmt.

Briegels Magen krampfte sich zusammen bei diesen Gedanken. Hoffentlich irrte er sich. Hoffentlich konnte Isabelle ihm eine ganz simple Erklärung für ihre Erscheinung geben. Doch eigentlich wusste er genau, dass alles, was sie jetzt sagen würde, gelogen war.

»Hey Paps! Schon wach?«, rief sie mit einer Laune, als sei die Welt in Ordnung.

»Wo warst du die ganze Nacht?«, fragte er ohne Gruß zurück.

»Bei einer Freundin.«

Seltsam, dass Dr. Briegel genau diese Antwort erwartet hatte.

»Seit gestern Morgen?«, hakte er nach.

»Nein, gestern habe ich deinen Obergärtner aufgemischt. Seit Manfred Ruffing diesen Unfall hatte, spielt Hilger Scharf sich auf, als sei er der Boss.«

»Interessant! Seit wann interessierst du dich für den *Deutsch-Französischen Garten*?«

»Seit diese Morde dort passiert sind.«

»Hast du denn keine Angst, dass es dich erwischen könnte?«

Isabelle lächelte ihren Vater an und meinte: »Nein, ich bin ein viel zu heißes Eisen, weil inzwischen jeder weiß, wer ich bin.«

Dr. Briegel spürte, wie er zu zittern begann. Seine innere Stimme sagte ihm genau das Gegenteil von dem, was Isabelle sich selbst vormachte. Denn die Zusammenhänge zwischen den Morden hatte er inzwischen sogar selbst kapiert, ohne Polizeikommissar zu sein. Alles hing mit diesem Park zusammen. Wenn er nur wüsste, inwiefern.

*

Geigenklänge, begleitet von einer Männerstimme, die »*Da geh ich ins Maxime*« vor sich hin trällerte, rissen Lukas aus dem Schlaf. »*Dort ist es sehr intim. Ich duze alle Damen, nenn sie beim Kosenamen Lolo, Dodo, Juju, Kloklo, Margo, Frufru* ...« und ähnliches drang an Lukas' Ohr, was seinem ohnehin schon dröhnenden Kopf noch mehr Schmerzen bereitete. War es soweit? Halluzinierte er? Oder sang hier wirklich Johannes Heesters am frühen Morgen in sein Ohr?

Hastig erhob er sich, um dieses Gedudel abzustellen und stieß dabei mit dem Kopf gegen die Decke. Sterne funkelten vor seinen Augen. Wie erschlagen fiel er in das schmale Bett zurück und hielt sich die Stirn fest.

»Heb ab, verdammt noch mal!«, murrte Theo von unten. »Oder willst du die Scheiße ewig dudeln lassen?«

»Wer hat mir das denn aufs Handy geladen?«

Keine Antwort. Aha, dachte sich Lukas. Theo war der Übeltäter.

»Selber schuld«, meinte er. »Wolltest mich wohl leiden sehen und jetzt kriegst du es selbst ab.«

»Wenn ich geahnt hätte, dass das Ding ausgerechnet frühmorgens losgeht, wenn wir zusammen sind, hätte ich die Finger davon gelassen.«

Beim zweiten Anlauf gelang es Lukas, aufzustehen. Er suchte das dudelnde Gerät, drückte auf den grünen Knopf, damit der Gesang aufhörte und hoffte auf Erleichterung durch ein nettes Gespräch. Aber auch das blieb ihm versagt. Die Botschaft, die an sein Ohr drang, klang mehr als bedenklich. Staatsanwalt Renske zischte durch den Äther: »Verdammt! Liegst du im Saufkoma, oder was? Wie lange dauert es, bis du abhebst?«

»Was ist los? Warum rufst du am Samstagmorgen so früh an. Irgendwann muss ich doch pennen«, gab Lukas mürrisch zurück.

»Ich rate dir, heute mal eine Ausnahme zu machen. Außerdem ist elf Uhr wirklich nicht früh«, gab Renske sarkastisch zurück. »Geh mal lieber gleich zum Kiosk im DFG und kauf dir die Bild-Saarland. Das Deckblatt dürfte reichen, um dich wachzukriegen.«

Dann legte er auf.

»Der hat so laut geredet, dass ich jedes Wort verstanden habe«, murrte Theo, der inzwischen neben Lukas stand. »Dann sollten wir keine Zeit vertrödeln. Irgendwas ist schon wieder los und wir haben es noch nicht mitgekriegt.«

Sie verließen das Wohnmobil.

Am Kiosk wollten sie neben der Zeitung auch gleich noch Kaffee und etwas zum Frühstück kaufen und sich an einem der Tische niederlassen. Der blaue Himmel und die laue Luft versprachen einen schönen sonnigen Tag, den sie im Freien verbringen wollten.

Kaum hatten sie den Kiosk erreicht, prangte ihnen ein nackter Hintern in Lebensgröße auf einem Foto entgegen.

Die Titelseite der BILD-Saarland.

Darunter stand mit dicken Lettern:

Sieht so saarländische Polizeiarbeit aus? Da kann sich der Mondschein-Mörder seiner Sache sicher sein.

»Ich glaube, mir wird schlecht!« Mehr brachte Lukas nicht heraus. Er erkannte sofort, was er dort sah. Es war sein nackter Hintern, den er in wilder Ekstase mit Susanne an die Scheibe gedrückt hatte, weil diese kleine Kabine für zwei Leute viel zu eng geworden war. In dieser Nacht hatte ihnen die Enge gefallen, alles hatte sie aufgegeilt und umso schlimmer hatten sie es getrieben.

Jetzt kam die Quittung.

Die Lust auf ein Frühstück war ihm vergangen.

Theo auch, der ahnte, was dieses Foto zu bedeuten hatte.

Sie kauften die Zeitung und gingen damit inmitten des DFGs, wo sie unter den Massen der vielen Besucher untertauchen konnten.

Sie ließen sich auf der Bank im Heidegarten nieder und lasen den vollständigen Artikel:

»Anstatt zu arbeiten, amüsiert sich die saarländische Kriminalpolizei. Das allein wäre ja keine Erwähnung wert. Doch in Anbetracht der Tatsache, dass die beiden Männer schon seit einiger Zeit die Tage und die Nächte zusammen verbringen, wirkt diese Szene mehr als verdächtig. Was treibt unser Freund und Helfer in den Nächten, in der er uns eigentlich beschützen soll? Vor allem in den Nächten, in denen ein gefährlicher Mondschein-Mörder *im Deutsch-Französischen Garten* sein Unwesen *treibt und junge Frauen tötet. Drei Menschenleben hat er bereits gefordert. Wie viele müssen es noch werden, bis die Kriminalpolizei endlich einschreitet? Die Angst geht in Saarbrücken um.«*

Darunter standen die Initialen »WM«.

»Verdammt! Wer verbirgt sich hinter diesen Buchstaben?«, murrte Lukas, dem es heiß und kalt gleichzeitig geworden war.

»Musstest du aber auch deinen blanken Arsch an die Scheibe pressen«, entgegnete Theo.

»Dann ist unser Einsatz hier wohl beendet«, resümierte Lukas.

»Jetzt weiß ja jeder, wer wir sind und was wir machen.«

»Das steht hier mit keinem Wort«, meinte Theo, nachdem er den Text noch mal gelesen hatte. »Nur, dass zwei Bullen Tag und Nacht zusammen sind. Mehr nicht!«

Lukas las den Artikel ebenfalls noch mal und musste Theo Recht geben. »Trotzdem wusste der Fotograf, wessen Arsch an dieser Scheibe klebt. Also hat er Insiderwissen und noch nicht alles preisgegeben. Vermutlich hebt er sich seine Bombe für den richtigen Zeitpunkt auf«, meinte er. »Wer kommt für so etwas in Frage?«

Die Männer schauten sich an. Beiden war die Antwort sofort klar. Gleichzeitig sprachen sie es aus: »Andrea Peperding!«

*

Obwohl Samstag war, stand François Miguel in seinem Rosengarten und pflegte seinen Liebsten. »Alleluia« reckte ihm ihre dunkelrote Blüte entgegen. Die Innenseite der Blütenblätter schimmerte silbrig in der Sonne. Ein traumhaft schöner Anblick. In einer Höhe von einem Meter und zwanzig Zentimetern reichte sie ihm bis zum Brustkorb. Er beugte sich zu ihr hinab und genoss ihren leichten Duft, der ihn an Zartheit und Schüchternheit erinnerte. Sie war vollkommen – so wie alle seine »belles roses«.

»Kannst es noch nicht einmal am Wochenende sein lassen?«, hörte er die Stimme seines Kollegen Alexander, die die Romantik des Augenblicks jäh zerstörte.

»Was tust du hier?«, fragte er unhöflich zurück. »Du bist bestimmt nicht gekommen, um deine Rosen zu pflegen.«

»Nein! Ich wollte mir einfach mal den DFG angucken, um den gerade so viel Aufhebens gemacht wird.«

»Was ist Aufhebens?«

»Wirbel, Schlagzeilen oder so«, versuchte Alexander zu erklären.

»Ja ist das ein Wunder, bei all den toten Frauen?«, fragte nun François zurück. »Wir wollen den Park schöner machen und größer. Das ist teuer. Genau dann passiert so etwas Schreckliches.«

»Kommst du mit, kleiner, alter Mann?«, fragte Alexander grinsend. »Du kannst mir den Park mal zeigen.«

François fing sofort an breit zu lächeln. Diese Einladung konnte er nicht ausschlagen. Also legte er sein Arbeitsgerät ab und schlenderte zusammen mit dem jungen Mann auf den Ehrenfriedhof zu, der auf ihrem Weg lag.

Am steinernen Kreuz, an dem die erste Leiche gefunden worden war, lagen Blumensträuße. Auch abgebrannte Kerzen und Trauerkarten hatten sich dort gesammelt. Sie konnten Sprüche lesen wie: »Liebe Delia! Du bleibst immer in unseren Herzen!« oder »Liebe Delia! Dunkel ist es nun um dich, von Stund' an tragen wir dein Licht.« Oder »Liebe Delia! Du bist nicht gestorben, nur vorangegangen. Bis bald.«

François schüttelte den Kopf und seufzte: »Sie war wohl sehr beliebt.«

Sie gingen weiter. »Das zweite Opfer wurde im Heidegarten gefunden«, sprach François leise. »Willst du das auch sehen?«

»Warum nicht«, entgegnete Alexander. »Es schadet bestimmt nicht zu wissen, was in meiner Nähe passiert ist.«

Als sie sich ihrem Ziel näherten, sahen sie drei Menschen auf einer Bank am Eingang zum Heidegarten sitzen. Erst als sie näherkamen, erkannten sie die beiden neuen Gärtner. In ihrer Mitte saß die junge Frau, die für die Saarbrücker Zeitung arbeitete. Alle zogen traurige Mienen. Auch sprachen sie kein Wort. Die Stimmung wirkte gedrückt.

»Hast du ein besonderes Faible für Gärtner?«, fragte Alexander die Frau unfreundlich.

Susanne Klebers Gesicht färbte sich rot vor Wut. Sie wollte etwas entgegnen, doch der Rothaarige kam ihr zuvor, indem er sagte: »Hast du ein besonderes Faible für Reporterinnen?«

»Reporterin? Dass ich nicht lache! Was berichtet sie denn?«, kam es ironisch von Alexander zurück. »Über die Schönheit der Blumen. Hoffentlich könnt ihr der Dame auch richtig schöne Blumen zeigen, sonst fehlen ihr die Worte für die Sonntagsausgabe.«

»Du solltest weniger auf schöne Frauen im Park glotzen, sondern auf deine eigene Arbeit«, konterte der Rothaarige, womit er Alexander aus dem Konzept brachte. Er führte sich wie ein edler Ritter vor der Reporterin auf. Warum? Gerade setzte er an um etwas zu erwidern, als der Rothaarige schon weitersprach: »Wie sehen deine Haare überhaupt aus? Wie von Ratten angefressen!

»Es reicht jetzt«, ermahnte die schöne Reporterin, stand auf und verließ ohne ein weiteres Wort den Heidegarten. Alexander schaute ihr nach. Sie trug kurze Hosen und ein kurzes Top, worin sie umwerfend aussah. In seinen Augenwinkeln erkannte er, dass der schwarzhaarige der beiden neuen Gärtner den anderen davon abhielt, der hübschen Reporterin nachzulaufen.

*

Es war soweit!

Heute Nacht würde er zum Gipfel seiner Erfüllung gelangen. Gluthitze schoss durch seine Adern, brachte seinen Körper in Wallung. Das Wissen um den bevorstehenden Akt der Befreiung ließ ihn innerlich kochen, verwandelte sein Blut in Lava und machte aus ihm einen brodelnden Vulkan kurz vor dem Ausbruch.

Lange genug schien seine Mission zum Scheitern verurteilt – seine Botschaft missverstanden.

Doch in dieser Nacht würde er alle Zweifel zerstreuen und sein Ziel erreichen.

Er war bereit.

Abnehmender Mond stand über ihm und schenkte dem Tal der Blumen einen verträumten Schleier aus Silber, der alles überzog und in sanfte Farben hüllte. Eine Eule flog über den Himmel und verdunkelte für einen kurzen Augenblick die Mondsichel. Ein Anblick, der ihn an sich selbst denken ließ.

Er glaubte, ebenfalls seine Flügel zu spüren, die ihm bald wachsen und ihn hoch hinaustragen würden.

Schon sah er sie kommen: Isabelle Briegel.

Die schöne Rothaarige, die alles andere neben sich verblassen ließ.

16

Den Sonntagmorgen auf dem Karavanplatz verbringen wollten Lukas und Theo bestimmt nicht. Seit dem Bild in der Zeitung ahnten dort alle, wessen Hinterteil abgebildet worden war. Zum Glück machte sich niemand von ihnen Gedanken darüber, was zwei Polizisten auf diesem Platz zu suchen hatten. Die Menschen kamen und gingen. Die Ereignisse im DFG zogen an ihnen vorbei.

Wieder einmal brach eine Familie auf, verabschiedete sich winkend und machte dem nächsten Wohnmobil Platz, das den frei gewordenen Stellplatz ansteuerte.

Lukas und Theo gingen zum Kiosk und kauften sich »Coffee to go«, mit dem sie durch den Park schlenderten. Die Sonne zeigte sich von ihrer schönsten Seite. Alles strahlte im hellen Licht. Einige Besucher fuhren mit den gelben Tretbooten auf dem Deutschmühlenweiher. Der einzige Pfau, der noch übriggeblieben war, stolzierte mit seinen zu einem Rad aufgestellten Schwanzfedern durch die Menschenmenge und genoss die bewundernden Blicke. Der Lesepavillon öffnete gerade seine Pforten und ließ stimmungsvolle Sommerhits über die Wiese schallen. Der Song »Dalibomba« des rumänischen Sängers Sandu Ciorba ging sofort ins Ohr und ins Blut. Die Menschen wirkten noch ausgelassener, als sie an dem Lokal vorbeigingen. Einige entschlossen sich sogar kurzerhand dort einzukehren und weiter der Musik zu lauschen. In diesem Augenblick fühlte sich alles wie ein perfekter Sommertag an. Sogar Lukas und Theo fühlten sich von der guten Laune angesteckt und beklagten sich nicht darüber, am Sonntag arbeiten zu müssen. Den Takt der Musik haltend schlenderten sie zum *Tal der Blumen*, um nach dem Rechten zu sehen.

Doch was sie dort sahen, verdarb ihnen die Sommerlaune.

Alles war zerstört. Die schönen, bunten Blumen waren niedergetrampelt, teilweise ausgerissen oder sogar aus der Erde gewühlt.

Wie erstarrt standen sie vor dem Anblick der Verwüstung. Keiner von beiden wusste, was er sagen sollte. Lange überlegen mussten sie auch nicht, denn plötzlich taumelte ein älterer, hagerer Mann auf sie zu, stolperte über das zerstörte Blumenbeet und stieß seltsame Geräusche aus, bis er endlich sagte, dass er seine Tochter Isabelle suche, bevor er zusammenbrach.

Lukas wurde heiß und kalt gleichzeitig. Zu gut erinnerte er sich an seine Begegnung mit dieser »Femme fatale«.

Rasch sorgten sie dafür, dass der Baudezernent Dr. Briegel ärztlich versorgt wurde, bevor sie ihre Dienststelle über die neuste Entwicklung unterrichteten.

Im Nu war der Deutsch-Französische Garten mit Polizisten und Suchtrupps bevölkert. Auch Hundeführer kamen hinzu, deren Schäferhunde mit lautem Gebelle die ausgelassene Stimmung in dem großen Park jäh beendeten. Die Besucher wurden von Kollegen der Bereitschaftspolizei gebeten, den Park zu verlassen. Niemand sträubte sich dagegen, weil das Großaufgebot nicht die Erholung versprach, die sie dort zu finden gehofft hatten. Ein Trupp von Tauchern kam mit einem Einsatzwagen vorgefahren. Ihr Anblick erschütterte am meisten, suggerierte er doch die Annahme, dass Isabelle im Deutschmühlenweiher ertrunken war. Markus Schaller und seine Leute boten den absonderlichsten Anblick: Wie die Astronauten marschierten sie zielstrebig auf das verwüstete Tal der Blumen zu, um dort alles nach Spuren abzusuchen.

Lukas und Theo beschlossen, sich ebenfalls nützlich zu machen und steuerten die Hochuferböschung oberhalb des Deutschmühlenweihers an, weil sich dort noch niemand hingewagt hatte. Die Vegetation war so dicht, dass es fast unmöglich war, sich vom Fleck zu bewegen. Trotzdem kämpften sie sich durch das Dickicht. Dornen hakten sich an ihren T-Shirts fest und stachen in ihre Haut oder zogen an ihren Haaren. Doch das nahmen sie in Kauf. Sie hatten diese junge Frau persönlich kennengelernt. Isabelle steckte voller Leben und Übermut, was sie umso mehr antrieb, sie lebend zu finden.

»Wenn sie sich hier verkrochen hätte und noch am Leben wäre, würde sie sich doch melden«, spekulierte Lukas, der sein Rufen nach Isabelle nach einer Weile aufgab.

»Vielleicht ist sie verletzt und hört uns nicht«, hielt Theo dagegen, während er mit der Sense das nächste Gebüsch zerteilte, um bis auf den Boden sehen zu können. »Obwohl ich gerade versuche ein Leben zu retten, fühle ich mich wie ein Sensenmann«, fügte er hinzu und schaute auf das scharfe Werkzeug. »Das Handwerkszeug für Gärtner sollte nur gegen Waffenschein ausgehändigt werden. Beile, Heckenscheren, Hacken, Sensen – alles tödliche Waffen.«

»Was mich wieder an Hilger Scharf erinnert«, meinte Lukas. »Er hat alles, was man zum Überwältigen von Frauen braucht. Auch die Ortskenntnis. Vielleicht hält er diese Frau irgendwo versteckt, weil sie ihm mit ihrem Vater gedroht hatte.«

»Ich denke, unsere Dienststelle, wird ihn sich vorknöpfen. Wir können jetzt nicht mehr machen, als nach ihr zu suchen.«

Weiter arbeiteten sie sich durch die Vegetation, als sie plötzlich eine laute Stimme hörten.

»Was macht ihr hier?«

Das hörte sich eindeutig nach Hilger Scharf an.

Sie drehten sich um und sahen den großen, massigen Mann mit grimmigem Gesicht auf dem Waldweg stehen.

»Seid ihr hier als Gärtner beschäftigt oder als Trüffelschweine?«

»Trüffelschweine?«, wiederholte Lukas begriffsstutzig. Theo rammte ihm in die Seite und murrte: »Sei still!«

»Im *Tal der Blumen* hat die größte Verwüstung geherrscht, seit ich hier als Gärtner arbeite. Genau dann macht ihr hier einen Spaziergang durchs Unterholz!«

»Wir suchen nach dem Mädchen, das verschwunden ist«, versuchte Theo zu erklären, doch das ließ Hilger Scharf nicht gelten. »Das macht die Polizei! Ihr sorgt jetzt dafür, dass das Blumenbeet wieder hergestellt wird. Aber dalli!«

»Das dürfen wir nicht«, stellte Theo klar. »Die Polizei hat

das Gebiet abgesperrt, weil sie dort nach Spuren sucht. Deshalb wollten wir uns nützlich machen und bei der Suche nach Isabelle Briegel helfen.«

»Hier wimmelt es nur so von Bullen. Dabei steht ihr denen nur im Weg«, beharrte der Obergärtner. »Dann kommt lieber mit mir ins Ehrental. Dort treffe ich mich immer mit meinen Leuten. Wenn man schon nicht arbeiten darf, kann man wenigstens ein Bier trinken.«

Ein Bier ausschlagen wollten sie auf keinen Fall. Also folgten sie ihrem derzeitigen Chef hinunter in den Park und über den ausgebauten Weg zum Gasthaus Ehrental, das direkt neben der Seilbahnstation auf Gäste wartete.

Gelbe Mauern und immergrüne Buchsbaumhecken rahmten einen sonnigen Hof ein, auf dem sämtliche Tische unbesetzt waren. Scharf öffnete die Tür und ging hinein. Lukas und Theo folgten ihm in eine Stube, die mit hellen Bodenplatten und ebenso hellen Sandsteinwänden ausgestattet war, was eine freundliche Atmosphäre vermittelte. Überrascht stellten die Kommissare fest, dass der Gastraum groß und geräumig war – von außen nicht erkennbar. Scharf steuerte den einzigen Tisch an, an dem einige Männer saßen und schon am Nachmittag Bier und Schnaps tranken. Lukas ging dicht hinter Scharf und wollte sich gerade einen Stuhl herbeiziehen, als sein Blick auf ein Gesicht fiel, das ihm bekannt vorkam. Vor Schreck machte er einen Schritt rückwärts, wobei er Theo auf den Fuß trat. Der schrie laut auf, so dass alle auf die beiden schauten. In Sekundenschnelle drehte Lukas sich um und schob seinen humpelnden Kollegen aus der Tür hinaus auf die sonnige Terrasse.

»Was soll das?«, kreischte Theo. »Zuerst brichst du mir den Fuß und dann jagst du mich aus der Kneipe.«

»Dort sitzt Elmar Wenge! Der darf uns nicht sehen, sonst fliegt unsere Tarnung auf«, erklärte Lukas, während er Theo von der Terrasse auf den Spazierweg des Parks schob, wo er sich sicher sein konnte, dass sie von der Gaststätte aus nicht mehr gesehen werden konnten.

»Du meinst den Elmar, den wir wegen Mord an einem Geschäftsmann festgenommen haben?«, hakte Theo ungläubig nach und hinkte weiter.

»Genau der!«, bestätigte Lukas. »Anstatt wegen Mord hat das Gericht ihn nur für Totschlag verurteilt. Trotzdem hätte er mindestens acht Jahre sitzen müssen. Aber dieser Fall liegt gerade mal vier Jahre zurück und er sitzt bierselig im Ehrental.«

Theo grummelte: »Wir holen die Verbrecher von der Straße, damit das Gericht sie wieder freilässt.«

»Du kannst mit dem Hinken aufhören«, wandte Lukas ein. »So schwer bin ich auch wieder nicht.«

*

»Immer noch keine Spur von Isabelle Briegel«, lautete die SMS auf Theos Handy, die die Kollegin Jasmin Hafner ihm in aller Frühe zugeschickt hatte. Sie saßen gerade bei einer Tasse Kaffee im Wohnmobil und bereiteten sich auf einen neuen, langen Tag im *Deutsch-Französischen Garten* vor.

»Das bedeutet wohl, dass immer noch alles voller Polizeipräsenz sein dürfte«, spekulierte Lukas.

Theo nickte nur.

»Und wir dürfen kein Wort mit den Jungs reden. Irgendwie geht mir das ganz schön auf den Sack.«

»Wenn das dein einziges Problem ist«, murrte Theo. »Ich muss heute das *Tal der Blumen* wieder auf Vordermann bringen. Markus Schaller hat das Beet gestern Abend freigegeben.«

Lukas nickte verständnisvoll und meinte: »Er hätte ruhig noch ein paar Tage Spurensicherung dort machen können – bis der Fall geklärt ist.«

Müde grinste Theo.

Sie verließen das Wohnmobil und steuerten den Park an. Fast gleichzeitig trafen die Kollegen der Bereitschaftspolizei ein. Ohne Gruß zogen sie an Lukas und Theo vorbei. Ihre Bemühungen, die beiden nicht zu kennen, scheiterten an ihrem breiten Grinsen, das Lukas galt.

»Die Kollegen haben wohl alle am Samstag Zeitung gelesen«, stellte Theo ironisch fest.

»Nenn' mir mal einen, der keine Bild-Zeitung liest«, gab Lukas mürrisch zurück.

»Eben! Deshalb würde es mich schon interessieren, wer hinter den Initialen *WM* steckt.«

Sie steuerten den Bauhof an, wo sie im Büro des Obergärtners ihre Arbeitspläne für diese Woche abholen wollten. Doch zu ihrer Überraschung trafen sie nicht den großen, unfreundlichen Hilger Scharf an, sondern den kleinen, freundlichen Franzosen François Miguel. Mit einem verschmitzten Lachen saß er am Tisch im Hof und verteilte die Arbeitspläne an seine Kollegen.

»Bist du der neue Chef?«, fragte Lukas.

»Oh non«, wehrte François ab. »Mais, le Patron est au criminel.«

»Der Patron ist kriminell", wiederholte Lukas und lachte laut schallend.

»Mais non, tu est fou!", wehrte sich François. »Er muss dort etwas berichten.«

»Eine Aussage machen.«

»Exactement.« François lachte.

Lukas und Theo nahmen ihre Arbeitsanweisungen entgegen und verließen den Bauhof wieder. Doch ein Blick auf diesen Zettel ließ Theos gerade gewonnene gute Laune sofort verziehen.

»Ich muss jetzt gleich zur Gartenbaufirma Klug fahren und dort die vorbestellten Pflanzen abholen.«

»Klingt ja schrecklich.«

»Witzbold. Nachher muss ich den Mist einpflanzen und weiß nicht, wie das geht.«

»Ich helfe dir dabei.«

»Sehr tröstlich! Zum Glück ist diese Gartenbaufirma hier direkt um die Ecke in der Vogeler Straße. Da bin ich gleich wieder zurück.«

Er machte sich auf den Weg und ließ Lukas allein mit seiner Arbeitsanweisung zurück. Für ihn galt es, Hecken zurückzuschneiden und die Sonnenbeete zu säubern.

Aber das konnte warten, beschloss Lukas.

Für ihn war es wichtiger, bei der Suche nach Isabelle zu helfen. Wann war die Gelegenheit günstiger als jetzt, da der Oberguru gerade von den Kollegen im Landespolizeipräsidium befragt wurde?

*

Markus Schaller betrat das Großraumbüro und wurde vom fröhlichen Gezwitscher der beiden Kanarienvögel begrüßt. Er ging auf sie zu und prüfte, ob genug Futter und Wasser für sie bereitstand, bevor er sich den Kolleginnen Monika Blech und Jasmin Hafner näherte.

Sofort spürte Monika, wie ihr Hitze ins Gesicht schoss. Markus bewegte sich mit einer Selbstsicherheit, die sie faszinierte. Er trug eine enge Jeans und darüber ein Hemd, das über der Hose hing. Lässig sah er aus. Dazu dieses schelmische Grinsen – das ließ Monikas Herz höher schlagen.

»Es ist so still hier, seit Lukas und Theo im Außeneinsatz sind«, meinte er und setzte sein obligatorisches Grinsen auf. Dabei überkam Monika das Gefühl, dass er Jasmin ansprach und nicht sie. Sie versuchte, die Enttäuschung herunterzuschlucken. Jetzt eine beleidigte Miene zu ziehen würde ihr auch nicht helfen.

»Zu still sogar«, meinte Jasmin. »Man könnte meinen, es wäre nichts los bei uns, dabei überschlägt sich gerade alles.«

Monika beobachtete ihre neue Kollegin. Dabei überkam sie das Gefühl, dass sich Jasmin nicht im Geringsten für Markus interessierte. Sollte ihr das ein Trost sein? Ein Trost dafür, dass Monika vielleicht das abbekam, was Jasmin ohnehin nicht wollte?

»Stimmt! Ich habe hier übrigens das Ergebnis der Spurensuche in dem niedergetrampelten Blumenbeet«, erklärte Markus. »Ich konnte zweifelsfrei Spuren von Isabelle Briegel herausfiltern. Sie war dort gewesen. Es war noch eine zweite Person dabei, von der wir nur Fußspuren und Stofffetzen gefunden haben, die uns leider nicht viel über ihn verraten. Es sieht so aus, als habe ein Kampf stattgefunden. Auch Blutspuren haben wir gefunden, die eindeutig von ihr stammen.«

»Klingt nicht gut«, stellte Monika fest. Endlich war es ihr gelungen, auch mal ein Wort beizutragen. Nur durch gucken würde sie es nie schaffen, seine Aufmerksamkeit zu bekommen. Tatsächlich. Markus schaute sie an und fügte hastig an: »Es ist keine sehr große Menge Blut. Sie könnte noch leben.«

»Wenigstens ein Trost«, gab Monika zu.

Er nickte und lächelte sie an.

»Und wie sieht es bei euch beiden aus?«, fragte er nun. »So viel Frauenpower hatten wir noch nie auf unserer Dienststelle. Da müssen sich die bösen Buben in Zukunft warm anziehen.«

Sein Lachen war so ansteckend, dass Monika und Jasmin einstimmen. Monika gab zerknirscht zu: »Unsere Überwachung von Sven Möller war leider nicht von Erfolg gekrönt. Die Kollegen sind wieder abgezogen worden.«

»Warum habt ihr den Gärtner observieren lassen?«

»Wir hatten gehofft, dass er Bernd Scholz versteckt hält. Aber der Verdacht hat sich nicht bestätigt. Von Bernd Scholz gibt es nach wie vor keine Spur.«

»An dessen Schuld glaube ich sowieso nicht«, stellte Markus klar. »Seine DNA war zwar festzustellen, aber nicht der Zeitpunkt, wann sie dorthin gekommen ist. Das war einfach nur ein Hirngespinst von Andrea Peperding.«

Monika nickte und fügte an: »Aber wir müssen ihn auftreiben. Das ist ein Befehl von oben.«

»Zuerst müssen wir in den Vernehmungsraum«, schaltete sich Jasmin ein. »Dort wartet der Obergärtner Hilger Scharf und wirkt nicht gerade gut gelaunt über diese Störung.«

»O. k., dann will ich euch nicht aufhalten und gehe mit meinem Ergebnis zu Allensbacher. Er hat es nämlich angefordert.«

Mit diesen Worten verabschiedete sich Markus und steuerte das Büro des Dienststellenleiters an.

*

Lukas kämpfte sich durch das Dickicht am Hang oberhalb des *Tals der Blumen*, weil sein Instinkt ihm sagte, dass sie genau in diese Richtung geflüchtet war, wenn sie dem *Mondschein-Mörder* entkommen wollte. Zufällig wusste er von dieser sogenannten »Goldenen Treppe«, die direkt zu einem Ausgang führte, der nach einem der früheren Leiter des Amtes für Grünanlagen benannt worden war. Diese Treppe war inzwischen von Sträuchern zugewachsen, so dass sie von außen kaum zu sehen war. Doch wenn man wusste, wo man suchen musste, war es kein Problem. Die alten, schiefgetretenen Stufen ging Lukas hinauf und schaute sich nach allen Seiten um. Das Ausgangstor befand sich weit oben auf der Anhöhe. Dort war Isabelle vermutlich nie angekommen, sonst wäre sie nach Hause gegangen. Also kraxelte Lukas in das dichte Gestrüpp, in der Hoffnung, dass sie sich dort vor ihrem Verfolger versteckt haben könnte und sich selbst nicht mehr befreien konnte. Von allen Seiten hörte er Bellen. Die Kollegen der Bereitschaftspolizei waren mit ihren Hunden ausgerückt, nachdem auch nach über dreißig Stunden noch immer kein Lebenszeichen der jungen Frau gefunden worden war. Aber kein Ton war darunter, der verriet, dass sie etwas gefunden hatten. Die Hoffnung, sie lebend zu finden, sank mit jeder neuen Stunde. Hurtig durchschlug er das nächste Gebüsch, um seinen Weg ins Innere der dichten Vegetation fortzusetzen, als er glaubte, eine Stimme zu hören.

*

Hilger Scharf zog eine grimmige Miene, die sich auch nicht veränderte, als Monika und Jasmin das Vernehmungszimmer betraten. Demonstrativ verschränkte er seine Arme vor seiner Brust, als wollte er den beiden Frauen damit signalisieren, dass er nicht bereit zu einem Gespräch sei.

Doch das interessierte die beiden nicht. Sie begannen, die Formalitäten auf das Band zu sprechen, bevor Monika die erste Frage an den massigen Mann richtete: »Wo waren Sie am Freitagabend zwischen elf und zwei Uhr?«

Hilger Scharf war über diese Frage so verblüfft, dass er die Arme sinken ließ und die beiden Frauen verwundert anstarrte. Die Stille, die dabei entstand, unterbrach er nach einer Weile selbst mit der Gegenfrage: »Wieso fragen Sie mich nach der Zeit am Freitag? Ist Isabelle nicht am Samstag verschwunden?«

»Richtig, aber glauben Sie mir Herr Scharf, ich weiß genau, was ich Sie frage«, beteuerte Monika.

Hilger lehnte sich wieder in seinem unbequemen Stuhl zurück und überlegte eine Weile, bis er sagte: »Da habe ich mit einigen Kumpels im Ehrental was getrunken und bin hinterher nach Hause.«

»Sie wohnen in Saarbrücken-Gersweiler, Krughütter Straße«, las Monika ab. Hilger nickte.

»Wann sind Sie zuhause angekommen?«

»So gegen elf Uhr.«

»Wer kann das bestätigen?«

»Meine Frau.«

»Die haben wir schon gefragt«, schaltete sich Jasmin ein, »und Ihre Frau sagte uns, dass sie um drei Uhr nachts immer noch nicht zuhause waren. Sie sei dann eingeschlafen und am nächsten Morgen hätte sie Sie in der Küche angetroffen.«

Hilgers Gesichtsfarbe wurde rot. Seine Augen funkelten.

»Kann es sein, dass Sie die Nacht im Victor's Hotel verbracht haben?«

»Nein! Dort ist es mir zu teuer.«

»Sie sind dort aber gesehen worden!«

Hilger Scharf schwieg dazu.

»Nur zu Ihrer Information«, übernahm nun wieder Monika die Befragung, »Wir wissen über Ihre Spielschulden Bescheid. Zufällig liegt das Victor's Hotel direkt neben der Spielbank.«

»Was fällt Ihnen ein, in meinem Privatleben herumzuschnüffeln?«, brüllte Hilger.

Doch die beiden Frauen blieben ungerührt. Als habe dieser Ausbruch nicht stattgefunden sagte Monika zu Jasmin: »Das Victor's hat bestimmt Überwachungskameras. Darauf wird er zu sehen sein.«

»Aber nicht am Hintereingang«, platzte es aus dem Obergärtner heraus.

Grinsend schauten die beiden Frauen ihn an.

»O. k., das wäre geklärt«, meinte Monika süffisant. »Was haben Sie dort gemacht?«

Hilger rutschte nervös auf seinem Stuhl herum, bis er zugab: »Ich hatte dort jemanden gesehen, der ständig mit einem Fernglas am Beobachten war. Da dachte ich mir, dass dieser Typ nicht sauber ist. Also bin ich ihm nachgegangen.«

»Und?«, drängte Monika, als Hilger Scharf verstummte.

»In der obersten Etage habe ich dann erkannt, dass es dieser Staatsanwalt ist. Da habe ich mich schnell wieder verdrückt, weil ich nicht wollte, dass er mich nachts im Hotel sieht.«

»Warum nicht gleich so?« Monika lächelte den massigen Mann an. »Also schauen wir mal weiter: Da Frau Anna Bechtel Ihre Chefin ist, gehen wir davon aus, dass Sie ihre Nichte Indra Meege kannten.«

Hilger sagte nichts dazu.

»Auch kannten Sie Tamia Ruppert, die Tochter des Gartenbaufirmenbesitzers Dieter Ruppert.« Monika behielt ihr Gegenüber genau im Auge, während sie sprach. »Isabelle Ruppert auch. Nun fragen wir uns, woher sie Delia Sommer, das erste Opfer kannten. Können Sie uns da weiterhelfen?«

»Nein. Ich kannte sie nicht! Auch nicht Indra Meege. Ich wusste nur, dass es diese Nichte gab.«

»Als unsere Kollegen im *Deutsch-Französischen Garten* alle Gärtner nach den Opfern befragt haben, lauteten Ihre Antworten anders. Soll ich vorlesen, was Sie da ausgesagt haben?«

»Nein.« Hilger wirkte auf dem Stuhl immer kleiner.

»Sie können sich sicher vorstellen, dass Ihre Widersprüche nicht dazu beitragen, glaubwürdiger zu wirken.«

Monika traf ein böser Blick von Hilger Scharf, trotzdem fragte sie weiter: »Warum hat der Azubi Lars König so schnell wieder gekündigt?«

»Der hat nicht gekündigt, der hat einfach hingeschmissen«, erklärte der Obergärtner. »Keinen Mumm mehr in den Knochen – diese jungen Leute!«

»Wo waren Sie in der Nacht von Samstag auf Sonntag, als Isabelle Ruppert verschwand? Ihre Frau als Alibi vorzuschieben können Sie sich sparen. Wir wissen, dass Ihre Frau diese Nacht bei ihrer Schwester verbracht hat.«

»Ich war aber zuhause.«

»Nur kann das niemand bestätigen, oder?«

»Verdammt! Warum verdächtigen Sie mich? Haben Sie sich mal Gustav Hartmann angesehen! Wenn einer in Frage kommt, dann doch nur er.«

»Wer ist Gustav Hartmann?«, fragte Monika verwirrt.

Jasmin schob ihrer Kollegin ein Blatt Papier vor die Nase. Dort stand der Vermerk über den Bauunternehmer Gustav Hartmann, der sich für das Projekt »Wasserspielplatz in der ehemaligen *Gullivers Welt*« beworben hatte.

»Warum sollte dieser Mann einen Mord nach dem anderen begehen?«, fragte Monika zurück. »Hier steht nur, dass er in der engeren Wahl für den Wasserspielplatz stand, am Ende den Auftrag aber nicht bekommen hat.«

»Eben deshalb. Er geht pleite.«

»Aber diese Morde stellen doch das gesamte Projekt in Frage«, hielt Monika dagegen. »Wie hier steht, kann dieser Spielplatz nur gebaut werden, wenn der DFG von Brüssel als Tourismusprojekt anerkannt wird, wofür es Subventionen gibt. Drei Frauenmorde und ein Versuchter tragen nicht gerade zu einem guten Tourismusimage bei.«

Hilger wusste nicht, was der darauf sagen sollte. Also brummte er nur: »Jedenfalls habe ich nichts getan!«

»Das behaupten alle«, konterte nun Jasmin. »Gehen Sie mal auf den Lerchesflur! Dort sitzen nur Unschuldige.«

Hilger starrte Jasmin mit großen Augen an und schwieg.

»Alle Opfer hatten einen Bezug zum *Deutsch-Französischen Garten*. Sei es beruflich oder privat. Alle sahen verdammt hübsch aus«, sprach Monika weiter.

»Herumgelaufen wie die Huren sind sie«, platzte es aus Hilger heraus.

»Rechtfertigt das, sie zu vergewaltigen und zu töten?«

*

Lukas krabbelte auf allen Vieren über den Waldboden und lauschte. Leider konnte er nur das Hundegebell und die Stimmen der Kollegen hören, die nach Isabelle riefen. Weiter kroch er, suchte akribisch genau den Boden ab. Das Dickicht reichte weit hinunter. Er musste es mühsam wegschneiden. Nach seiner Verwüstung waren hier keine Spuren mehr zu sehen, dessen war er sich bewusst. Trotzdem konnte er nicht anders. Er ahnte, dass er kurz davor war ...

Da war es wieder! Ganz leise. Aber er war sich sicher, ein schwaches Klopfen und ein leises »Hilfe« gehört zu haben.

»Hierher! Hierher!«, rief er ganz laut, damit die Kollegen ihn auch hören konnten. »Hier ist etwas!«

Wieder senkte er den Kopf und lauschte.

Nichts! Kein leises »Hilfe« und kein Klopfen.

Einige Beamte liefen herbei. Lukas zeigte auf die Stelle und berichtete, was er gerade gehört hatte.

Nun lauschten sie zu mehreren. Nichts war mehr zu hören.

Absolute Stille.

»Holt doch einen Hundeführer«, schlug Lukas vor. »Ich bin mir sicher, hier etwas gehört zu haben.«

Sofort wurde ein Kollege mit Hund angerufen. Es dauerte nur wenige Minuten, schon vernahmen sie das Hecheln des Schäferhundes und die trampelnden Schritte seines Führers, der Mühe hatte, bei dem Tempo seinem Hund zu folgen.

»Hier muss wirklich etwas sein«, bestätigte der Mann außer Atem, als er ankam. »Mein Hund spielt so verrückt, wie die ganzen Tage noch nicht.«

Alle wichen zurück und ließen Hund und Hundeführer den Vortritt. Mehr als Zuschauen konnten sie jetzt nicht. Doch das Schauspiel, das sich vor ihren Augen abspielte, war sehenswert. Zunächst scharrte der Hund im Sand, als wollte er einen Knochen verbuddeln. Plötzlich tat sich die Erde auf, ein Spalt entstand direkt unter den Füßen des Hundes der bereits zur Hälfte in diese Schlucht hineingefallen war und entsetzlich jaulte. Nur am Halsband, an dem die Leine befestigt war, konnte der Hundeführer den Hund vor dem Absturz retten. Schnell eilten die Kollegen herbei und halfen, das große, schwere Tier aus diesem Erdloch herauszuziehen.

Endlich konnte Lukas nachsehen, was der Hund freigelegt hatte. Auch die Kollegen beugten sich über das Loch. Sie leuchteten mit mehreren Taschenlampen hinein. Ganz tief unten konnten sie etwas ausmachen, das nicht dorthin gehörte.

*

Theo schwitzte wie noch nie bei der Arbeit. Blumen aus den Töpfen in die Erde buddeln gehörte wahrlich nicht zu seinen Talenten. Alles sah verschoben aus, der Boden uneben und die Anordnung der Pflanzen total wahllos. Er schaute nicht hoch, weil er mitleidige Blicke der Besucher befürchtete. Sein nicht vorhandenes Talent konnte er einfach nicht verbergen. Trotzdem wollte er sich bei dieser Aufgabe keine Blöße geben. Also kämpfte er weiter gegen die wilde Blumenpracht.

»Hey, Kumpel! So fleißig habe ich dich noch nie gesehen!«

Das war die Stimme von Lukas Baccus. Dieser Scherz kam gerade so unpassend, dass er ihm am liebsten einen Blumentopf an den Kopf geworfen hätte.

»Spiel dich nicht so auf, weil du Isabelle gefunden hast«, murrte er stattdessen nur. »Nur weil ich diese dämlichen Blumen abholen musste, war ich nicht dabei.«

»Hey, deshalb spiele ich mich nicht auf. Wir sitzen im gleichen Boot. Wenn du diese Aufgabe nicht übernommen hättest, hätte ich das machen müssen und du hättest Isabelle gefunden«, erklärte Lukas und ging in die Hocke, um auf gleicher Höhe mit Theo zu sein.

»Hätte, hätte, hätte! *Wenn ich keinen Dödel hätte, wäre ich Theodora, die Nette*«, brummte Theo zurück.

Lukas lachte laut auf. Zu laut, denn plötzlich erschien die monströse Gestalt des Obergärtners. Wie ein unheilverkündender Moloch stand er da und blickte auf Lukas und Theo herab, als habe er gerade fette Beute gemacht.

»Kann es sein, dass ihr beide nicht wisst, was Gärtner normalerweise so tun?«, fragte er zornig. »Das soll das *Tal der Blumen* sein und keine Buckelpiste.«

»Wir fragen uns, was das für eine Erdspalte war, in der Isabelle Briegel gefunden wurde«, wich Lukas geschickt aus und richtete sich auf, damit er nicht noch kleiner vor diesem Hünen war.

Theo tat es ihm nach.

»So was in einem Kulturpark ist doch verdammt gefährlich. Das Mädchen hätte sterben können.«

»In der Gegend dort oben wurden etliche Bunker aus dem Zweiten Weltkrieg gesprengt«, erklärte Hilger Scharf. »Doch leider waren diese Bauten viel zu stabil. Man konnte sie nicht vollends zerstören. Stattdessen sind Risse entstanden, die sich im Laufe der Jahre mit Erde gefüllt haben. Das sollte dann wohl reichen. Doch durch die vielen Regenfälle, die wir in letzter Zeit hatten, wurde das Erdreich weggeschwemmt und die verbliebenen Hohlräume teilweise wieder frei. Bisher hatten wir diese Höhlen immer wieder so schnell wie möglich zugeschüttet. Aber dieser eine Spalt muss erst nach dem schweren Gewitter vor zwei Nächten entstanden sein. Deshalb wussten wir nichts davon.«

»Dann kann man nur von Glück reden, dass Isabelle überlebt hat«, erkannte Lukas. »Hoffentlich kann sie eine Aussage bei der Polizei machen, wer sie überfallen hat.«

»Ich komme gerade von der Polizei«, erwähnte Hilger. »Ich soll euch ausrichten, dass ihr als nächstes an der Reihe seid, um diesen bornierten Weibern Rede und Antwort zu stehen.«

»Was sollen wir denen schon erzählen?«, fragte Lukas.

»Ihr seid das lebende Beispiel dafür, wie man einen Bock – oder hier sogar zwei Böcke zu Gärtnern macht. Darüber kann sich die Polizei ruhig auch mal den Kopf zerbrechen. Nicht nur ich allein.«

Sofort ließ Theo seine Hacke fallen, klopfte seine Hände an der Hose ab und verließ fluchtartig das *Tal der Blumen*.

Lukas hatte Mühe, seinem Kollegen bei diesem Tempo zu folgen

*

Der Applaus, mit dem Lukas und Theo beim Eintreffen ins Landespolizeipräsidium begrüßt wurden, kam ihnen verdächtig vor. Erst als der erste Toast ausgesprochen wurde, verstanden sie: »Wessen Arsch war's denn nun?«

»Ich bringe Andrea um«, brummte Lukas, was für die Kollegen Antwort genug war. Die Erheiterung nahm noch zu.

»Von *Klappe halten* hast du auch noch nichts gehört?«, raunte Theo. »Jetzt wissen sie zumindest, dass es nicht meiner ist, der auf der Titelseite der BILD prangt.«

Wendalinus Allensbacher tauchte mit einer Miene vor seiner Bürotür auf, die nichts Gutes verhieß.

Wie zwei Schuljungen, die etwas ausgefressen hatten, schlichen sie sich in sein Büro. Kaum war die Tür geschlossen, herrschten Ruhe und brütende Hitze – trotz mehrerer Ventilatoren, die alle auf dem Schreibtisch standen und dem schwitzenden Mann Luft zuwedelten.

»Gute Arbeit, Ihr beiden«, begann er mit einem Lob, was Lukas und Theo sofort hellhörig machte. Diese Einleitung könnte eine Falle sein. »Isabelle Briegel hat den Sturz in die Tiefe überlebt. Sie wird morgen schon ihre Aussage machen.«

»Schön zu wissen«, brachte Lukas hervor.

»Nun komme ich zu dem Grund, weshalb ich Sie sprechen wollte«, sprach Allensbacher weiter. »Wie lange haben Sie Innendienst absolviert?«

»Fast ein Jahr«, antwortete Theo.

»Wie lange braucht man, um eine Selbstmordakte zu schließen?«

Schweigen war die Antwort.

Lukas ahnte etwas. Er hatte die Selbstmord-Akte Vanessa Hartmann immer nur vor sich hergeschoben. Aber auch andere Akten. Einen Unfall mit Todesfolge und einen Fall von häuslicher Gewalt. Warum erwähnte der Chef ausgerechnet diesen Selbstmord?

»Wir sind bei unseren Ermittlungen im Fall *Mondschein-Mörder* auf die Gartenbaufirma Hartmann gestoßen«, sprach Allensbacher weiter.

Nun dämmerte es Lukas.

»Von den Kolleginnen Hafner und Blech weiß ich, dass zwei Firmen für den Auftrag im DFG im Wettstreit stehen. Gustav Hartmann und Dieter Ruppert.«

Diese Namen ließen sämtliche Alarmglocken bei Lukas und Theo klingeln.

»Könnt ihr mir sagen, warum ihr diese Selbstmordakte achtlos auf dem Schreibtisch liegen lasst, während wir hier erfolglos nach Motiven suchen?«

»Wir waren dabei, diese Akten abzuschließen, als der erste Mord im *Deutsch-Französischen Garten* passierte«, erklärte Lukas.

»Da hieß es, alles stehen und liegen lassen und diesen Fall bearbeiten.«

»Sie sind um keine Ausrede verlegen, wie?«

»Das ist keine Ausrede«, schaltete sie nun Theo in das Gespräch ein. »Wir waren gerade an dieser Akte, als wir beauftragt wurden, die Identität des ersten Opfers herauszufinden. Den Rest kennen Sie ja.«

Allensbacher nickte, wobei er noch unzufriedener wirkte als am Anfang der Besprechung. Fast sah es so aus, dass er einen Sündenbock für die erfolglosen Ermittlungen suchte und nun enttäuscht war, dass er Lukas und Theo diesen Stempel nicht aufdrücken konnte.

»Was hat diese Selbstmordakte mit dem Fall im *Deutsch-Französischen Garten* zu tun?« Diese Frage stellte Lukas.

»Wie bereits erwähnt, stand Gustav Hartmanns Firma in Konkurrenz zur Gartenbaufirma Dieter Ruppert«, begann Allensbacher mit seiner Erklärung. »Es geht um einen Wasserspielplatz von immenser Größe. Also ein Projekt, das Ansehen und Geld für die Firma bedeutet, die den Auftrag bekommt. Bisher ist uns dieser Aspekt nicht relevant erschienen, weil der Name Hartmann nicht gefallen ist. Doch nach langen mühsamen Ermittlungen ist es nicht auszuschließen, dass gerade dieser Mann eine wichtige Rolle bei diesen Morden spielt.« Er wechselte sein Taschentuch gegen ein Neues, mit dem er sich über das Gesicht wischte.

»Wie sollte der Abschluss der Selbstmordakte unsere Mordermittlungen vorangetrieben haben?« Lukas blieb skeptisch. »Diese junge Frau hat sich zuhause in ihrem Zimmer getötet und nicht im *Deutsch-Französischen Garten*.«

»Spätestens seit dem Mord an Dieter Rupperts Tochter Tamia hätten wir davon wissen müssen!« Allensbachers Stimme wurde lauter. »Vanessa Hartmann war die Tochter von Gustav Hartmann.«

17

Leise klang der erste Satz der Mondscheinsonate, als sei auch ihr die Wucht der Niederlage bewusst, weshalb sie ihr Adagio so gehalten vortrug, als trüge sie seine Last.

Phönix fühlte sich wie erstarrt in seiner Fehlbarkeit.

Es war ihm nicht gelungen, sein Versprechen zu halten. Er musste sich neu bilden, damit er unverwundbar diesem harten Schlag gegenübertreten konnte.

Trotz allem hielt diese unvorhergesehene Entwicklung ein neues Geschenk für ihn bereit, ein Geschenk, das es wert war, diese Niederlagen in Kauf zu nehmen, ein Geschenk, das ihn für alles entschädigen sollte: Susanne Kleber

Sie schrieb in ihren Zeitungsberichten Dinge, die wie ein Hilfeschrei klangen. Es war der Schrei nach Liebe – nach seiner Liebe. Sie wollte ihn, ohne es zu wissen. Sie verzehrte sich nach ihm, wie ein Hungernder nach Nahrung.

Er wolle ihre Nahrung sein.

Schon bald würde er sie empfangen und zu dem machen, was sie in Wirklichkeit war: Die Glut der Morgenröte, aus der er neu auferstehen würde, nämlich als strahlender Sieger einer glanzvollen Mission.

*

Der Besprechungsraum im Landespolizeipräsidium war brechend voll. Für diesen Tag stand endlich das langersehnte Täterprofil von Dr. Silvia Tenner auf dem Programm, was niemand verpassen wollte. Nur Lukas Baccus und Theo Borg fehlten. Die Anweisung war klar und deutlich, vor Ort weiterhin alles im Auge zu behalten.

Zusammen mit Hugo Ehrling nahm Silvia am Kopfende des großen Tisches Platz. Ihr Blick schweifte über die vielen Anwesenden. Darunter war Staatsanwalt Renske, der ihrem Auftritt schon lange entgegenfieberte. Sie schaute weiter und entdeckte den Gerichtsmediziner Dr. Stemm, was ihr ein Grinsen entlockte. Der polternde Mann in dieser Runde, das versprach, amüsant zu werden. Auch Markus Schaller von der Spurensicherung war da. Dieter Marx durfte auch nicht fehlen, obwohl sein Gesicht immer noch blass und eingefallen aussah.

Hugo Ehrling wartete, bis alle saßen und ihn erwartungsvoll anschauten. Schon gleich zur Einleitung kam er auf Silvias Täterprofil zu sprechen, womit er die Kriminalpsychologin nun doch aus dem Konzept brachte. Sie hatte erwartet, noch in aller Ruhe zuzuhören, wie weitere Ermittlungsergebnisse vorgetragen werden. Doch heute sah der Ablauf der Besprechung anders aus.

Also legte sie los: »Nach der Akteneinsicht und nach den jüngsten Ereignissen kann ich über den Täter Folgendes sagen: Es handelt sich um einen unorganisierten Einzeltäter, dessen Tötungsart sexuell motiviert ist. Dabei bezieht sich die sexuelle Motivation nicht auf den Geschlechtsakt, den er mit seinen Opfern durchgeführt hat, sondern darauf, ihnen beim Sterben zuzusehen. Das spricht für eine besondere Form der Intimität.« Silvia trank einen Schluck von ihrem Kaffee, bevor sie weitersprach: »Eine signifikante Abweichung ist jedoch in den Auffindesituationen der ersten drei Opfer zu erkennen, denn es besteht jeweils ein religiöser Bezug. Delia Sommer wurde gekreuzigt, Indra Meege fand man im Heidegarten, was aufgrund ihres Lebenswandels ein Hinweis auf Ungläubigkeit oder Heidentum sein könnte und Tamia Ruppert lag in der Pose der Prostratio auf der Erde.«

»Was bedeutet das für uns Laien?«, fragte Renske.

»Der Täter begeht diese Taten nicht völlig skrupellos, was bei einem rein sexuell gesteuerten Serienmörder normalerweise der Fall ist. Bestimmte Handlungen zeugen von Reue oder Mitgefühl. Zum Beispiel flößt er ihnen Beruhigungsmittel ein, womit er sie nicht bei vollem Bewusstsein ausbluten lässt. Außerdem wurde in allen Fällen eindeutig festgestellt, dass der Sex einvernehmlich war, also keine Gewaltanwendung oder sadistischen Spiele beim Sex. Weiterhin die Ablage der Opfer, als wollte er ihnen ein bisschen Würde lassen, wenn sie gefunden werden.«

»Aber warum lässt er sie nackt liegen?«, fragte Renske weiter. »Damit entwürdigt er seine Opfer doch.«

»Das ist der Aspekt, der mich einige schlaflose Nächte gekostet hat«, gab Silvia zu. »Die einzige Erklärung, die mir plausibel dafür vorkommt, ist die Möglichkeit, dass wir es mit einem missionarischen Serienmörder zu tun haben. Genau darin liegt der Bezug zum *Deutsch-Französischen Garten*, nämlich das Motiv für die Morde an diesem Ort.«

Gemurmel machte sich breit.

Hugo Ehrling, der Amtsleiter meldete sich zu Wort und sagte: »Dieser Begriff ist für uns völlig neu. Was hat das zu bedeuten?«

»Missionarische Serienmörder töten Menschen, die unter ihrer Würde sind und ihr Menschenbild stören«, erklärte Silvia. »Das heißt, dass es Randgruppen gibt, die sie für unwürdig halten. Aber in unserem Fall könnte der Zusammenhang woanders liegen. Dazu muss ich noch einige Fakten erfahren.«

»Die bekommen Sie natürlich«, bestätigte Ehrling.

»Was ich bisher sagen kann, ist, dass die Frauen, die er getötet hat – oder versucht hat zu töten – alle äußerst leichtsinnig mit ihrem Leben umgegangen sind. Sie liefen nicht nur freizügig herum, ihr Lebenswandel war auch promiskuitiv. Von allen Opfern wissen wir, dass sie einen geheimnisvollen Fremden kennengelernt hatten, mit dem sie bereit waren, ein Abenteuer einzugehen. Außer bei Indra Meege, deren Lebenswandel jedoch ganz deutlich in das Profil eines missionarischen Serienmörders passt. Sie war Prostituierte. Also passt sie – trotz der nach außen scheinbaren Unterschiede – haargenau in die Viktimologie.«

»Welche Fakten brauchen Sie, um uns den genauen Zusammenhang in unserem Fall zu erklären?«, fragte Wendalinus Allensbacher.

Silvia antwortete: »Ich habe erfahren, dass eines der Opfer die Tochter des Bauunternehmers ist, der einen Spielplatz im *Deutsch-Französischen Garten* bauen soll. Und zwar genau dort, wo die Leiche gefunden wurde. Stimmt das?«

»Ja das stimmt«, antwortete Allensbacher. »Sie sprechen von Tamia Ruppert, die in der ehemaligen *Gullivers Welt* gefunden wurde. Genau dort soll der Spielplatz gebaut werden.«

»Indra Meege ist die Nichte der Leiterin des Amtes für Grünanlagen der Stadt Saarbrücken«, hakte Silvia weiter nach.

Der Dienststellenleiter nickte.

»Das letzte Opfer, das überlebt hat ...«

»... ist die Tochter des Baudezernenten der Stadt Saarbrücken – der Mann, der die Baufirma ausgewählt hat, die den Auftrag bekam«, erklärte Allensbacher.

»Und das erste Opfer?«

»Delia Sommer hatte lediglich sexuellen Kontakt mit einem der Gärtner«, erklärte Allensbacher. »Der ist dadurch ins Fadenkreuz der Ermittlungen geraten und zurzeit auf der Flucht. Nachdem weitere Morde im DFG passiert sind, können wir aber davon ausgehen, dass er unschuldig ist – zumal er beim zweiten Mord in Untersuchungshaft saß.«

»Das bestätigt meine Überlegung!« Silvia nickte. »Wie es bei allem, was man tut, üblich ist, fängt man vorsichtig an. In unserem Fall hat der Täter das erste Opfer dort gewählt, wo es für ihn am sichersten war. Kennengelernt hat er sie vermutlich im DFG, weshalb der Kontakt zu dem Gärtner Zufall sein könnte.«

Die Beamten in dem Raum schrieben alle fleißig mit – einige von Hand auf einen Block, andere tippten in ihre Netbooks.

»Heißt das, dass Delia Sommer ein Kollateralschaden ist?«, fragte Jasmin erschrocken.

»So würde ich das nicht nennen«, lenkte Silvia ein. »Ich würde eher sagen, dass sie der erste Versuch war, ein bestimmtes Ziel zu erreichen. Aber offensichtlich hat es nicht funktioniert, also ging der Täter gezielter vor.«

»Aber was ist sein Ziel?«, fragte nun der Staatsanwalt.

»Da könnte ich nur raten«, gab Silvia zu. »Die Tatsache, dass der Täter immer im *Deutsch-Französischen Garten* mordet, besagt, dass dieser Ort eine besondere Bedeutung für ihn hat.«

*

Im Sonnenschein strahlte das *Tal der Blumen* in vollem Glanz. Das Arrangement wirkte so liebevoll inszeniert, dass selbst Lukas und Theo nicht achtlos daran vorbeigehen konnten. Lila, zartrosé und weiß schimmerten Astern zwischen goldenen Gazanien und kirschroten, hellblauen und dunkellilafarbenen Petunien. Ährensalbei in sattem Blau und Ranunkel in Korallenrot vermischt mit weißen Gerbera und zweifarbigem Sonnenhut wurden durch die sattgrüne Petersilie und den blassgrünen Harfenstrauch noch besser betont. Dazwischen fügten sich buschige Sträucher von Lampenputzergras in die Pflanzenanordnung ein. Ihre silberblauen Halme, die in zartlila und walzenförmigen Ähren endeten, ließen die ganze Vielfalt lebendig wirken. Dieses Beet zog alle Blicke magisch an.

»Meine Güte«, staunte Theo. »Der kleine Franzose hat wirklich ein Händchen für Blumen.«

»Stimmt!«, gab Lukas zu. »So schön ist dieses Beet vorher nicht gewesen. An François sollte sich Hilger Scharf mal ein Beispiel nehmen.«

»Sag ihm das und du bist einen Kopf kürzer.« Theo grinste.

»Ich schlage vor, wir sagen das François«, entgegnete Lukas schlagfertig, »der wird sich nämlich über ein Lob freuen.«

»Die Idee ist gut. So eine tolle Arbeit hat wirklich Lob verdient.«

Sie machten sich auf den Weg zum französischen Rosengarten, der am anderen Ende des Parks lag. Eine Kabine der Seilbahn schwebte über ihre Köpfe. Junge Mädchen saßen darin und winkten Lukas und Theo zu. Die Kleinbahn fuhr vorbei und ließ ein so lautes Klingeln ertönen, dass es den beiden in den Ohren schmerzte. Sie passierten den Ehrenfriedhof und sahen, dass sich dort immer noch Schaulustige in Scharen sammelten. Das Kreuz war mit Trauerkarten, Kerzen und Kränzen im Angedenken an das Opfer vollgestellt, so dass für jeden erkennbar war, wo diese Tragödie stattgefunden hatte. Dahinter fiel ihr Blick direkt auf die beiden Rosengärten. Auf dem Französischen konnten sie François deutlich daran erkennen, wie er mit Händen und Füßen versuchte, seinen deutlich jüngeren Kollegen etwas zu erklären. Der Anblick brachte sie schon zum Schmunzeln. Als sie näher kamen, hörten sie den Franzosen deutlich sagen: »Das ist meine *Bordure Apricot* extraordinaire, ein Pflänzchen, das besondere Pflege braucht, weil seine Schönheit so fragile ist. Mais! Du verstehst so etwas nicht.«

Dabei stand er vor reichblühenden Rosen in auffälligem Apricot-Rouge, deren Blüten eine beachtliche Größe hatten und in eine Höhe von bis zu sechzig Zentimetern wuchsen. Während er sprach, strich er zärtlich über den buschigen Kopf einer Rose, als könnte er damit seine Empörung über die Unwissenheit seines Gegenübers besser in den Griff bekommen. Sein Gegenüber war kein anderer als Alexander Thiel, der Gärtner für den deutschen Rosengarten. Heute versteckte er seine Haare unter einer grünen Baseballkappe. Dazu trug er einen grünen Overall, der keinen Zweifel daran ließ, was er im *Deutsch-Französischen Garten* suchte.

Plötzlich verstummte François und schaute auf die beiden Neuankömmlinge. Sein Gesicht war gerötet und seine Augen funkelten böse. Auch seine Stimme klang gereizt, als er sagte: »Mon Dieu! Sie schauen so trist, als sei meine Arbeit très mauvais – sehr schlecht.«

»Keinesfalls«, rief Theo sofort. »Wir sind gekommen, um Ihre Arbeit zu loben. Besser hätte ich das nicht machen können.«

Lukas wollte gerade in das Lob einstimmen, als er sich wegdrehte und ein Lachen unterdrückte. Es dauerte eine Weile, bis er sich mit ernstem Gesichtsausdruck den beiden Gärtnern zuwenden konnte und ebenfalls seine Begeisterung für die gute Arbeit aussprach. Im Hintergrund sah er einen älteren Mann mit großen Schritten auf sie zukommen. Er hatte graue Haare und ein gerötetes Gesicht. Sein Hemd klebte schweißnass an ihm.

»Kann es sein, dass dieser Mann zu euch kommt?«, fragte er.

Alle drehten sich in diese Richtung um und schauten, von wem Lukas sprach.

»Ach, das ist Monsieur Gustav Hartmann«, erklärte François.

Bei dem Namen klingelten Lukas und Theo sämtliche Alarmglocken. So neutral, wie Lukas es fertigbrachte, fragte er den kleinen Franzosen: »Was er wohl von dir will?«

»Ich glaube nicht, dass er nach mir sucht.« François lachte. »Höchstens nach unserem jeune garçon – jungen Burschen hier. Vielleicht hält er schon mal Ausschau nach guten Mitarbeitern für seine Firma. Durch den letzten Todesfall glaubt er tatsächlich, den Auftrag für den Wasserspielplatz doch noch zu bekommen.«

Alle wollten auf den jungen Mann mit der Baseballkappe schauen, doch der war verschwunden. Gerade noch konnten sie sehen, wie er hinter dem dichten Baumbestand des Ehrenfriedhofs aus ihrem Blickfeld verschwand.

»Sieht nicht so aus, als würde Alexander eine andere Arbeitsstelle suchen«, kommentierte Theo diesen plötzlichen Abgang.

Sie warteten, bis Gustav Hartmann endlich vor ihnen stand. Zur Begrüßung fragte er: »Wer war der junge Mann, der gerade weggegangen ist?«

»Unser Gärtner für den Französischen Rosengarten«, antwortete François.

Als der Mann kein weiteres Wort sagte, sondern in die gleiche Richtung ging, in der Alexander verschwunden war, standen Lukas, Theo und François sprachlos da und schauten hinterher.

*

Nach einer kurzen Pause ging die Besprechung weiter. Vor Silvia dampfte heißer Kaffee, den sie vorsichtig ansetzte zum Trinken. Niemand sprach ein Wort. Alle schauten der Profilerin zu, wie sie sich den Mund verbrannte. Sie warteten ab, wie der Amtsleiter den zweiten Teil der Sitzung fortsetzen wollte.

Zuerst räusperte er sich, setzte sich seine Lesebrille auf die Nase und las in den Unterlagen, bevor er an alle gerichtet zu sprechen begann: »Bevor wir jetzt wilde Spekulationen aufgrund des bisherigen Profils von Frau Dr. Tenner aussprechen, möchte ich weitere Fakten zusammentragen. Zuerst einmal stehen in meinen Berichten noch einige Ergebnisse der Gerichtsmedizin aus.« An Dr. Eberhard Stemm gewandt fragte er: »Haben Sie inzwischen etwas über die Toxikologie von Tamia Ruppert herausgefunden, was uns weiterhilft?«

»Haben wir! Und noch mehr«, donnerte Dr. Stemms laute Stimme durch den Saal. »Tamia Ruppert wurde genau wie Delia Sommer mit dem leichten Schlafmittel Zopiclon betäubt. Hinzu kam, dass sie bereits Alkohol getrunken hatte, in dem Fall einiges mehr als die anderen Opfer. Deshalb hatte das Schlafmittel eine stärkere Wirkung. Der Geschlechtsakt konnte in diesem Fall nicht mehr vollzogen werden.«

»Aber in Ihrem Bericht stand doch etwas von einvernehmlichem Sex?«, hakte Ehrling ungläubig nach.

»Ja, nach weiteren Untersuchungen konnte ich jedoch feststellen, dass das Opfer leichte Einrisse am hinteren Scheidengewölbe hatte, die bereits dabei waren, zu verheilen. Solche Verletzungen können beim Geschlechtsverkehr entstehen, sind jedoch harmlos, so dass die Frau es nicht einmal bemerkt. Bei meiner Erstuntersuchung war die Ähnlichkeit zum Befund des vorangegangenen Opfers so frappant, dass ich zunächst davon ausging, der Geschlechtsakt habe in der Mordnacht stattgefunden. Die Parallelen zu den Fällen haben mich fast unvorsichtig werden lassen. Doch bei meiner genaueren Überprüfung habe ich festgestellt, dass in der Mordnacht kein Sex stattgefunden hat.«

»Hoffentlich wirft diese Erkenntnis unser bisheriges Profil nicht durcheinander«, murmelte Ehrling missmutig.

»Ich habe außerdem von Dr. Gerhard Briegel die Erlaubnis

bekommen, seiner Tochter Isabelle im Krankenhaus Blut zu entnehmen«, sprach der Gerichtsmediziner weiter. »Ich habe festgestellt, dass diese junge Dame schon einige Erfahrungen mit Drogen gemacht haben muss. Deshalb war sie gegen Zopiclon immun und konnte fliehen. Auch bei ihr ist der Täter nicht zum Geschlechtsakt gekommen. Das haben die Untersuchungen im Krankenhaus ergeben.«

Ehrling nickte und richtete seine nächste Frage an Dieter Marx: »Ist der Name Isabelle Briegel in der Drogenabteilung bekannt?«

Der Kollege überlegte eine Weile. Alle wussten, dass nun eine Bibelsalve über sie ergehen würde, bevor er zum Thema kam. Doch inzwischen hatten sie sich daran gewöhnt – auch an die Tatsache, dass sogar der Amtsleiter diese Eigenschaft duldete. Also blieb ihnen nichts anderes übrig, als geduldig abzuwarten.

»Oh Tiefe des Reichtums, sowohl der Weisheit als auch der Erkenntnis Gottes! Wie unerforschlich sind seine Gerichte und unausspürbar seine Wege!«, begann Marx tatsächlich. »Ich habe nichts im Zusammenhang mit Isabelle Briegel gefunden. Dafür bin ich jedoch auf den Namen Vanessa Hartmann gestoßen. Sie wurde aktenkundig, weil sie über eine Menge an Drogen verfügt hat, die für den Eigenbedarf zu groß war.«

Sofort meldete sich der Gerichtsmediziner und donnerte mit lauter Stimme durch den Saal: »Die Leiche von Vanessa Hartmann wurde nicht auf Drogen untersucht. Nach meinem Untersuchungsbefund gab es keinen Grund, am Selbstmord zu zweifeln.«

»Warum wurde die Akte nie geschlossen?«

»Weil der Vater darauf bestand, es sei kein Selbstmord gewesen.«

»Ist es möglich, dass die Drogen das Opfer in den Selbstmord getrieben haben?«

»Es ist kein Fels, wie unser Gott ist«, begann Marx und fügte an: »Die meisten Drogen treiben in den Wahn, nachdem der

Rausch nachgelassen hat. Da kann es passieren, dass sich jemand in diesem Zustand selbst tötet.«

Eine Weile herrschte Stille, in die Ehrling fragte: »Habe ich noch etwas vergessen?«

»Ja! Die Ergebnisse der Spurensicherung im DFG«, rief Markus Schaller.

»Dann erzählen Sie mal.«

»Wir haben die restliche Kleidung, die Isabelle Briegel noch getragen hat, untersucht und darauf Kerzenwachs und mit Zopiclon durchsetzten Sekt gefunden. Weiterhin Spuren von Pflanzenschutzmittel.«

»Pflanzenschutzmittel?« Ehrling staunte. »Dann können wir davon ausgehen, dass der Gesuchte Gärtner ist.«

»Oder das *Tal der Blumen* war damit eingesprüht«, wandte Jasmin ein – ihr erster Kommentar, seit diese Sitzung begonnen hatte.

»Der Mörder ist doch immer der Gärtner«, ließ Renske vom Stapel, wofür er ein lautes Stöhnen zu hören bekam.

»Der Witz hat schon einen Bart«, meinte Karl Groß schlau.

»Dann erzählen Sie uns doch etwas, was uns überrascht«, forderte Renske ihn mürrisch auf.

»Nachdem ich Fotos von Gustav Hartmann gesehen habe«, begann der Angesprochene zu berichten, »bin ich mir sicher, dass dieser Mann im *Deutsch-Französischen Garten* war, als wir nach Isabelle Briegel gesucht haben.«

»Das ist wirklich interessant«, gab Renske zu.

»Da der Selbstmord seiner Tochter noch nicht abgeschlossen ist, müssen wir uns näher mit ihm befassen«, überlegte Ehrling laut. »Kann es sein, dass die Opfer mit Vanessa Hartmann in Kontakt gestanden haben?«

Niemand antwortete darauf.

»Indra Meege war bereits in der Drogenszene bekannt. Isabelle Briegel hatte es wohl besser verstanden, sich nicht erwischen zu lassen, was aber nicht ausschließt, dass sie dort ebenfalls aktiv war«, führte Ehrling aus. »Es wäre wichtig herauszufinden, ob da das Motiv zu finden ist.«

»Wie soll das möglich sein?«, fragte der Staatsanwalt. »Vanessa Hartmann hat sich die Pulsadern aufgeschnitten, soviel ich weiß. Wie sollte das mit den Opfern in Verbindung gebracht werden?«

»Durch die Drogen«, erklärte Ehrling. »Möglich, dass diese Art zu leben, unseren missionarischen Täter auf den Plan rief, um den Park von solchen Elementen zu säubern.«

Im Raum entstand Unruhe.

»Die Ähnlichkeit der Tötungsart könnte als Hinweis darauf verstanden werden«, schaltete sich Silvia ein. »Die Opfer wurden alle mit Messerstichen verletzt und verblutend liegengelassen.«

»Das wäre ein Motiv für Gustav Hartmann«, erkannte Ehrling. »Wie passt dieser Mann in Ihr Profil, Frau Dr. Tenner?«

Silvia lächelte und meinte: »Gar nicht!«

»Zerstören Sie nicht alle unsere Illusionen!«

»Welche Frau zwischen siebzehn und zwanzig würde mit einem Mann über fünfzig bei Nacht in den Park gehen, um dort mit ihm zu schlafen?«

Diese Frage war rhetorisch, weshalb niemand darauf antwortete. »Das Einzige, was ich mir vorstellen könnte«, sprach Silvia weiter, »ist, dass jemand in Hartmanns Auftrag diese Morde ausübte. Dadurch wären die Taten ebenfalls mit dem *missionarischen* Serienmörder vergleichbar – nur mit dem Unterschied, dass der Täter in unserem Fall seine Aggressionen nicht auf eine Gruppe projiziert, die im allgemeinen für das Menschenübel verantwortlich ist, sondern auf eine gezielte Gruppe von Menschen, die er für das Schicksal seiner Tochter verantwortlich macht.«

»Da fällt mir wieder dieser Auszubildende ein, wie hieß er noch?«, sprach Ehrling.

»Lars König«, antwortete Monika.

»Was haben Sie bis jetzt über ihn herausgefunden?«

»Leider nichts«, gestand Monika. »Die Kollegen aus Lothringen konnten ihn nicht finden. Er wohnt allein und sein Haus steht leer.«

»Bleiben Sie dran!«

»Was auch auffällig war«, sprach der Leiter der Bereitschaftspolizei weiter, »ist die Tatsache, dass der Obergärtner uns keine Hilfe bei der Suche war. Seine Ortskenntnis hätte die Suche vielleicht abkürzen können, denn nur er weiß, wo die Bunker liegen, die man damals versucht hatte weg zu sprengen.«

»Also steht auch Hilger Scharf weiter im Verdacht«, brummte Ehrling. »Aber dieser Mann ist noch älter als Gustav Hartmann. Wie sollte er es angestellt haben, diese Frauen in den Park zu locken?«

»Vielleicht war es nicht nötig sie zu locken«, überlegte Monika laut. »Sie waren schon da und er hat die Gelegenheit genutzt.«

»Dann wäre er ein Situationstäter«, warf Silvia ein.

»Du sagtest doch, es handelt sich um einen unorganisierten Täter«, erinnerte Monika die Profilerin. »Würde da Hilger Scharf nicht passen?«

Silvia lachte und meinte: »Perfekt, wie ihr eure Verdächtigen an mein Profil anpassen könnt. Trotzdem ist Hilger Scharf meines Erachtens zu alt, was aber nicht zwingend gegen ihn als Täter sprechen muss. Wenn der Zufallsgenerator bei der Opferwahl mitgespielt hat und es sich tatsächlich um einen Situationstäter handelt, wäre er als Verdächtiger nicht auszuschließen.«

Plötzlich klingelte das Handy in Ehrlings Hemdtasche. Das Gespräch dauerte noch keine halbe Minute, schon legte er wieder auf und berichtete: »Isabelle Briegel ist aufgewacht.«

Freudige Stimmung breitete sich im Versammlungsraum aus.

»Sie ist angeblich in guter Verfassung – hat den Angriff und den Sturz in diese Erdspalte gut überstanden«, berichtete Ehrling weiter. »Monika Blech und Jasmin Hafner, Sie fahren ins Krankenhaus und befragen sie. Hoffentlich kann sie uns den entscheidenden Hinweis zum Täter geben!«

*

Begleitet vom lauten Schall ihrer Schritte gingen sie durch den langen Krankenhausflur. Das Zimmer mussten sie nicht erst suchen. Der Polizeibeamte vor der Tür signalisierte ihnen, wo sie die Patientin finden würden. Sie zückten ihre Polizeiausweise, damit sie passieren durften und betraten ein lichtdurchflutetes Krankenzimmer mit einer Patientin, die nicht im Bett lag, sondern auf dem Boden saß und sich an ihren Verbänden zu schaffen machte. Die beiden Besucherinnen beachtete sie nur mit einem kurzen Blick, dann galt ihre ganze Aufmerksamkeit wieder den Mullbinden um ihre Knie, Fußgelenke und Arme.

»Was tust du da?«, fragte Monika überrascht.

»Sehen Sie das nicht?«, fragte Isabelle in einem Tonfall zurück, der Glas zum Zerspringen bringen konnte. »Wie sehe ich aus? Es ist Sommer. Wie soll ich damit klarkommen? Diese Scheiß-Dinger verunstalten meine Beine, dass ich mich nicht mehr vor die Tür traue.«

»Dort sollst du auch gar nicht hin«, stellte Monika klar. »Zuerst sollst du mal gesund werden, außerdem mit der Polizei kooperieren und dann erst darüber nachdenken, dieses Zimmer wieder zu verlassen.«

»Sie sind wohl von der Polizei«, kombinierte Isabelle und hielt inne. Ihr Blick wanderte an Monika hoch und runter. Die Beamtin fühlte sich dabei nicht sonderlich wohl. »Trotzdem könnten Sie mal einen neuen Friseur und andere Klamotten vertragen.«

Monika glaubte, nicht richtig zu hören. Böse konterte sie: »Wir sind nicht hier, um über Mode oder schöne Beine zu sprechen.«

»Das sollten Sie zwischendurch aber mal tun. Mädels machen so was.«

»Damit bringst du mich auf eine interessante Idee«, sprang Monika sofort auf diese Bemerkung an. »Hast du mit Vanessa Hartmann auch über Klamotten gesprochen?«

Verdutzt schaute Isabelle die Polizeibeamtin an, überlegte und meinte dann: »Die ist doch tot, oder?«

»Ja.«

»Sie hat sich die Pulsadern aufgeschnitten«, resümierte Isabelle weiter.

»Du kanntest sie also?«

»Klar! Sie hat bei der Stadt gearbeitet – sogar irgendwo in Papas Abteilung. Warum?«

»Weil ich das wissen muss«, gab Monika spitz zurück. »Hattet ihr engeren Kontakt?«

»Nein! Ich wusste nur, dass sie dort war. Ihr Vater ist doch einer der beiden, die den Auftrag für den Wasserspielplatz bekommen wollten.« Sie strich sich gedankenverloren über die mit Mullbinden verarzteten Beine und wartete.

»Dein Vater hat diesen Auftrag vergeben?«

»Ja«

Isabelle erhob sich vom Boden und ließ sich mit einem Schwung auf das Bett fallen, dass es laut krachte und quietschte. »Scheiße Mann!«, stieß sie aus. Sie zog die Beine an und schlang ihre Arme um die Knie und fragte: »Hat der Anschlag auf mich damit zu tun?«

»Das wollen wir herausfinden«, erklärte Monika. »Kannst du uns schildern, was in der Nacht passiert ist?

»Ich weiß nicht mehr viel davon. Mein Vater hat mir erzählt, dass man mich in einem Erdloch gefunden hat.«

Monika nickte und bemühte sich, weiterhin neutral zu bleiben. Angst, dass Isabelle sich an nichts mehr erinnern könnte, flammte plötzlich auf.

»Was ist davor geschehen? Weißt du noch, warum du an dem Abend im *Deutsch-Französischen Garten* warst?«

Eine Weile hörten sie nur die Geräusche aus dem Krankenhausflur. Türen schlugen. Ansagen wurden durch Lautsprecher gemacht. Gespräche von vorbeieilenden Krankenschwestern und Telefonklingeln.

Dann sagte Isabelle endlich: »Ich war mit einem Typen verabredet, der war so was von geil, dass ich niemals auf die Idee gekommen wäre, mit dem könnte was nicht stimmen.«

Monika und Jasmin schauten sich an. Beide wirkten erleichtert.

»Wer war dieser Typ?«, fragte nun Jasmin.

»Seinen Namen hatte er mir erst nicht verraten. Es sollte so was wie eine *Vereinigung in neuem Glanze* werden.«

»Klingt abgedreht«, erkannte Jasmin.

»Eben! Das war doch das Geile daran. So wie der aussah ...«

»Wie denn?«

»Echt scharf! Groß, schlank mit knallroten Haaren. Trug pechschwarze Klamotten. Seine Augen funkelten rot – als würde man in Flammen schauen, wenn man ihn ansah.«

»Kontaktlinsen.« Jasmin grinste schief.

»Klar! Soweit habe ich mir das auch gedacht. Aber er gefiel mir halt«, trumpfte Isabelle trotzig auf.

»Wann ist die Stimmung gekippt?«

Isabelle überlegte. Sie wirkte, als sei wie wieder im *Deutsch-Französischen Garten*. Ihre Augen schauten durch den Raum, sahen aber nichts. Ihr Schaukeln auf dem Bett wurde ruckartiger. Leise sagte sie: »Da war Musik! Ein klassisches Stück. Nur ein Klavier oder so. Ich kenne mich damit nicht so aus.«

»Langsame Musik oder schnell?«

»Keine Ahnung!«

»War das Stück immer im gleichen Takt, oder änderte der sich zwischendurch?«, hakte Monika nach, wofür sie von Jasmin einen erstaunten Blick erntete.

»Wenn Sie mich so fragen ... Es fing total langsam an. Das war gut und ich kam total in Stimmung. Doch dann wurde es immer schneller und der Typ immer unheimlicher«, berichtete Isabelle. Sie begann zu zittern. Rasch kroch sie unter die Bettdecke und wickelte sich darin ein.

»Klingt nach einer Sonate«, rätselte Monika. »Die Mondscheinsonate hat drei Sätze, die sich von Satz zu Satz steigern. Fängt mit dem ersten Satz ganz ruhig an, steigert sich im zweiten Satz von schwermütig in heiter bis fröhlich. Der dritte Satz wird rasant und laut – fast schon aggressiv gespielt. Könnte es das gewesen sein?«

Isabelle schaute auf Monika mit weit aufgerissenen Augen und stieß ein »Ja« aus. »Sie kennen sich aber verdammt gut aus.«

»Wie kann eine Klaviersonate eine taffe Frau wie dich in die Flucht schlagen?«

Isabelle lächelte zuerst, was plötzlich in ein lautes Lachen überging, bis sie sich fast nicht mehr halten konnte. Monika und Jasmin stimmten ein, ohne es zu wollen. Doch es war so ansteckend, dass sie sich bald zu dritt bogen vor Lachen. Der wachhabende Polizeibeamte trat herein und schaute auf die Frauen, als seien sie verrückt geworden. Sofort verstummten sie und schauten auf den Mann, bis er wortlos die Tür wieder von außen schloss.

»So war das doch gar nicht«, knüpfte Isabelle wieder an ihr Gespräch an. »Die Musik passte irgendwie, weil alles so anormal war. Doch als er mich in die Arme nahm und behauptete, Phönix zu sein und unsterblich ... da habe ich es mit der Angst zu tun bekommen.«

»Klingt wirklich beängstigend«, gab Monika zu.

»Sie glauben wirklich, dass dieser Überfall mit Vanessas Selbstmord zu tun hat?«, hakte Isabelle nach.

»Ich weiß es nicht«, gab Monika zu. »Aber du hast diesen *Phönix* nicht erkannt?«

»Nein, der war mir total fremd. Ich muss dazu aber sagen, dass ich Vanessas Freundeskreis nicht kannte. Ich habe gehört, dass sie verlobt war – daran erinnere ich mich deshalb, weil wir das *Verlobt-Sein* so spießig fanden und uns darüber amüsiert haben.«

Verwirrt schaute Monika zu ihrer Kollegin und fragte: »Wer begeht Selbstmord, trotz Verlobung und mit Aussicht auf Heirat?«

Jasmin konnte nur mit einem Schulterzucken antworten.

18

Die Sonne verschwand hinter dem trichterförmigen Gebäude der Spielbank und ließ eine angenehme Wärme zurück. Bei zunehmender Dunkelheit leuchtete das Kerzenlicht heller und verbreitete eine Atmosphäre, die an Urlaub erinnerte. Still saßen sie zu dritt auf ungemütlichen Klappstühlen vor dem Wohnmobil und lauschten den Geräuschen auf dem Karavanplatz. Motorradfahrer fuhren über die Deutschmühlentalstraße und zerrissen mit ihren lauten Maschinen die Stille. Lange konnten sie das eintönige Dröhnen hören, bis es immer leiser wurde und dann verebbte. Lachen und Stimmen drangen von der anderen Seite des Karavanplatzes herüber. Viele der Camper verbrachten die Abendstunden vor ihrem Wohnmobil und vertrieben sich mit Essen und Trinken die Zeit.

Susanne hatte für diesen Abend kurzerhand beschlossen, einen kleinen Tischgrill und Würstchen mitzubringen. Für diese Idee waren ihr Lukas und Theo dankbar. Wohl gesättigt tranken sie nun gekühltes Bier und hingen ihren Gedanken nach.

»Habt ihr eigentlich mal diesen Azubi unter die Lupe genommen, der nur kurze Zeit als Gärtner gearbeitet hat?«, fragte Susanne.

»Du meinst Lars König?«, hakte Lukas nach.

Susanne nickte.

»Nein, der ist seit letztem Mittwoch spurlos verschwunden.«

»Letzten Donnerstag habe ich ihn noch im DFG gesehen!«

Lukas und Theo horchten auf. Susanne schilderte ihnen diese merkwürdige Begegnung, was sie sich notierten, um die Dienststelle darüber zu informieren.

»Hast du eigentlich jemandem davon erzählt, dass Theo und ich zurzeit hier im Wohnmobil leben?«, fragte Lukas anschließen.

Susanne fragte zurück: »Traust du mir das zu?«

»Ich frage mich nur, woher dieser *WM* wusste, wo wir sind

und wessen Arsch an die Scheibe des Wohnmobils gepresst war.«

»Ist dir nicht der Gedanke gekommen, dass Andrea Peperding dahintersteckt?«, fragte Susanne. »Ihr wisst doch, wie genau sie es mit der Schweigepflicht nimmt.«

»Aber seit wann hat Andrea Kontakte zur Presse?«

»Seit es kontraproduktiv für eure Arbeit ist ...«, gab Susanne als Antwort darauf.

Theo richtete sich in seinem Stuhl auf, steckte seinen Zeigefinger in die Flaschenöffnung und schwenkte die Flasche hin und her. Dabei sagte er: »Stimmt! Auf den Gedanken sind wir noch gar nicht gekommen. Bei Berthold Böhme war es doch genauso. Er hat nicht gerade zu den begehrtesten Informanten der Zeitung gehört – bis er sich gegen uns gewandt hat.«

Lukas nickte und schaute seinem Kollegen dabei zu, wie er mit der Flasche spielte. »Dann bleibt immer noch die Frage, wer dieser *WM* ist.«

»Ich kennen niemanden mit diesen Initialen«, gab Susanne zu verstehen.

»Wenn nicht du, wer dann?« Lukas schaute seine Freundin eindringlich an und wartete auf eine Reaktion. Doch Susanne reagierte anders, als er erwartet hatte. Sie erhob sich und gab schnippisch zurück: »Unterlass doch einfach mal deine Unterstellungen, was Mitri betrifft. Dass du ihn bei Nacht und Nebel im Park erwischt hast, bedeutet doch nur, dass er dem Täter auf der Spur sein wollte.«

»Ist das nicht zufällig die Arbeit der Polizei?«, fragte nun Theo dazwischen, dem der Verlauf dieser Unterhaltung nicht gefiel.

»Was macht ihr denn?« Susanne stampfte wütend mit dem Fuß auf. »Wie viele junge Mädchen müssen noch sterben, bis ihr was auf die Reihe kriegt?«

»Ich glaube, das war ein Wink mit dem Zaunpfahl.« Theo stand ebenfalls auf.

»Wo wollt ihr alle hin?«, fragte Lukas, der als Einziger noch saß.

»Ich mache eine Patrouille durch den Park, um meiner Pflicht nachzukommen«, erklärte Theo. »Und du versöhnst dich mit Susanne, damit ihr euch nicht im Streit trennt.«

»Gute Idee.« Lukas grinste Suanne an.

»Keine Chance«, knurrte Susanne. »Ich bin mir zu schade, immer dein Spielball zu sein und mich deinen Launen auszusetzen.«

»Ach ja! Meine Launen!« Lukas schnaubte. »Was hat es mit diesem Dimitri auf sich? Den nimmst du jedes Mal in Schutz, als würde euch mehr verbinden als die Arbeit.«

»Deine Eifersucht kennt ja keine Grenzen mehr. Mitri und ich sind neben der Arbeit auch gute Freunde. Das sollte doch für dich kein Problem sein, du hast mit Theo doch auch einen Kollegen und Freund.«

»Das ist ja wohl was anderes, weil …«, wehrte sich Lukas und wollte etwas anfügen, als er plötzlich innehielt und nur in die Dunkelheit starrte.

»Lukas?«, fragte Theo, der sich gerade auf den Weg machen wollte. »Alles klar mit dir?« Verwirrt schaute er auf Susanne, die diese Reaktion auch nicht verstehen konnte.

»Müssen wir einen Arzt rufen?«, fragte Theo ironisch.

»Am besten gleich zwangseinweisen«, trieb Susanne den Spott weiter. »Die Geschlossene der Psychiatrie ist nicht weit.«

»Ich hab's!«, schrie Lukas dazwischen.

»Was?«

»Du nennst doch Dimitri Mitri«, richtete sich Lukas an Susanne.

»Nicht nur ich, alle machen das«, wehrte sie sich schnell.

»Das ist es!« Lukas Augen leuchteten mit dem Kerzenlicht um die Wette.

»Würdest du uns bitte aufklären?«, bat Theo.

»*WM* ist Dimitri Wagner! Wahrscheinlich benutzt er für seine anonymen Berichte seinen Spitznamen Mitri und dreht die Initialen einfach um.«

»Das spinnst du eifersüchtiger Pinsel dir doch nur zusammen!«

»Hast du ihm erzählt, dass ich zurzeit hier campiere?«
»Scheißkerl!« Wütend stampfte Suanne davon.

Ungeachtet Lukas' halbherziger Versuche, sie aufzuhalten, verließ Susanne den Karavanplatz durch das Tor, hinter dem ein Schotterweg zum Parkplatz des Calypsobades führte. Es war das erste Mal, dass dieses Tor offenstand. Eigentlich sollte sie sich darüber wundern, doch ihr Ärger über Lukas war zu groß. Auf der rechten Seite gesäumt von hohen Hecken und Sträuchern verlief dieser Weg hinter dem Freigelände des Schwimmbades entlang, was Susanne überraschte. Noch nie war ihr dieser Zugang zum Karavanplatz aufgefallen. Am Abend hatte sie ihre Grillutensilien an der stark befahrenen Straße entlang zum Karavanplatz geschleppt und sich dafür einige Hubkonzerte anhören müssen. Dort war kein Platz frei gewesen, um ihr Auto abzustellen, weshalb sie keine andere Wahl gehabt hatte, als das Auto am Schwimmbad stehen zu lassen.

Jetzt und hier sah die Welt ganz anders aus. Die Stille und die Dunkelheit, die sie umgaben, machten sie nervös. Da wären ihr Geräusche von vorbeifahrenden Autos lieber. Oder von lachenden Menschen. Doch hier vernahm sie nur das gelegentliche Rascheln, wenn sich irgendein kleines Tier vor ihr in Sicherheit brachte. Ein helles Piepsen zerriss von Zeit zu Zeit die Stille. Susanne spürte, wie sich Gänsehaut auf ihren Armen bildete. Sie wünschte, sie wäre nicht so kopflos durch das offenstehende Tor davongerannt. Doch zurückgehen wollte sie auf keinen Fall. Das könnte für Lukas wie ein Zugeständnis aussehen, was wohl das Letzte war, was sie jetzt wollte. Dieser Mistkerl sollte schmoren.

Plötzlich mischte sich ein Knacken unter die Geräusche.
Schockstarr blieb sie stehen und lauschte.
Nichts.

Sie litt wohl an Einbildung. Also ging sie weiter, wobei sie ihr Tempo deutlich beschleunigte. Der Pfad war übersät mit abgebrochenen Ästen, seit das letzte Gewitter getobt hatte. Es gelang ihr in der Dunkelheit nur mit Mühe und Not nicht zu stürzen. Widerstrebend musste sie ihr Tempo verlangsamen. Plötzlich hörte sie ein Plumpsen, das eindeutig zu einem Menschen gehörte. Es klang wie ein Stolpern. Blitzschnell drehte sie sich um und konnte tatsächlich einen Schatten im Gestrüpp verschwinden sehen.

*

Gustav Hartmann brach schon in den frühen Morgenstunden der Schweiß aus. Dabei wusste er nicht, ob ihn seine Gedanken zum Schwitzen brachten oder die Hitze, die seit dem Gewitter der letzten Woche herrschte.

Er war sich sicher, seinen Fast-Schwiegersohn hier gesehen zu haben. Trotzdem musste er sich davon überzeugen, dass ihn sein Eindruck nicht trog. Hieß es nicht, dass man bei Wunschdenken die Realität verdrängt und das Erwünschte an dessen Stelle tritt? Es war durchaus möglich, dass der Mann, den er für seinen Fast-Schwiegersohn hielt, aus der Nähe ganz anders aussah.

Die Erinnerungen an diesen jungen Mann ließen ihn schwermütig werden. Er war nicht nur eifrig gewesen, um ihm als Schwiegersohn zu gefallen, sondern sogar übereifrig. Wenn Hartmann eine Flasche Bier zum Abendessen trinken wollte, schleppte der Junge einen ganzen Kasten Bier ins Haus. Hartmann lächelte bei der Erinnerung daran.

Auch seinem Wunsch, der Schwiegersohn möge einen Beruf erlernen, mit dem er in seine Baufirma einsteigen kann, war er mit großem Eifer gefolgt. Sofort hatte er sein Musikstudium abgebrochen und sogar neben seiner Ausbildung mehrere Weiterbildungen bis zum Abschluss mit Bestnote absolviert.

Und jetzt ...

Seit Vanessas Tod hatte Hartmann ihn nicht mehr gesehen. Er gab sich selbst die Schuld daran. Für Hartmann war Selbstmord völlig ausgeschlossen. Vanessa war nicht nur in der Obhut ihres Vaters glücklich gewesen, nein, sie hatte auch einer starken

Glaubensgemeinschaft angehört, dem katholischen Glauben. Dort wurde gelehrt: Der Herr über Leben und Tod ist Gott allein! Nach diesem Grundsatz hatte auch seine Tochter gelebt.

Auch sprach der Zustand von Vanessas Zimmer eine eindeutige Sprache. Das geöffnete Fenster war doch ein deutlicher Hinweis darauf, dass jemand eingedrungen, seine Tochter aufgeschlitzt und verblutend liegengelassen hatte. Doch nun stellte sich heraus, dass der berühmte »Wunsch, der Vater des Gedankens« war. Denn nach gründlicher Untersuchung von Gerichtsmediziner und Spurensicherung war herausgekommen, dass kein Fremder in dieses Zimmer eingestiegen war.

Könnte sein Fast-Schwiegersohn diese Aktion als Vorwurf gegen ihn selbst aufgefasst haben? Oder sah er sich dadurch verpflichtet, Dinge zu tun, nur um Hartmann zu helfen – wobei er alles in seinem Übereifer verschlimmerte?

Er war sich nicht sicher, ob er diese Fragen wirklich beantwortet haben wollte. Trotzdem irrte er weiter durch den Park und suchte nach ihm.

Er wollte gerade das *Tal der Blumen* passieren, als die beiden neuen Gärtner auf ihn zukamen. Das gefiel ihm nicht. Er war nicht bereit, anderen zu berichten, warum er hier war. Aber ein Ausweichen war nicht möglich. Also ergab er sich seinem Schicksal und blieb vor den Männern stehen, ohne ein Wort zu sagen.

»Wen suchen Sie?«, fragte der Rothaarige. »Vielleicht können wir Ihnen helfen.«

»Woher wissen Sie, dass ich jemanden suche?«, fragte Hartmann unhöflich zurück.

»Weil Sie gestern nach dem Gärtner aus dem französischen Rosengarten gefragt haben«, antwortete der Rothaarige doch tatsächlich. »Er ist heute da. Sollen wir Sie zu ihm begleiten?«

»Nein danke. Ich finde den Weg schon selbst.« Hartmann beeilte sich, dort wegzukommen, bevor er diese aufdringlichen Männer nicht mehr abwimmeln konnte.

Er hatte Glück. Sie blieben stehen und schauten ihm hinterher. Mit jedem Schritt, den er sich von ihnen entfernte, fühlte sich Hartmann besser. Seine Suche war also schon anderen aufgefallen. Das passte ihm nicht. Er wollte nicht noch mehr anrichten, was einer möglichen Zukunft mit seinem Schwiegersohn hinderlich sein könnte. Denn zu genau wusste er, aus welchen katastrophalen Verhältnissen der junge Mann gekommen war. Er wünschte sich immer noch, trotz allem, was passiert war, mit ihm eine kleine Familie zu sein. Wer blieb ihm sonst noch?

*

Lukas und Theo schauten Gustav Hartmann nach, wie er die Richtung zu den beiden Rosengärten anschlug. Seine Schritte wirkten unsicher. Sein Gang schwankend. Alles an ihm hinterließ den Eindruck eines verwirrten Mannes.

»Was hat diesen Mann so aus der Bahn geworfen?«, fragte Lukas nachdenklich.

»Der Selbstmord seiner Tochter ist schon zu lange her, um plötzlich wieder so aufwühlend auf ihn zu wirken«, resümierte Theo. »Was hat es wohl mit diesem Unbekannten auf sich, den er so verzweifelt sucht?«

Lukas starrte Theo an, als sei der plötzlich ein Geist.

»Was ist passiert?«, fragte dieser verunsichert.

»Du bringst mich auf einen richtig guten Gedanken.«

»Der da wäre?«

»Vielleicht weiß Hartmann, wer hinter den Morden steckt und sucht nach diesem Mann.«

»Und verübt Selbstjustiz, oder was?«

Damit hatte Theo seinem Kollegen den Wind aus den Segeln genommen. Sofort war die Euphorie dahin. Brummend meinte Lukas dazu: »In der Mittagspause sollten wir uns das Protokoll der letzten Dienstbesprechung mal durchlesen. Es kann nicht schaden, zu wissen, wie weit der Stand der Ermittlungen ist.«

»Dass so ein weiser Vorschlag von dir kommt, lässt mich jetzt wirklich Schlimmes ahnen«, spottete Theo.

»Was denn?«

»Dass die Kollegen uns hier weiter Blumenbeete umgraben lassen, dabei ist der Fall schon lange gelöst.«

»Vielleicht hat die Stadt Saarbrücken einen Antrag gestellt, uns für immer zu übernehmen, weil wir so gute Arbeit leisten«, feixte Lukas.

»Oder, weil wir dafür sorgen, dass die Gärtner ihren erlernten Beruf wieder zu schätzen wissen.«

»Oder gefährliche Frauenmörder es sich zweimal überlegen, in diesem Park aktiv zu werden, weil unsere buckeligen Blumenbeete jeden gestandenen Mann zu Fall bringen.«

Dafür knuffte Theo seinen Freund auf die Schulter.

Sie rätselten weiter, bis sich ein Unheil in Form von Hilger Scharf ankündigte. Allein der Gang, den der Obergärtner drauf hatte, ließ sie sofort an ihre Arbeitsplätze huschen.

*

»Pass acht, Liebes!«, zwitscherte Anna Bechtel in bester Laune, während sie zusammen mit Susanne Kleber durch den sonnigen Park stolzierte. »Sie werden staunen, in welcher Pracht das *Tal der Blumen* neu erblüht ist. Dieser Garten birgt wahre Wunder und wir sind regelrecht dazu verpflichtet, die Mitmenschen darüber zu informieren.«

Pflichtschuldig nickte Susanne und schrieb mit.

»Ist denn kein Fotograf heute dabei?«, fragte Anna Bechtel aufgebracht. »Diese Einzigartigkeit muss man doch mit Fotos festhalten.«

»Dimitri darf mich nicht mehr begleiten«, antwortete Susanne. »Deshalb habe ich meinen eigenen Fotoapparat mitgebracht.«

»Das soll gut werden?«

»Ich kann auch fotografieren.« Susanne bemühte sich, ihre Stimme ruhig zu halten. Ihre Geduld war ohnehin nicht die

Beste, denn sie war todmüde. Sie hatte in der letzten Nacht kaum geschlafen. Nicht nur, dass sie viel zu spät ins Bett gekommen war – auch der mysteriöse Verfolger, den sie in der Dunkelheit ausgemacht hatte, lag ihr auf dem Gemüt. Immer, wenn sie kurz davor gewesen war, einzudämmern, tauchte diese schemenhafte Gestalt in der Finsternis vor ihrem geistigen Auge auf. Dazu die vielen Frauenmorde im *Deutsch-Französischen Garten*. Das hatte ihre Selbstsicherheit erschüttert.

Nun gähnte sie doch.

Auf keinen Fall wollte sie jetzt Panik machen. Bestimmt war dieser Verfolger nur ein Spanner. Denn der *Mondscheinmörder* wurde nur im Park aktiv und nicht auf Feldwegen zwischen dem Karavanplatz und dem Schwimmbad.

»Hören Sie mir überhaupt zu?«, kreischte plötzlich Anna Bechtels Stimme in ihre Gedanken.

Erschrocken schaute Susanne auf und nickte. Was konnte sie schon erzählt haben außer Blumen und Schönheit und Schönheit und Blumen?

»Sie werden genau das in den Artikel schreiben«, befahl sie. »Es ist eine Besonderheit, welche Tragödien dieses Blumenbeet durchlebt hat, um letztendlich die Menschen mit dieser hervorstechenden Schönheit zu betören.«

»Klar doch. Ich sehe den Artikel schon vor mir«, antwortete Susanne, um so schnell wie möglich wieder ihre Ruhe zu bekommen.

Doch das war ihr nicht vergönnt. Von weitem sah sie den Gärtner des deutschen Rosengartens auf sich zukommen und ahnte schon, was er auf dem Herzen hatte. Dieser unangenehme Mensch hatte ihr gerade noch gefehlt.

Anna Bechtel schwelgte ungeachtet der Ereignisse weiter und ließ sich gerade von Theo die neue Aufteilung der Pflanzen und die Besonderheiten dieses Arrangements erklären. Normalerweise hätte es Susanne interessiert, wie Theo sich aus diesem Schlamassel würde herausreden können. Doch Alexander kam immer näher.

»Welche Blume unter den Blumen«, rief er zum Gruß. Die Ironie war nicht zu überhören. »Du fehlst noch in diesem Garten«, sprach er weiter. »Deine Präsenz macht den Park erst zu dem, was er sein soll: Die Perle des DFG.«

»Was soll das?«, fragte Susanne nun doch genervt. »Hast du nichts zu tun?«

»Als Gärtner in diesem dem stetigen Wandel ausgesetzten Territorium erlebe ich täglich neue Herausforderungen«, antwortete er. »Doch eine Pause sei mir gegönnt. Ich bin gerade auf dem Weg zu einer Tasse Kaffee im Lesepavillon. Darf ich dich einladen?«

»Nein Danke!« Susanne blieb skeptisch. Sie hatte einen Affront erwartet, weil dieser Gärtner sie ständig auf ihre lausige Arbeit ansprach. Doch nichts dergleichen war geschehen. Führte er etwas im Schilde?

Sie schaute ihm nach, wie er den besagten Lesepavillon ansteuerte und musste sich wieder über seine Haare wundern. Wie ein Mob aus toter Wolle standen sie vom Kopf an. Hätte er eine Freundin, wäre das Problem bestimmt schon lange behoben.

»Was wollte dieser Kerl schon wieder von dir?«, knurrte plötzlich Lukas in ihr Ohr. »Der sollte mal zum Frisör gehen, bevor er die schönsten Frauen im DFG anbaggert.«

»Wo kommst du denn her?«, fragte sie erschrocken.

»Ich arbeite hier – schon vergessen?« Er grinste sie an.

»Wie könnte ich das vergessen. Was willst du von mir?«

Doch sie konnten ihr Gespräch nicht fortsetzen, weil Anna Bechtel sich wieder an Susannes Anwesenheit im Park erinnerte. Mit einem lauten »Pass acht, meine Liebe«, klatschte sie in die Hände und steuerte als nächstes den Garten am Silberahorn an.

*

Ständig verdunkelte sich das stickige Großraumbüro, in dem sich trotz Ventilatoren keine Abkühlung abzeichnete. Wolken schoben sich vor die Sonne. Doch die Bäume bewegten sich nicht. Die Fenster waren geschlossen, damit die Sommerhitze draußen blieb. Aber damit wurde die Luft noch schlechter. Die Konzentration der Polizeibeamten schrumpfte auf ein Minimum. Niemand bewegte sich mehr als nötig. Anstelle von Kaffee wurde Eistee und Limonade in großen Mengen getrunken.

»Der Hinweis von Lukas, dass Lars König im DFG gesehen wurde, bringt mich leider nicht weiter«, meinte Jasmin Hafner und fächelte sich mit einer Akte Luft zu. »Dafür habe ich alles über diesen Hilger Scharf herausgesucht, was es zu finden gibt.« Ein Blick in Richtung Monika verriet ihr, dass sie noch da war, auch wenn sie nichts von sich hören ließ. Also sprach sie weiter: »Auch wenn mir der Typ nicht sauber vorkommt, so finde ich nichts, was ihn mit diesen Morden in Verbindung bringen könnte. Für die Nacht, als Delia Sommer getötet wurde, hat er sogar ein Alibi. Er war bei seinem Vorgesetzten, dem Bezirksgärtnermeister Manfred Ruffing und seiner Frau zum Abendessen eingeladen.« Monika schien sich immer noch nicht für das zu interessieren, was Jasmin herausgefunden hatte.

Monika wühlte ebenfalls in Papieren, warf gelegentlich einen Blick auf den Bildschirm ihres PCs und meinte: »Vergiss den Obergärtner!« Ihre dünnen, braunen Haare klebten an ihrem Kopf. Ihr rundes, teigiges Gesicht war fleckig. An ihrem Hals sammelte sich Schweiß, den sie sich mit einer Hand wegwischte, die sie anschließend an ihrer Jeanshose trockenrieb.

»Warum?«

»Weil ich etwas viel Interessanteres gefunden habe.« Monikas Augen leuchteten auf.

»Erzähl!«

»Als wir im Krankenhaus mit Isabelle Briegel gesprochen haben, hat sie doch erwähnt, dass Vanessa Hartmann einen Verlobten hatte. Erinnerst du dich?«

Jasmin nickte.

»Diese Sache ging mit nicht mehr aus dem Kopf. Wer bringt sich um, wenn er doch verlobt ist mit der Aussicht zu heiraten?«

»Vielleicht hat der Verlobte die Verlobung aufgelöst«, spekulierte Jasmin.

»Das war auch mein Gedanke«, stimmte Monika zu. »Aber so war es nicht. Zumindest steht nichts davon in der Akte.«

»Was steht denn in der Akte?« Jasmin wurde ungeduldig.

»Hier steht, dass Vanessa bei der Stadt Saarbrücken als Anwärterin im mittleren nichttechnischen Verwaltungsdienst gearbeitet hat. Und zwar genau in Dr. Briegels Abteilung, im Baudezernat, im Stadtplanungsamt.«

Jasmin staunte.

»Als Ursache für ihren Selbstmord wurde Mobbing am Arbeitsplatz festgestellt. Vom Verlobten ist bis jetzt keine Rede. Der Vater fand seine Tochter blutüberströmt in ihrem Zimmer vor. Aber hier kommt etwas, was mich nicht mehr loslässt.« Monika verstummte und schaute Jasmin an.

»Was?«

»Unser guter Dr. Stemm hat bei der Toten vierundzwanzig Messerstiche gezählt. Sie hat sich regelrecht zu Tode geschlitzt und nicht einfach die Pulsadern aufgeschnitten.«

Jasmin hielt die Luft an vor Staunen.

»Hinzu kommt, dass das Fenster weit geöffnet war. Das – und diese vielen Messerstiche – haben Hartmann dazu veranlasst zu behaupten, es wäre jemand eingedrungen, habe seine Tochter niedergestochen und sei durch das Fenster wieder raus.«

»Klingt doch möglich, oder?«, fragte Jasmin. »Hat der Vater den Schwiegersohn in spe verdächtigt?«

»Nein! Der wurde erst später erwähnt, als die Spurensicherung aufgrund der Behauptung des Vaters das Zimmer durchsucht und dort Spuren von einer zweiten Person gefunden hat. Da ist er erst mit der Sprache herausgerückt, dass seine Tochter verlobt war und dieser Mann fast schon in seinem Haus gelebt hat.«

»Wo war der, als das passiert ist?«

»Das ist ja das Komische«, gab Monika zu. »Angeblich genau an diesem Abend nicht dort, wo er sich sonst immer aufgehalten hat, sondern in seiner eigenen Wohnung in der Moltkestraße.«

»Diesen Verlobten müssen wir uns genauer ansehen«, beschloss Jasmin tatenfreudig. Plötzlich schien die drückende Hitze sie nicht mehr zu stören. »Handelt es sich zufällig um diesen ominösen Lars König?«

*

In orangerotes Licht getauchte Gewitterwolken verdeckten den Himmel. Sie hatten das Sonnenlicht verschluckt, um von innen heraus zu leuchten.

Phönix stand unter dem Baum der Erkenntnis und sog dieses Himmelsschauspiel in sich auf. Alles Licht der Sonne, das sich in den Wolken speicherte, wollte er in sich selbst aufnehmen, um seinen letzten Akt vollziehen zu können.

Heute war es soweit!

Heute schickte er die Botschaft an alle, die nicht begreifen wollten.

Da orderte die Polizei diese zwei Deppen in den Park, in der Hoffnung, sie könnten vor Ort mehr sehen als im Büro.

Phönix stieß ein höhnisches Lachen aus.

Lukas und Theo sahen noch nicht einmal den Baum, wenn sie dagegen stießen.

Diese Farce hatte lediglich zu seiner Belustigung beigetragen.

Endlich war er an dem Punkt angekommen, seine Mission zu beenden. Er hatte Fehler gemacht, weshalb es ihm wichtig war, nichts zu tun, was seinen Erfolg in letzter Sekunde noch einmal erschüttern könnte.

Nun hatte er alles vorbereitet, weil er wusste, sie würde kommen. Zu genau hatte er Susanne Kleber inzwischen studiert, um zu wissen, was er tun musste, damit sie unvorsichtig wurde.

Der Schlüssel zum Touristenbüro lag gut in seiner Hand. Dieses gute Stück öffnete ihm die Tür zum Erfolg seiner Mission. Die Doppeldeutigkeit seiner letzten Handlung bereitete ihm Vorfreude. Denn der Ort würde endlich für Klarheit sorgen.

Das sollte sein Highlight sein.

Er drehte die Mondscheinsonate lauter. Der dritte Satz fing gerade an und überfiel ihn mit seiner gewaltigen Kraft und seiner ansteckenden Dy-

namik. Diese geballte Ladung an Aggressivität gepaart mit den Lichtwolken am Himmel ließen ihn zu einem Pulverfass kurz vor der Explosion mutieren.

*

Jasmin und Monika wollten gerade das Büro verlassen, als der Pressefotograf mit dem schwarz-weiß-gescheckten Irokesenhaarschnitt vor ihnen auftauchte.

»Ich muss Ihnen etwas melden«, sagte er auf die fragenden Gesichter.

»Ich hoffe, es ist wichtig«, stellte Monika klar. »Denn wir sind gerade auf dem Weg zu einem Einsatz.«

Jasmin schaute die Kollegin verwundert an, ließ sich aber nichts anmerken. Sie erkannte schnell, dass diese Notlüge Wirkung zeigte, denn Dimitri Weber druckste nicht lange herum, sondern kam gleich zum Thema: »Ich habe mein Handy verloren.«

»Dann sind Sie hier aber falsch.« Monika wollte wieder aufstehen.

»Ich weiß.« Abwehrend hob Dimitri beide Hände. »Es ist mir aber wichtig, dass Sie das in Ihren Akten vermerken, für den Fall, dass jemand damit Scheiße baut. Dann fällt das nicht auf mich zurück.«

»So viel Großmut treibt Sie doch sonst nicht hierher«, meinte Monika staunend. »Warum so plötzlich diese Angst? Haben Sie das Handy bei einer verbotenen Aktion verloren?«

»Ich mache keine verbotenen Aktionen.«

»Ach, und das Zeitungsfoto von Lukas' Hinterteil an der Scheibe des Wohnwagens? Jetzt sagen Sie bloß nicht, das war der Heilige Geist!«

Dimitri schwieg.

»O. k., wo haben Sie das Handy verloren?«

»Im *Deutsch-Französischen Garten*.«

»Was haben Sie dort gemacht? Sie dürfen Susanne doch nicht

mehr bei ihrer Arbeit begleiten.«

»Ich habe auf eigene Faust dort ermittelt, weil ich dachte, ich hätte eine Spur«, gestand der Fotograf. »Auf einem meiner ersten Fotos, seit diese Mordserie losgegangen ist, ist nämlich ein Gesicht zu sehen, das mich stutzig gemacht hat. Ich glaube, dieser Mann arbeitet jetzt als Gärtner im Deutschen Rosengarten.«

Er legte den Polizeibeamtinnen ein Foto vor, das deutlich Alexander Thiel am Fundplatz der ersten Toten zeigte.

»Warum haben Sie das Foto nicht an uns weitergeschickt?«

Dimitri schaute die beiden Frauen schuldbewusst an.

»Durch Ihr eigenmächtiges Handeln wurden unsere Ermittlungen hinausgezögert, ist Ihnen das klar?«

Dimitri schwieg.

»Wir machen einen Vermerk über das Verschwinden Ihres Handys – und über Ihre Einmischung in die Polizeiermittlungen. So leicht kommen Sie damit nicht davon.«

Als der Mann gegangen war, meinte Jasmin: »Wie sich plötzlich eins in andere fügt.«

*

Dieter Marx bat Gustav Hartmann nicht in den Vernehmungsraum. Der Zustand dieses Mannes war so desolat, dass er ihm diese Unannehmlichkeit ersparen wollte. Sie setzten sich zu beiden Seiten an seinen Schreibtisch, wo er dem Gartenbauunternehmer einen Kaffee anbot.

»Vielen Dank! Ich hätte keine so freundliche Behandlung bei der Polizei erwartet.« Hartmann lächelte schwach.

»So spricht Gott: Niemals werde ich dir meine Hilfe entziehen und dich im Stich lassen. Sei getrost und unverzagt!«, sprach Marx leise.

Hartmann lächelte. Seine Verfassung verwandelte sich vor Marx' Augen. »Ich hätte nicht gedacht, dass mich der Gang zur Polizei ermuntern könnte. Doch ich wurde eines Besseren belehrt. Nur, warum bin ich hier?«

»Weil wir noch einige Fragen zu Ihrer Tochter haben.«

Hartmanns Gesicht erblasste wieder.

»Wir wissen, dass sie im Besitz von Drogen war. Nur wissen wir nicht, woher sie diese Menge bekommen hat. Können Sie uns da weiterhelfen?«

»Leider nein. In dieser Sache war sie verschlossen wie eine Auster.«

»Hatte sie Kontakt zu Tamia Ruppert?«

Hartmann riss die Augen erschrocken auf, als er dazu sagte: »Aber das ist doch eines der unglückseligen Opfer. Die Tochter des Bauunternehmers Ruppert.«

Marx nickte.

»Nein! Sie kannten sich nicht.«

»Oder Isabelle Briegel?«

»Nein! Diese armen Mädchen kenne ich doch nur durch das, was ihnen zugestoßen ist. Aber zuhause sind diese Namen niemals gefallen, als Vanessa noch gelebt hat.«

»Kann ihr Verlobter sie mit den Drogen versorgt haben?«, bohrte Marx weiter.

»Alexander?«, rief Hartmann laut vor Erstaunen. »Niemals.«

»Alexander Thiel?« Nun geriet auch Marx ins Staunen. Dieser Name sagte ihm etwas.

»Ja! Er war mit Vanessa verlobt. Die beiden waren so ein schönes Paar. Er hat alles für meine Tochter und mich getan. Sogar einen Beruf, mit dem er im Büro meiner Firma sofort hätte anfangen können, hat er gelernt ...« Hartmann versank in seinen Erinnerungen. »Sie wollten heiraten. In der Kirche, in der Vanessa getauft worden ist.«

Marx schaute in seinen Papieren und fand auch sofort, wonach er suchte. Alexander Thiel war der Gärtner des deutschen Rosengartens.

»Wie ist er mit dem Selbstmord umgegangen?« Diese Frage rutschte Marx mehr heraus, als dass er sie eigentlich stellen wollte. Doch sie drängte sich regelrecht auf.

»Ich habe ihn seitdem nicht mehr gesehen«, gestand Hartmann. »Dabei hätte ich ihn weiterhin wie einen Sohn in meinem Haus aufgenommen. Er hatte ja keine richtige Familie – nur Heime und Pflegefamilien. Doch er ist wie vom Erdboden verschluckt – als würde er sich vor mir verstecken.«

»Die Wahrheit Gottes ist höher denn alle Vernunft«, sprach Marx leise. Doch Hartmann entgegnete nichts mehr.

*

Susanne war mit ihrem Artikel über die wundersame Erneuerung des *Tals der Blumen* sehr zufrieden. Auch gefiel ihr, dass der französische Gärtner François Miguel dem deutschen Gärtner – in diesem Fall Theo Borg – zur Hand gegangen war, um das Arrangement auffallend schön zu gestalten. Auf diesen Aspekt legte Anna Bechtel ganz besonderen Wert, weil er doch die eigentliche Aufgabe dieses Parks hervorhob und somit auch den letzten Zweifel der EU-Kommissare aus Brüssel ausräumen sollte, dieses Tourismusprojekt könnte durch die jüngsten Ereignisse seine Bestimmung verloren haben. Doch dem war nicht so. Gerade dieses Ereignis war bedeutungsschwer für jede Argumentation zur Bewilligung von EU-Fördergeldern.

Zufrieden setzte sie den letzten Punkt unter den Bericht und beschloss, sich nun den Fotos zu widmen. Hoffentlich waren sie so gut geworden, wie sie es der Leiterin des Amtes für Grünanlagen vorgemacht hatte. Denn genau genommen war das Fotografieren nicht ihre Stärke. Aber Anna Bechtel musste ja nicht alles wissen.

Ihr Handy summte – der Ton, der eine SMS ankündigte.

Sie schaute nach und staunte nicht schlecht als sie die Nachricht las. »Hallo Sanne!« So nannte sie nur Mitri, was sie Lukas auf keinen Fall sagen durfte. Sofort fühlte sie sich wie auf einer Wolke. Mitri löste Gefühle in ihr aus, die sie verunsicherten. »Ich habe Fotos vom *Tal der Blumen* geschossen, weil ich doch weiß, dass du das nicht hinbekommst. Willst du sie abholen kommen?«

Konnte Mitri Gedanken lesen? Susanne musste lachen, als sie diese Zeilen las. Sofort antwortete sie: »Klar doch! Wo soll ich hinkommen?«

»Was hältst du davon, diese sensationelle Nacht im DFG zu verbringen?«

»Das geht doch nicht. Dort gehen Lukas und Theo nachts Patrouille.«

»Aber nicht dort, wo ich mit dir hingehen will. Hast du dir mal den Himmel angeschaut? So was habe ich noch nicht gesehen.«

Susanne trat ans Fenster und geriet wirklich ins Staunen. Alles schimmerte in einem satten Rot, dabei war es nicht der Himmel, der so leuchtete, sondern die Wolken, die sich vor die Sonne geschoben hatten. Sie sahen aus wie rotgetränkte Wattebäusche in verschiedenen Größen. Dieses Spektakel war wirklich beeindruckend. Hastig schrieb sie Mitri, dass sie kommen wolle, legte das Handy auf die Kommode neben der Eingangstür und verließ die Wohnung. Auf keinen Fall wollte sie riskieren, dass Lukas ihre Zweisamkeit mit Mitri durch einen Anruf stören konnte.

*

Lukas saß vor dem Wohnwagen und versuchte schon zum dritten Mal, Susanne zu erreichen. Auf dem Handy bekam er nach langem Durchläuten nur die Mailbox zu hören und auf ihrem Festnetz den Anrufbeantworter. Enttäuscht lehnte er sich zurück und schaute zum Himmel, der ein Schauspiel bot, wie er es noch nicht gesehen hatte.

»Theo, das musst du dir anschauen«, rief er.

»Gleich! Sonst brennen die Ravioli an.«

»Vergiss die Ravioli! Das, was du am Himmel zu sehen bekommst, siehst du so schnell nicht wieder.«

Theo trat an die Tür und schaute hoch.

»Wow!«, stieß er aus. »Sieht wirklich geil aus. Ist das extra für uns?«

»Klar! Damit wir bessere Stimmung bei der Patrouille haben.« Lukas lachte.

»O. k., jetzt essen wir und gehen dann unsere erste Runde.«

Theo verschwand im Wohnmobil. Lukas versuchte erneut, Susanne zu erreichen. Nur die Mailbox.

Theo trug die aufgewärmten Ravioli heraus, stellte den Topf auf den Tisch und zwei Teller dazu. »Ich fühle mich schon wie eine echte Hausfrau«, murrte er.

»Deshalb gefällst du mir auch immer besser«, griente Lukas und griff zu. »So ein Einsatz schweißt zusammen. Zumal ich Susanne nicht erreiche, mit der ich heute Abend eigentlich essen gehen wollte.«

»Deine ewigen Wiedergutmachungen funktionieren irgendwann nicht mehr«, weissagte Theo, womit er Lukas' Appetit verdarb.

»Du musst es ja wissen! Bei dir hat es noch keine Frau länger als eine Nacht ausgehalten.«

Sie aßen schweigend und beobachteten dabei, wie sich das Rot in den Wolken langsam immer dunkler färbte.

»Weißt du, was mir in dem Protokoll der letzte Sitzung aufgefallen ist?«, fragte Lukas.

»Was?«

»Dort ist wieder erwähnt, dass der Täter rote Haare hatte. Indra Meege ist zum letzten Mal lebend in Begleitung eines Rothaarigen gesehen worden.«

»Worauf willst du hinaus?«

»Auf Alexander Thiel, den Gärtner im Rosengarten.«

»Der ist blond.«

»Aber hast du mal gesehen, wie seine Haare aussehen?«, fragte Lukas »Wie von Ratten angefressen.«

»Ja und! Nicht jeder hat gesundes Haar.«

»Kennst du die Haarfärbemittel, die man für Fastnacht nimmt, um sich damit für eine Nacht die Haare zu färben?«

»Nein!« Theo schüttelte den Kopf.

»Ich kenne dieses Zeug, weil meine Frau Marianne es manchmal benutzt hat. Es wäscht sich am nächsten Morgen komplett raus, aber es ist so aggressiv, dass davon die Haare kaputtgehen. Marianne hatte sich nach Fastnacht immer die Haare abschneiden lassen müssen. Das Theater vergesse ich bestimmt nicht mehr.«

Theo horchte auf. »Du meinst also, Alexander färbt sich nachts die Haare, um in die Rolle dieses Phönix zu schlüpfen und wäscht sich das Zeug hinterher einfach raus.«

Lukas nickte.

»Wenn ich mir überlege, wie seine Haare aussehen«, sprach Theo weiter, »muss ich dir Recht geben. Die sehen wirklich seltsam stumpf aus. Aber warum kommst du jetzt erst mit dieser Weisheit?«

»Es ist mir jetzt erst wieder eingefallen. Der Hinweis auf die roten Haare und die Erinnerung an Alexanders Strohkopf ...«

»Du solltest Monika anrufen und ihr sagen, welchen Verdacht du hast.«

Sofort betätigte Lukas sein Handy. Zu seiner Überraschung erfuhr er, dass Monika und Jasmin auf das gleiche Ergebnis gekommen waren. Sie standen gerade vor Alexander Thiels Wohnung in der Moltkestraße und warteten auf den Durchsuchungsbeschluss von Staatsanwalt Renske.

»Ist Alexander zuhause?«

»Nein, ein Nachbar hat uns angeboten, aufzusperren.«

»Sag uns bitte Bescheid, sobald du mehr weißt«, bat Lukas und beendete das Telefonat.

»Was machen wir jetzt?«

»Wir gehen ins *Ehrental*«, antwortete Theo. »Hilger Scharf hat gesagt, dass diese Kneipe der Treffpunkt für die Gärtner sei.«

Sie gingen los. Von dem roten Wolkengebilde waren nur noch vereinzelte Fetzen übriggeblieben, die an die Überreste eines Leichenfundortes erinnerten.

»Ein Bluthimmel«, flüsterte Theo.

Lukas erschrak. Er schaute nach oben und musste Theo Recht geben. So schön der Himmel noch vor einer halben Stunde noch gewesen war, so unheimlich sah er jetzt aus. Ihm wurde unbehaglich. Sofort versuchte er, Susanne zu erreichen. Aber ergebnislos.

»Mir gefällt das nicht«, gestand er. »Warum hebt sie nicht ab?«

»Vielleicht sitzt sie auf dem Balkon und hört es nicht klingeln.«

»Dort hört man das Handy, egal, wo es in der Wohnung liegt.«

»Scheiße! Mach dich doch nicht verrückt«, meinte Theo.

»Ist dir nicht aufgefallen, wie Alexander Susanne angemacht hat?«, fragte Lukas. »Außerdem hat mir Susanne erzählt, dass er sie häufiger beleidigt hat, weil sie Berichte über Blumen schreibt, während ständig neue Leichen im Park auftauchen.«

»Du glaubst, dass er mit den Morden mehr Aufmerksamkeit in der Zeitung haben wollte?«

»Ja!«

»Aber warum? Was hätte er davon?

Lukas überlegte eine Weile, bis ihm die Antwort darauf einfiel: »Laut Silvias Profil haben wir es mit einem *missionarischen* Serientäter zu tun. Also wollte er mit diesen Taten etwas erreichen. Nach allem, was Alexander an Verlusten hatte hinnehmen müssen – der Verlust seiner Verlobten und gleichzeitig einer Familie, die wie seine eigene hätte sein können – Hartmanns Verlust des Auftrags für den Spielplatz, weshalb Alexander seinen Arbeitsplatz dort nicht mehr antreten konnte, für den er eine extra Ausbildung gemacht hatte. Das könnte einen labilen Menschen doch schon dazu bringen, so etwas zu tun.«

»Worauf warten wir noch?«

19

Die Wolken sahen aus, wie in Blut getaucht. Langsam zogen sie über den Himmel, wobei sie ständig ihre Form von rund bis herzförmig veränderten. Wie der tausendfach vergrößerte Anblick durch ein Mikroskop. Ständig schaute Susanne nach oben, anstatt sich auf ihren Weg zu konzentrieren. So ein Schauspiel hatte sie noch nie am Himmel gesehen. Hinzu kamen die angenehmen Temperaturen und die gute Stimmung, in der sie sich befand ... Sie fühlte sich wieder wie siebzehn.

Schritte unterbrachen ihre schwärmerischen Gedanken. Sie senke ihren Blick auf den Parkplatz am Nordeingang des *Deutsch-Französischen Gartens* und schaute sich um. Niemand zu sehen.

»Mitri! Spielst du ein Spiel mit mir?«, fragte sie lachend.

Sie durchschritt das Eingangstor und stand nun auf dem asphaltierten Platz, der nach wenigen Metern in Rasenfläche überging. Dahinter befand sich der Weiher. Das Dunkelrot der Wolken spiegelte sich darin. Es sah gespenstig aus. Etwas dümpelte am Ufer. Sie ging näher heran, um zu erkennen, was dort schwamm und staunte nicht schlecht, als sie dieses Etwas als Floß erkannte. Mit stabilen Holzbohlen an den Seiten so aufgesetzt, das die Oberfläche weit über Wasser gehalten wurde. Dieses Wasserfahrzeug hatte sie hier noch nie gesehen.

Da hörte sie wieder Schritte. Dieses Mal ganz dicht hinter sich. Sie erschrak, wollte mit Mitri schimpfen, dass dieses Versteckspiel zu weit ging, schon spürte sie einen festen Griff und etwas, das ihr vor Mund und Nase gehalten wurde. Zu spät begriff sie, dass der Gestank an dem Tuch Chloroform war.

*

Lukas' Handy klingelte. Voller Erwartung zog Lukas das Gerät aus der Hemdtasche, doch auf dem Display stand ein anderer Name.

»Monika?«, meldete er sich. »Es gibt hoffentlich gute Neuigkeiten!«

»Tut mir leid«, kam es von Monika zurück. Lukas spürte, wie ihm die Luft ausblieb. »Auch bei Gustav Hartmann zuhause ist er nicht.«

»Habt ihr wenigstens etwas gefunden, das Alexander zweifelsfrei als Täter entlarvt?«

»Auch nicht«, gestand Monika. »Der Typ ist verdammt vorsichtig. Karl Groß haben wir bereits über den neusten Stand unserer Ermittlungen informiert, aber ohne Beweise darf er keine Hundertschaft zusammenstellen und den DFG durchforsten. Wir können nicht mit Sicherheit sagen, ob Alexander dort ist – und noch weniger wissen wir, wo Susanne ist. Dein Verdacht, dass Susanne in Gefahr ist, nur weil sie telefonisch nicht erreichbar ist, ist wirklich nicht nachvollziehbar.«

»Das weiß ich alles selbst«, brummte Lukas unfreundlich. »Da wir gerade vor dem *Ehrental* stehen, gehen wir rein und schauen nach. Vielleicht ist Alexander ja dort und lässt sich die Birne volllaufen.«

»Das wünsche ich dir«, erwiderte Monika und legte auf.

Schon von weitem konnten sie sehen, dass das Gasthaus »Zum Ehrental« noch geöffnet war. Licht brannte und beleuchtete den Zugangsweg, der zwischen hohen Hecken hindurchführte.

»Was machen wir, wenn unser Ex-Knacki Elmar Wenge wieder dort sitzt?«, fragte Theo.

»Nichts, unsere Tarnung ist jetzt egal. Wir wissen, wer der Täter ist.«

»Ganz sicher? Wir haben nur deine Erfahrungen mit Haarfärbemitteln und das Nichterreichen von Susanne«, zweifelt Theo weiter.

»Dann lass mich das allein durchziehen!«, zischte Lukas wütend.

»Schon gut, schon gut! Ich verstehe dich ja. Aber versteh du mich auch. Wenn wir diesen Fall vermasseln, landen wir im Archiv.«

»Es gibt kein Archiv mehr«, stellte Lukas klar.

»Wenn das so ist ...« Theo verzog sein Gesicht, was wie ein verunglücktes Grinsen aussah.

Sie betraten das Lokal.

Das Ambiente wirkte in dem diffusen Licht beklemmend. Nur zwei Männer saßen an der Theke. Bei Lukas' und Theos Eintreten drehten sie sich auf den Barhockern wie auf Kommando um, so dass die Polizeibeamten sofort sehen konnten, dass kein Bekannter unter ihnen war.

»O. k., Jungs, weitermachen!«, rief Theo den Thekenbrüdern zu und trat mit Lukas unter Protestgemurmel wieder hinaus.

»Meine letzte Hoffnung ist dahin«, murmelte Lukas.

»Blödsinn«, munterte Theo auf. »Wir kennen diesen Park inzwischen so gut, dass sich keiner mehr vor uns verstecken kann.«

*

Susanne erwachte mit starken Kopfschmerzen. Sie öffnete die Augen, doch sofort wurde ihr schwindelig. Schnell ließ sie die Augenlider wieder zufallen.

Was war passiert? Wo war sie? War sie nicht gerade noch mit Mitri verabredet gewesen?

So viele Fragen schwirrten in ihrem Kopf herum, so dass die Schmerzen noch stärker wurden. Die Müdigkeit übermannte sie erneut.

Als sie wieder aufschaute, wusste sie nicht, ob sie eingeschlafen war und wenn ja wie lange. Jedenfalls hatte sich an ihrer Situation nichts verändert. Sie hatte Kopfschmerzen und fühlte sich schwindelig. Dieses Mal konnte sie Wände voller Prospekte sehen. Ein Rundständer stand neben ihr, der mit Katalogen gefüllt war. Sie versuchte zu erkennen, was darauf stand, aber alles verschwamm vor ihren Augen. Auch hinderten ihre Kopfschmerzen sie daran, sich zu konzentrieren. Also beschloss sie, einfach aufzustehen und hinzugehen. Doch da fuhr ihr der Schreck durch sämtliche Glieder.

Wie war gefesselt. Sie lag auf einer harten Pritsche und konnte sich nicht bewegen.

Sie wollte einen Schrei ausstoßen, da erst merkte sie, dass sie geknebelt war. Der Schock weckte alle ihre Sinne. Sie riss die Augen weit auf und konnte plötzlich alles ganz klar sehen: Sie lag auf dem Tisch im Tourismusbüro des *Deutsch-Französischen Gartens*. Was sie noch bemerkte, hatte sie lieber nicht wissen wollen. Doch es ließ sich nicht vermeiden und schlich sich in ihr Gemüt wie ein Ungeheuer und breitete dort große Scham aus.

Sie war nackt.

*

»Der Rosengarten«, schoss es Lukas durch den Kopf. »Wenn Alexander ein Zeichen setzen will, würde es dort sofort gesehen werden, weil die Rosengärten beide direkt am Südeingang liegen.«

Sie sprinteten los, passierten dabei den Ehrenfriedhof, der sich in der Dunkelheit unter den dichten Bäumen und Sträuchern versteckte. Direkt dahinter erstreckten sich die Rosengärten. Schon von weitem konnten sie sehen, dass ihr Einfall kein Treffer war. Dort lag alles still und friedlich in der Dunkelheit, die gelegentlich durch das Auftauchen des Mondes zwischen den Wolken unterbrochen wurde.

Plötzlich tauchte Karl Groß mit einigen Kollegen auf. Verwirrt schaute Lukas auf den großen Mann und fragte: »Was tust du hier?«

»Ich helfe dir bei der Suche.«

»Aber ...!«

»Kein Aber! Auch wenn die Beweise nicht ausreichen, so sehe ich doch, was hier los ist. Susanne könnte in großer Gefahr sein.«

Lukas klopfte dem Kollegen auf die Schulter, was ein Dank sein sollte. Dann verteilten sich die Männer in sämtlichen Winkeln des Parks.

»Wir haben auch keine andere Wahl, als wieder zurückzugehen«, stellte Theo fest. »Dabei durchsuchen wir alles akribisch. Er kann uns nicht durch die Lappen gehen!«

»Irgendwo müssen wir sie übersehen haben«, meinte Lukas und rieb sich durchs Gesicht. »Wir sind den ganzen Weg doch gerade erst gegangen.«

»Nein, wir waren auf der Seite, die nach Saarbrücken zeigt. Zurück gehen wir auf der anderen Seite.«

Sie marschierten los.

*

Eine schwarz gekleidete Gestalt mit feuerroten Haaren und rot funkelnden Augen tauchte plötzlich vor Susanne auf. Sie wollte einen Schrei ausstoßen, doch der wurde durch das Klebeband gedämpft. Sofort begann sie zu zittern. Sie erkannte in dieser Gestalt sofort Alexander Thiel, den Gärtner des deutschen Rosengartens.

Wie Schuppen fiel es ihr von den Augen. Dieser Mann hatte mit seinen ständigen Hetzparolen gegen ihre Zeitungsberichte eine Botschaft schicken wollen. Er war der Mörder und wollte, dass seine Taten in den Medien gewürdigt wurden. Doch Susanne hatte stets Anna Bechtels Befehlen gehorcht und diese Morde beflissen übergangen. Nun bekam sie die Quittung dafür.

»Du wirst heute die Geschichte der Menschheit verändern ...«, begann er zu sprechen, »oder in die Geschichte als viertes Opfer einer Mordserie eingehen.«

Suanne konnte vor Schreck nur die Augen weit aufreißen. Bewegen konnte sie sich nicht und auch nicht schreien. Blieb ihr nur die Hoffnung, dass Lukas sie fand. Immerhin ging er doch jede Nacht im Park seine Patrouille.

Leise Musik lief im Hintergrund. Die bemerkte sie erst jetzt.

Es war ein klassisches Stück – ein Klavierstück.

»Wenn du glaubst, dein Polizistenlover könnte dich noch rechtzeitig finden, bevor ich dich dieser Prüfung unterziehe, da muss ich dich enttäuschen. Hier schaut niemand nach, weil dieses Büro in den Nächten verschlossen ist und nur ausgewählte Mitarbeiter einen Schlüssel dafür besitzen.

Er beugte sich über sie. Rote Augen kamen ihr immer näher. Es sah furchterregend aus. Alles an ihm sah furchterregend aus.

»Du wirst an deinen Wunden wachsen und in der Feuersbrunst neu entstehen.«

Susanne spürte einen Schmerz an der linken Schulter.

»Dann wirst du Phönix ebenbürtig.«

Der nächste schmerzhafte Schnitt in den Bauch.

Susanne konnte ihn nur anstarren, aber das beeindruckte diesen Mann nicht.

»Oder dich als seiner unwürdig erweisen ...«

Der nächste Schnitt erfolgte am Oberschenkel, dann spürte sie wieder das Messer an der rechten Schulter.

Die Musik schwoll an. Sie glaubte, das Stück zu kennen.

»Ich hatte mal eine Familie«, sprach er leise, fast wie in einem Singsang. »Doch die wurde mir genommen. Stück für Stück. Ich hatte mal eine große Liebe – sie zerbrach an Menschen, die sich für wichtiger hielten. Die ein Tourismusprojekt über das Leben eines Menschen stellten. Weil sie damit Geld erlangen – ein Mensch bedeutet dagegen nichts.«

Der nächste Schnitt. Tränen liefen über Susannes Wangen.

»Ja! Weine nur! Als Vanessa geweint hat, hat es auch niemand gesehen. Sie ging freiwillig aus diesem Leben und ihre engsten Mitarbeiter machten weiter, als sei sie niemals dagewesen. Sie dachten wohl, wer mal etwas verloren hat, ist schon an Verlust gewöhnt. Also traten sie Vanessas Vater weiter mit Füßen, haben den Auftrag, der neben seiner Firma die kläglichen Reste einer Familie hätte retten können, einfach abgelehnt – einem anderen überlassen, der sich bereits an Geld und Luxus im Überfluss erfreut.«

Der nächste Schnitt.

»Doch ohne mich. Niemand wird mehr diesen Auftrag bekommen. Wenn schon nicht dieser gute Mann, der wie ein Heiliger ist, dann niemand.«

Der nächste Schnitt.

»Doch du hast es bestens verstanden, meine Botschaft zu sabotieren. Niemals wäre mir in den Sinn gekommen, dass eine Zeitung zu solchen perfiden Falschaussagen in der Lage sei. Ich war noch bis zuletzt gutgläubig.« Er lachte und setzte seinen nächsten Schnitt.

Aus der Musik wurde ein aggressiver Crescendo. Nun wusste Susanne, welches Stück lief.

»Jetzt bekommst du die Quittung dafür und wirst morgen selbst zur Titelseite aller Zeitungen in Deutschland.«

Wieder ein Schnitt.

Die »Mondscheinsonate«, ging es ihr durch den Kopf, als ihre Gedanken immer schwerer und schwerer wurden, bis sie im erlösenden Nichts versank.

*

Staatsanwalt Helmut Renske und Kriminalpsychologin Silvia Tenner standen auf dem Balkon des Victor's Hotel im vierten Stock und ließen ihre Blicke über den Park und den Deutschmühlenweiher wandern.

Der Staatsanwalt setzte sein Fernglas für einen Moment ab und fragte Silvia: »Was hat das eigentlich zu bedeuten, dass sich unser Täter *Phönix* nennt?«

»Das kann vieles bedeuten«, meinte Silvia zögerlich. »Es könnte sein, dass diesem Mann schon viel Leid zugefügt worden ist und er will sich in Zukunft davor schützen. Es gibt zum Beispiel Studien, die beweisen, dass Menschen, die sich wie Helden fühlen, eine deutlich höhere Schmerztoleranz haben.«

»Was hat er davon?«

»Er wird mutiger, traut sich mehr zu.« Silvia überlegte, bevor sie weiter sprach: »Vielleicht sagt dir der Begriff Übermensch etwas.«

»Dabei denke ich sofort an Nietzsche«, bekannte Renske.

Silvia nickte. »Es könnte sein, dass bei allem, was Menschen tun, um sich von der Masse abzuheben, diese Definition von Nietzsche zugrundeliegt. Der Übermensch repräsentiert einen höheren biologischen Typus. Er ist ein Ideal für jeden, der Macht über sich selbst gewinnen will, der schöpferisch ist und die ganze Palette der menschlichen Intelligenz, Phantasie und Einbildungskraft beherrscht. Der Übermensch realisiert das Vollbild des Menschenmöglichen.«

»Also auf gut deutsch: Er will Gott spielen!« Renske rümpfte die Nase.

»Richtig! Was uns lächerlich vorkommt, ist eigentlich ein interessantes Profil von Menschen, die traumatische Gewalterfahrungen in ihrer Kindheit machen mussten. Die kindliche Ohnmacht findet in der Phantasie von übermenschlich starken Figuren einen symbolischen Ausdruck, sich endlich zu wehren. Während wir Normalsterblichen nur ohnmächtig durchs Leben irren, haben Superhelden die Fähigkeit, ihr Leben selbst zu bestimmen. Ich könnte mir vorstellen, dass unser Phönix vor diesem Hintergrund seine *missionarischen* Taten begeht.«

»Was bedeutet das für Susanne?«, bohrte Renske weiter. »Ist der Täter zu bekehren oder wahnsinnig?«

»Wahnsinnig ist nicht der Begriff, den ich dafür wählen würde. Er ist wohl so realitätsfremd, dass er wirklich an das glaubt, was er tut. Das bedeutet, dass Susanne ihn nicht stoppen kann.«

»Klingt nicht gut!«

Renske setzte wieder das Fernglas an und schaute zum Deutschmühlenweiher. Dort sah er etwas, das vor wenigen Minuten noch nicht zusehen war.

»Ich muss Lukas anrufen«, rief er aufgeregt und reichte Silvia das Fernglas. »Ich glaube, ich habe da etwas entdeckt.«

*

Phönix fühlte sich stark, übermächtig, übermenschlich.

Wie eine Feder trug er die schlafende Schönheit über die Wiese zum Weiher, wo das Floß schon auf sie wartete. Dort bahrte er sie liebevoll auf, drapierte die Blumen, die er extra für Susanne bereitgelegt hatte, um ihren nackten Körper und vollendete anschließend sein Kunstwerk, was ihn doch mehr Zeit kostete, als er selbst geahnt hätte.

Aber es musste vollkommen sein.

Hiermit setzte er ein Zeichen, das niemand übersehen konnte. Das niemand jemals vergessen konnte.

Dann war es soweit, seine Arbeit vollbracht.

Sanft stieß er das Floß an. Lautlos glitt es auf das Wasser.

In der Dunkelheit war es kaum wahrzunehmen.

Das gefiel ihm, denn so würde das bevorstehende Schauspiel wesentlich besser zu Geltung kommen.

*

Lukas traute seinen Ohren nicht. Renske berichtete ihm, dass er verdächtige Bewegungen am Nordufer des Deutschmühlenweihers beobachtet hatte.

»Danke Dicker! Wir sind sofort da«, rief er aus und wollte auflegen, als er hörte, wie Renske noch anfügte: »Ich komme auch.«

»Bloß nicht! Du stehst höchstens im Weg.«

Lukas steckte das Handy in die Hemdtasche, während Theo bereits diese Information an Karl Groß, den Leiter der Bereitschaftspolizei weitermeldete.

Dann verließen sie in aller Eile den Ehrenfriedhof und steuerten den Weiher an, der am anderen Ende des Parks lag.

Als sie näher kamen, verlangsamten sie ihr Tempo und umrundeten das Gewässer von beiden Seiten, damit ihnen der Täter nicht entkommen konnte.

Je näher Lukas dem Nordeingang kam, umso deutlich erkannte er dort eine Gestalt. Sie bewegte sich nicht, stand nur da. So sehr Lukas sich auch anstrengte, er konnte Susanne nirgends sehen.

Doch ihm blieb keine Wahl. Er konnte nicht mehr länger warten.

Mit einem Satz sprang er aus seinem Versteck und wollte den Mann überwältigen, als gleichzeitig Theo von der anderen Seite auf ihn zusprang und ebenfalls zuschlagen wollte. Verdutzt schauten sich die beiden Kollegen an. Diesen Augenblick nutzte die Gestalt, um sich zu ducken und wegzulaufen. Nach wenigen Metern blieb er stehen und meinte lachend: »Ihr seid Phönix nicht gewachsen.«

»Wo ist Susanne?«, schrie Lukas und stürzte auf ihn los.

»Nur die Flammen der Ewigkeit können dir die Antwort geben.«

Im gleichen Augenblick schossen grelle, leuchtende Blitze auf dem Wasser in die Höhe, verwandelten sich in Flammensäulen, die zuerst weiß und dann blau schimmerten, bevor sie sich in blutrot verwandelten und immer höher in Richtung Himmel schlugen.

»Kümmer dich um sie!«, brüllte Theo und folgte Alexander. Doch schlagartig verschmolz dessen schwarze Gestalt mit der Dunkelheit.

*

Lukas sprang ins Wasser und schwamm so schnell er konnte zu der Feuersäule mitten auf dem Wasser. Je näher er kam, umso deutlicher vernahm er den Gestank, den das Feuer verbreitete. Nun ahnte er, wie Alexander dieses Wunder hatte vollbringen können. Es war Kaliumpermanganat mit Glycerin – ein raffiniertes Chemiespektakel, das er noch aus verunglückten Chemiestunden kannte. Dabei war es Alexander sogar gelungen, dieses Schauspiel zeitnah zu inszenieren. Durch die schaukelnden Bewegungen des Floßes waren die beiden Substanzen zusammen geraten und nach einer kurzen Verzögerung diese hohen Flammen entstanden.

Endlich erreichte er das Floß, ergriff es am Rand und wollte sich hochziehen. Doch das war unmöglich, weil die Feuersäulen den gesamten Rand dieses Wasserfahrzeugs einnahmen. Er rief Susannes Namen, aber sie reagierte nicht. Panik breitete sich in ihm aus, sie könnte bereits tot sein. In dem grellen Licht sah er, dass sie nackt war, voller Wunden und aufgebahrt wie eine Tote. Nach mehreren vergeblichen Versuchen, das Floß umzukippen, gab er auf. Wie durch Zauberhand erloschen die hohen Feuersäulen. Zurück blieben Rauch, Dunkelheit und Gestank. Er hievte sich auf das Floß, doch die Hitze, die sich in den feuerfesten Behältern gespeichert hatte, war immer noch enorm. Mit seinen Versuch, so schnell wie möglich, darüber hinweg zu klettern, erreichte er wenig. Der Schmerz durch die Hitze an seinen Beinen meldete sich mit voller Wucht. Aber der Anblick von Susannes Körper traf ihn noch viel härter. Er suchte nach ihrem Puls und spürte eine große Erleichterung, als er ihn fand. Sie lebte!

Mit aller Vorsicht gelang es ihm, Susannes Körper ins Wasser gleiten zu lassen. Sie regte sich nicht, um Schwimmversuche zu machen. Nun musste Lukas Ruhe bewahren und sich daran erinnern, welche Griffe er beim Rettungsschwimmlehrgang gelernt hatte. Er positionierte sich hinter Susanne, griff mit beiden Händen von hinten unter ihre Achselhöhlen und sorgte dafür, dass Mund und Nase immer über Wasser blieben. So schwamm er selbst ebenfalls in Rückenlange ans Ufer, wo zu seinem Erstaunen schon Rettungswagen und Sanitäter auf Susanne warteten.

*

Theo rannte hinter der Gestalt her, die sich nur schemenhaft vor der Dunkelheit abzeichnete. Bei den seltenen Gelegenheiten, als der Mond auftauchte, konnte er die roten Haare des

Mannes grotesk aufleuchten sehen – ein Anblick, der ihn irritierte.

Doch leider sah er auch, dass sich der Abstand zwischen ihnen immer mehr vergrößerte. Alexander war sportlicher als Theo, was ihn ärgerte. Umso mehr versuchte Theo zu beschleunigen.

Plötzlich sah er eine kräftige Gestalt von rechts auftauchen. Er konnte diesen Mann nicht zuordnen. Zur Bereitschaftspolizei gehörte er auf keinen Fall.

Doch dann geschah etwas total Unvorhergesehenes. Die rundliche Gestalt beschleunigte und traf genau im richtigen Augenblick mit dem Flüchtenden zusammen. Der Aufprall war so heftig, dass beide zu Boden gingen.

Theo hatte dermaßen über seine Kräfte hinaus beschleunigt, dass es ihm nicht rechtzeitig gelang, abzubremsen. Er stolperte über die beiden Männer und schlug auf dem harten Boden auf. Den Schmerz ignorierend drehte er sich um, las Alexander nuschelnd seine Rechte vor und legte ihm Handschellen an. Erst jetzt bemerkte er, dass er einen Zahn verloren hatte. Sein Oberkiefer schmerzte höllisch.

»Hey, den Sturzflug hättest du dir sparen können«, drang eine ihm bekannte Stimme ins Ohr. »Ich hatte alles im Griff.«

Theo schaute auf und sah den Staatsanwalt Helmut Renske vor sich auf dem Boden liegen.

»Scho schieht es auscht«, kommentierte er nur. Viele Worte wollte er nicht machen, weil er sich durch den fehlenden Zahn fürchterlich anhörte.

»Ohne mich hättest du den Burschen doch gar nicht eingefangen«, beharrte Renske, wuchtete seinen schweren Körper vom Boden und schimpfte: »So ein Mist! Schon wieder ein maßgeschneiderter Anzug ruiniert.«

»Verbrescherjagd fordert nun mal Offer.«

»Wenn ich dich so sehe und höre, habe ich lieber eine Lücke im Anzug als zwischen den Schneidezähnen.«

»Schehr witschig!«

*

Die Morgensonne schien durch das Krankenhausfenster und kündigte einen neuen Tag an. Lukas entfernte sich zum ersten Mal seit Stunden von Susannes Krankenbett. Sie lag reglos an Schläuchen und Drähten, die mit Maschinen verbunden waren. Lediglich die piepsenden Töne und die Zickzackkurven auf den Bildschirmen waren der untrügliche Hinweis darauf, dass sie noch lebte. Die Ärzte hatten ihm versichert, dass sie durchkommen würde. Nur konnte ihm niemand sagen, wie. Sie hatte viel Blut verloren – niemand wagte eine Prognose abzugeben, wie viel Blut und welche Auswirkungen das auf ihr Gehirn haben könnte.

Seine beiden Oberschenkel waren ebenfalls ärztlich versorgt worden. Verbrennungen ersten Grades hieß es – und Brandnarben könnten zurückbleiben. Doch das war jetzt nebensächlich. Wichtiger war, wie Susanne alles überstehen würde.

Er verließ die Unfallabteilung und suchte seinen Kollegen auf. Theo saß eine Etage tiefer mit angeschwollener Oberlippe, zerschrammter Nase und blauem Auge. In der Mund-Kiefer-Gesichts-Chirurgie hatte man ihm einen provisorischen Zahn eingesetzt und die Wunden im Gesicht untersucht und behandelt. Normalerweise hätte Lukas über diesen Anblick lachen können. Doch heute war ihm nicht danach zumute. Ihn quälte ständig die Frage, ob sie noch rechtzeitig zur Stelle gewesen waren, um Susanne zu retten.

»Gut siehst du aus«, begrüßte er seinen Freund mit einem schiefen Grinsen. »Du wirkst auf mich gerade wie ein uralter Mann.«

»So fühle ich mich auch. Vor zehn Jahren hätte mir dieser Sturz nichts ausgemacht. Aber heute ...«

»Wir werden alle älter.«

»Wie? Du auch?«, fragte Theo. »Ich dachte, dass dieser Kelch an dir vorüber zieht.«

»Leider nicht. Ich fühle mich ... ach ...« Lukas stockte.

Sofort nahm Theo seinen Freund in die Arme und meinte: »Hey, Kumpel! Susanne wird es schaffen.«

Sie waren die Letzten, die den Besprechungsraum betraten. Alle Augen richteten sich auf Lukas und Theo, die wie geprügelte Hunde hereinkamen und sich auf die noch verbliebenen freien Stühle setzten.

Hugo Ehrling stand auf, trat auf die beiden zu und meinte: »Sie haben gute Arbeit geleistet und können sich gerne ein paar Tage freinehmen. So wie Sie aussehen, würde Ihnen das nicht schaden.«

»Danke!« Lukas übernahm das Sprechen. »Aber wir wollten gerne die abschließenden Fakten des Falles wissen.«

Ehrling ging an seinen Platz zurück und leitete die Besprechung ein. Er bat Monika, die Fakten in Kurzform vorzutragen: »Alexander Thiel war als Pflegekind einige Jahre im Heim und später durch mehrere Pflegefamilien herumgereicht worden – bis zur Volljährigkeit«, begann die Polizeibeamtin den Bericht vorzulesen. »Vanessa Hartmann war seine erste große Liebe, die er auch sofort heiraten wollte. Der Schwiegervater Gustav Hartmann hatte in Alexander einen würdigen Nachfolger für seine Gartenbaufirma gesehen. Vanessa trat eine Stelle als Anwärterin im mittleren nichttechnischen Verwaltungsdienst an und zwar in der Abteilung, die für die Baugenehmigungen und die Stellenvergabe zuständig war – das Baudezernat. Sie hatten nichts dem Zufall überlassen.«

»Bitte keine Spekulationen«, wandte Ehrling ein.

Monika nickte und las weiter vor: »Alexander hatte eine Ausbildung zum Personalassistenten absolviert, um später die Personalabteilung der Gartenbaufirma Hartmann leiten zu können. Doch dann nahm sich Vanessa das Leben.

Wie wir inzwischen herausgefunden haben, waren weder Drogen noch Fremdeinwirkung an ihrem Tod schuld. Sie hat sich bis zum Verbluten die Haut aufgeritzt, weil sie am Arbeitsplatz gemobbt wurde und keinen Halt mehr fand.«

Ein entsetztes Aufstöhnen ging durch die Gruppe von Polizeibeamten.

»Der Drogenbesitz von Vanessa Hartmann konnte nicht aufgeklärt werden«, mischte sich Dieter Marx ein. »Es wurde in ihrem Umfeld nichts gefunden. Aber diese Akte ist ohnehin geschlossen.«

»Nach Vanessas Selbstmord hat sich Gustav Hartmann als Mitleidsbonus den Bauauftrag für den Wasserspielplatz erhofft. Doch Dr. Briegel spielte nach anderen Regeln. Damit war für den jungen Alexander das Fass zum Überlaufen gebracht worden. Nach seinen eigenen Worten hatte er es sich zur Aufgabe gemacht, die Ungerechtigkeit, die seiner Familie widerfahren war, zu rächen«, berichtete Monika weiter.

»Dafür opfert er drei unschuldige Frauen?«, fragte Renske.

»Hier komme ich auf den *missionarischen* Täter zu sprechen«, schaltete sich Silvia ein. »Wie ich bereits erwähnt habe, hat der Täter seine Aggressionen auf eine gezielte Gruppe von Menschen gerichtet, die er für das Schicksal seiner Verlobten verantwortlich machte ...«

»Doch wie erklären wir Delia Sommer, das erste Opfer? Sie hatte nichts mit diesem Bauauftrag zu tun«, fragte Ehrling.

»Sie könnte symbolisch gedacht sein«, antwortete Silvia. »Das Auffinden ihrer Leiche hätte eigentlich genügen müssen, um dieses Projekt zu stoppen. Für unseren Täter kam womöglich der Hass hinzu, weil diese junge Frau noch lebte, während Vanessa tot war.«

»Aber die Stadt Saarbrücken hielt hartnäckig an ihrem Tourismusprojekt fest.« Renske schüttelte den Kopf. »Die sind wirklich über Leichen gegangen.«

»Wie ist eigentlich der Stand der Dinge, was den Bauplan für diesen Wasserspielplatz im *Deutsch-Französischen Garten* betrifft?«, fragte Ehrling.

Nun übernahm Jasmin die Antwort: »Die EU-Kommissare aus Brüssel haben die Bezuschussung abgelehnt. Es wird kein Tourismusprojekt und somit auch keinen Wasserspielplatz geben. Die Sicherheit der Touristen geht vor, so haben sie ihre Ablehnung begründet.«

»Hilger Scharf wurde entlassen«, fügte Monika hinzu. »Er hat versucht, durch Bestechung beider Baufirmen Hartmann und Ruppert Geld für seine Spielschulden einzukassieren, in dem er ihnen jeweils versprach, den Bauauftrag zu sichern. Dr. Briegel hat sein falsches Spiel durchschaut. Und Lars König, den Azubi konnten wir bis heute nicht auftreiben.«

»Dafür ist Bernd Scholz wieder aufgetaucht«, erklärte Marx.

»Wann? Wo?«, fragten Lukas und Theo gleichzeitig.

»Er ist zu mir gekommen um in meiner Obhut Schutz zu finden für den Fehler, den er gemacht hat.«

»Welchen Fehler?«

»Seine Flucht vor der Polizei«, antwortete Marx. »Er hat sich bekehrt und ist zurückgekommen, nachdem der Fall aufgeklärt war.«

»Wo war er die ganze Zeit untergetaucht?«

»Bei einem Freund auf der Folster Höhe. Andrea hatte mit ihrem Verdacht richtig gelegen – der Herr hat ihr Eingebung geschenkt aber kein Feingefühl.«

»Das erinnert mich an etwas«, sagte Ehrling und schaute dabei Lukas und Theo an. »Der Fotograf, der das vielsagende Foto vom Karavanplatz gemacht hat ...«

Lachen erfüllte den Raum.

»... ist ebenfalls ermittelt. Es war der Pressefotograf Dimitri Wagner. Wie wir von ihm erfahren haben, sollte diese Bloßstellungskampagne noch weitergehen. Als Sie beide den Fotografen in der Gewitternacht auf dem Ehrenfriedhof gestellt haben, war er auf der Jagd nach weiteren kompromittierenden Fotos. Sie haben ihm dem Plan vereitelt.«

»Was für ein Glück!«

»Von wem er die Information über Ihren Einsatz und Ihren Verbleib in dieser Zeit bekommen hat, wollte er uns nicht verraten. Aber wir bleiben an der Sache dran.«

»Lieber nicht«, grummelte Lukas, dem es lieber wäre, diese

Sache würde in Vergessenheit geraten.

»Abgesehen von dieser Panne haben Sie beide mit Ihrem Undercover-Einsatz sehr gute Leistungen gezeigt! Sie haben zwei Menschen das Leben gerettet und einen Serienmörder gefasst«, sprach Ehrling weiter. »Deshalb werden Sie ab sofort wieder im Außendienst arbeiten.«

Lukas und Theo klatschten sich erleichtert gegenseitig in die Hände.

»Ich bin noch nicht fertig«, meldete Ehrling.

Erschrocken hielten sie inne und schauten den Amtsleiter verunsichert an.

»Ich habe Sie beide für die Beförderung zum Oberkommissar vorgeschlagen.«

Epilog

Lukas und Theo saßen im Audi A6 TFSI quattro und fuhren bei leise schnurrendem Motor über die Autobahn. Die Klimaanlage war eingeschaltet, der Sommerhit »Dalibomba« von »Sandu Ciorba« tönte über die Lautsprecher und verbreitete gute Laune.

Doch Lukas war niedergeschlagen. Theo hatte beschlossen, mit ihm zur BMW-Niederlassung zu fahren und ihm dabei zu helfen, sich ebenfalls einen neuen Wagen zu kaufen. Das sollte ihn auf andere Gedanken bringen. Dabei war sich Lukas noch gar nicht sicher, ob er das wollte. Aber als die BMW-Niederlassung in Sichtweite kam, begann sich seine Laune schlagartig zu wandeln. Seine Augen wurden immer größer, er wippte plötzlich im Takt des schwungvolles Songs mit und ahnte, dass er sich tatsächlich etwas Neues anschaffen würde.

»Was hat Susanne zu dir gesagt?«, fragte Theo, als sie ausstiegen.

»Sie hat mir unmissverständlich klargemacht, dass sie mit Dimitri das Saarland verlassen wird. Er hat einen Job bei der BILD in Berlin bekommen. Sie wird ihn begleiten.«

»Kann es sein, dass du sie mit deiner Eifersucht in Dimitris Arme getrieben hast?«

»Willst du damit sagen, dass ich es selbst schuld bin?«

»Nein«, murmelte Theo.

»Aber du hast ja Recht. Vermutlich habe ich damit alles nur noch schlimmer gemacht«, gestand Lukas.

Vor ihnen prangte ein *6er BMW M Sport Edition in schwarz-metallic*. Theo bekam bei dem Anblick glänzende Augen. Doch Lukas schaute in eine andere Richtung.

»Was ist?«, fragte er seinen Freund verblüfft. »Gefällt dir der Wagen etwa nicht?«

»Doch! Aber was ich dort sehe, lässt mein Herz höher schlagen.« Lukas zeigte auf die Motorräder, die er auch zügig ansteuerte.

Vor einer *R 1100 GS* blieb er stehen. In den Farben Schwarz und Rot glänzte sie in der Sonne. Je rechts und links standen die luftgekühlten Zweizylinderboxermotoren heraus, ein Anblick der Lukas' Herz höher schlagen ließ. Mit 80 PS war diese Maschine ein Traum einer Reiseenduro. Die Sitzhöhe lag bei 85 Zentimetern und das Leergewicht bei 243 kg. Sofort spürte er, dass diese Maschine auf ihn wartete.

»Aber, die ist doch gebraucht?« Theo stutze, was Lukas nicht davon abhielt, sich vom Verkäufer diese Maschine vorführen zu lassen. Zu seiner Überraschung überreichte der Mann sogar Lukas selbst den Schlüssel und bot ihm an, auf dem freien Platz vor dem Verkaufsgebäude ein paar Runden zu drehen.

Mit einem Jubelschrei schwang sich Lukas in den Sattel, gab Gas und fuhr wilde Schleifen und Achten vor Theos Augen, der sich von dieser Lebensfreude sofort angesteckt fühlte.

»Diese Maschine kaufe ich«, stellte Lukas klar, als er vor den beiden Männer anhielt und den Motor ausschaltete. Er zog den Seitenständer heraus, stützte die Maschine darauf, ohne davon abzusteigen. Mit strahlenden Augen schaute er Theo an.

»Ich glaube, dann muss ich mir irgendwann auch ein Motorrad zulegen«, stellte Theo.

»Aber so was von ...« Lukas lachte.

»Schön, dass du wieder lachst«, meinte Theo und druckste eine Weile vor seinem Freund herum, bis Lukas endlich herausplatzte: »Wusst' ich's doch! Du hast noch was auf dem Herzen. Denn grundlos fährst du mich nicht hierher.«

Schuldbewusst blickte Theo drein und gestand: »Ich habe Susannes Wohnung übernommen.« Als Lukas nichts dazu sagte, fügte er hastig hinzu: »Sie hat es mir angeboten.«

»Wie geil ist das denn«, stieß Lukas zu Theos Überraschung aus. »Endlich wieder eine Bude im Nauwieser Viertel. Die Gegend habe ich ohnehin nur schweren Herzens verlassen. Jetzt kann ich dort wieder mein Unwesen treiben.«

»Hallo?«, meldete sich Theo. »Das ist meine Wohnung.«

»Ja und?«

:-(»Schade, schon zu Ende«,
          haben Sie jetzt bestimmt gedacht.
Aber keine Sorge, es gibt doch noch mehr
kurzweilige Bücher aus dem Solibro Verlag :-)

Als Postpakete mit Körperteilen eines noch lebenden Opfers auftauchen beginnt ein Nerven strapazierender Wettlauf.

»Wer also gerne temporeiche, spannende und abwechslungsreiche Krimis liest, die man angenehm flott weglesen kann, liegt hier goldrichtig. Und der Roman schreit geradezu nach einer Verfilmung!«
buchkritik.at

Elke Schwab:
Mörderisches Puzzle
Solibro Verlag 2011
[subkutan Bd. 3]
ISBN 978-3-932927-37-9
TB • 384 Seiten
eISBN 978-3-932927-64-5
(epub)

mehr **Infos & Leseproben:**
www.solibro.de

Als im verschneiten Saarland aus dem Hintehalt geschossen wird, beginnt eine dramatische Tätersuche, deren Bezüge bis nach Afghanistan reichen.

»Die Geschichte entwikkelt sich unaufhaltsam mit einer präzisen und stimmigen Choreografie zu einer Generationen-Geschichte. (...) Ein Krimi mit Tiefgang und Lokalkolorit.«
Saarbrücker Zeitung

Elke Schwab:
Eisige Rache
Solibro Verlag 2013
[subkutan Bd. 4]
ISBN 978-3-932927-54-6
TB • 384 Seiten
eISBN 978-3-932927-72-0
(epub)

mehr **Infos & Leseproben:**
www.solibro.de

Schriller Wirtschaftsroman des millionenschweren Immobilienspekulanten

»Ich kenne Klaus Barski. Er ist Praktiker. Er spricht auf seine Weise Wahrheiten aus, die sich sonst keiner zu sagen traut. Und dabei ist das Buch auch noch äußerst lebhaft und witzig.«

Baulöwe Dr. Jürgen Schneider

Klaus Barski:
Prügel für den Hausbesitzer. Tatsachenroman eines Immobilienspekulanten
Solibro Verlag 2012
[cabrio Bd. 2]
ISBN 978-3-932927-48-5
Broschur • 304 Seiten
eISBN 978-3-932927-52-2
(epub)

mehr **Infos** & **Leseproben**:
www.solibro.de

Die schönsten Geschichten liegen hinter der Gefahr. Direkt dahinter.

»Helge Timmerberg hat ein neues Kultbuch geschrieben. Jeder, der eine Reise plant, sollte es vorsichtshalber lesen.«
Bunte

Illustriert vom *Besten deutschen Comic-Künstler 2002*, Peter Puck

Helge Timmerberg:
Timmerbergs Reise-ABC
Solibro Verlag 3. A. 2013
[Timmerbergs ABC Bd. 1]
ISBN 978-3-932927-20-1
TB • 128 Seiten • 21 Cartoons
von Peter Puck
eISBN 978-3-932927-62-1
(epub)

mehr **Infos** & Leseproben:
www.solibro.de